Die Mero

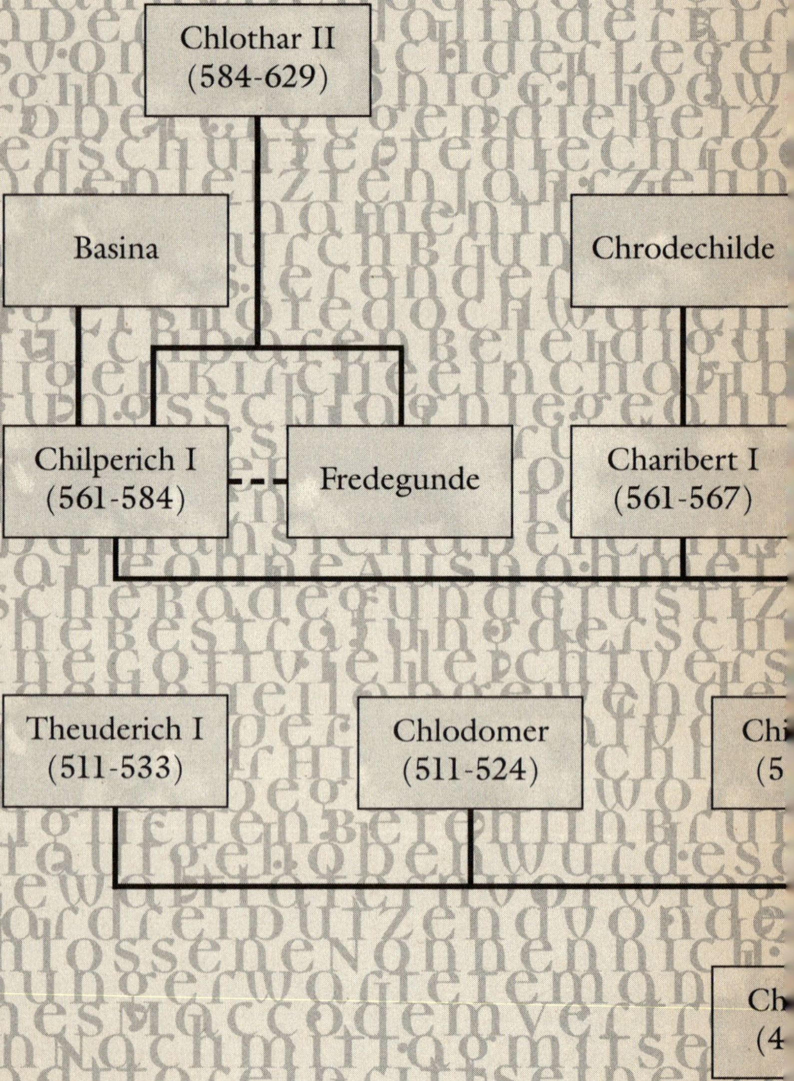
Chlothar II
(584-629)
Basina
Chrodechilde
Chilperich I
(561-584)
Fredegunde
Charibert I
(561-567)
Theuderich I
(511-533)
Chlodomer
(511-524)

nger *Auszug*

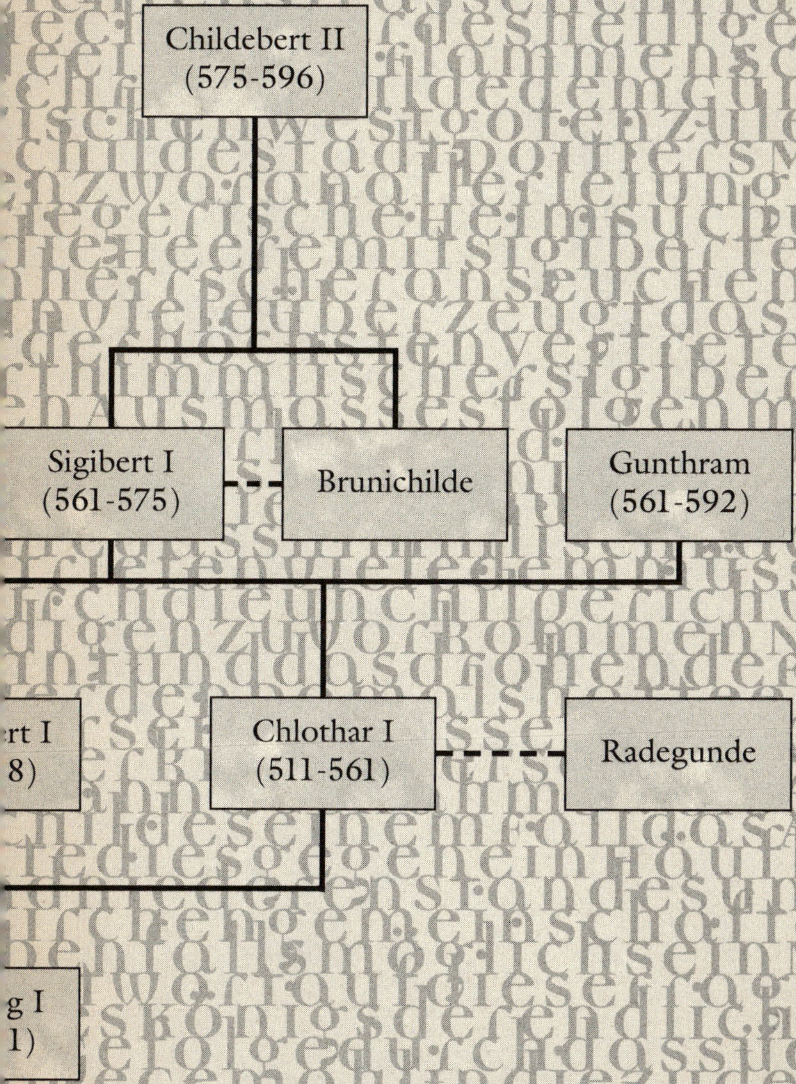
Childebert II
(575-596)
Sigibert I
(561-575)
Brunichilde
Gunthram
(561-592)
rt I
8)
Chlothar I
(511-561)
Radegunde
g I
1)

ROBERT GORDIAN

Aufstand der Nonnen

Roman

WUNDERLICH TASCHENBUCH

17

Am Ende des Romans finden Leser und Leserinnen ein Glossar mit den heute weniger gebräuchlichen Begriffen. S. L.

ORIGINALAUSGABE
VERÖFFENTLICHT IM ROWOHLT TASCHENBUCH VERLAG GMBH,
REINBEK BEI HAMBURG, MAI 1999

LEKTORAT SABINE LAMMERS
UMSCHLAGGESTALTUNG TANDEM DESIGN
(ILLUSTRATION AUF DEM UMSCHLAG UND IM
INNENTEIL COPYRIGHT © 1999 BY JÜRGEN MICK)
BILDSEITENGESTALTUNG SEITE 1 BIS 4 BIRGIT MEYER
SATZ ITC GALLIARD UND
DEMOCRATIA POSTSCRIPT (PAGEONE)
GESAMTHERSTELLUNG CLAUSEN & BOSSE, LECK
PRINTED IN GERMANY
ISBN 3 499 26155 3

I

AM 1. MÄRZ 589 REGNETE ES IN DER Bischofsstadt Tours seit den frühen Morgenstunden. Die Wassermassen strömten so heftig und ausgiebig vom Himmel, daß die krummen, ungepflasterten Gassen kaum noch passierbar waren. Einige Male kam es zu Unfällen. Ein Karren versank samt Zugtier im Schlamm, und ein paar ältere Frauen, die sich zum Markt begeben wollten, mußten mit Hilfe von Stangen aus einem Wasserloch gezogen werden. Wen nicht dringende Pflichten nach draußen riefen, der blieb im Trockenen.

Auch die Diener Gottes, besonders zahlreich in dieser Stadt, in welcher vor zweihundert Jahren der heilige Martin gewirkt hatte, eilten weniger geschäftig als sonst zwischen Basilika und Taufkapellen, Hospizen und Klöstern hin und her. Nur ab und zu sah man Grüppchen von ihnen, die Köpfe unter Kapuzen, Kutten und Chorröcken anhebend, die aufgeweichten Straßen entlanghasten.

Der Archidiakon der Grabeskirche verkündete einem Haufen durchnäßter Pilgerer die neue Sintflut.

«Denn es reute den Herrn, daß er die Menschen gemacht hatte», donnerte er, «und so sprach er: ‹Ich will sie durch Wasser vernichten! Ersäufen will ich dieses boshafte, sündige Menschengeschlecht!›»

Als sich darauf ein allgemeines Geheul und Gejammer erhob, hatte der Geistliche allerdings Trost bereit. Eine kräftige Spende werde den heiligen Martin, der ja am Throne Gottes sitze, zur Fürbitte für die Menschheit bewegen. Und noch immer sei der im Himmel so Einflußreiche gehört worden.

Es wurde Mittag, und der Regen ließ nicht nach. Bischof Gregor hatte sich an diesem Tage damit begnügt, ein Gotteslob an seinem Hausaltar zu singen, um sich dann sogleich in sein Arbeitszimmer zu begeben. Er tauchte die Rohrfeder in das Tintenfaß und schrieb am achten Buch seiner Frankengeschichte eifrig weiter. Das Rauschen des Wassers vor seinem Fenster erinnerte ihn daran, daß es auch im Jahre 587, bei dem er schon angelangt war, starke, die Saat vernichtende Regengüsse gegeben hatte. Gleich widmete er ihrer Beschreibung das dreiundzwanzigste Kapitel. Einmal in Schwung gekommen, fügte er noch eine weitere Naturkatastrophe und ein bedrohliches Gotteswunder hinzu, bei dem sich Wasser sogar in Blut verwandelt hatte. Zufrieden mit dem Geschriebenen, überlas er alles Wort für Wort und sog dabei die lieblichen Düfte ein, die aus der Küche hereinzogen. Dort bereiteten die Mägde dem Bischof ein Hühnchen zu.

Plötzlich waren aus der Vorhalle polternde Schritte zu vernehmen. Gregor hob den Kopf. Im selben Augenblick wurde die Tür aufgestoßen.

«Ehrwürdiger Vater! Schnell! Du mußt kommen!»

Es war einer der Männer, die an den Stadttoren Wachdienst taten. Wasser troff aus seinem Bart und vom Saum seines Mantels. Unter ihm breitete sich gleich eine Pfütze auf dem Fußboden aus.

«Was gibt es denn? Warum störst du mich?» fragte der Bischof mit sanftem Vorwurf. «Du stürmst hier herein und erschreckst mich ...»

«Komm mit mir! Wir wissen nicht, was wir tun sollen! Am Stadttor sind Leute ...»

«Was für Leute?»

«Weiber!»

«Weiber?»

«Eher Frauen.»

«Frauen?»

«Oder Jungfrauen. Jedenfalls behaupten sie das.»

«Bist du betrunken, Rufinus?»

«Noch keinen Tropfen habe ich zu mir genommen, Vater. Komm mit! Überzeuge dich! Stelle fest, ob es stimmt!»

«Was denn?»

«Na, ob sie Jungfrauen sind.»

«Was fällt dir ein? Wie könnte ich das?»

«Als Bischof mußt du doch feststellen können, ob es sich wirklich um Nonnen handelt.»

«Nonnen?» rief Gregor.

«Sie behaupten, sie kämen aus Poitiers. Aus dem Heilig-Kreuz-Kloster.»

«Aus Poitiers? Wie? Jetzt? Bei dem Wetter? Und Nonnen? Wie viele sind es denn?»

«Etwa vierzig. Ein wüster Haufen. Sie kreischen und zetern und schlagen mit Fäusten gegen das Tor.»

«Ist es denn jetzt geschlossen? Am hellichten Tage?»

«Wir sahen sie ja von weitem kommen. Da dachten mein Kamerad Ceslin und ich, es wäre besser, das Tor erst mal zu verrammeln. Man kann ja nie wissen ... Von weitem, bei diesem Unwetter, sahen wir auch nicht gleich, daß es Weiber ... eh, Jungfrauen sind. Es konnte ja auch ein Trupp von Banditen sein, die den Regen ausnutzen wollten, um ...»

«Und warum habt ihr sie nicht hereingelassen?» unterbrach ihn der Bischof ungeduldig. «Gott im Himmel! Natürlich sind sie auf einem Pilgermarsch! Sie wollen zum Grabe des heiligen Martin!»

«Das wohl nicht!» erwiderte der Torwächter grinsend.

«Wieso nicht?»

«Sie fluchten wie Fuhrknechte, nannten uns Hurensöhne und schrien: ‹Macht das Tor auf, wir wollen zu euerm verdammten Bischof!›»

«Das haben sie ...?» Dem erschrockenen Gottesmann versagte die Stimme.

«Das und noch mehr, Vater, saftige Worte!» Das Grinsen wurde noch breiter. «Besser, ich wiederhole sie nicht.»

«Aber ... wenn sie eine so grobe Sprache führen, dann ... dann sind sie vielleicht gar keine Nonnen ...»

«Dachten wir auch erst. Ceslin sagte, vielleicht sind es Spielfrauen. Ich dagegen: Oder Dirnen, die sich als Nonnen ausgeben, damit wir sie reinlassen. Das fehlte ja noch, vierzig auf einmal! Schließlich haben wir schon genug von der Sorte, die uns die frommen Väter und Brüder verrückt machen. Als sie aber näher heran waren, sahen wir: Spielfrauen sind es nicht. Sie haben nichts bei sich, keine Zimbeln, Klappern, Harfen, Flöten. Und richtige Dirnen sind sie auch nicht, sonst kämen sie nicht so erbärmlich daher ... hätten wenigstens einen Planwagen und Gepäck drauf. Manche von ihnen sind barfuß, haben kaum etwas auf dem Leib ... gerade genug, um sich zu bedecken. Einige scheinen auch schon ganz schwach zu sein ...»

«Und ihr laßt sie im Regen vor dem Tor?»

«Nur weil sich die meisten so wüst und unflätig aufführen. Sie drohen sogar! Eine – so eine Schwarze, ein richtiges Teufelsweib, wohl die Anführerin –, die schrie zu uns herauf: ‹Wenn ihr uns nicht hereinlaßt in euer elendes Pfaffennest, dann sorgen wir dafür, daß ihr alle aufgehängt werdet! Wir haben die Macht dazu! Wir sind Königstöchter!›»

«Königstöchter?»

«Nun, wie findest du das, ehrwürdiger Vater? Dürfen Nonnen so etwas sagen? Selbst wenn sie Königstöchter sind? Vielleicht sind sie aber auch Verrückte. Wer weiß, was die vorhaben und wer dahintersteckt! Deshalb meinte Ceslin: ‹Lauf lieber erst zu unserm Bischof, Rufinus, der wird Rat wissen ...›»

«Jaja, schon gut, ich komme mit dir!»

Tief seufzend erhob sich der würdige Mann von seinem Armstuhl. Er war Ruhe und Ordnung gewöhnt, den stetigen Rhythmus frommer Verrichtungen und nützlicher Taten. Doch jetzt schwirrten ihm die abenteuerlichsten Vermutungen durch den Kopf. Hatte Satan etwa die Hand im Spiel?

Er stülpte eine lederne Kappe auf seinen hochgewölbten, schmalen Kopf und warf einen Umhang über die Stola. In der Vorhalle ließ er sich von einer Magd die Schuhe binden.

«Bei der heiligen Mutter Maria, ehrwürdiger Vater», jammerte sie, «willst du wirklich bei diesem Wetter hinaus? Du wirst dir den Tod holen!»

«Und das Huhn wird verkochen!» schrie eine andere aus der Küche herüber.

Der Bischof trat vor die Tür seines Hauses.

«Mein Pferd!»

«Ich rate dir, lieber nicht zu reiten», sagte Rufinus, der ihm gefolgt war. «Diese verschlammten Wege sind tückisch. Schnell ist ein Unglück geschehen!»

«So gehen wir!»

Rufinus schritt voran und der Bischof stapfte verdrossen hinter ihm her. Schon nach wenigen Schritten versank er bis zu den Waden im Schlamm. Unter seinen Füßen gluckste und schmatzte es, Wasser lief in seine Schuhe.

Kaum waren sie aber um die erste Ecke gebogen, als sie betroffen stehen blieben.

Vom anderen Ende der Gasse näherte sich aufgeregt gestikulierend ein Haufen dunkel gewandeter Gestalten.

«Teufel, Vater, da sind sie schon!» rief Rufinus. «Aber wie sind die hereingekommen? Das Tor war doch zu, und Ceslin wollte so lange warten, bis ...»

Der Bischof bekreuzigte sich stumm. Einige Gesichter kamen ihm bekannt vor. Es waren tatsächlich Nonnen aus dem Heilig-Kreuz-Kloster der Nachbarstadt Poitiers, dem er schon manchen Besuch abgestattet hatte.

In der ersten Reihe gingen die Jüngsten und Kräftigsten. Unter ihren stampfenden Schritten spritzten Schlamm und Wasser hoch auf. Dahinter versuchten die anderen, Schritt zu halten. Einige wankten und stützten sich gegenseitig. Alle waren völlig durchnäßt und schmutzbedeckt, ihre Gewänder, Schleier und Stirnbinden waren in elendem Zustand. Doch die Gesichter, obwohl bleich und übernächtigt, zeigten eine wilde Entschlossenheit.

Einige Bürger, aufgeschreckt von dem Lärm, steckten die Nasen aus den Türen und taten dasselbe wie der Bischof: Sie bekreuzigten sich erschrocken.

An der Spitze schritt die große Schwarzhaarige, die Rufinus erwähnt hatte. Glänzende Strähnen fielen wasserschwer auf ihre Schultern. Auf ihren langen Beinen, die sie unter den hochgerafften Gewändern unziemlich sehen ließ, marschierte sie vorwärts, als ginge es in eine Schlacht. Ihre Nase war kühn gebogen, der Mund stark aufgeworfen, das Kinn rund und kraftvoll. Und tiefschwarz wie das Haar waren ihre Augen.

Die Schöne pflanzte sich vor dem Bischof auf, ließ den gerafften Rock fallen, stemmte die Arme in die Seiten und fragte in scharfem Tonfall:

«Erkennst du mich, ehrwürdiger Vater?»

Gregor zuckte zusammen, behielt jedoch Haltung und erwiderte: «Ja, ich erkenne dich. Du bist die Nonne Chrodechilde vom Heilig-Kreuz-Kloster in Poitiers.»

«Und erkennst du auch die?»

Sie zeigte auf eine rundliche Blonde, die neben ihr stehengeblieben war.

«Gewiß», sagte Gregor. «Ihr Name ist, wenn ich nicht irre, Basina.»

«Du irrst nicht. Vor dir stehen zwei Nichten des Königs Gunthram – zwei Kusinen des Königs Childebert!»

«Das wußte ich gleichfalls. Aber was wollt ihr hier? Warum habt ihr die Obhut eures Klosters verlassen? Bei diesem Wetter, noch fast zur Winterszeit! Warum konntet ihr nicht bis zum Frühling warten? Habt ihr denn an den heiligen Martin eine so dringende Bitte?»

«Nicht an den Heiligen, von dem wollen wir nichts!» erwiderte Chrodechilde und lächelte abschätzig. «Wir sind unterwegs zu unsern Verwandten, den Königen! Die Jungfrauen hier sind unser Gefolge!»

«Was denn? Ihr wollt noch weiter?»

«Nach Orléans oder nach Chalon. Und wenn es sein muß, sogar nach Metz.»

«Aber hat euch denn eure Äbtissin, die ehrwürdige Leubovera, mit einem solchen Auftrag versehen?»

Kaum hatte der Bischof die Frage gestellt, öffneten sich die Münder der vierzig Nonnen zu einem Hohngelächter. Die blonde Basina schrie:

«Habt ihr gehört, Schwestern? Die ‹Ehrwürdige›! So nennt er die gottlose, niederträchtige Schlampe!»

«Nein, Vater!» sagte Chrodechilde. «Von der Äbtissin haben wir keinen Auftrag erhalten. Aber schuld ist sie trotzdem, daß wir drei Tage und Nächte bei Wind und Wetter auf der Straße waren. Sechzig Meilen! Ohne Nahrung, fast ohne Schlaf!»

«Aber das ist ja grauenhaft, ich fasse es nicht!» rief Gregor bestürzt. «Irgend jemand muß euch das doch befohlen haben! Etwa mein geschätzter Amtsbruder Marovech, euer Bischof?»

«Sein ‹geschätzter Amtsbruder›, Schwestern!» höhnte Basina. «Der boshafte, alte Hinkefuß!»

Die Nonnen schrien entrüstet auf.

«Befohlen hat uns das niemand, Vater!» sagte Chrodechilde herausfordernd. «Wir selber haben uns den Befehl erteilt, weil wir es nicht länger dort aushielten! Aber willst du uns hier im Regen verhören? Sollen wir alle im Fieber enden? Einige von uns sind schon krank. Sogar der Wächter am Tor hatte Mitleid mit uns!»

«Oh, verzeiht, meine Töchter!» rief der Bischof. «Natürlich, zuerst das Werk der Barmherzigkeit! Ihr müßt euch erst einmal erholen, dann sehen wir weiter. Im Namen Gottes, folgt mir nach! Ich werde euch speisen und ein Obdach geben!»

Wenig später herrschte in dem sonst so stillen Haus des Bischofs von Tours der Trubel einer Herberge. Die vierzig Nonnen drängten hinein und nahmen sämtliche Räume für sich in Anspruch. Die Geschwächten ließen sich auf Bänken und Hockern oder gleich auf dem Fußboden nieder. Entsetzt sahen die Mägde, wie Schlammspuren über die kostbaren Teppiche gezogen wurden. Die Köchin schrie auf und protestierte, als Basina und einige andere in der Küche das Huhn aus dem Topf rissen. Im Nu war es zerteilt und verzehrt. Dann stürmten die ausgehungerten Gottesbräute die Speisekammer. Körbe mit Brot und Käse, Fässer mit gesalzenem Fleisch und eingelegtem Gemüse wurden von Hand zu Hand weitergereicht. Die Mägde umringten den Bischof und flehten ihn an, die räuberischen Nonnen zu zügeln, da man sonst für den Rest des Winters nichts mehr zu essen haben werde. Doch er befahl, sie aus Nächstenliebe gewähren zu lassen und ließ auch zusätzlich Kohlebecken aufstellen, damit sie sich trocknen und wärmen konnten. Über Schränke und Truhen und ein quer durch die Halle gespanntes Wäscheseil warfen sie ihre nassen Gewänder, Überwürfe, Hemden, Schleier, Binden und Strümpfe. Der keusche Oberhirte, schon über die fünfzig hinaus, wußte bald nicht mehr, wohin er gehen und blicken sollte. So viel unverhüllte Weiblichkeit hatte er sein Lebtag nicht zu Gesicht bekommen. Als er sein Arbeitszimmer betreten wollte, verwehrte ihm Chrodechilde, die Arme ärgerlich vor der Brust kreuzend, den Eintritt. Also floh er in die Hauskapelle. Doch auch hier waren schon überall Kleidungsstücke zum Trocknen ausgebreitet und ein mehrstimmiger Aufschrei empfing ihn, als er die Schwelle überschreiten wollte. Er zog sich erschrocken zurück und nun fiel ihm als letzte Zuflucht nur noch ein Schuppen an der seitlichen Hauswand ein, wo zerbrochenes Chorgestühl und allerlei Gerümpel verwahrt wurde. Aber welch schmachvoller Anblick, als er dort eintrat! Da standen der strenge Archidiakon, ein Priester, zwei Diakone und der Prior eines Klosters, der zu Besuch war, gebückt an der gemeinsamen Wand von Haus und Schuppen und spähten angestrengt durch die Ritzen zwischen den Eichenbohlen. Der Bischof räusperte sich und da fuhren fünf heftig gerötete Köpfe herum und unter verlegenem Gemurmel schlichen die Überraschten hinaus in den Regen.

Gregor blieb in dem Schuppen allein, setzte sich auf eine der Bänke und dachte nach. Noch immer wußte er nicht, was geschehen, welches die Ursache für dieses unerhörte Ereignis war, das ihn in solche Verlegenheit brachte.

Erst gegen Abend herrschte wieder so weit Ordnung im Hause, daß er sich hineinwagen konnte. Es gelang ihm sogar, die Gäste zur Räumung seines Arbeitszimmers zu bewegen. Voller Besorgnis prüfte er, ob seine Papiere, insbesondere sein wertvolles Manuskript, unberührt waren. Nachdem er sich überzeugt hatte, daß abgesehen von Haufen getrockneten Gassendrecks auf dem Teppich und anderen Verwüstungen, die in die Zuständigkeit der Mägde fielen, nichts verändert war, beruhigte er sich ein wenig und setzte sich in seinen Armstuhl, um sich zu sammeln. Dann rief er die beiden Anführerinnen der Nonnenschar, Chrodechilde und Basina, herein.

«Ich bin tief besorgt, meine Töchter», begann er. «Soweit ich mich erinnere, ist ein Fall wie dieser nicht vorgekommen. Wie konntet ihr überhaupt das Kloster verlassen? Wie seid ihr hinausgelangt?»

«Durch die Pforte, ehrwürdiger Vater», antwortete Chrodechilde lächelnd.

«Wir mußten aber das Schloß zerbrechen, weil die Pförtnerin den Schlüssel versteckt hatte», fügte Basina hinzu.

«Ihr habt das Schloß zerbrochen?» rief der Bischof. «Das ist ein schwerer Verstoß!»

«Viel schwerer waren Verstöße, die andere sich geleistet haben», befand Chrodechilde.

«Vor allem die Schlampe Leubovera!» ergänzte Basina.

«Meine Töchter, ich kann nicht dulden, daß ihr gegen die ehrwürdige Mutter Beleidigungen …»

«Die Ehrwürdige», sagte Chrodechilde, «ist eine Schande für das Heilig-Kreuz-Kloster!»

«Liebhaber hält sie sich!» sprudelte Basina hervor. «Sie

läßt sie ganz ungeniert ins Kloster und versteckt sie nicht einmal. Sogar im Badehaus tummeln sie sich! Wenn eine Nonne dort hinein will, wird sie verspottet und aufgefordert, mit ihnen Unzucht zu treiben. Und die Äbtissin lacht dazu!»

«Und dann sitzt sie den ganzen Tag beim Brettspiel!» setzte Chrodechilde die Anklagen fort. «Es macht ihr nichts aus, wenn sie das Stundengebet darüber versäumt. Dabei leert sie einen Becher Wein nach dem anderen. Schon am Nachmittag ist sie oft so betrunken, daß man sie stützen und zu Bett bringen muß!»

«Das machen gewöhnlich ihre Verwandten!» Wieder nahm Basina das Wort. «Ihr Vetter, ihre Nichte und deren Verlobter. Die leben im Kloster, schmarotzen und stehlen. Die Verlobung wurde in Saus und Braus im Refektorium gefeiert.»

«Und ihre Nichte bekam ein Festgewand aus feinstem Goldbrokat. Den Stoff dazu ließ die Äbtissin von der Altardecke abschneiden! Aber das ist noch nicht alles, sie hat ...»

«Genug, genug!» wehrte Gregor ab. «Was erzählt ihr mir da? Das ist ja unglaublich! Aber eines verstehe ich nicht, meine Töchter. Wenn die Äbtissin tatsächlich gefehlt hat ... warum habt ihr euch nicht beschwert? Die heilige Radegunde, die Gründerin eures Klosters, die nun vom Himmel auf euch herabblickt, hatte einen sehr schönen Brauch eingeführt, an den ich mich gut erinnere. Hin und wieder versammelte sie die Nonnen, und wenn eine einen Mißstand entdeckt hatte, konnte sie dies frank und frei sagen und ...»

«Frank und frei?» Chrodechilde stieß ein bitteres Lachen aus. «Die Zeiten sind lange vorüber, Vater. Eine Nonne, die jetzt noch den Mund aufmacht, spürt es am Rücken. Die fällt in die Hände der Pröpstin Justina!»

«Das ist der Besen der Äbtissin», erklärte Basina. «Die macht die grobe Arbeit für sie.»

«Sprecht ihr etwa von Leibesstrafen?»

«Sie sprechen natürlich von Bußen! Mal sind es zehn, mal zwanzig, mal dreißig Hiebe. Die die Pröpstin oft selbst und sehr lustvoll verabreicht.»

«Sie haben uns alles weggenommen!» stieß Chrodechilde zornig hervor. «Unsere Truhen mit Kleidern und Schmuck. Unsere Mäntel und Pelze. Im Schlafsaal stellen sie Wachen auf. Selbst wenn an den Fenstern Eiszapfen hängen, ist nur eine dünne Decke erlaubt.»

«Und erst das Essen!» rief Basina. «Den Hunden wirft man etwas Besseres vor!»

«Dafür müssen wir arbeiten, bis uns das Blut aus den Nägeln spritzt! Ist das rechtens? Sind wir nicht Königstöchter? Darf man uns im Webhaus und in der Mühle wie Sklavinnen schinden?»

«Haltet ein!» Der Bischof glaubte, endlich die schwachen Punkte dieser Anklagen zu erkennen. «Aus euren Worten sprechen Hochmut und Eitelkeit! Gehört sich so etwas für die Bräute Christi? Vor ihm sind alle Stände gleich, in seinem Dienst gibt es keine Unterschiede. Und was soll das Gejammer um Kleider und Schmuck? Habt ihr euch nicht zur Armut verpflichtet? Auch Arbeit ist keine Schande, denn sie dient ja dem Wohle der Gemeinschaft. Muß ich euch daran erinnern, daß die höchsten Tugenden einer Klosterfrau Gehorsam und Demut sind? Doch was tut ihr? Ihr rebelliert! Verlaßt euer Kloster ohne Erlaubnis! Und glaubt dennoch das Recht zu haben, eure Äbtissin anzuklagen! Kennt ihr nicht das Wort unseres Herrn: ‹Wer unter euch ohne Sünde ist, der werfe den ersten Stein auf sie!›? Kommt zur Besinnung und bedenkt ...»

«Wir sind nicht hier, um eine Predigt zu hören!» fuhr Chrodechilde grob dazwischen.

Basina riß den Mund auf und gähnte.

«Nun gut», sagte Bischof Gregor seufzend. «Was geschehen ist, läßt sich zwar nicht rückgängig machen, doch es gibt einen Weg, eure Schuld zu mindern. Ich werde mich eurer Sache annehmen. Sobald das Wetter es zuläßt, begeben wir uns nach Poitiers. Ihr kehrt reumütig in euer Kloster zurück, während ich mich gemeinsam mit meinem Amtsbruder Marovech, der ja für euch zuständig ist, beraten und umhören werde. Wenn die Äbtissin in irgendeinem Punkt die Klosterregel verletzt hat, werden wir sie zurechtweisen. Wenn aber die Untersuchung ergibt ...»

«Die Untersuchung kannst du dir sparen!» sagte Chrodechilde. «Und deinen Amtsbruder laß aus dem Spiel. Er ist uns feindlich gesonnen!»

«Euch feindlich gesonnen? Der Bischof? Der heilige Mann?»

«Ich habe ihn in den Hintern getreten», sagte Basina ein wenig geniert. «Das nimmt er vermutlich immer noch übel.»

«Was hast du getan, Unselige?»

Gregor beugte sich über den Tisch und starrte sie an.

Basina senkte den Blick, zupfte an ihrem nachlässig übergeworfenen Schleier und strich eine blonde Haarsträhne aus der Stirn.

«Ich wollte es nicht, Vater ... Aber was sollte ich tun? Für unsere Klagen war er taub, doch daß wir zu unseren Verwandten, den Königen, gingen, wollte er auch nicht. Wir – also die Schwestern, die jetzt hier sind – waren im Oratorium versammelt, und als wir hinauswollten, stellte er sich in die Tür, hob die Arme zum Himmel und fing an zu beten. Wir sagten ganz ruhig: ‹Laß uns durch, ehrwürdiger Vater!› Er aber schrie: ‹Herr, mach mich stark und verleihe mir Löwenkräfte, damit ich diese Jungfrauen hindere ...› Und noch mehr von der Art. Da wurden wir alle sehr ungeduldig. Und weil ich ganz vorn stand und er mir den Rücken kehrte, hab ich ihn eben ...»

«Du hast ihn, während er betete ...?»

«Sei unbesorgt, passiert ist ihm nichts! Er fiel nur die Treppe hinunter und schlug sich das Knie auf. Aber man merkte es gar nicht, er war ja vorher schon lahm. Er humpelte noch eine Weile hinter uns her und brüllte sich die Kehle aus dem Leib. Schließlich wünschte er uns alle zur Hölle!»

«Na, hoffentlich wird nichts daraus!» meinte Chrodechilde. «Wenn wir dort nämlich hinkommen sollten, treffen wir ihn wieder!»

Sie und Basina stimmten ein so schrilles Gelächter an, daß dem Bischof ein Schauer über den Rücken lief.

«Das ist ja Sodom!» murmelte er. «Warum läßt der Herr nicht Feuer und Schwefel regnen?»

Nachdem sie sich beruhigt hatte, sagte Chrodechilde: «Kurz und gut, Vater, sieh von der Untersuchung ab! Wir sind auch nicht hergekommen, damit du dich in unsere Angelegenheiten mischst.»

«Und warum seid ihr hier?»

«Weil die Stadt Tours auf unserem Wege liegt.»

«Ihr wollt wirklich zu den Königen?»

«Wenigstens zu Onkel Gunthram, nach Orléans oder Chalon. Leider aber haben die meisten unserer Schwestern nicht mehr die Kraft, den Weg fortzusetzen. Bedenke, was sie erdulden mußten und wie geschwächt sie schon waren, als wir uns aufmachten. Wir bitten dich deshalb, alle hierzubehalten ... in einem der Klöster oder Pilgerhäuser des Heiligtums. So lange, bis Basina und ich nach dem Besuch bei unserem Onkel – vielleicht aber auch noch bei unserem Vetter in Metz – zurückkehren.»

«Und was wollt ihr bei ihnen erreichen?» fragte der Bischof ungehalten. «Erwartet ihr von den Königen eine Belohnung ... für euern sträflichen Ungehorsam?»

«Wir erwarten nur, was uns zusteht!» Chrodechilde richtete ihr Stirnband, strich den Schleier glatt und vollendete hoheitsvoll: «Hab etwas Geduld, du wirst alles erfahren. Spätestens, wenn ich als Äbtissin zurückkehre!»

«Und ich als Pröpstin!» sagte Basina.

2

DIE BEIDEN NONNEN HATTEN GLÜCK. Nachdem sie sich in Tours ein paar Tage erholt hatten, schlossen sie sich einem Zug von Kaufleuten an und erreichten Orléans, wo sie zu ihrer Freude erfuhren, daß König Gunthram kurz zuvor eingetroffen war.

Der «gute König», wie Bischof Gregor ihn mehrfach in seiner Frankengeschichte nennt, beherrschte Burgund, das südlichste der fränkischen Teilreiche. Nach dem Tode seines Vaters Chlothar vor fast drei Jahrzehnten war das Frankenreich unter vier Brüder aufgeteilt worden, von denen er, der Zweitälteste, allein noch am Leben war. Vom Erbe des früh verstorbenen ältesten Bruders hatten sich seinerzeit alle etwas genommen, so daß nunmehr drei große Teilreiche mit kleineren, verstreuten Herrschaftsgebieten übriggeblieben waren. In den beiden anderen Teilreichen saßen inzwischen Gunthrams Neffen auf dem Thron: in Austrasien, dem östlichen, der neunzehnjährige Childebert, in Neustrien, dem nördlichen, der erst vierjährige Chlothar II. Anstelle des Jünglings und des Kindes regierten allerdings deren Mütter Brunichilde und Fredegunde, die Witwen der beiden jüngeren Brüder Gunthrams.

Nicht zuletzt diese beiden waren es, die den burgundischen König auf seine alten Tage zum Frauenfeind werden ließen. Es waren unverbesserliche, machtbesessene Frauen, die sich bis aufs Blut haßten und keine Gelegenheit ausließen, einander das Leben schwerzumachen. Fredegunde im Norden, die Magd war, bevor sie Königin wurde, unternahm gegen die andere sogar von Zeit zu Zeit Mordanschläge, wobei sie nicht davor zurückschreckte, Geistliche für ihre Machenschaften zu mißbrauchen. Ihre Rivalin im Osten, die geborene Gotenprinzessin Brunichilde, bediente sich weniger rüder Methoden, schmiedete aber unablässig das Eisen für einen Vernichtungskrieg gegen das Nachbarreich. Oft genug mußte Gunthram vermitteln, ausgleichen und das Schlimmste verhindern, wobei er sich einige Male selber den Zorn der beiden Megären zuzog. Mit Brunichilde kam er ein wenig besser aus. Zwei Jahre zuvor hatte er sogar ein Abkommen mit ihr geschlossen und darin, da er selber nur noch eine Tochter besaß, ihren Sohn Childebert zum Erben seines Reiches erklärt.

Auch im eigenen Haus hatten die Frauen dem König Gunthram übel mitgespielt. Seine zweite Gemahlin vergiftete gleich nach der Hochzeit den Sohn seiner ersten Frau, so daß er gezwungen war, sie zu verstoßen. Seine dritte stiftete ihn kurz vor ihrem Tod zu einer Untat an, die noch immer an seinem Gewissen nagte. Als er weinend an ihrem Sterbebett saß, behauptete sie, nicht die Ruhr werde sie dahinraffen, sondern die Tränke ihrer Ärzte würden dies tun, und sie ließ ihn einen heiligen Eid schwören, daß er die Schuldigen, sobald sie gestorben sei, um ihre Köpfe kürzen werde. Sie starb – und der «gute König» hielt sein Versprechen, was ihm hinterher leid tat, doch nicht mehr zu ändern war. Von nun an mied er die Frauen und wandte sich der Religion zu. Hier fand er bestätigt, daß alles Unheil vom Weibe komme, welches die Sünde auf die Welt gebracht hatte. König Gunthram wurde ein frommer Mann, was auch seiner im Grunde friedfertigen Natur entsprach. Er umgab sich mit Bischöfen, Äbten und anderen Gottesmännern und tat manches gute Werk für die Kirche.

Auch als ihm die Ankunft der beiden Nonnen gemeldet wurde, welche behaupteten, seine Nichten zu sein, befand sich der König gerade in geistlicher Gesellschaft. Der Priester Theuthar, ein Bevollmächtigter seines Neffen Childebert (beziehungsweise der Königin Brunichilde), hatte ihn in Chalon, seiner neuen Hauptstadt, aufsuchen wollen und erfahren, er habe sich nach Orléans begeben, um dort Gericht zu halten. Flugs war er ihm nachgereist, weil eine wichtige Botschaft zu übermitteln war. Diese gefiel dem König, der sich in zähen Verhandlungen mit Brunichilde für zwei Edelleute eingesetzt hatte, welche von ihr der Verschwörung angeklagt waren. Theuthar brachte die Nachricht von ihrer Begnadigung. Der König grollte zwar noch ein wenig, weil sich «der alte Raffzahn», seine Schwägerin, auch der Güter der beiden bemächtigt hatte und diese behalten wollte. Doch er gab sich mit dem Erreichten zufrieden. Er belobigte sogar den Priester, weil er, obwohl dem austrasischen Hof angehörend, in der Angelegenheit auch burgundische Interessen wahrgenommen hatte. Gunthram schätzte den jungen Gesandten, der wenig über dreißig Jahre alt war und als ebenso strenger, eifriger Diener der Kirche wie als geschickter Unterhändler und vor allem hervorragender Kenner der Rechte galt. Er gehörte zu jenen Unentbehrlichen, die als Beauftragte ihrer Herrscher ständig im Frankenreich unterwegs waren, mal zu den anderen Höfen, mal zu Grafen oder Bischöfen gesandt, im Namen ihrer Könige sprechend und oft mit umfassender Vollmacht versehen. Gunthram hätte Theuthar gern den Austrasiern abgeworben und in seine eigenen Dienste gestellt, doch fürchtete er den Unmut der Königin.

Mitten im huldvollen Geplauder mit diesem frommen, gelehrten Mann erreichte den König also die Meldung von der plötzlichen Ankunft seiner Nichten, der beiden Nonnen aus Poitiers.

«Wie?» rief er. «Nonnen aus Poitiers? Erinnere mich nicht, dort Verwandte zu haben.»

«Sie behaupten aber, König ...», sagte der wachhabende Gefolgsmann.

«Ach was! Betrügerinnen! Bittstellerinnen! Lästige Weiber! Wollen nur vorgelassen werden. Jagt sie davon!»

«Onkel! Im Namen Gottes ... Erbarmen!»

Chrodechilde und Basina, die an der Tür gelauert hatten, stürzten herein. Die weiten Ärmel ihrer Gewänder wie Flügel schwingend, glitten sie durch den Empfangssaal. Vor dem Armstuhl des Königs warfen sie sich flach auf den Boden.

Gunthram, ein kleiner, knorriger Kerl mit grauen Haaren, die ihm nach Art der Merowinger bis zum Gürtel herabhingen, blickte mit seinen flinken Äuglein beunruhigt auf die beiden herab. Seine Hand fuhr nach dem Griff des Kurzschwertes. Ein König konnte nie wissen, ob nicht die erstbesten Fremden, die sich ihm näherten, und seien es Frauen, im nächsten Augenblick einen Dolch zücken und auf ihn eindringen würden.

Der Gefolgsmann schien dasselbe zu denken. Er trat rasch von hinten an die Nonnen heran und wollte sie fortzerren.

Aber die Schwarzhaarige hob den Kopf und rief:

«Onkel! Ich bin Chrodechilde! Das ist Basina! Wir sind die Töchter deiner Brüder!»

Der König runzelte die Stirn und zwinkerte. Ein Erinnerungsfunke schien in ihm aufzuglühen. Seine Hand ließ den Schwertgriff los, und er gab dem Wächter ein Zeichen, daß er sich unbesorgt zurückziehen könne.

«Töchter meiner Brüder? Nun sieh einmal an! Jaja, das ist

möglich. Erlaube euch aufzustehen. Wußte gar nicht mehr, daß es euch gibt. Kein Wunder! Was hinter Klostermauern verschwindet, ist ja fast von der Welt ... schon halb im Himmel. Habe ich recht?»

Er stieß ein krächzendes Lachen aus und blickte dabei den Priester an. Theuthar belächelte höflich den Scherz und wandte sich wieder mit einem Blick, in dem sich Neugier mit kühler Zurückhaltung paarte, den Nonnen zu.

Die beiden hatten sich erhoben, ordneten ihre Gewänder und warteten mit geröteten Wangen darauf, daß sie ihr Anliegen vorbringen durften.

«Du also bist Chlodoswintha.»

«Chrodechilde! Ich bin die Tochter deines Bruders Charibert, Onkel.»

«Des Charibert?» König Gunthram kreuzte die kurzen, mit Wadenbinden umwickelten Beine und stützte nachdenklich das bärtige Kinn in die Hand. «Jaja, der Chari... War der älteste von uns vieren. Ist schon lange her, hat sich totgesoffen. Das muß über zwanzig Jahre her sein.»

«Ja, Onkel. Damals war ich noch klein, kaum drei Jahre alt. Auf euern Beschluß – das heißt, den Beschluß seiner Brüder – wurde ich nach Poitiers in das Kloster gebracht.»

«Richtig, so war es. Was sollten wir auch mit dir anfangen? Wir teilten sein Königreich unter uns auf. Aber was sollten wir mit seinen Bälgern? Du mußtest ja irgendwie versorgt werden. Deine Mutter war damals auch schon tot. War ein stattliches Weib ...»

«Sie hieß Marcovefa.»

«Ja, ich erinnere mich an sie. Bevor sie Königin wurde, war sie ebenfalls Nonne. War durchtrieben und schamlos, warf sich dem Chari ins Bett, obwohl der schon mit ihrer Schwester verheiratet war ... und noch einer Dritten.

Schlimme Zustände. Habe ihm ins Gewissen geredet. Vermählt man sich mit einer Jungfrau, fragte ich ihn, die längst einen anderen hat, nämlich unsern Herrn Jesus Christus? Das war ein Verbrechen gegen die heilige katholische Kirche. Germanus, der Bischof von Paris, tat ihn auch gleich in den Bann. Aber er machte sich nichts daraus, der Leichtfuß! Lachte nur, sündigte weiter … so lange, bis ihn ein früher Tod dahinraffte. Hat sich nicht einmal vorher mit Gott ausgesöhnt, starb als Verdammter. Hast du fleißig für ihn gebetet?»

«Natürlich, Onkel.»

«Nützen wird es nichts. Ist aber gut für dich selber. Damit du nicht auch noch dafür belangt wirst, was deine Eltern verbrochen haben. Hoffe, du bist gehorsam und gottesfürchtig und ein Vorbild für die anderen Nonnen. Ist es so? Sind deine Oberen mit dir zufrieden? Deine Äbtissin und dein Bischof?»

«Onkel, ich …»

Chrodechilde zögerte mit der Antwort. Der junge Priester ließ keinen Blick von ihr. König Gunthram wartete nicht, sondern wandte sich ihrer Kusine zu.

«Nun, und du? Wie war dein Name? Bathilde?»

«Basina, Onkel. Mein Vater war König Chilperich.»

«Also die Tochter meines jüngeren Bruders. Der war auch nicht gerade fromm. Haßte Priester und Bischöfe, schadete ihnen, wo er nur konnte. Kein Wunder, daß er ermordet wurde. Eine Strafe des Himmels … auch wenn man nicht weiß, wer es getan hat. Die Hand Gottes hat jedenfalls dabei mitgewirkt. Du bist wohl von seiner ersten Frau?»

«Ja. Meine Mutter hieß Audovera.»

«Armes Weib. Wurde auch umgebracht. Fredegunde hat es getan, seine zweite. Vorher hatte sie schon deine Brüder gemeuchelt. Ein Rabenaas, diese Fredegunde, aber dein Vater war ihr verfallen. Hat immer noch Feuer unter den Rökken, das Biest. Wer weiß, von wem der jetzige König ist, ihr Sohn Chlothar! Was für schauderhafte Familienverhältnisse. Hast Glück gehabt, daß du davonkamst. Solltest Gott dreimal am Tag dafür danken. Viel fasten, beten und sein Lob singen. Aber warum seid ihr eigentlich hier? Warum seid ihr nicht in euerm Kloster bei frommen Übungen? Wie kommt ihr hierher?»

«Onkel, wir sind gekommen, damit du uns rettest!» rief Chrodechilde. «In diesem Kloster will man unser Verderben!»

«Was sagst du?»

«Ja, man will uns zugrunde richten! Weil wir die Töchter von Merowingern sind! Die Töchter von Königen, die von Chlodwig abstammen!»

Gunthram erfuhr nun alles, was zuvor schon Bischof Gregor gehört hatte. Chrodechilde malte das Bild des Klosterlebens und vor allem das der Äbtissin hier allerdings in noch düsteren Farben. Von «vielen Liebhabern» war die Rede, von «wilden Orgien im Badehaus», von der «Vergeudung des Klosterbesitzes». Die Gerechten unter den Nonnen – alle edel geborenen Jungfrauen, darunter natürlich die beiden Königstöchter – mußten jetzt ununterbrochen fasten, schliefen auf dem nackten Fußboden, wurden von der grausamen Pröpstin mit fünfzig, manchmal auch hundert Geißelhieben gepeinigt. Die Geschwächten und Siechen hätten sich nur bis nach Tours geschleppt, wo die meisten jetzt fieberten und einige mit dem Tode rängen. Sie und Basina seien nur widerstrebend vom Lager der Unglücklichen gewichen, doch hätten diese sie angefleht, ihren Bittgang fortzusetzen, bis ans Ziel. Mildtätige Menschen hätten sie hergebracht.

König Gunthram hörte stumm zu, wobei er nur ab und an schnaufte. Der Priester Theuthar dagegen fuhr sich immer ungeduldiger über sein blondes, gewelltes Haar. Seine Miene wurde zusehends strenger. Als die blühende Chrodechilde ihre Leiden in einer lichtlosen Zelle schilderte und die rundliche Basina ergänzte, sie habe wochenlang nur an verschimmelten Brotrinden gekaut, hinderte ihn offenbar nur der Respekt vor dem Herrscher, die beiden zu unterbrechen.

Chrodechilde kam zum Schluß ihrer Anklage.

«Onkel, es ist ganz klar, daß die Äbtissin Leubovera und Bischof Marovech, der ihr Treiben duldet, darauf aus sind, uns und unsere Freundinnen zu vernichten! Sie sind neidisch auf unsere hohe Geburt und Feinde des merowingischen Königshauses. Leubovera ist Tochter eines Vicarius, eines schäbigen Dorfvorstehers! Wir aber sind die lebendige Mahnung, daß eine merowingische Königin – Radegunde, die Heilige – die Gründerin war und daß das Kloster in ihrem Geist weitergeführt werden müßte. Dazu wären wir Königstöchter berufen, nicht aber Leute wie diese Äbtissin und ihre Pröpstin, die den Willen Radegundes mißachten und die schrecklichsten Freveltaten begehen. Was würde die Heilige sagen, wenn sie das noch erlebte? Wie wird sie sich grämen ... dort oben im Himmel! Wie liebte sie uns, Basina und mich, und wie oft sagte sie uns, daß sie in uns die Zukunft des Klosters sähe, daß in uns ihr Werk fortbestehen würde. Statt dessen sind böse Mächte dabei, uns zu unterdrücken, zu erniedrigen und am Ende ganz zu verderben. Hilf, Onkel! Hilf uns, edler König! Setze uns in unsere Rechte ein! Rette das Kloster!»

Sie warf sich erneut der Länge nach nieder. Basina plumpste ebenfalls auf den Fußboden.

König Gunthram rekelte sich unbehaglich in seinem Armstuhl.

«Nun, nun ... erhebt euch doch, Mädchen!» krächzte er und spuckte dabei, weil ihm vorn schon fast alle Zähne fehlten. «Steht wieder auf! Was erzählt ihr mir da? Was für eine dumme Geschichte. Sehr ärgerlich! Habe schon immer befürchtet, daß so was passieren würde. In diesen Nonnenklöstern wird nur Unfug getrieben, drunter und drüber geht es dort. Zu viele Weiber auf dem Haufen und alle mit dem Teufel im Leib. Schwatzen, zanken sich, brüten Unheil aus. Keine Männer, die ihnen aufs Maul hauen, nur ein paar Priester und Mönche, die das nicht dürfen. Elendes Weiberpack! Denkt nicht an Gott, treibt lieber Unzucht und Völlerei. Eine Schande! Es ist wahr, man muß etwas tun. Unbedingt muß man etwas tun. Aber was? Am besten diese Nonnenklöster dem Erdboden gleichmachen. Geht aber nicht, das wäre nicht christlich. Außerdem haben sie ihre Vorzüge. Was also machen? Ich weiß es nicht. Sage mir deine Meinung, Theuthar, du hast alles gehört. Das ist der Priester Theuthar, Mädchen, ein Beauftragter meines Neffen Childebert, eures Vetters, und seiner Mutter Brunichilde. Ein Gottesmann und Gelehrter, ich schätze ihn. Nun? Rede! Wie denkst du darüber, Theuthar? Was rätst du mir?»

Die beiden Nonnen hatten sich wieder erhoben und während der königlichen Unmutsbekundungen mehrmals gespannte Blicke getauscht. Den Priester hatten sie gar nicht beachtet, er zählte ja nicht. Auch jetzt hielten sie es für unnötig, in diesem Familienrat seine Meinung zu hören. Chrodechilde öffnete schon den Mund, um statt seiner zu antworten, aber der junge Mann war schneller.

«Ich rate dir, diese Nonnen zu fragen, König», sagte er kühl, «ob ihnen die Regel ihres Klosters bekannt ist.»

Chrodechilde sandte ihm einen Blitz aus den Augenwinkeln.

«Die Regel des Klosters? Was soll das heißen? Wie sollte uns die nicht bekannt sein!»

«Frag doch mal deinen Priester, Onkel, ob ihm das Vaterunser bekannt ist!» fügte Basina spitz hinzu.

«Dann darf man wohl annehmen», sagte Theuthar, «daß sie auch die Vorschriften kennen, die eine Bischofsversammlung in einem Brief an die Gründerin erlassen hat. Denn sie gehören gewissermaßen zur Regel. Die heilige Radegunde hat jenen Brief ganz ohne Zweifel allen Nonnen zur Kenntnis gebracht.»

Wieder tauschten die beiden Blicke, und Chrodechilde erklärte trotzig: «Wir kennen alle Vorschriften gut und haben sie immer streng befolgt!»

«Mit einer Ausnahme offensichtlich.» Theuthar verschränkte die Hände vor der Brust und zitierte: «‹Ausdrücklich bestimmen wir›, schrieben die Bischöfe, ‹daß einer Jungfrau, die im Kloster der Stadt Poitiers ihren Aufenthalt nimmt und sich der dort geltenden Regel unterwirft, niemals erlaubt sein soll, dieses zu verlassen, auf daß nicht durch das schimpfliche Benehmen einzelner das Kloster in Unehre gerate. Wenn aber eine, was Gott verhüten möge, dieses aus Torheit dennoch tut, so soll sie von unserer Gemeinschaft ausgeschlossen sein und von der schrecklichen Strafe des Bannstrahls getroffen werden.› Unterzeichnet: die Bischöfe Efronius, Praetextatus, Germanus, Felix, Domitianus, Victurius, Domnolus. Diese Bestimmung wurde nie widerrufen. Sie gilt also noch heute.»

König Gunthram belohnte die fabelhafte Gedächtnisleistung des Priesters mehrmals mit einem anerkennenden Knurren. Theuthar war dafür berühmt, daß er Verträge, Erlasse, Gesetze und Synodenbeschlüsse, den ganzen Codex Iustinianus sowie den größten Teil der Heiligen Schrift wortwörtlich fehlerfrei hersagen konnte. Es war dabei unbedingt auf ihn Verlaß.

«Nun, das ist deutlich gesprochen!» fand Gunthram. «Ausreißen ist nicht erlaubt. Muß bestraft werden. Unsere Bischöfe haben das erlassen und wir Könige haben zugestimmt. Aber mir scheint, sie sind zu streng gewesen ...»

«Strenge Zucht ist die Grundlage des klösterlichen Lebens!» sagt Theuthar in belehrendem Ton. «Diese Nonnen durften die Pforte nicht durchschreiten, weder als einzelne noch in Gemeinschaft. Nach ihrem eigenen Geständnis haben sie etwa vierzig andere verleitet, ihrem schlechten Beispiel zu folgen. Es handelt sich hier also um ein doppelt schweres Vergehen!»

«Was sagt dieser Pfaffe?» rief Chrodechilde. «Schweres Vergehen?»

«Im Schreiben der Bischöfe ist von ‹schimpflichem Benehmen› die Rede», sagte Theuthar gelassen. «Das ist ja das gleiche!»

«Schreiben der Bischöfe!» stieß Basina hervor. «Wer weiß, ob es stimmt, was der da erzählt. So ein Schreiben kennen wir nicht!»

«Eben behaupteten sie noch das Gegenteil», sagte Theuthar mit feinem Lächeln.

Chrodechilde bemühte sich immer noch, ihn nicht zu beachten.

«Wir haben uns keiner Vergehen schuldig gemacht!» sagte sie heftig zum König. «Wir haben weder die Regel verletzt noch eine andere Vorschrift! Wir sind nicht ausgerissen, sondern haben nur einen letzten verzweifelten Schritt unternommen. Weil unsere Leiden unerträglich wurden!»

«Es gibt einen vorgeschriebenen Weg der Beschwerde!» sagt Theuthar, der jetzt ebenfalls vermied, Chrodechilde anzusehen. «Sie mußten sich an ihren Bischof wenden, der die Aufsicht über das Kloster hat.»

«Bischof Marovech?» rief Basina. «Das ist ein alter, boshafter …»

«Still doch!» fiel ihr Chrodechilde ins Wort. «Das haben wir ja getan. Er hält zur Äbtissin und deckt ihre Schandtaten!»

«Bei Zurückweisung durch den Bischof gibt es für Klosterfrauen die Möglichkeit, den Metropoliten anzurufen», belehrte der Priester.

«Richtig!» rief König Gunthram. «Warum habt ihr euch nicht an Dodo gewandt?»

«Falls du Bischof Gundegisil von Bordeaux meinst, Onkel», sagte Chrodechilde, «den haben wir schon lange nicht mehr zu Gesicht bekommen. Der kümmert sich kaum noch um uns!»

«Und wenn wir zu ihm gegangen wären», ereiferte sich Basina, «wäre es ja auch ein ‹schweres Vergehen› gewesen! Wir hätten dazu ja ebenfalls das Kloster verlassen müssen.»

«Es besteht die Möglichkeit einer schriftlichen Klage», erläuterte Theuthar. «Falls man dazu imstande ist.»

«Dazu sind wir sehr wohl imstande!» rief Chrodechilde dem König zu. «Aber frage doch einmal diesen Überklugen, wie wir den Brief befördern sollten, ohne daß die Äbtissin es merkte!»

Der blonde Priester war unbeirrbar.

«Die Äbtissin wäre natürlich zu unterrichten. Sie könnte jedoch, selbst wenn sie dem Inhalt nicht beipflichtete, ihre Zustimmung zur Beförderung eines Schreibens nicht versagen, wenn eine größere Zahl der Nonnen dies forderte.»

«Den Teufel würde sie tun!» rief Basina. «Vernichtet hätte sie den Brief! In den Abtritt hätte sie ihn geworfen!»

Chrodechilde gab ihr mit einem Ellbogenstoß zu verstehen, sie möge sich mäßigen.

«Onkel!» sagte sie so ruhig wie möglich, obwohl sie sich selber kaum noch beherrschen konnte. «Warum müssen wir noch über Briefe reden, da wir hier leibhaftig vor dir stehen? Warum erlaubst du diesem Pfaffen, sich aufzublähen und wichtig zu machen? Sind wir nicht deine nahen Verwandten? Darf dieser Mensch sich zwischen uns drängen?»

«Nun, das tut er ja nicht. Ich habe ihn aufgefordert, seine Meinung zu sagen. Mag er jetzt schweigen! Aber wir müssen zum Ende kommen, das Volk erwartet mich in der Gerichtshalle. Also ihr wollt ...»

«Wir verlangen, daß die Äbtissin abgesetzt wird!»

«Die Pröpstin ebenfalls!» rief Basina.

«Dazu habe ich nicht die Macht. Die Stadt Poitiers gehört Childebert.»

«Aber die Stadt Bordeaux gehört dir!» hielt Chrodechilde dagegen. «Und ihr Bischof ist Metropolit und kann dem Marovech Weisung erteilen, der die Aufsicht über das Kloster hat. Wenn du ihm also befiehlst: ‹Die Äbtissin muß weg!› – dann verschwindet sie!»

«Und wer sollte ihre Stelle einnehmen?»

«Ich sagte es schon. Das Kloster, das eine Königin gründete, sollte von einer Königstochter geleitet werden!»

«Ein stolzes Wort. Nun, ich verstehe. Aber man darf nichts überstürzen. Alles muß gründlich bedacht und beraten werden. Was meinst du, Theuthar? Welchen Weg sollten wir jetzt einschlagen?»

«Warum fragst du wieder den Pfaffen?» rief Chrodechilde. «Warum entscheidest du nicht selbst?»

«Ich entscheide, Mädchen, seid unbesorgt. Aber man soll doch die Ansicht kundiger Männer hören. Sprich, mein Bester! Berate mich!»

«Laß die Angelegenheit untersuchen, König. Berufe dazu eine Kommission hoher Geistlicher.»

«Eine Kommission? Ja, das ist gut. Das ist sogar sehr gut!»

«Sie sollte aber erst ihre Tätigkeit aufnehmen, wenn diese Nonnen in ihr Kloster zurückgekehrt sind. Damit sie die Untersuchung nicht unter Druck führen muß.»

«Vernünftig gesprochen. Und weiter?»

«Auch über die Buße, die die Ausgebrochenen leisten müssen, falls du mit Rücksicht darauf, daß sie deine Verwandten sind, die vorgesehene Strafe zu mildern gedenkst, sollte die Kommission befinden.»

«Gut, gut. Und noch etwas?»

«Notwendig wäre unbedingt, die Nonnen bei ihrer Rückreise unter ein Schutzkommando zu stellen. Damit die unverzügliche Heimkehr gewährleistet ist und Versuchungen unterwegs vermieden werden.»

Alle diese Empfehlungen gab Theuthar mit leiser, doch fester Stimme, respektvoll dem König zugeneigt.

In Chrodechilde aber stieg der Zorn auf. Ihr Merowingerblut begann aufzukochen. Sie konnte nicht mehr an sich halten, richtete ihren nachtschwarzen Blick auf den Priester und schrie: «Halt endlich den Mund, du geschwätziger Pfaffe! Was versteht denn einer wie du von Versuchungen? Spare dir deine sauren Ratschläge! Verzeih, Onkel, aber ich kann das nicht länger mit anhören! Behandelt man uns auch hier wie Sklavinnen? Wie Ausgebrochene? Wie Verbrecherinnen? Wie Gefangene, die bewacht werden müssen? Und was soll eine Kommission? Wann wird sie zusammentreten? Irgendwann! Und was wird sie herausfinden? Nichts! Man wird sie belügen. Man wird sich schon auf sie vorbereiten und alle Spuren der Schande verwischen. Und am Ende sind wir noch die Angeklagten! Onkel, ich bitte dich, sprich ein Machtwort! Im Namen Merovechs, den ein Stier zeugte, unseres Urahns! Im Namen Chlodwigs, deines Großvaters, unseres Urgroßvaters, der das Frankenreich gründete! Zeige, daß du der Herr bist und daß Merowinger, wo immer sie sind, die ersten sein sollen! Auch im Kloster von Poitiers!»

Chrodechilde ballte kampfeslustig die Fäuste und schwieg. Der König strich mit ernster Miene sein langes Grauhaar, doch seine Augen starrten wohlgefällig auf das Nonnengewand seiner Nichte, unter dem die zornige Rede ein heftiges Gewoge verursacht hatte. Auch Basina, die an Entschlossenheit nicht nachstehen wollte, reckte den Busen und das Kinn. Theuthar blickte seufzend zur Decke.

«Gewiß, gewiß», sagte Gunthram schließlich, indem er sich einen Ruck gab und aufsah. «Merowinger sind immer die ersten! Aber auch sie hören auf Befehle. Sie gehorchen dem Willen Gottes. Versteht ihr? Den aber muß ich erst erforschen. Ich werde am Altar um Erleuchtung bitten. Ein Kloster ist ein geheiligter Ort, da geht es nicht ohne den Willen Gottes. Also genug jetzt! Ruht euch aus und stärkt euch erst einmal. Dann erfahrt ihr, was ich mit Gottes Hilfe beschlossen habe. Hat mich gefreut, euch wiederzusehen. Aber nun geht!»

Der König hob die Hand zum Zeichen, daß die Audienz beendet sei.

Chrodechilde trat zu ihm, beugte ein Knie und küßte ihm die Hand. Basina folgte ihrem Beispiel. Die beiden wandten sich zum Gehen.

Plötzlich aber drehte Chrodechilde sich noch einmal um

und rief: «Auch von mir einen Rat, Onkel, wenn du erlaubst!»

«Nun?»

«Stelle auch diesen Pfaffen da unter ein Schutzkommando! Sonst könnte mich draußen die Versuchung anwandeln, ihn zu erwürgen!»

Und der Blick, den sie ihm zuwarf, traf den Priester wie ein Keulenschlag.

Mit wehenden Schleiern gingen die beiden Nonnen hinaus.

«Was für ein Weib, diese Chrodechilde!»

Der kleine König erhob sich, drückte die Brust heraus und stolzierte ein paar Mal steifbeinig auf und ab.

«Ja, wahrhaftig, eine prächtige Stute! Schwarz, glänzend und feurig. Müßte nur gebändigt werden. Wäre ich zwanzig Jahre jünger – oder wenigstens zehn –, dann würde ich's wagen. Ich würde sie heiraten!»

«Eine Nonne, König?» fragte Theuthar betroffen. «Und deine Nichte?»

«Die andere ist übrigens auch nicht übel. Ich würde sie beide nehmen und tüchtig, tüchtig ... Aber lassen wir das! Es sind eitle Wünsche.»

«Schon solche Wünsche gefährden dein Seelenheil!»

«Ja, du hast recht. Kein Wort mehr davon! Ich bin mit den Frauen fertig. Zur Hölle mit ihnen!»

«Oder hinter sichere Klostermauern.»

«So ist es. Ein wahrer Segen, daß die beiden dort eingesperrt sind. Wir müssen froh darüber sein. Dürfen deshalb nicht dulden, daß sie ausbrechen und für Unruhe sorgen. An den Höfen des Frankenreichs gibt es schon Weiber genug, die uns Ärger bereiten. Ich bin dir dankbar, mein Freund, für deine Hilfe. Hätte wohl sonst etwas zugestanden. Aber das wäre ein Fehler gewesen. Mit der Folge, daß sie noch mehr verlangt hätten. Vielleicht würden sie dann noch gefordert haben, daß man sie zu Bischöfen weihte.»

«Frauen zu Bischöfen?» rief der Priester. «Davor sei Gott für alle Zeiten!»

Der König blieb vor ihm stehen. Er mußte zu dem hochgewachsenen Geistlichen aufblicken.

«Hör zu. Wir machen es, wie du geraten hast. Dodo soll sich der Sache annehmen!»

«Herr Gundegisil?»

«Er soll zeigen, daß er als Bischof der Mutterkirche Autorität hat. Soll mit ein paar Amtsbrüdern die Kommission bilden. Soll sich mit ihnen nach Poitiers verfügen und der liederlichen Wirtschaft ein Ende machen.»

«Ein Ende machen?»

«So gut es geht, versteht sich. Damit es nicht gerade zum Himmel stinkt und dort bemerkt wird. Ein paar Ermahnungen erteilen und die schlimmsten Mißstände abschaffen. Die Äbtissin notfalls entfernen.»

«Und eine deiner Nichten einsetzen?»

«Auf keinen Fall! Diese Ausreißerinnen nicht noch belohnen. Sie müssen zurückkehren – und zwar schnell. Aber keine zu schweren Bußen. Ein ganzes Leben im Kloster ist ja schon Strafe genug für sie.»

«Was du anordnest, König, wird geschehen.»

«Nun, ich hoffe, du hast mich verstanden. Du weißt ja, ich schätze deine Geschicklichkeit. Verlasse mich ganz auf dich.»

«Auf mich? Aber ...»

«Morgen machst du dich auf den Weg nach Bordeaux. Begibst dich in meinem Auftrag zu Dodo.»

Theuthar hob die Hände zur Abwehr.

«Aber das ist nicht möglich! Die Frau Königin hat mir befohlen, ohne Verzug nach Metz zurückzukehren. Sie würde höchst ungehalten sein, wenn ich länger als nötig ...»

«Beruhige dich!» sagte Gunthram mit einer lässigen Handbewegung. «Ich werde mit Brunichilde, dem alten Drachen, schon fertig. Werde ihr eine Botschaft schicken. Deine Verwendung in dieser Sache dringend notwendig und so weiter. Ist ja schließlich auch in ihrem Interesse, wenn in einem Kloster ihrer Stadt Poitiers die Ruhe wiederhergestellt wird. Somit handelst du auch in ihrem Auftrag.»

Theuthar seufzte, verbeugte sich aber ergeben.

«Du befiehlst also, daß ich morgen schon reise?»

Der König dachte einen Augenblick nach.

«Nein, besser übermorgen. Die beiden sollen sich noch etwas ausruhen.»

«Die beiden?»

«Meine Nichten. Ich stelle sie unter Bewachung, wie du empfiehlst. Wer weiß, was sie sonst noch alles anstellen würden. Habe da ein paar Veteranen, die hier entbehrlich sind. In Tours sollen sie die vierzig anderen auflesen. So schafft ihr sie sicher nach Poitiers zurück.»

«Wir, König?» rief Theuthar.

«Natürlich. Die Stadt liegt auf deinem Weg. Und außerdem gehört es sich, daß eine Kolonne frommer Weiber von einem Geistlichen angeführt wird. Du bringst sie hin!»

3

DIE ALTE RÖMERSTRASSE VON ORLÉANS nach Tours folgte dem Lauf der Loire auf der nördlichen Seite und war noch immer, jetzt als Verbindungsstrecke zwischen den Frankenreichen und ihren aquitanischen Gebieten, die belebteste zwischen Nordmeer und Pyrenäen. Heerhaufen, Kaufmannstrecks, Pilgerzüge, stolze Herren mit Gefolge, würdige Kleriker in ihren Reisewagen, Bauern mit Maultiergespannen, Spielleute, Bettler und Landstreicher bewegten sich in beiden Richtungen. Der Bedarf an gastlichen Stätten war hier größer als anderswo, und so traf man denn alle halbe Meile auf eine Herberge. Diese einfachen Gasthöfe bestanden fast immer nur aus einem einzigen großen Schankraum, der nach Sonnenuntergang, indem man Stroh und Matratzen hineinschaffte, als gemeinschaftliche Schlafstätte diente.

An einer solchen Absteige mußte auch Theuthar mit der ihm anvertrauten Kolonne Halt machen. Es war die zweite abendliche Rast, nach zwei weiteren Reisetagen hoffte man, Tours zu erreichen. Auf einer Wiese hinter dem länglichen, windschiefen Haus wurden die beiden Planwagen abgestellt, die aus dem königlichen Depot für den Rücktransport der Nonnen zur Verfügung gestellt waren. In der Nähe, zwischen Kühen, Schafen, Ziegen und Hühnern grasten die Pferde. Die Sonne stand bereits tief, es wurde ein milder Frühlingsabend. Nur vom Fluß her wehte ein frisches Lüftchen. Im Hause lärmten die Gäste, Gesang und Harfengeklimper ertönten.

Die den Nonnen zu ihrer Sicherheit beigegebene Wachmannschaft, ein einarmiger früherer Hundertschaftsführer mit acht im Kriegsdienst ergrauten Männern, hatte sich unter dem Laubendach neben dem Eingang um ein Weinfaß versammelt. Etwas abseits saß Theuthar mit seinem Diener bei einer einfachen Mahlzeit. Chrodechilde und Basina hockten auf der Sitzbank ihres Wagens und blickten mißmutig zu ihm hinüber. Hinter ihnen, unter der Plane, war ihr Lager bereitet, der Priester bestand darauf, daß sie hier und nicht unter fünfzig Männern im Haus übernachteten. Die üble Laune der beiden hielt nun schon Tage an. Es war ihnen in Orléans nicht gelungen, noch einmal zu ihrem Onkel vorzudringen und ihn allein zu sprechen. König Gunthram hatte ihnen Geschenke gesandt – ein paar Gewänder, Schuhe und einen Lederbeutel mit etwas Geld –, sie aber hartnäckig durch seine Höflinge abwimmeln lassen.

«Das alles verdanken wir diesem Pfaffen!» sagt Chrodechilde zum hundertsten Mal, wobei sie mit düsterer Miene verfolgte, wie Theuthar die letzten Käsekrumen verzehrte, aufstand und aus der Laube heraustrat.

«Gleich wird er uns wieder zur Andacht bitten», sagte Basina und seufzte.

«Ich könnte ihn immer noch erwürgen!» zischte Chrodechilde. «So ein Mißerfolg ... und nur seinetwegen! Warum mußte er zufällig anwesend sein und mit seinem Übereifer alles verderben! Wäre ich nur einen Augenblick mit dem Onkel allein gewesen, hätte ich alles erreicht, was wir wollten!»

«Ich hätte ihn mühelos herumgekriegt!» meinte Basina, darauf bedacht, von ihrer Kusine nicht in den Schatten gestellt zu werden. «Auch ich hätte es allein geschafft!»

Chrodechilde überhörte diese Bemerkung. Zwischen

halbgeschlossenen Lidern beobachtete sie den Priester, der bei dem zweiten, vorerst nur mit Mundvorräten und Gepäck beladenen Wagen stand und einem Reisesack seine Stola entnahm. Unterwegs trug er einen halblangen Kittel über mit Wadenbinden umwickelten Hosen und unterschied sich so nicht von anderen Reisenden. Der Diener, der ihm gefolgt war, half ihm, den weißen, leinenen Chorrock mit den aufgestickten Kreuzen überzustreifen.

«Der fromme Heuchler!» ereiferte sich Chrodechilde weiter. «Zu jedem Bütteldienst ist er bereit! Vermutlich hat er sich selber erboten, uns wieder in unser Gefängnis zu schaffen. Er bringt dem Herrn Jesus seine entlaufenen Bräute zurück! Das scheint ihm großes Vergnügen zu machen. Und er hofft auf Belohnung!»

«Auf Belohnung?»

«Im Jenseits natürlich. Einer wie der denkt doch nur an die ewige Seligkeit. Sammelt Verdienste, damit man ihn an der Pforte zum Paradies auch ja nicht zurückweist.»

«Ziemlich selbstsüchtig», fand Basina. «Uns hängt er ein ‹schweres Vergehen› an, damit er dann um so glänzender dasteht.»

«Bemerkst du das auch schon? Das ist doch ihr Pfaffentrick. Sie erfinden unentwegt Sünden und Übertretungen, um sich bei ihrer Bekämpfung hervorzutun. Verderben müßte man ihm dieses Spiel!»

«Still! Da kommt er!»

Theuthar, ein schmales Buch, sein Psalterium, in der Hand, ging in einigem Abstand vorüber. Er neigte grüßend den Kopf. Sein Diener, ein kraushaariger kleiner Schlingel, der auf den Namen Crispin hörte, kam näher.

«Mein Herr läßt fragen, ob sich die edlen Jungfrauen mit uns zu einer kleinen Abendandacht versammeln wollen.»

«Wir haben bereits zur Nacht gebetet!» war Chrodechildes schroffe Antwort.

Theuthar verließ die Wiese hinter dem Haus und schritt eine kleine Anhöhe hinauf.

«Eigentlich sieht er nicht übel aus», sagte Basina, die dem Priester eher versonnen nachblickte. «Er ist groß, hat breite Schultern, prächtige Zähne, schönes, gewelltes Haar ...»

«Mich stört, daß er auf dem Dach geschoren ist.»

«Das sieht man ja kaum. Aber diese sinnlichen Lippen ... Und hast du mal auf seine schlanken Hände geachtet? Zum Beispiel, wenn er sein Pferd streichelt?»

«Du möchtest wohl selber von ihm gestreichelt werden?» erwiderte Chrodechilde spöttisch. «Ich weiß ja, daß jede Stola und jede Kutte dich aufregt. Wie viele hast du schon verführt? Zwei Diakone und fünf Mönche?»

«Nur vier», erwiderte Basina mit einer Geste des Bedauerns. «Mit dem fünften wurde es nichts, weil uns Justina überraschte.»

«Die Pröpstin – dieses auf Weiber versessene Miststück. Überall schlich sie uns nach!»

«Hätte sie nicht das Loch in der Mauer entdeckt, könnten die jungen Herren aus der Stadt noch immer herein.»

«Und wir hinaus.»

«Und der ganze Aufstand wäre nicht nötig gewesen.»

«Der war auch aus anderen Gründen nötig, vergiß das nicht! Und wir haben nun mal damit angefangen.»

«Aber im Augenblick ist unsere Lage nicht gerade rosig.»

«Da hast du recht.»

Sie seufzten und schwiegen.

Theuthar und sein Diener waren auf der kleinen Anhöhe angekommen. Der Lärm aus der Schenke drang nur gedämpft bis dorthin. Unter einer Rotbuche knieten sie nieder, hoben die Arme und beteten. Dann begannen sie mit einem Responsorium, bei dem Crispin die Gemeinde vertrat. Theuthars heller Tenor und sein Brummbaß wechselten einander ab, und ihr frommer Singsang, von dem der Wind ab und zu ein paar Töne herüberwehte, mischte sich mit dem Gegröle aus dem Schankraum.

Nachdem sie eine Weile feindselig nach der Anhöhe gestarrt hatte, sagte Chrodechilde plötzlich:

«Mir kommt da so ein Gedanke!»

Sie streifte die Binde von der Stirn und schüttelte ihre schwarzen Haare.

«Meinst du nicht auch, daß wir uns den Pfaffen dort endlich vom Hals schaffen sollten?»

«Vom Hals schaffen? Wie denn?»

«Wir müßten ihn dazu bringen, daß er uns unsere Reise allein fortsetzen läßt!»

«Allein?»

«Nun, mit den alten Trunkenbolden da drüben. Aber die stören uns ja nicht sehr. Später, wenn unser Haufen wieder beisammen ist, schütteln wir die ebenfalls ab.»

«Und dann? Was dann?»

«Das weiß ich noch nicht. Wir können noch immer durch mehrere Tore ... vorausgesetzt, wir halten sie offen. Wenn wir erst wieder im Kloster sitzen, ist es vorbei. Dann werden sie uns wie gefährliche Tiere bewachen.»

«Ja, das ist wahr. Man wird uns trennen. Wir können uns dann nicht mehr verständigen. Und wer weiß, was sie noch mit uns machen werden.»

«Dieser Theuthar würde sich schon etwas ausdenken. Unseren Peinigerinnen nützliche Ratschläge geben. Jetzt bittet er Gott wahrscheinlich, daß er uns nicht entkommen läßt. Damit man uns diesmal endgültig einsperren kann.»

«Wahrhaftig, man sollte zeigen, daß Gott etwas anderes mit uns vorhat!»

«Das meine ich auch. Und als Gottes Werkzeug ausersehen – bist du!»

«Sein Werkzeug? Ich?»

«Die Vielerfahrene. Die unter Priesterröcken und Kutten Bescheid weiß. Die unwiderstehliche Kerzenanzünderin!»

«Was sagst du? Aber du meinst doch nicht etwa ...?»

Sie stieß ein so helles Lachen aus, daß die Sänger auf der Anhöhe aufmerksam wurden und sich umdrehten.

«Reiß dich zusammen!» befahl Chrodechilde.

«Aber das ist völlig unmöglich!» flüsterte Basina.

«Eben hast du doch noch seine sinnlichen Lippen gepriesen. Glaubst du, du schaffst es nicht, daß er dich küßt?»

«Viel Hoffnung hätte ich nicht. Äußerlich ist er ja ein Mann, aber innen scheint er aus Marmor zu sein.»

«Es genügt, daß du ihn in eine peinliche Lage bringst. Wenn man euch dann überrascht ...»

«Ich verstehe! Bloßstellen willst du ihn und dann zwingen ...»

«Kann man uns zumuten weiterzureisen ... ständig von einem geilen Pfaffen bedroht?»

«Das ist gut ausgedacht. Wenn es gelänge ...»

«Hör zu! Hinter der Rotbuche, wo sie beten, beginnt ein schmaler Weg, der hinunter zum Fluß führt. Ich bin dort vorhin spazierengegangen. Ringsum Gras und Gesträuch, aber nicht zu dicht. Du lockst ihn dorthin! Sobald ihr verschwunden seid, laufe ich nach der Laube hinüber und hole den alten Zenturio. Ich sage, der Pfaffe hätte dich plötzlich gepackt und hinter den Baum gezerrt. Wir eilen hinzu, und sobald du unsere Schritte hörst, schreist du und bringst deine Kleider in Unordnung. Das wird genügen!»

«Aber der Diener ...»

«Den schickst du fort. Er soll dir vom Brunnen einen Becher mit Wasser holen. Wenn er zurückkehrt, trete ich ihm entgegen und nehme den Becher, um ihn dir selbst zu bringen. Der Tölpel wird sich dann gleich in die Schenke verziehen.»

«Ja, das ist gut. So könnte es gehen.»

«Bist du bereit?»

«Es kommt so überraschend ...»

«Eine bessere Gelegenheit wird sich nicht finden!»

«Aber wie fange ich an?»

«Wie hast du denn sonst bei den Stolen und Kutten angefangen?»

Basina wollte noch etwas einwenden, doch Chrodechilde deutete mit dem Kopf nach der Anhöhe.

Der blonde Priester hatte seine Andacht beendet und kehrte nun ohne Eile zurück. Dabei plauderte er mit dem Diener. Chrodechilde bemerkte, daß er herübersah. Sie gähnte, reckte die Glieder und verzog sich unter das Wagendach, als wolle sie sich zum Schlafen niederlegen.

«Nun, worauf wartest du?» zischte sie. «Heb deinen Hintern!»

Basina holte tief Luft und bekreuzigte sich. Sie stand auf, setzte den Fuß auf die Deichsel, lupfte ein wenig die Tunika und sprang ins Gras. Ihr Obergewand hatte sie schon abgelegt, doch war sie in einen weiten Umhang gehüllt. Sie zog ihn fester um die Schultern und schlenderte über die Wiese, so als wolle sie nur noch ein wenig Luft schöpfen. Die beiden Männer kamen näher. Die Augen züchtig gesenkt, schien sie zunächst vorübergehen zu wollen, doch plötzlich, als müsse sie sich überwinden, hob sie den Kopf und sagte:

«Ach verzeih, Vater, wäre es möglich, daß mir dein Diener einen Becher mit Wasser bringt? Ich wage nicht, zum Brunnen zu gehen. So viele Männer sitzen dort in der Nähe.»

«Crispin, beeil dich damit!» sagte Theuthar. «Du wirst gleich erhalten, was du begehrst, meine Tochter.»

«Hab Dank.»

Der Krauskopf entfernte sich. Theuthar blieb einen Augenblick unschlüssig stehen, weil Basina ihn immer noch ansah. Ihre runden Wangen waren vor Eifer und Aufregung heftig gerötet, ihre ebenso runden blauen Augen glänzten.

«Ein schöner Abend», hauchte sie.

Es war seit der Abreise von Orléans das erste Mal, daß eine der beiden hochgeborenen Nonnen das Wort an ihn richtete. Er nahm dies als Zeichen einer beginnenden Versöhnung und erwiderte in freundlichem Ton:

«Ja, du hast recht. Es war auch ein herrlicher Tag, den Gott uns geschenkt hat. Leider geht er zur Neige. Ich wünsche dir eine geruhsame Nacht.»

Er deutete eine Verbeugung an, drückte sein Büchlein an die Brust und wollte sich entfernen. Aber Basina sagte rasch: «Ich kann noch nicht schlafen.»

«Ist dir nicht wohl?» Er warf ihr einen prüfenden Blick zu, und indem er die liebliche Röte, die ihr Gesicht übergoß, mißdeutete, fragte er: «Du hat doch nicht etwa Fieber?»

«Nein, das nicht. Es ist nur die Unruhe. Mir gehen so viele Gedanken im Kopf herum.»

«Gedanken?» Noch ein prüfender Blick. «Nun, das kann ich sehr gut verstehen.»

«Was kannst du verstehen?»

«Diese Nachdenklichkeit. Sie kommt hoffentlich aus einer reinen Quelle.»

«Meinst du damit ...?»

«Zum Beispiel der Reue.»

«Ach, Vater …»

Sie stieß einen schweren Seufzer aus und wandte sich ab. Langsamen Schrittes, den Rücken gebeugt, entfernte sie sich in der Richtung, aus der er gekommen war. Er blickte ihr nach und überlegte kurz, ob er ihr folgen sollte. Ein Spaziergang mit einer Nonne bei Anbruch der Dunkelheit? Doch eine Seele schien in Not zu sein, das entschuldigte ihn.

Er machte kehrt und folgte Basina, wobei er ein paar Schritte Abstand wahrte.

«Wenn dich etwas bedrückt, meine Tochter, sprich es nur aus. Auch wenn wir uns nicht im Zustand der Beichte befinden, so ist es doch meines Amtes, jederzeit Rat und Hilfe zu spenden.»

«Oh, es sind Fragen, die mich bedrücken», sagte sie, abermals seufzend. «Ich stelle sie mir immer wieder, aber Antworten finde ich keine.»

«Gott hat auf jede Frage eine Antwort. Und je aufrichtiger wir ihm ergeben sind, desto klarer und einfacher wird er sie in unserm Geist formen. Manchmal freilich bedarf es dazu eines Anstoßes. Habe Vertrauen zu mir und sprich!»

Basina beschleunigte unmerklich ihre Schritte.

«Ich frage mich: Ist es denn wirklich vor Gott ein Verdienst, sein Leben als Jungfrau im Kloster zu verbringen? Hat ein weibliches Wesen nicht eine andere Bestimmung? Wird Gott uns nicht, wenn wir einmal vor ihm erscheinen, streng tadeln oder gar verurteilen, weil wir uns dem entzogen haben? Weil wir nichts zum Erhalt der von ihm geschaffenen Welt getan haben? Weil wir unfruchtbar sind und unnütz?»

Theuthar sah sie betroffen an. Das Thema war heikel.

«Stellst du dir wirklich solche Fragen?»

«Ich kann kaum noch darüber schlafen.»

«Hast du niemals mit einer geistlichen Autorität darüber gesprochen?»

«Wer kümmert sich schon um unsere Gewissensnöte.»

«Das sind Fragen nach dem Sinn deines Daseins! Du wirst keinen Frieden finden und immer wieder falsche Schritte tun – solche wie diesen, den du gerade getan hast –, wenn du darüber nicht völlige Klarheit gewinnst. Ich kann dir jetzt keine gründlichen Auskünfte geben. Ein paar Gedanken, wenn du sie hören willst …»

«O ja! Bitte sprich darüber zu mir! Teile mir deine Gedanken mit. Du bist ein so frommer, gelehrter Mann …»

Theuthar warf einen Blick zum Himmel. Angesichts der sinkenden Sonne war er gehalten, sich kurz zu fassen. Stumm bat er um Beistand, damit ihm die richtigen Worte einfielen.

Basina sah sich derweil verstohlen um. Chrodechilde war inzwischen gleichfalls vom Wagen gesprungen und gab ihr jetzt heftig ermunternde Zeichen.

«Höre zunächst den heiligen Hieronymus!» sagte der Priester eifrig. «Er lobt eine gottgeweihte Jungfrau, weil ihr nicht nur die himmlische Seligkeit, sondern auch ein hohes Ansehen auf Erden zuteil werde. ‹Aus den Zeugnissen der Heiligen Schrift›, sagt er, ‹werden wir darüber belehrt, daß solchen Jungfrauen ein besonderes Verdienst erwächst. Sie besitzen eine Gnadengabe, die sie vor allen Gläubigen auszeichnet!› Nun, sind das nicht klare, überzeugende Worte? Der Heilige sagt, daß Keuschheit und Enthaltsamkeit gerade beim schwachen, schuldbeladenen Geschlecht eine besondere, natürlich von Gott inspirierte Stärke darstellen!»

«Sind wir denn wirklich so schuldbeladen?» fragte Basina mit einem Augenaufschlag.

Der Priester trat in einen Kuhfladen, achtete aber nicht darauf, sondern sagte in strengem Ton:

«Es war Eva, die uns die Sünde brachte! Durch ihre Schuld ging uns das Paradies verloren. Die Sünde der Frau stieß uns in das Jammertal ...»

Offensichtlich war, daß dieses Thema ihn anregte. Die Gedanken flogen ihm zu und beredsam gab er ihnen Ausdruck. Basina sah sich abermals um. Sie bemerkte, wie Chrodechilde dem Diener den Becher abnahm. Er verlor keinen Blick an seinen Herrn und eilte tatsächlich gleich in die Schenke.

Die kleine Anhöhe war erstiegen. Basina schritt unter der Buche hindurch und schlug den schmalen Pfad zwischen Sträuchern ein, der sich auf der anderen Seite zum Fluß hinunterschlängelte. Vertieft in seine Betrachtungen, folgte ihr Theuthar ohne Bedenken.

«Aber was Eva gesündigt hat, ist durch Maria wieder gutgemacht!» rief er auf einmal freudig. «So wie die Schuld von einer Frau kommt, so kommt auch die Gnade aus der Frau. In Maria erblüht das Wunder der Jungfräulichkeit! Und indem sie den Erlöser gebar, verschaffte sie ihrem schwachen, schuldbeladenen Geschlecht vor Gottes Auge ein neues Ansehen. Ja, sogar dem weiblichen Körper, diesem Hort allen Übels, wurde auf solche Weise der Ruch des Häßlichen und Verabscheuenswerten genommen!»

Basina drehte sich heftig um. «Verabscheuenswert ist der weibliche Körper?» fragte sie halb kokett, halb empört.

«Ich sagte, er war es!» versicherte ihr der eifernde Priester und blieb stehen, weil sie den Weg versperrte. «Durch Maria und alle, die ihr in Keuschheit und Gottesfurcht nachfolgen, sind seine Mängel entschieden gemildert worden. Der Leib einer gottgeweihten Jungfrau ist sogar schön, veredelt durch die Reinheit der Seele!»

«So ist auch dieser hier schön? Was meinst du?»

Basina warf ihren Umhang ab und im nächsten Augenblick hatte sie schon den Saum ihrer Tunika ergriffen. Mit einem Ruck hob sie das leinene Hemd bis zum Nabel.

Theuthar schrie auf und schloß die Augen.

«O Himmel! Was läßt du mich sehen?»

«Du sagtest doch gerade, die Mängel seien gemildert. Sieh her! Ist das häßlich? Ist das abscheulich?» Sie zog die Tunika bis zu den Schultern hinauf. «Nun? Warum wendest du dich denn ab?»

Sie drängte sich an ihn. Er wollte fliehen, doch sie griff in die Falten seines Chorrocks und hielt ihn fest. Das Gebetbuch entfiel seiner Hand.

«Was tust du?» stammelte er. «Was fällt dir ein? Ich befehle dir: Laß ab von mir!»

«Eine kleine Abendandacht. Das wolltest du doch ...»

«Verwahrloste Nonne! Du hast mich hierhergelockt! In dir steckt der Teufel!»

«Und was ist das hier, mein frommer Herr?»

«Was denn? Was suchst du da?»

«Oh, ich fühle es!»

«Nimm deine Hand von meinem Gürtel!»

«Die ist ja prächtig!»

«Was? Was?»

«Die Kerze! Und wie sie brennt. Die lodert ja schon!»

«Gott sieht uns!»

«Also fangen wir an mit der Andacht.»

«Es darf nicht sein! Es ist ... ein schrecklicher Frevel ... ein ...»

Schon hatte sie ihn zu Fall gebracht. Er sträubte sich weiter. Sie rangen keuchend und wälzten sich mitten auf dem Wege.

«Das ist ja ein Ungeheuer – kein Priester!»

Chrodechilde stand hinter ihnen. Schwarzhaarig, ragend, mit flammender Miene. Anklagend streckte sie ihren Arm vor.

«Das also war deine Absicht», rief sie, «als du unserm arglosen Onkel, dem König, deinen Rat und deine Dienste aufdrängtest!»

Theuthar erhob sich verwirrt. In seinen Augen flackerte es. Seine Hände nestelten unter dem unfeierlich verrutschten Chorrock, um den Gürtel zu schließen, der seine Hose hielt. Zwischen den Kreuzen auf dem schmutzigen Leinengewebe hing Gras.

Chrodechilde beugte sich zu Basina hinab und half ihr beim Aufstehen.

«Meine geliebte Kusine! Um Christi Willen, was ist dir passiert? Hat er dir etwas angetan?»

«Er wollte es!» stöhnte Basina und zerrte die Tunika über die üppigen Hüften. «Erst sagte er unfeine Worte, dann warf er mich nieder ...»

«Sie lügt!» rief der Priester. «Ich war es, der überfallen wurde ... von ihr! Ich sprach zu ihr vom Segen der Jungfräulichkeit. Ganz plötzlich ... ich fasse es immer noch nicht ...»

«Er sprach dauernd vom weiblichen Körper! Redete sich richtig in Hitze!»

«Ich vermutete gleich», sagte Chrodechilde, «was der fromme Tugendbold vorhatte. Wurde schon argwöhnisch, als er dich wegführte. Und als er dich hinter den Baum zog ...»

«Ich zog sie?» entgegnete Theuthar entrüstet. «Sie ging voran – ich folgte ihr. Sie wollte Zuspruch in einem Gewissenskonflikt. Wie konnte ich ahnen, daß mich der Teufel, der in ihr lauert, plötzlich angreifen würde!»

«Schweig, Pfaffe! Wenn hier ein Teufel ist, dann bist du es! Ich habe alles gesehen, du kannst es nicht leugnen. Deine Rechtfertigungen sind lächerlich. Auf der Stelle gehen Basina und ich zu den Männern des Königs. Wir sagen ihnen, was hier geschehen ist, und dann werden sie wissen, was sie zu tun haben. Wird jemand zweifeln, daß wir die Wahrheit berichten? Wir, die Verwandten der Herrscher? Wir, Merowingerinnen?»

«Aber das werdet ihr doch nicht tun!» rief der Priester verzweifelt. «Es wäre ein himmelschreiendes Unrecht! Meine Tochter, du weißt, daß ich nichts getan habe!»

«Aber beinahe hätte er etwas getan», sagte Basina zu Chrodechilde und fügte nicht ohne Vorwurf hinzu: «Wärst du nicht etwas zu früh gekommen ...»

«Ich hätte mich niemals so weit vergessen!» rief Theuthar. «Gott ist mein Zeuge!»

«Und ich bin Zeugin!» sagte Chrodechilde. «Wollen doch sehen, ob mir Gott widerspricht. Wir gehen jetzt zu dem Zenturio. Er wird dich verhören und dann werden sie dich mit Schimpf und Schande nach Orléans zum König zurückbringen.»

Der Priester sah ein, daß alle Proteste vergebens waren. Er klopfte Sand von seinem Chorrock, ordnete ein paar Falten und richtete seinen festen Blick auf die beiden Nonnen.

«Nun gut, so gehen wir! Der Gerechte fürchtet sich nicht! Wie gut tat ich daran, die Frauen seit langem zu meiden. Nichts hat die Gnade, die der Maria bezeugt wurde, ändern können. Die Gemeinheit der Eva triumphiert und wird wohl immer triumphieren! Gehen wir. Vorwärts!»

Chrodechilde stieß ein verächtliches Lachen aus.

«Wie standhaft er seinen Opfergang antritt! Das ist ja ein kleiner Held, ein Märtyrerlein! Man könnte Tränen der

Rührung vergießen, wenn er dabei nicht so komisch wäre. Eigentlich wäre es ja schade um so ein Prachtstück von Pfaffen ... in den Kerker geworfen oder gar aufgeknüpft. Wahrhaftig, das wäre für diese sündige Welt ein Verlust! Deshalb lassen wir noch einmal Gnade walten. Doch nur unter einer Bedingung ...»

«Bedingung?» rief Theuthar. «Ah, ich verstehe! Ihr habt mir eine Falle gestellt, um jetzt ...»

«Darüber denke, wie du willst. Aber höre nun, was ich dir sage. Wir verlangen nichts weiter von dir, als daß du uns unverzüglich verläßt. Es ist uns gleichgültig, wohin du gehst ... nur verschwinde! Sattle augenblicklich dein Pferd! Wir haben auch nichts dagegen, daß du den Auftrag des Königs ausführst und dich zu Bischof Dodo begibst. Der Auftrag muß ja erfüllt werden ... also tu deine Pflicht. Alles andere überlasse uns selbst und den Leuten des Königs. Und nun leb wohl!»

Theuthar wollte noch etwas erwidern, doch Chrodechildes schwarze Augen waren so unerbittlich und fordernd auf ihn gerichtet, daß er darauf lieber verzichtete. Er warf Basina noch einen Blick zu, in den er seine ganze fromme Empörung legte, und wandte den beiden schroff den Rücken.

«Dein Gebetbuch!» sagte Chrodechilde. «Dort im Gras. Du hast es in der Erregung verloren.»

Er bückte sich hastig, hob das Buch auf und stapfte davon. Die beiden Nonnen blickten ihm nach.

«Das wäre gelungen», sagte Chrodechilde, als er hinter der Buche verschwunden war. «Du hast deine Sache nicht schlecht gemacht.»

Basina zog eine Schmollmiene.

«Aber warum bist du so schnell gekommen? Du wolltest doch erst den Zenturio holen.»

«Oh, ich dachte mir, so ist es besser. Der Pfaffe tat mir auf einmal leid. Wer weiß, wie weit du gegangen wärst und was der Zenturio dann getan hätte. Vielleicht hätte er ihn auf der Stelle erschlagen. Wir wollen ja nicht sein Blut, wir wollen ihn nur loswerden.»

«Du warst eifersüchtig! Gib es nur zu!»

«Was fällt dir ein? Ich … eifersüchtig? Eines Pfaffenrocks wegen?»

«Die Kerze war nämlich schon angezündet. Beinah wäre er mein Geliebter geworden. Ach, schade …»

4

WENN CHRODECHILDE SAGTE, SIE MÜSSTEN sich mehrere Tore offenhalten, so wußte sie doch im Grunde genau, daß es nur eines gab, welches sie am Ende wieder durchschreiten würden: die Pforte des Heilig-Kreuz-Klosters zu Poitiers. Ihre Bemerkung bezog sich daher mehr auf die Begleitumstände dieser unvermeidlichen Rückkehr. Da gab es tatsächlich mehrere Möglichkeiten. Für die Tochter König Chariberts stand allerdings fest, daß eine Voraussetzung unabdingbar war: Sie wollte diesen Gang erst antreten, wenn sie sicher sein konnte, Äbtissin zu werden. Ihr Stolz, ihr Temperament und ihr Ehrgeiz ließen ihr keine andere Wahl.

Obwohl sie seit ihrer frühen Kindheit im Kloster gelebt hatte, war doch nie eine richtige Nonne aus ihr geworden. Fast alle Tugenden einer solchen waren ihr wesensfremd. Statt demütig Weisungen auszuführen, erteilte sie lieber selbst Befehle. Pflichteifer konnte sie bestenfalls vortäuschen, Schweigsamkeit war ihr ein Greuel. Ihre Unpünktlichkeit, wenn die Glocke zum Stundengebet rief, brachte die Patres zur Verzweiflung. Und auch die wichtigste Nonnentugend, die Frömmigkeit, gehörte bei ihr nur gewissermaßen zur Tracht, so wie der Schleier, der ihre Löckchen verbarg, und das schlichte Wollgewand, unter dem sie gern Perlenketten und goldene Reife trug. Die eingelernten Formeln und mechanisch ausgeführten Rituale waren nur wenig geeignet, ihren mächtigen Drang nach Leben, Bewegung, Abwechslung, Glanz und Vergnügen zu bremsen.

Unter dem früheren Klosterregiment hatte sich «Childe», wie man sie allgemein nannte, noch einigermaßen einfügen können. Die Gründerin des Heilig-Kreuz-Klosters, Radegunde, die einst den Thron an der Seite König Chlothars mit der harten Bank des Konvents vertauscht hatte, brachte als wahre Fromme viel Verständnis auf für die Mädchen, die nur unter dem Zwang der Umstände, ohne Willensentscheid und ohne Berufung in ihre Obhut gerieten. Solange sie lebte (zwei Jahre zuvor war sie gestorben), wurde die Regel deshalb nicht allzu engherzig ausgelegt. Chrodechilde genoß sogar eine Vorzugsstellung bei Radegunde, die sich der Waise, der Enkelin ihres einstigen Gemahls, warmherzig annahm und auf die zahllosen Übertretungen des ungebärdigen Mädchens stets nur mit Nachsicht reagierte, mit mütterlichen Ermahnungen und leichten Bußen. Wenn die ehemalige Königin, was häufig vorkam, hochrangige Besuche empfing, stellte sie Chrodechilde vor und lobte sie, und als dann die junge Nonne zu einer bemerkenswerten Schönheit heranwuchs, lobten sie auch die galanten Gäste und überschütteten sie mit Komplimenten. Dies alles diente mehr der Eigenliebe als der Liebe zu Gott und trug dazu bei, daß sie sich allerlei eitle, wenn auch unklare Hoffnungen machte.

Unter den jüngeren, edel geborenen Nonnen, von denen viele in ihrem Alter waren, nahm sie schon früh den ersten Rang ein, sie wurde zur Wortführerin. Auch Basina, die einzig Ebenbürtige, die etwas älter als sie war, aber zehn Jahre nach ihr in das Kloster gebracht wurde, ordnete sich ihr willig unter. Teils versteckt, teils sogar offen begann der Kreis um Chrodechilde, sich seine eigene Regel zu schaffen, bei der die frommen Pflichten allmählich immer mehr in den Hintergrund gerieten. Man spielte im Klosterhof Fangen und im Betsaal Versteck, man musizierte, tanzte und führte

Possenspiele auf, in denen die heiligsten Dinge verulkt wurden. Die Mädchen trafen sich, um sich zu schminken, Schmuck anzulegen und weltliche Kleider zu probieren, die einige aus ihren Truhen, welche man ihnen gelassen hatte, mitbrachten. Das Loch in der Klostermauer, das sie zufällig entdeckten und heimlich erweiterten, ließ das fröhliche Treiben endgültig ausarten. In Grüppchen machten sie sogar nächtliche Ausflüge in die Stadt, und es verstand sich von selbst, daß keine dabei ihre Unschuld bewahrte. Radegunde, die in ihrem letzten Lebensjahrzehnt, dem siebten, hinfällig wurde, nahm von all dem kaum etwas wahr, lebte zurückgezogen und starb eines Tages friedlich in ihrer Zelle.

Nun aber änderte sich alles. Bischof Marovech, der sich mit Radegunde einer Reliquie wegen, die er ihr mißgönnte, entzweit und von seiner Aufsichtspflicht beleidigt zurückgezogen hatte, erschien wieder im Kloster und kalte Zugluft wehte mit ihm herein. Längst war das Gerücht von den Eskapaden der jungen Nonnen zu ihm gedrungen. Er verlangte nun Zucht und Gehorsam und die peinlichste Erfüllung aller Vorschriften. Für Chrodechilde und ihre Schar begannen harte Zeiten. Die donnernden Predigten des Oberhirten ließen die Wände des Klosters erzittern, die kleinste Verfehlung wurde mit harten Bußen und Strafarbeiten geahndet. Der Bischof zögerte nicht, sich unter den Nonnen Vollstrecker seines strengen Willens zu suchen. Es gab genügend Unzufriedene – sie waren sogar weit in der Mehrheit –, für die die Freiheiten, die sich die Edelfräulein herausnahmen, mit dem Leben in einer solchen Gemeinschaft unvereinbar waren. Dies waren Klosterfrauen von bescheidener Herkunft, viele Ältere oder aufrichtig Fromme. Vor allem unter den ersteren wählte der Bischof diejenigen aus, mit denen er nach und nach alle Ämter – von der Messnerin bis zur Pförtnerin – neu besetzte. Zuletzt schlug er der eingeschüchterten Nonnenversammlung zwei seiner eifrigsten Parteigängerinnen, Leubovera und Justina, als Äbtissin und Pröpstin vor, und natürlich wurden die beiden nach seinem Willen gewählt.

Damit gelangten zwei Nonnen an die Spitze des Klosters, die gegen Chrodechilde, Basina und die anderen «hochgeborenen Gänse, die von der Alten gemästet und gehätschelt wurden», die entschiedenste Abneigung hegten. Die Verhängung von Strafen und Bußen durch die Äbtissin nahm schikanöse Ausmaße an. Die Pröpstin, für deren Ausführung zuständig, umgab sich mit einer Handvoll stämmiger Nonnen, die im Falle von Aufsässigkeit nicht lange fackelten. Die Truhen mit dem «eitlen Tand» kamen hinter Verschluß. Zusammenkünfte außerhalb der vorgeschriebenen Dienste waren nicht mehr erlaubt.

Für Chrodechilde brach eine Welt zusammen. In dem trüben, freudlosen, manchmal peinvollen Klosteralltag wurde ihr nun erstmals bewußt, welch graue Zukunft sie erwartete. Im Grunde hatte sie immer gehofft, daß sich für sie, die Königstochter, die Pforte irgendwann öffnen würde. Was wäre ihr Gelöbnis noch wert, wenn ein Großer des Frankenreichs ihre Hand begehrte! War nicht ihre eigene Mutter auf diese Weise dem Kloster entronnen? Doch die Herren, die sie bewundert hatten, kamen schon lange nicht mehr zu Besuch und nicht mal die jungen Leute ihres verbotenen Umgangs, ein Sohn des Comes von Poitiers darunter, gelangten noch zu ihr. Es schien, daß die Welt für sie verloren war, daß sie fortan nur noch ihr frommes Joch schleppen mußte, der Willkür herzloser Weiber ausgeliefert.

Aber so leicht ergab sie sich nicht. Zu lebhaft pulste in ihren Adern das Blut ihrer wilden germanischen Ahnen.

Wenn ihr das Kloster nun mal bestimmt war, dann nicht zum Dienen, sondern zum Herrschen!

Sie hatte ja schon erfahren, daß das Leben unter gleichgesinnten Freundinnen recht angenehm sein konnte, wenn man die Erste war. Die frühere Äbtissin Agnes (Radegunde, die Heilige, war – wenn auch mit größter Autorität – nie etwas anderes als eine einfach Nonne gewesen) ... diese Agnes hatte selbst vorgelebt, wie religiöse Pflichten und weltliche Freuden in ein gesundes Gleichgewicht gebracht werden konnten. Die häufigen Besuche des berühmten Dichters und Weltmannes Venantius Fortunatus im Heilig-Kreuz-Kloster hatten jahrelang für Gerüchte gesorgt und nicht nur die hundertzwanzig Nonnen, sondern die ganze Stadt Poitiers in Atem gehalten. König Chariberts Tochter träumte davon, daß auch ihr die Dichter zu Füßen lägen und sie als weitberühmte Äbtissin Chrodechildis in Versen besingen würden. Vor allem aber malte sie sich aus, daß unter ihrer Leitung mehr noch als früher die prächtige Anlage des Konvents zum Treffpunkt der Großen des Frankenreichs würde. Die Könige, ihre Verwandten, sollten dann ebenso ihre Gäste sein wie Bischöfe, Herzöge, Grafen, Feldherren. Sie selbst würde reisen und als eifrige Wallfahrerin die Welt kennenlernen. Kein höfisches Fest, an dem sie nicht als Ehrengast teilnehmen würde!

Nun kam es freilich darauf an, diese kühnen Träume in die Wirklichkeit umzusetzen. Chrodechilde wußte zu gut, daß sie allein aufgrund ihrer hohen Geburt keine Ansprüche geltend machen konnte. Was ihr die Onkel vor langer Zeit als väterliches Erbe zugestanden hatten, war in Klosterbesitz übergegangen und berechtigte nicht zu einer Sonderstellung. Ihr bisheriges Verhalten machte sie überdies kaum geeignet, einer frommen Gemeinschaft vorzustehen. Und wie sollte sie sich gegen Bischof Marovech und seine Anhängerschaft im Kloster durchsetzen?

Immerhin gelang es ihr trotz der Achtsamkeit ihrer Gegnerinnen, sich von Zeit zu Zeit mit einigen Freundinnen heimlich zu treffen. Dann stellten sie Wachen auf und berieten im Flüsterton. Die abenteuerlichsten Vorschläge wurden gemacht und erwogen – bis zur Eroberung des Klosters im Handstreich. Nach vielen solchen Beratungen und endlosem Getuschel setzte sich aber die vernünftige Meinung durch, daß man das derzeitige Regiment nur ausheben könne, wenn es gelänge, ihm schwere Vergehen gegen die Regel nachzuweisen. Anfangs schien dies schwierig zu sein. Doch bald gab es Hoffnung.

Da Macht und Übermut Geschwister und fast unzertrennlich sind, blieb die Äbtissin Leubovera nicht lange die unauffällige, tugendhafte und pflichttreue Nonne, die sie vorher gewesen war. In der Stille ihrer gesonderten Wohnung genehmigte sie sich bald die ersten Vergünstigungen. Ihre wahre Natur, in der Trägheit und Genußsucht dominierten, kam immer ungenierter zum Vorschein. Sie ergab sich dem Trunk und dem Spiel und schützte Krankheiten vor, um – statt beim Gottesdienst in der Kirche zu frieren – tagelang das warme Bett hüten zu können. Daß sie sich gern von jungen Männern bedienen ließ, die als Sklaven zum Klosterbesitz gehörten, war bald allgemein bekannt und wurde auch von ihren Anhängerinnen mißbilligt. Ihr ausgeprägter Familiensinn tat ein übriges. Mehrere arme Verwandte, die von ihrer neuen Würde gehört hatten, fanden sich ein, wurden im Kloster beschenkt und beköstigt – und blieben.

Obwohl das Gerücht von heftigen Streitereien und gegenseitigen Vorwürfen immer wieder die Runde machte, zeigten die Äbtissin und ihre Pröpstin vor den anderen stets das herzlichste Einvernehmen. Es wurde auch gemunkelt, dies habe noch eine besondere, ziemlich unfromme Ursache. Im Grunde war es der Stellvertreterin recht, daß ihre Vorgesetzte sich zurückzog und sie nach Lust und Laune walten ließ. Mit männlicher Stimme erteilte Justina ihre Befehle und nicht weniger männlich war die Art, wie sie strafte oder belohnte. Der Bischof ließ die beiden gewähren. Hinter verschlossenen Türen nahm er sie sich wohl vor, um sie zurechtzuweisen, aber er brauchte sie. Ihre plebejischen Ausschweifungen waren ihm immer noch lieber als die aristokratischen der anderen. Wenn er Unwillen gegen sie wahrnahm, verteidigte er sie mit Nachdruck, lobte die Äbtissin für ihre gottgefällige Zurückgezogenheit und die Pröpstin für ihren ebenso gottgefälligen Eifer. Sogar die offensichtlichste Übertretung verteidigte er, indem er die schmarotzenden Verwandten zu bedürftigen Armen erklärte.

Es gab also ausreichend Grund zur Beschwerde. Doch da der Bischof starrsinnig und parteiisch war und keine Änderung der Verhältnisse zulassen würde, mußte man ihn übergehen. An den Metropoliten, Bischof Gundegisil in Bordeaux, verschwendeten die Empörerinnen keinen Gedanken. Nur von den Königen, ihren Verwandten, erhoffte Chrodechilde den nötigen Beistand. Seit Chlodwigs Taufe vor fast hundert Jahren stand die katholische Kirche im Frankenreich unter der Aufsicht der Könige, kein Bischof würde wagen, sich einer königlichen Anordnung zu widersetzen.

Der Gedanke einer schriftlichen Eingabe wurde von Anfang an verworfen. Zunächst wollte sich eine kleine Gruppe, bestehend aus Chrodechilde, Basina und ihren besten Freundinnen Constantina und Maxentina, hinausschleichen und auf den Weg machen. Die vier versteckten sich auf einem Bauernwagen in leeren Fässern, wurden aber entdeckt. Zwar versicherten sie, daß sie nur zum Spaß einen Ausflug nach dem Klostergut machen wollten, doch Justina vermutete einen Fluchtversuch und ließ die Geißel tanzen. Eine Weile wurden sie scharf beobachtet und konnten weder zusammenkommen noch irgendwie sonst eine neue Verabredung treffen. Dann aber ergab sich eine Gelegenheit, die Chrodechilde geistesgegenwärtig nutzte.

Der Bischof hatte erfahren, daß im Kloster heimlich ein Scherzlied gesungen wurde. Darin wurde die Äbtissin des unzüchtigen Umgangs mit einer Nonne bezichtigt, die in Wirklichkeit ein verkleideter Mann sei. Marovech rief alle Klosterinsassinnen, die als aufsässig oder unzufrieden galten, im Oratorium zusammen. Es waren fast fünfzig. Nun verlangte er, diejenigen sollten sich melden, welche das «abscheuliche Machwerk» verfaßt und zuerst in Umlauf gebracht hätten. Da sie schwiegen, grollte er eine Weile und drohte schließlich, sie alle so lange in dem engen, schmalen Betsaal einzusperren, bis die Schuldigen entdeckt seien. Und eigenhändig verschloß er die Tür und verschwand.

Es war ein bitterkalter Februartag und nicht ein einziges Kohlebecken heizte den Raum. Die Empörung der Nonnen war groß. Nicht durch Zufall waren nicht nur diejenigen dabei, die zum engeren Kreis der Verschwörerinnen gehörten, sondern auch alle übrigen aus der einstmals fröhlichen Schar. Dazu ein gutes Dutzend anderer Nonnen, die erst in letzter Zeit mit der Äbtissin und der Pröpstin haderten und dafür gemaßregelt worden waren.

Keine Lauscherin war im Raum, sie konnten frei miteinander reden. Chrodechilde forderte alle auf, noch am selben Tag mit ihr den Ausbruch zu wagen. Der Vorschlag wurde begeistert aufgenommen. Nur wenige, die schon älter oder kränklich waren, wollten zurückbleiben. Einen Hammer, den wohl ein Handwerker irgendwann liegengelassen hatte, nahm Chrodechilde an sich. Es war der einzige Gegenstand in ihrem Besitz, den sie auch als Waffe gebrauchen konnten.

Erst nach mehreren Stunden kam der Bischof zurück. Er blieb in der Tür stehen, um diese sofort wieder zu verschließen, falls keine der Nonnen sich seinem Strafgericht ausliefern würde. Da drängten plötzlich alle heran. Er versperrte die Tür, brüllte, gestikulierte und rief Gott um Hilfe an. Basinas unbeherrschter Fußtritt machte den Weg frei. Die Vierzig, die zum Ausbruch entschlossen waren, fluteten durch die Klostergänge, rafften Umhänge und Decken an sich und sammelten sich dann an der Pforte. Hier sprengte Chrodechildes Hammer das schwere römische Vorhängeschloß. Die völlig überraschte Justina und ihre Prügelschwestern kamen zu spät. Unter den staunenden Augen der Bürger von Poitiers marschierten die Nonnen zum Stadttor, durchschritten auch dieses und erreichten die Straße nach Tours.

Es wurde ein Marsch der Qual und des Schreckens über sechzig endlose Meilen. Sie übernachteten einmal in einer winzigen Holzkirche, dann in einer dachlosen Scheunenruine. Beim dritten Mal ließ man sie in einen warmen Schafstall, wo aber nach Mitternacht eine Horde von Männern hereinstürmte und einige von ihnen vergewaltigte. Zu essen bekamen sie nirgendwo etwas. Sobald sie sich einem Bauernhof näherten, um etwas zu erbetteln, wurden die Hunde auf sie losgelassen oder man bewarf sie mit Steinen. Nur ein paar Wandermönchen, die ihnen entgegenkamen, konnten sie einen Ziegenkäse und etwas Brot und Speck abschwatzen. Am zweiten Tag ließ die Kälte nach, doch nun begann es zu regnen. Einige glaubten, daß Gottes Zorn über sie die Himmelsschleusen geöffnet habe, und wollten reumütig umkehren. Chrodechilde mußte flehen und schelten, doch schließlich gelang es ihr gegen Mittag des vierten Tages, am 1. März, den Haufen verwahrloster, übermüdeter, maroder und kranker Nonnen vor das südliche Tor der Stadt Tours zu führen. Wo es immer noch regnete und wo die Torwächter sich nicht entschließen konnten, sie einzulassen. Bis sich der eine aufmachte, um den Bischof zu holen, der andere sich aber noch vor dessen Ankunft erweichen ließ.

So betrat Chrodechilde Tours zum ersten Mal – erschöpft, aber zuversichtlich, in froher Stimmung. Jetzt, auf der Rückfahrt von Orléans, kam sie zum zweiten Mal an – gesättigt und ausgeruht, doch voll nagender Zweifel, ob es gelingen würde, das fast gescheiterte Unternehmen noch zu einem guten Ende zu führen.

Sie und Basina begaben sich gleich in eines der Pilgerhäuser des Martin-Heiligtums. Hier trafen sie ihre Gefährtinnen wieder, die sie umringten und stürmisch Auskunft verlangten, ob sie bei ihren königlichen Verwandten erfolgreich waren. Natürlich hüteten sie sich, ihre Niederlage einzugestehen. Chrodechilde gab sich im Gegenteil zufriedengestellt und erklärte, Onkel Gunthram habe heimlich zwar schon ihre Forderungen bewilligt, doch lege er Wert darauf, daß alles seinen gesetzlichen Gang gehe. Der Metropolit von Bordeaux sei deshalb beauftragt, an der Spitze einer Bischofskommission tätig zu werden und die Sache dem königlichen Willen entsprechend zu Ende zu bringen.

Es klang immerhin nach einem halben Erfolg und Jubel erhob sich, wenn auch verhalten. Die große Frage war allerdings: Sollten sie sogleich nach Poitiers zurückkehren und dort im Kloster der Dinge harren oder lieber versuchen, die Rückkehr so lange aufzuschieben, bis sie sichere Nachricht von der Ankunft der Bischöfe hatten? Für Chrodechilde kam beides nicht in Betracht, doch hielt sie mit ihrem neuen Plan, der schon so gut wie fertig war, noch hinter dem Berg. Auch Basina und der engere Kreis wurden vorerst nicht eingeweiht. Chrodechilde fürchtete, daß es darüber unter den Nonnen Unruhe, vielleicht Zwietracht geben, vor allem aber, daß der Plan nicht geheim bleiben würde. Sie traute Bischof Gregor zu, die Stelle des Theuthar einzunehmen und alles mit Hilfe der weltlichen Macht zu vereiteln.

An Theuthar dachte sie oft und versuchte sich vorzustellen, was er jetzt tun würde. Basina hatte ihn schon vergessen und gleich nach der Ankunft in Tours mit einem Geistlichen angebändelt. Chrodechilde war überzeugt, daß Theuthar seinen Auftrag erfüllen und nach Bordeaux reiten würde. Sie war aber sicher, er würde es dabei bewenden lassen und gleich nach Chalon oder Metz zurückkehren, möglicherweise sogar auf Straßen, wo er ihnen nicht nochmals begegnen mußte. So ein Wiedersehen mußte ihm unangenehm sein und ihn mit Zorn und Scham erfüllen. Wahrscheinlich würde er, dachte sie, nun um so nachdrücklicher für ihre Verurteilung eintreten, vielleicht auch dem Metropoliten von dem hinterhältigen Anschlag berichten, dessen Opfer er geworden war. Chrodechilde seufzte bei dem Gedanken, daß er nicht nur Basina, sondern auch sie hassen mußte. Dabei hatte sie ihre ursprüngliche Absicht, ihn vor dem Zenturio bloßzustellen, nicht mehr ausgeführt, weil sie gehofft hatte, er würde ihr, mit dem Schrecken davongekommen, vielleicht auch ein wenig dankbar sein. War sie wirklich, wie Basina ihr vorwarf, plötzlich eifersüchtig gewesen? Hatte sie ihn der Kusine mißgönnt? War sie etwa in diesen eifernden Pfaffen, den sie eigentlich verabscheute, auch ein bißchen verliebt gewesen? Was für eine seltsame Vorstellung! Aber dies war nicht mehr von Belang, und es lohnte nicht, darüber nachzusinnen. Sie würde Theuthar ja nicht wiedersehen.

Mehrere Tage blieben die Nonnen noch in der schönen Stadt Tours. Chrodechilde betete am Martinsgrab für ein gutes Ende der Unternehmung, bewunderte die Pracht der Kirchen, ließ sich im Strom geschäftiger Menschen durch die Straßen und Gassen treiben und saß immer wieder am Loire-Ufer, wo sie den Fischerbooten nachblickte und sich der lieblichen Frühlingslandschaft erfreute. Schließlich sah sie ja zum ersten Mal andere Städte als Poitiers (an ihre frühe Kindheit in Paris hatte sie keine Erinnerung), und so hatte sie es nicht eilig, den Aufenthalt zu beenden. Auch Basina war wenig geneigt, sich aus angenehmer geistlicher Obhut wieder in die Gefahren der Landstraße zu begeben. Die meisten anderen Nonnen zog es ebenfalls nicht in die Ungewißheit.

Indessen gab es keinen zwingenden Grund zum Verweilen. Bischof Gregor drängte entschieden zum Aufbruch. Zwar hatte ihn Theuthar, falls er über Tours gereist war, nicht aufgesucht und unterrichtet, und so konnte ihm Chrodechilde dasselbe erzählen wie ihren Mitschwestern. Doch war er der Meinung, daß Nonnen nicht einen Tag länger als unbedingt nötig außerhalb ihres Konvents bleiben sollten und daß das Umherschweifen nun ein Ende haben müsse. Unverzüglich sollten sie in ihr Kloster heimkehren und dort geduldig abwarten, was Gundegisil und seine Bischofskommission ausrichten würden. Auch der einarmige Zenturio hatte es eilig, die Nonnen in Poitiers «abzuliefern». Sein eigentliches Ziel war Limoges, wo er mit seinen Leuten die fränkisch-burgundische Garnison verstärken sollte.

So bestiegen Chrodechilde und ihre Gefährtinnen an einem strahlenden Morgen zwei Planwagen. Vollzählig waren sie nicht mehr. Eine hatte in Tours ihrem Bruder geschrieben. Zu ihrer Überraschung war der schon kurz darauf erschienen, um sie abzuholen und nach Hause zu bringen. Zwei andere hatten sich einer Gruppe von Pilgern angeschlossen.

Bischof Gregor geleitete die Nonnen zum Stadttor. Beim Abschied sparte er nicht mit Ermahnungen. Chrodechilde entging nicht, daß er sie mißtrauisch beobachtete. Anscheinend traute er ihr zu, weitere Ruchlosigkeiten im Sinne zu haben. Allen hörbar schärfte er dem Zenturio ein, «die Jungfrauen nicht aus den Augen zu lassen», auch nicht, wenn das Stadttor von Poitiers passiert sei. Nicht weichen dürfe er von ihrer Seite, bis die letzte hinter der Klosterpforte verschwunden sei.

Die Kolonne setzte sich auf der Straße nach Poitiers in Bewegung. Als die Pferde anzogen, erhob sich plötzlich in der Mitte der Geistlichen, die zur Verabschiedung mit dem Bischof ans Tor gekommen waren, ein lautes, herzzerreißendes Schluchzen. Es war einer der Chorherren von der Grabeskirche, den zwei andere unter die Arme faßten und rasch wegführten. Tränenbäche liefen ihm über die Wangen und netzten die Stola.

Auch Basinas Schleier, den sie fest an die Augen drückte, war feucht.

5

«SCHWESTERN», RIEF DIE KLEINE LUCILLA, «ich mache euch einen Vorschlag. Nehmen wir alle ein Bad!»

Die vierzig – oder fast vierzig – Nonnen hockten in einem großen Kreis auf einer Waldwiese seitwärts der Straße. Viele genossen die Sonne, andere hatten sich in den Schatten von Bäumen und Büschen zurückgezogen. Die beiden Planwagen standen am Waldrand, in der Nähe grasten die Pferde. Der Zenturio und seine Leute saßen um einen flachen Stein und würfelten.

Der Vorschlag der kleinen Lucilla löste ein lautes Geschnatter aus. Wie weggeblasen war die Trägheit der Mittagsrast. Auch die Nonnen, die ein wenig gedöst hatten, wurden munter und hoben die Köpfe.

«Ein Bad? Das ließ ich mir gefallen!»

«Ja, wahrhaftig, das wäre ein Labsal!»

«Bei der Hitze hätte man's nötig!»

«Aber das Wasser wird noch eiskalt sein!»

«Wasser? Wo gibt es hier Wasser?»

«Meinst du die Pfütze dort am Straßenrand?»

«Natürlich nicht!» rief die kleine Lucilla. «Ganz in der Nähe ist ein See. Mitten im Wald, nicht weit von hier. Höchstens eine Viertelmeile!»

«Sie muß es wissen», sagte Chrodechilde. «Sie stammt ja aus dieser Gegend. Ihre Eltern haben in der Nähe ein Gut.»

«Als Kind bin ich oft an dem See gewesen», schwärmte Lucilla. «Wir haben im Schilf Versteck gespielt und kleine

Boote gebastelt und zu Wasser gelassen. Es ist herrliches Wasser, ganz rein und klar. Von einer Quelle in der Nähe.»

«Aber wäre das nicht gefährlich?» rief eine. «Baden in einem See? Wir können doch alle nicht schwimmen!»

«Keine Sorge, der See ist nicht tief. Nur in der Mitte besteht Gefahr. An einer Seite ist das Wasser so flach, daß man vierzig, fünfzig Schritt hineinwaten kann und nur bis zu den Knien einsinkt.»

«Dann wage ich es!»

«Ich würde trotzdem gern untertauchen!»

«Endlich mal aus dem stinkenden Zeug heraus!»

«Wir könnten ja dort unsere Hemden waschen!»

«Ja, bei dem Wetter trocknen die schnell. Wir ziehen sie gleich wieder an!»

«Aber vielleicht gibt es dort Frösche!» wagte die dicke Constantina noch einzuwenden.

Gelächter erscholl ringsum.

«Nur eine einzige fette Kröte, wenn du dort erscheinst!»

«Wenn Constantina ins Wasser hüpft, tritt der See gleich über die Ufer!»

«Dann müssen wir gar nicht erst hineinsteigen!»

«Schwestern!» rief Basina aufspringend. «Warum zögern wir noch? Auf zum See! Lucilla, führe uns hin!»

«He, wartet! Was fällt euch ein? Das ist nicht erlaubt! Ich verbiete euch, von hier fortzugehen!»

Der Zenturio rannte herbei. Seine Männer, die ihr Spiel unterbrochen und neugierig die Ohren gespitzt hatten, blickten herüber.

«Niemand kann uns verbieten zu baden!» erklärte Chrodechilde dem Zenturio, der sich wie üblich an sie gewandt hatte. «Im Kloster gibt es sogar ein Badehaus. Und was soll schon passieren, wenn wir ein paar Schritte in den Wald hineingehen? Lucilla weiß hier Bescheid ... das habt ihr ja mitbekommen, wenn ihr gelauscht habt!»

«Gelauscht? Ihr habt ja geschrien wie ein Vogelschwarm!»

«Jedenfalls wird sie uns sicher wieder herausführen.»

«Oder woandershin.»

«Wohin denn?»

«Wo ihr euch meiner Aufsicht entzieht. Zu ihren Verwandten vielleicht. Du sagtest doch, sie hätte hier welche.»

«Dann könnt ihr uns dort ja wieder abholen. Kommt, Schwestern!»

«Ihr bleibt hier! Noch einmal: Ich untersage es!»

Der Zenturio zog eine grimmige Miene, was aber die Dürftigkeit seiner wenig kriegerischen Erscheinung nicht ausglich. Er hatte Gürtel und Schwertgurt abgelegt und auch seine Schuhe ausgezogen. Aus seinem abgeschabten, ärmellosen Lederwams hing kläglich der Armstumpf.

Basina schob sich lächelnd heran.

«Warum bist du so streng zu uns, Hildebold? Hast du denn Angst ...»

«Ich – Angst? Ich habe zwei Dutzend Schlachten geschlagen! Ich gehorche dem König, ich kenne nur Ehre und Pflicht. Der Auftrag des Königs lautet, euch auf dem kürzesten Wege nach Poitiers zu bringen. Von Umwegen war keine Rede!»

«Die paar hundert Schritte zu diesem See!»

«Ihr habt auch gehört, was der Bischof gesagt hat. ‹Die Jungfrauen nicht aus den Augen lassen!› So lautete wörtlich sein Befehl.»

«Wenn der Befehl so lautet, mußt du ihm wohl gehorchen.»

«Das werde ich auch tun!»

«Also laß uns nicht aus den Augen. Nimm ein paar Männer und folge uns!»

«Was? Wohin denn?»

«Zu diesem See. Wir würden uns dann auch sicherer fühlen. Räuber könnten uns überfallen, die Kleider stehlen und uns noch Schlimmeres antun.»

«Ja», sagte Chrodechilde, «das ist ein sehr guter Vorschlag! Wenn tapfere Männer in der Nähe wären, müßten wir nicht so vorsichtig sein und hätten beim Baden viel mehr Vergnügen. Ganz wörtlich dürft ihr den Auftrag des Bischofs aber doch nicht nehmen. Solange wir nackt sind und baden, lagert ihr euch in gebührendem Abstand und wendet euch ab. Ihr werdet ja unsere Stimmen hören, so daß ihr sicher sein könnt, uns nicht zu verlieren. Nur wenn wir um Hilfe schreien, dürft ihr euch nähern!»

«Verlaßt euch auf uns!» sagte Hildebold, dem das Blut zu Kopfe stieg. «Um eure Sicherheit braucht ihr euch keine Sorgen zu machen. Nun gut, ich erlaube es. Ausnahmsweise!»

Er machte kehrt und entfernte sich. Das Gekicher, das sich hinter seinem Rücken erhob, entging ihm. Seine Männer, die die Verhandlungen mitgehört hatten, empfingen ihn mit freudigen Mienen. Alle drängten heran, umringten ihn und erklärten sich freiwillig bereit, der Pflicht ihre Mittagsruhe zu opfern. Da keiner in seinem Eifer zurückstehen wollte, machten sich schließlich sieben Grauköpfe unter der persönlichen Führung ihres Zenturio marschfertig. Nur einer, dem ein Auge fehlte und der auch auf dem anderen nicht mehr viel sah, wurde trotz seines heftigen Protestes für ungeeignet erklärt. Er mußte bei den Wagen, den Pferden und den wenigen Nonnen, die aus verschiedenen Gründen zurückblieben, Wache halten.

Die Badefreudigen zogen los und drangen in den Wald ein. Lucilla führte die etwa dreißig Nonnen, die ihr lachend und leichtfüßig folgten, erst durch ein Zickzack schmaler Schneisen und schließlich einen Hügel hinauf. Die Ausgelassensten rafften ihre Gewänder und rannten und hüpften wie toll, um als erste oben zu sein. Ächzend und schwitzend kämpften sich ihre acht Beschützer durch das Unterholz. Nun schlug die kleine Nonne einen Haken und es ging wieder hinab und ein Stück durch einen von Wurzelwerk überwucherten Hohlweg. Ein Wäldchen von bizarrer Schönheit, in dem die Frühlingsstürme zahlreiche Stämme geknickt hatten, war danach auf verwirrenden Pfaden zu durchqueren. An seinem Rande sanken die Füße in feuchtes Moos ein. Gleich darauf öffnete es sich und gab den Blick frei auf eine Ebene, in deren Mitte, umgeben von einem Gürtel aus Binsen und Schilf, der kleine See lag.

Ein Jubelschrei aus dreißig Nonnenkehlen grüßte ihn.

«Ihr wartet hier!» sagte Chrodechilde zu dem Zenturio und seinen Leuten, als die acht endlich aufschlossen. «Wir verlassen uns auf euern Anstand und eure Frömmigkeit. Denkt daran, daß es eine Todsünde wäre, badenden Nonnen zuzusehen! Habt auch Geduld, denn es wird eine Weile dauern, bis wir zurück sind. Wir gehen jetzt um den See herum. Auf der anderen Seite wird uns Schwester Lucilla die Stelle bezeichnen, wo wir baden und unsere Wäsche besorgen können.»

«Nehmt euch nur Zeit!» rief ihr Hildebold nach. «Wir stören euch nicht!» Helles Gelächter war die Antwort. Eine nach der anderen verschwand hinter hohen Gräsern und Sträuchern. Ein paar Enten flogen auf.

«Schade», sagte einer der Männer, «daß wir Bogen und Köcher nicht bei uns haben. Hier hätten wir eine gute Jagd.»

«Laßt uns lieber besseres Wild beschleichen!» meinte ein anderer augenzwinkernd.

«Warten wir noch!» entschied Hildebold. «Erst müssen sie drüben sein und sich sicher fühlen.»

Die acht reckten ihre faltigen Hälse und lauschten. Bald tönte vom anderen Ufer fröhliches Stimmengewirr herüber, dazu das Geräusch aufspritzenden Wassers.

«Vorwärts, Männer!»

«Aber Vorsicht, der Boden ist tückisch!»

«Paßt auf, daß ihr nicht gesehen werdet!»

«Wer die Todsünde fürchtet, bleibt zurück!»

«Kommt nicht in Frage! Für den Anblick, der uns erwartet, schmore ich gern in der Hölle!»

Sie drangen in das hohe Ufergras ein. Anfangs folgten sie dem Trampelpfad, auf dem die Nonnen verschwunden waren. Doch schon nach wenigen Schritten verloren sie ihn. Ringsum erhoben sich grüne Wände. Mit zittriger Ungeduld zückten sie Schwerter und Dolche und begannen, die Halme abzumähen.

«Siehst du schon etwas, Evodius?»

«Nichts! Nur dieses verdammte Schilf!»

«Still!»

«Was ist denn?»

«Habt ihr das eben gehört?»

«Was?»

«Schreie!»

Tatsächlich – vom anderen Ufer her tönte jetzt wildes Gekreisch.

«Schlangen! Hier sind Schlangen! Hier auch! Schnell fort! Rettet euch, Schwestern! Hilfe! Zu Hilfe! Wo bleibt ihr, Männer? So helft uns doch!»

«Nun, worauf warten wir?» schrie Hildebold. «Mir nach!»

Er stürmte vorwärts und versank im nächsten Augenblick bis an den Gürtel im Wasser. Zwei, die ihn herausziehen wollten, stürzten hinterher. Die anderen strebten nach der entgegengesetzten Seite, doch hier lauerte ebenfalls die feuchte Gefahr. Vorstöße in die verschiedensten Richtungen führten zu weiteren Unfällen. Als in der Nähe gurgelnde Schreie ertönten, rief der Zenturio zum Sammeln. Vorwürfe prasselten auf ihn ein.

«Eine Todsünde war es! Nun hast du's!»

«Der Herrgott läßt nicht mit sich spaßen!»

«Evodius ist schon beim Teufel.»

«Uns holt er auch gleich!»

«Aber du übernimmst die Verantwortung!»

«Jawohl, das bezeug ich vorm Gottesgericht! Hildebold hat uns hierhergeführt.»

«Halt's Maul, du geiler alter Bock!»

So herrschten Uneinigkeit und Verwirrung unter den Veteranen der königlichen Gefolgschaft. Die Nonnen hatten das vorausgesehen. Ihr schlaues Manöver war geglückt.

Das Bad im See war der Vorwand gewesen, um die lästige Wachtruppe endlich abzuschütteln. Nachdem sie sich, Angst vor Schlangen vortäuschend, unter schrillem Geschrei vom Ufer entfernt hatten, folgten die ausgelassenen Schwestern dem Lauf des Bächleins, das den See speiste. Nach fünfhundert Schritten war schon die Quelle erreicht, und hier wurde schließlich doch noch gebadet. Das Quellwasser sprudelte aus dem Fels in einen kleinen, knietiefen Grottensee, in dem sich die dreißig Nonnen bald voller Übermut tummelten. Ihre Hemden zu waschen und trocknen zu lassen, blieb allerdings keine Zeit. Chrodechilde entstieg als erste dem Wasser, wrang ihre feuchten Haare aus und klatschte energisch in die Hände. Rasch fuhren alle in die Kleider und befestigten Schleier und Stirnbinden. Die kleine Lucilla, deren Ortssinn untrüglich war, schlug jetzt einen Weg ein, der die Schar in weitem Bogen nach der Straße zurückführte. Am Ende sprangen sie eine aus Felsgestein gebildete Treppe hinab, durcheilten ein Kiefernwäldchen und traten wieder auf eine Wiese hinaus. Diese befand sich zwei Meilen von derjenigen entfernt, auf der sie zuvor gerastet hatten. Doch wie durch ein Wunder standen am Waldrand die beiden Planwagen und daneben grasten friedlich die Zugpferde. Und die fünf Nonnen, die zurückgeblieben waren, liefen den Ausflüglern lachend entgegen.

Es gab Freudengeschrei und Umarmungen. Einige tanzten auf der Wiese. Die Anführerin der fünf, die große, robuste Prisca, trat zu Chrodechilde.

«Habt ihr die acht alten Kerle verloren?»

«Die können nun die Elfen im Mondschein belauschen. Und was macht der neunte, der Einäugige?»

«Hat sein Auge geschlossen und schläft. Ein tüchtiger Hieb mit dem Knüppel verschaffte ihm Ruhe. Vor Sonnenuntergang wacht der nicht auf.»

Prisca hatte auch sonst nach Plan gehandelt und die Pferde der Männer davongejagt. Die Nonnen hatten zunächst erwogen, sie Bauern oder Händlern zu verkaufen, doch das hätte bedeutet, das Eigentum der Genasführten anzutasten. Dieses Unrecht wollten sie nicht auf sich laden. Die Habe der Männer – Mäntel, Decken, Schuhe, Gürtel, Waffen und Proviantsäcke – hatten Prisca und die vier anderen von den Wagen abgeladen und säuberlich neben dem Ohnmächtigen ausgebreitet. Der Verlust der Pferde war dessen mangelnder Wachsamkeit zuzuschreiben und konnte den Nonnen nicht angelastet werden.

Eine Weile wurde noch geschwatzt und gescherzt und es

wurden Vermutungen darüber angestellt, was dem verlorenen Häuflein im Walde nun alles passieren könnte. Plötzlich aber, wie auf Verabredung, verstummten die Gespräche. Und aller Augen wandten sich Chrodechilde zu.

«Wir sind nun frei, wir können uns wenden, wohin wir wollen!» sagte die hübsche Maxentia, eine Grafentochter, deren dunkle Hautfarbe ihre afrikanische Mutter verriet. «Jetzt teile uns endlich mit, Childe, was du vorhast. Mach nicht länger ein Geheimnis daraus! Wohin willst du uns führen?»

«Nach Poitiers», sagte Chrodechilde. «Wohin sonst? Noch einmal werden wir unterwegs übernachten und morgen ziehen wir dort ein. Natürlich als Siegerinnen!»

«Du willst tatsächlich ins Kloster zurück?» rief Basina. «Und du glaubst, daß sie uns an der Pforte mit Jubelchören empfangen werden?»

«Im Augenblick sicher nicht. Deshalb kehren wir dorthin erst später zurück – in ein paar Tagen oder Wochen. Wir müssen auch damit rechnen, daß man uns unseren Sieg mißgönnen wird. Noch ist der Wille des Königs ja unbekannt und man wird uns nicht glauben, wenn wir ihn selber verkünden. Machen wir uns darauf gefaßt, daß der Empfang in Poitiers sogar unfreundlich sein wird. Bischof Marovech könnte versuchen, den Comes Macco gegen uns aufzuhetzen. Gewalt muß also befürchtet werden. Deshalb, Schwestern, werden wir uns dem Schutz eines Mächtigen anvertrauen. Dem Schutz des heiligen Hilarius!»

Einen kurzen Augenblick herrschte Verblüffung, dann redeten alle durcheinander. Die meisten wunderten sich, daß sie nicht selber gleich auf diese einfachste Lösung gekommen waren. Die Kirche des heiligen Hilarius, der einst Bischof von Poitiers war, bot Schutzflehenden Asyl und solche waren sie ja, solange sie fürchten mußten, daß man sie in ihrer Heimstatt, dem Kloster, als Aufrührerinnen behandelte. Unter dem Dach des Heiligen konnten sie abwarten, bis der Bischof von Bordeaux erscheinen und verkünden würde, was der König ja, wie sie glaubten, bereits entschieden hatte. Chrodechilde, die den Willen des Königs besser kannte, hatte sich rechtzeitig jener Warnung des Theuthar erinnert, man dürfe die Kommission der Bischöfe nicht unter Druck setzen. Nichts anderes hatte sie aber nun vor, als in der Kirche des Hilarius, ein paar Steinwürfe vom Kloster entfernt, ihre flammenden Feldzeichen des Protests aufzupflanzen. Diese immer vor Augen, würden die Bischöfe vorsichtig sein. Und hüten würden sie sich, übereilte Maßnahmen zu ergreifen.

Trotz überwiegender Zustimmung für den Plan ihrer Anführerin gab es unter den Nonnen allerdings auch Zweifel und Einwände. War das Asyl wirklich sicher – so wie das des heiligen Martin in Tours? Würde die Kirche allen ausreichend Platz bieten? Was für eine Gesellschaft würden sie dort vorfinden? Hatten sie nicht manchmal mit Schaudern vernommen, daß sich dort Mörder, Räuber, Brandstifter, Frauenschänder und andere Übeltäter dem Arm des Gesetzes entzogen?

Große Sorge bereitete den meisten die Frage des Unterhalts. Gewiß, aus Barmherzigkeit war die Kirche verpflichtet, niemand, der an einem ihrer Altäre um Schutz bat, verhungern zu lassen. Doch wie dieses Gebot erfüllt wurde, lag im Ermessen der Geistlichen. Und der Abt der Hilarius-Kirche war einem Bischof unterstellt, der zweifellos ein Interesse hatte, die Widerstandskraft der Nonnen, die er zuletzt so schmerzhaft zu spüren bekam, durch kärgliche und schlechte Nahrung zu schwächen. Ganz abgesehen von anderen Schikanen und Nötigungen, die einem gereizten Oberhirten einfallen konnten. Basina erklärte zwar kämpferisch, Marovech solle dergleichen nicht wagen, sonst würde sie «es noch einmal tun». Doch glaubten die meisten, er sei viel zu stur, als daß eine solche Drohung ihn abschrecken könnte.

Während die Nonnen noch stritten und die Schwarzseherinnen den Zuversichtlichen mehr und mehr zusetzten, kam es fünfzig Schritte von ihnen entfernt, auf der Straße, zu einem Vorfall, der aller Aufmerksamkeit auf sich lenkte.

Eine seltsame Fuhre näherte sich. Es war ein Bauernkarren mit dicken Scheibenrädern, den anstelle von Zugtieren zwei Männer bewegten. Der eine hielt die Deichsel gepackt, der andere schob, und beide rannten, daß ihnen die Zunge heraushing. Auf dem Karren stand eine längliche Kiste und auf dieser saß eine Dame, die ihre beiden Bediensteten mit kreischender Stimme anfeuerte. Da das Pflaster der alten Römerstraße seit zweihundert Jahren nicht mehr erneuert worden war, ging die rasante Fahrt unter beträchtlichem Gerumpel vor sich und jeden Augenblick wurde die Dame von der tanzenden Kiste in die Höhe geschleudert. Mehrmals wandte sie ruckartig ihren kleinen Vogelkopf, als spähe sie nach Verfolgern aus. Die Nonnen auf der Wiese, die neugierig und belustigt zu ihr hinblickten, schien sie nicht wahrzunehmen. Sie war schon beinahe vorüber, als das Unglück geschah.

Eines der plumpen Räder löste sich von der Achse und rollte beiseite. Die Kiste und mit ihr die Dame durchbrachen infolge der plötzlichen Schräglage die Leiterbretter und beide stürzten auf die Straße. Der Karren zerfiel sogleich in Trümmer. Die Dame lag schreiend auf dem Rücken und strampelte mit ihren dünnen Beinen, wobei sie sehr vornehme lederne Strumpfbänder mit goldenen Riemenzungen sehen ließ.

Während die beiden Diener keuchend und tatenlos herumstanden, eilten zehn, fünfzehn Nonnen herbei, um der Verunglückten zu helfen. Sie hoben sie auf und trugen sie nach der Wiese herüber. Es stellte sich heraus, daß sie, von ein paar Schürfwunden abgesehen, keinen Schaden erlitten hatte. Ihr eigener Zustand kümmerte sie auch kaum, statt dessen schrie sie immer nur nach der Kiste. Erst als ihre beiden Begleiter diese herbeigebracht und neben ihr niedergesetzt hatten, beruhigte sie sich etwas.

«Sie ist ganz, dem Himmel sei Dank!» sagte sie mit einem tiefen Seufzer, nachdem sie die aus Eichenbrettern gezimmerte, mit einem schweren Schloß versehene Kiste von allen Seiten beäugt und betastet hatte. «Nichts ist herausgefallen, alles ist sicher verwahrt!»

«Ist denn so Wertvolles darin?» fragte eine der Nonnen, die sie im Halbkreis umstanden.

Die Dame beeilte sich zu verneinen.

«Nur ein paar Habseligkeiten. Was man auf Reisen so mit sich führt. Aber das werde ich nun wohl auch noch verlieren. Ehe die Sonne heute untergeht, werde ich bettelarm sein. Und das verdanke ich diesen Tölpeln! Erst schinden sie das Pferd zu Tode und nun ist der Karren auch noch hin! Wie komme ich jetzt nach Poitiers? Hilflos sitze ich hier am Straßenrand. Einholen wird man mich und fortschleppen!»

«Wer wird dich fortschleppen?» fragte Chrodechilde.

«Trudulf, mein Ehemann. Er verfolgt mich. Jeden Augenblick kann er dort auftauchen!»

Aller Augen richteten sich nach dem Punkt, wo die Straße im Norden sichtbar wurde. Von dem Verfolger war nichts zu entdecken.

«So bist du deinem Ehemann fortgelaufen?» erkundigte sich Basina interessiert.

«Ich hielt es nicht mehr bei ihm aus!» klagte die Dame. «Ich ertrug seine Grausamkeit nicht mehr! Zwölf Kinder habe ich ihm geboren, fünf davon leben und sind schon erwachsen. Trotzdem hat er keine Achtung vor mir. Er mißhandelte mich und trieb es mit Weibern vom Gutsgesinde. Ich floh zu meinem Bruder, der Abt in Le Mans war. Solange der lebte, war ich dort sicher. Mein Gemahl verlangte mich zurück, doch mein Bruder blieb fest. Was konnte ein einfacher Gutsbesitzer gegen einen hohen geistlichen Herrn ausrichten? Aber ach, so ein Unglück! Mein Bruder verstarb plötzlich! Trudulf schickte sofort eine Botschaft: Ich solle nach Hause kommen oder er werde mich holen. Wo sollte ich hin? Wohin konnte ich mich vor dem Unhold retten? Ich erinnerte mich meiner ältesten Tochter, sie hat einen Edelmann aus Poitiers geheiratet. Bei ihnen könnte ich mich verbergen. Aber ich schaffe es nicht mehr! Trudulf ist schon ganz nahe. Gestern früh sah ich ihn zufällig in Tours. Er muß wohl ahnen, was ich vorhabe. Ich kaufte von meinem Wirt ein Gespann und verließ heimlich die Herberge. Aber der Schurke hat mich vielleicht verraten. Und diese ungeschickten Kerle da ... erst das Pferd und nun noch der Karren. Und ich liege hier wie ein Schiff auf dem Sand. Gestrandet!»

Die Dame hockte auf der Kiste und vergrub die spitze, vom Weinen gerötete Nase in den Falten ihres bestickten Seidenumhangs.

«Wie heißt du?» fragte Chrodechilde.

«Berthegunde. Ich bin die Tochter eines Edlen, der Marschalk bei König Sigibert war.»

Chrodechilde warf einen Blick rundum auf die vorwiegend mitleidigen Mienen der Nonnen.

«Nun, Schwestern, was meint ihr? Treten wir in unsere neue Freiheit mit einer guten Tat ein? Vielleicht wird das da oben bemerkt und wir erhalten für alles Weitere, was wir dann tun, den himmlischen Segen. Wollen wir Berthegunde helfen?»

«Da sie mißhandelt wurde und sich zu wehren versucht», meinte Maxentia, «gleicht ihr Schicksal dem unsrigen. Ihr zu helfen ist sogar Christenpflicht.»

Die Dame hob hoffnungsvoll, doch gleichzeitig skeptisch den Kopf.

«Aber was könnt ihr denn tun? Ihr seid doch ... Ich meine, ihr seid doch nur ...»

«Ja, wir sind nur ein Haufen Nonnen», sagte Chrodechilde lachend. «Aber laß dich nicht von den Schleiern täuschen, es stecken harte Schädel darunter. Wir kommen von König Gunthram, der uns eine Audienz gewährte, und Bischof Gregor, der uns feierlich das Geleit bis ans Tor seiner Stadt gab. Und morgen ziehen wir in Poitiers ein, wo uns der Bischof Marovech sicher stürmisch empfangen wird. Wenn du willst, kannst du mit uns reisen.»

Natürlich wollte Berthegunde. Sich unter einer Schar von Nonnen zu verstecken war im Grunde das Beste, was sie tun konnte. Um sie ganz in der Gruppe verschwinden zu lassen, warf man ihr eines der einfachen, dunklen, wollenen Gewänder über, die der König seinen Nichten geschenkt hatte. Der Vogelkopf wurde in einen Schleier gehüllt. Nur noch die Nase guckte heraus.

«Jetzt sieht sie aus wie eine Störchin», spöttelte Basina. «Daß dieser Trudolf sich so viel Mühe macht, um sie zurückzubekommen ...»

Berthegundes Kiste wurde auf einen Wagen geladen, wo sie mehr Platz einnahm als vorher das Gepäck der neun

Männer. Die Diener räumten die Trümmer des Karrens vom Wege und warfen sie in den Wald. Man entschloß sich, die beiden mitzunehmen. Sie auf der Straße zurückzulassen, war zu riskant – sie konnten zum Gegner überlaufen. Da der verfolgende Gatte die beiden nicht kannte, würden sie ihm im Falle einer Begegnung aber nicht auffallen.

Die Aufregung um Berthegunde hatte die Nonnen so abgelenkt, daß sie auf ihren Streit nicht zurückkamen. Außerdem war inzwischen viel Zeit vergangen. Wenn man noch ein paar Meilen zurücklegen wollte, bevor es zu dunkeln begann, mußte man aufbrechen. Auch wenn manche weiterhin ihre Bedenken hatte, wollte doch keine durch fruchtloses Hin- und Hergerede die Weiterfahrt aufhalten. So galt es im Grunde schon jetzt als ausgemacht, daß das Ziel der Reise, welches man am nächsten Tag gegen Mittag erreichen wollte, die Kirche des heiligen Hilarius war.

Am Abend kam es zu einem weiteren Zwischenfall. Dieser hatte zur Folge, daß auch die letzten Zweiflerinnen sich für Chrodechildes Plan erklärten.

Acht Meilen vor Poitiers fanden sie eine Herberge. Zum Glück waren sonst keine Gäste da, so daß sie, als sie sich nach dem einfachen Mahl und dem Nachtgebet zum Schlafen niederlegten, nicht mehr durch Lärm, Musik und Gesang gestört wurden. Berthegunde bettete sich zwischen Chrodechilde und Maxentia, nachdem sie darauf bestanden hatte, daß ihre Kiste ins Haus geschafft und, in einer Nische unter Stroh versteckt, nicht weit von ihrem Lager aufgestellt wurde. Es erschien ihr zu unsicher, ihre Habseligkeiten auf dem Wagen im Hof zu lassen. Der Wirt war froh, kein Öl und keine Kerzen verschwenden zu müssen, und begab sich bei Einbruch der Dunkelheit mit seiner Familie und dem Gesinde ebenfalls zur Ruhe.

Plötzlich aber wurde draußen heftig ans Tor geklopft. Zuerst wollte der Wirt sich nicht mehr erheben. Als aber eine barsche Männerstimme drohte, wenn das Tor nicht sofort geöffnet würde, werde man es einschlagen, fuhr er rasch in die Hose und lief hinaus. Kaum hatte sie die Stimme gehört, war Berthegunde alarmiert. Zitternd richtete sie sich auf.

«Trudulf!» flüsterte sie. «Mein elender Gatte ist gekommen!»

«Lege dich wieder hin und verhalte dich still!» befahl Chrodechilde. «Tun wir alle, als ob wir schliefen. Kümmern wir uns nicht um ihn!»

Der Wirt zündete eine Kerze an und führte vier Männer herein. Ein fetter Glatzkopf mit rotem Bart und Knollennase war Trudulf. Die drei anderen bildeten sein Gefolge. Trudulf schnallte den silberbeschlagenen Gürtel und das ebenso kostbare Wehrgehänge ab, warf beides auf eine Bank, ließ sich schnaufend daneben nieder und verlangte Wein und etwas zu essen. Der Wirt, der noch ein Geschäft witterte, brachte eilfertig eine Kanne und Becher. Auch seine Frau und die Mägde hatten sich wieder erhoben, schürten die Glut an der Kochstelle und stellten einen Kessel mit Fleischbrühe auf den Dreifuß.

«Hör mal, Wirt!» sagte Trudulf, ohne im mindesten die Stimme zu dämpfen. «Was für Gäste hast du da hinten?»

«Es sind Nonnen, Herr.»

«Wie? Nonnen? Und außer denen?»

«Niemand. Sie sind heute die einzigen.»

«Bist du ganz sicher? Ist da nicht noch eine allein gekommen, vermutlich mit ein paar Knechten? So ein spindeldürres Schreckgespenst mit 'ner Nase wie eine Speerspitze? Aber mit vornehmem Plunder und Schmuck behangen?»

«Nein, Herr. So eine ist hier nicht abgestiegen.»

«Sagst du mir auch die Wahrheit, Schuft?»

«Bei meiner Ehre ...»

«Was hast du schon für eine Ehre, Weinpanscher! Ist ja schauerlich, das Gesöff! Vielleicht hat sie dir ein Goldstück gegeben, damit du das Maul hältst. Davon hat sie ja genug, die verdammte Diebin. Vielleicht versteckt sie sich da hinter den Pfeilern, unter den anderen Weibern ...»

Trudulf erhob sich, nahm die Kerze vom Tisch und machte Anstalten nachzusehen.

Berthegunde drängte sich zähneklappernd an Chrodechilde, kroch zu ihr unter die Decke. Auch alle anderen, obwohl hellwach und erschrocken, stellten sich schlafend.

«Es sind wirklich Nonnen, Herr!» versicherte der Wirt. «Ich bitte dich, störe sie nicht! Sie sind unterwegs nach Poitiers, zu ihrem Kloster vom Heiligen Kreuz. Zwei von ihnen sind Verwandte der Könige!»

«Verwandte der Könige? Tatsächlich?»

Diese Mitteilung hemmte den Fahndungseifer des Trudulf. Er begnügte sich damit, die Kerze ein paar Mal hin und her zu schwenken, um in ihrem Schein einen Blick auf die Liegenden zu werfen. Knurrend kehrte er an den Tisch zurück. Er bemühte sich nun sogar, etwas leiser zu sprechen, was aber, da er zu brüllen und zu schnauzen gewöhnt war, nicht recht gelang.

«Sie ist also nicht hier. Vielleicht ist sie aber durchgekommen, hat sich nur nicht getraut zu rasten ...»

«Uns ist eine Frau, wie du sie beschrieben hast, Herr, nicht aufgefallen.»

«Vielleicht hat sie sich auch am Wege versteckt und dort gelauert, bis ich vorüber war. Na warte, du Luder! Dann lauere ich morgen ebenfalls. Du entkommst mir nicht, Verbrecherin!»

Grimmig machte er sich über die Brühe her. Auch seine Begleiter schlürften und schmatzten.

«Die besagte Person hat dich wohl bestohlen?» fragte der neugierige Wirt.

«Die besagte Person ist meine Frau!» grunzte Trudulf. «Es gibt keine im ganzen Frankenreich, die boshafter und gehässiger ist. Im Lauf der Jahre ist sie ganz grün und gelb geworden, sie besteht nur noch aus Galle. Ja, so ist es, sie hat mich bestohlen! Denn außer der Boshaftigkeit hat sie ein zweites Laster: die Habgier. Eines Tages war sie verschwunden und hatte alles mitgehen lassen, was ich an wertvollen Sachen besaß. Silberne Teller und Löffel, goldene Armreife, Dolche mit eingelegten Steinen ... alles. Dazu über tausend byzantinische Goldsolidi. Ausgeraubt hat mich das Weib!»

«Wie? Sie verschwand? Und hast du sie wiedergefunden?»

«Freilich, das war ja nicht schwer. Sie hinterließ mir ja eine Nachricht. Angeblich wurde sie gebraucht – von ihrem leidenden Bruder. Als Laienabt hatte der Kerl sein Leben lang Kirchen und Klöster bestohlen. Aber er konnte den Schlund nicht vollkriegen! Ich ging zu ihm, verlangte die Frau zurück und mein Eigentum ... Da behauptet doch der feine geistliche Herr, ich hätte ihm seine teure Schwester umbringen wollen und er müsse sie schützen. Und was sie mitgebracht hätte, sei alles Mitgift und Morgengabe. Beim Teufel, so ein frommer Lügenbold! Aber er hatte die Rechnung ohne meine Alte gemacht. Sie pflegte ihn rasch zu Tode, und als er hinüber war, griff sie zum zweiten Mal zu. Diesmal schnappte sie sich Pokale, Monstranzen, Altarleuchter, Kruzifixe und anderen Kirchentrödel ... aber alles gediegen! Eine ganze Kiste davon soll sie bei sich haben ... natürlich ist da auch drin, was mir gehört. Ihr Neffe, ein frommer, bescheidener Mann, ist auf der Stelle tot umgefallen, als er erfuhr, daß er von seinem Vater nichts erben würde. Ihr zweiter Neffe hat sich an mich gewandt. Ich habe die Sache in die Hand genommen. Die Diebin und Erbschleicherin hat sich davongemacht. Aber wo kann sie hin? Ich hatte gleich richtig vermutet. Zu ihrer Tochter nach Poitiers will sie. Das ist auch so ein Rabenaas, genau wie die Mutter, und verheiratet ist sie mit einem Habenichts, einem gewissen Lollius, der behauptet, von altem senatorischem Adel zu sein und sogar von einem römischen Kaiser abzustammen. Der wird sich freuen, der war schon immer scharf auf mein Eigentum. Dieses gallische Hähnchen! Mit dem werd ich mal gut fränkisch reden. Dem dreh ich den Hals um! Aber vorher ist Berthegunde fällig. Sie ist nach Poitiers unterwegs, das ist sicher. In Tours hab ich alle Wirte befragt, bei einem war sie, hat ihm sogar ein Gespann abgekauft und zwei Diener gemietet ... Na warte, ich krieg dich! Morgen erwisch ich dich! Dann mach ich aus deinen dürren Knochen Pfeile und Lanzenschäfte!»

Trudulf polterte noch eine Weile, rülpste und gähnte, ließ sich dann Decken bringen und streckte sich gleich auf der Bank aus. Die drei Männer folgten seinem Beispiel. Bald schnarchten alle.

Berthegunde tat während der Nacht kein Auge zu, lag stocksteif auf dem Rücken und starrte zum Dachgebälk hinauf. Es reute sie nun, daß sie die Kiste nicht im Hof auf dem Wagen gelassen hatte. Noch in der Nacht hätte sie sich hinausschleichen und die beiden Diener im Pferdestall wecken können. Für ein gutes Aufgeld hätten sie heimlich angespannt und sie wäre mit dem Wagen entkommen. Statt dessen mußte sie dem Morgen entgegenzittern.

Beim ersten Hahnenschrei war Trudulf schon auf den Beinen. Es hielt ihn nicht mehr in der Herberge und er begab sich mit seinen Leuten sofort auf die Straße. Auch die Nonnen erhoben sich bald und bereiteten sich geschäftig auf die Weiterfahrt vor. Keine kümmerte sich um die Spitznase.

Ein Krug Milch ging von Hand zu Hand und von Mund zu Mund. Berthegunde wagte nicht, sich in die Reihe zu stellen. Als aber alle getrunken hatten, nahm Chrodechilde den Krug und trat zu ihr.

«Der letzte Schluck ist für dich. Und was willst du jetzt tun?»

«Laßt mich nicht im Stich!» flehte Berthegunde.

«Wie? Du meinst, wir sollten dir helfen, deinen zusammengestohlenen Schatz in Sicherheit zu bringen? Wie könnten wir das mit unserem Glauben und unserem Gewissen vereinbaren?»

«Es ist nicht wahr, was Trudulf erzählt hat!»

«Nicht wahr? So befinden sich in der Kiste dort keine Reichtümer?»

«Ich werde euch alles erklären!»

«Dazu könnte es bald zu spät sein. Bedenke, in welche Gefahr wir uns deinetwegen begeben würden. Was wird dein Rauhbein von Ehemann tun, wenn er dich bei uns entdeckt? Vielleicht ein Blutbad unter uns anrichten!»

«Warum sollte er das tun? Er wird sich allein auf mich stürzen! Ihr habt seine Drohungen gehört.»

«Ja, es schien, daß er es ernst meinte.»

«Wollt ihr einer Bedrängten eure Hilfe versagen? Ihr seid doch Auserwählte Gottes! Gestern sagtest du noch, ihr wolltet euch durch eine gute Tat empfehlen.»

«Um die Wahrheit zu sagen ... Gott hat uns in letzter Zeit arg vernachlässigt. Wir haben Grund, an unserer Auserwähltheit zu zweifeln. Und wenn ich es recht bedenke, wird eine gute Tat uns bei ihm kaum in besseres Ansehen bringen.

Gute Taten machen nur wenig Eindruck auf ihn ... schon gar nicht aber auf seine Diener im Priesterrock. Mit ein paar hundert Solidis dagegen könnten wir das Nötigste tun, um in das milde Licht seiner Gnade zurückzukehren. Wenn du uns dazu verhelfen wolltest ...»

«Ich gebe euch, was ihr verlangt! Nur rettet mich!» stöhnte Berthegunde.

Sie wurden bald handelseinig. Berthegunde, in der die Gefahr vorübergehend den Geiz besiegte, schloß die Kiste auf und Chrodechilde ließ sich fünfhundert Goldsolidi hinzählen, was dem Ledersäckchen an ihrem Gürtel, das bereits schlaff geworden war, wieder beträchtliches Gewicht verlieh. Dann verloren sie keine Zeit mehr. Die beiden Wagen verließen die Herberge. Chrodechilde lenkte den ersten, Prisca den zweiten. Als sie auf die Straße einbogen, sangen die Nonnen aus vollen Kehlen: «Veni, veni, creator! Veni, sancte spiritus!»

Das fromme Lied klang so fröhlich, weil alle schon wußten, was Chrodechilde und Berthegunde verhandelt hatten. Mit fünfhundert Solidis konnte man zuversichtlich sein und sich getrost ins Asyl begeben. Für eine Weile war man gesichert, auch einer längeren Auseinandersetzung würde man standhalten, ohne die unablässige Sorge, aus Not klein beigeben zu müssen. Frohe, zufriedene, hoffnungsvolle Gesichter blickten unter den Planen der Wagen hervor. Wollten Wegelagerer jetzt einen Überfall riskieren, mußten sie mit drei Dutzend wehrhaften Nonnen rechnen, die Berthegunde und ihre Schatzkiste mit Zähnen und Nägeln verteidigen würden.

Trudulf, dessen Knollennase aus einem der Büsche am Straßenrand leuchtete, hätte sich davon gewiß nicht abschrecken lassen. Der Ahnungslose verzichtete aber sogar darauf, die beiden Wagen anzuhalten und die Insassinnen zu fragen, ob sie, vielleicht schon tags zuvor, eine gewisse Fuhre gesehen hätten. Die Nonnen sangen so schön, daß er sie nicht stören wollte. Er war im Grunde ein gefühlvoller und manchmal auch gottesfürchtiger Mann. Als sie schon weit entfernt waren, lauschte er immer noch.

Singend legten Chrodechilde und ihre Gefährtinnen auch die restlichen Meilen zurück. Als ihr Vorrat an geistlichen Liedern erschöpft war, sangen sie, was ihnen sonst noch einfiel, schließlich sogar das frivole Scherzlied, das die Empörung des Bischofs und ihren Aufbruch veranlaßt hatte.

«Unsere Äbtissin, die gut und fromm ist,
liebt eine Nonne, die an die Wand pißt ...»

Unter Riesengelächter wurden sämtliche Verse gesungen und aus dem Stegreif sogar noch einige dazugedichtet.

Dabei bemerkten sie gar nicht, daß in der Ferne bereits die Türme der Stadt Poitiers auftauchten.

BISCHOF GUNDEGISIL VON BORDEAUX mit dem Beinamen Dodo war ein feuriger Greis, der nach dem Wahlspruch lebte: «Gott will es so».

Noch in seinen hohen Fünfzigern hatte er keinerlei Berufung für ein geistliches Amt verspürt. Als kühner Gefolgsmann, wackerer Zechkumpan und unermüdlicher Frauenheld war er schon in die Umgebung König Chlothars gelangt und auch dessen Sohn Gunthram schätzte ihn. Er bekleidete hohe militärische Ränge und kämpfte vor allem gegen die Langobarden mit Auszeichnung. Zur Belohnung erhielt er die Grafschaft Saintes, wo er sich ebenfalls kraftvoll bewährte. Bei Hof war er weiterhin stets willkommen und in der Tafelrunde pflegte er, ein begnadeter Aufschneider und Geschichtenerzähler, wie in alten Zeiten das Wort zu führen. Halbe Nächte füllte er mit der anschaulichen Darstellung seiner tatsächlichen und erfundenen Abenteuer. Nur eines mißfiel dem im Alter frömmelnden König an seinem Freund Dodo: daß er im Grunde ein gottloser Mensch war, der trotz seiner Jahre noch immer reuelos sündigte und somit nur wenig Aussicht auf ein fröhliches Weiterleben im Jenseits hatte. Dem abzuhelfen wartete Gunthram auf eine Gelegenheit.

Diese kam, als der Bischof von Bordeaux starb. Der Sterbende hatte in seinem Testament einen frommen und fähigen Diakon seiner Kirche zum Nachfolger erkoren. ‹Volk und Klerus› stimmten dem zu, wie es Brauch war, und der Erwählte eilte daraufhin mit der Wahlurkunde und mit Geschenken zum König, um dessen Bestätigung einzuholen.

Er erhielt sie aber nicht, obwohl er nach zwei Jahrzehnten im Kirchendienst alle Voraussetzungen für das Bischofsamt mitbrachte. Vielmehr war Dodos Stunde gekommen. Der Comes von Saintes hielt sich gerade mal wieder am Hofe auf und Gunthram fand, daß es nun Zeit war, die Laufbahn seines verdienten Freundes mit einem Amt zu krönen, das unter der nur in der Merowingerfamilie erblichen Königswürde das höchste war: dem Episkopat. So wurde Dodo, der niemals zuvor eine Messe zelebriert und auch nur selten einer beigewohnt hatte, zum Bischof geweiht.

Er wurde damit auch Metropolit, denn Bordeaux war Hauptort einer der elf gallischen Kirchenprovinzen. Der König setzte den alten Kriegsmann noch aus einem anderen Grunde auf diesen erhöhten Bischofsstuhl. Er wünschte eine straffe Leitung der Kirchenprovinz, zu der auch einige Diözesen gehörten (zum Beispiel Poitiers), die Teil des austrasischen Reiches waren. Trotz der mehrfachen Reichsteilungen nach dem fränkischen Erbrecht waren die Kirchenprovinzen im wesentlichen unverändert geblieben und entsprachen noch immer denen der Römerzeit. König Gunthram sah eine Möglichkeit, über einen energischen Metropoliten Einfluß auf die Verhältnisse im Nachbarreich zu nehmen, wo einige diesem unterstellte Bischöfe gleichzeitig Stadtherren waren.

Dodo enttäuschte ihn nicht. Seine erste Amtshandlung bestand darin, daß er unbotmäßige Geistliche einsperren, geißeln oder davonjagen ließ. Auf den Provinzialsynoden kommandierte er seine siebzehn Bischöfe wie ein Feldherr seine Hundertschaftsführer. Beim Gottesdienst herrschte militärische Zucht, und wenn Dodo auch des Lateinischen kaum mächtig und mit der Heiligen Schrift so gut wie gar nicht vertraut war, wußte er doch seinem neuen Gefolgsherrn Jesus Christus Respekt zu verschaffen. Was seine Lebensgewohnheiten anging, verstand er es, sich der neuen Lage anzupassen. Da er ja nun zum Zölibat verpflichtet war, verstieß er seine alte Gemahlin («Gott will es so!») und ließ sich fortan nur noch von zwei jungen Mägden umhegen. Auch seinen allmonatlichen Trinkgelagen, die eine liebgewordene Tradition waren und gewöhnlich ununterbrochen mehrere Tage dauerten, gab er nun einen geistlichen Anstrich. Er bezeichnete sie als seine «kleinen Synoden» und lud dazu immer ein paar Bischöfe ein.

In letzter Zeit wurde Dodo ein bißchen senil. Dennoch hielt er sich aufrecht und stramm und war an der Tafel noch immer unter den letzten, die umsanken. Mit scharfer, befehlsgewohnter, schon etwas krähender Greisenstimme gebot er über die Runde seiner Trinkgenossen. An diesem schönen Frühlingsabend im Garten des Bischofspalastes waren es vorerst nur zwei: die Bischöfe Nicasius von Angoulême und Saffarius von Périgueux. Sie waren zu einer «kleinen Synode» angereist, die jedoch erst am nächsten Tag richtig beginnen sollte. Dann würden sich die geistlichen Herren der Stadt und ein paar Äbte und Prioren aus der Umgebung hinzugesellen.

Nach dem fünften Becher Wein aus eigenem Anbau kam Dodo wie gewöhnlich auf sein Lieblingsthema zu sprechen: die Kirche als Zuchtanstalt und die Gemeinde als Gottes Gefolgschaft.

«Warum bin ich Bischof geworden?» rief er. «Weil der Herr Jesus Christus streitbare Männer braucht, die die Ungläubigen und die Abtrünnigen aufs Haupt schlagen! Das ist ein Gefolgsherr nach meinem Geschmack, der nicht viele Umstände macht. Du glaubst nicht an mich? Dann in den Staub mit dir! Du hängst der Irrlehre dieses verfluchten

Arius an, der behauptet, ich sei ein Mensch, kein Gott? Dann ist es besser, dein Kopf wird abgehauen, als daß darin weiter ein solcher Unsinn blüht! So einfach ist es. Und deshalb sollte sich jeder Geistliche auch im Gebrauch der Waffen üben. Denkt an die Schlacht bei Embrun, als das glorreiche Heer unseres Königs Gunthram die Langobarden, diese verdammten Arianer, das Laufen lehrte. Da kämpften auch zwei Bischöfe mit – behelmt und gepanzert!»

«Du meinst die Brüder Salonius und Sagittarius, der Bischöfe von Embrun und Gap?» fragte Saffarius, ein schmales Männchen mit dünnem Ziegenbart.

«Wen sonst? Das waren Kerle, wie unsere heilige Kirche sie braucht. Die fürchteten auch den Teufel nicht!»

«Ja, wahrhaftig, die trieben es toll!» meinte Nicasius lachend, wobei er sein längliches Pferdegesicht in Falten legte und sämtliche Zähne entblößte. «Ihre Nächte verbrachten sie beim Wein, in Gesellschaft von Frauen. Wenn die Geistlichen ihrer Kirche zur Frühmesse gingen, saßen sie immer noch beim Gelage.»

«Man hörte von ihnen Wunderdinge», bemerkte Dodo anerkennend. «Beim Wettrinken konnten die beiden allein es mit einer ganzen Hundertschaft aufnehmen! Zwar übertrieben sie manchmal ein bißchen, doch sie verschafften sich Respekt – und damit auch Gott. Ein Bischof, der nicht auch bei Tisch und im Bett etwas Außergewöhnliches leistet, läßt das Volk an sich zweifeln. Es fragt sich, ob er auch auserwählt sei. Deshalb, meine Brüder» – Dodo griff selbst nach der Kanne und füllte die Becher aufs Neue – «wollen wir unser Bestes geben und tun, was von uns erwartet wird!»

«Zum Lobe des Herrn und mit Dank für die köstliche Gabe!» sagte Saffarius, der zwar nicht alle Ansichten Dodos teilte, doch seinem Vorgesetzten gehorsam war.

«Amen!» vollendete Nicasius mit einem frommen Augenaufschlag zum Himmel.

Sie hatten die Becher noch nicht abgesetzt, als eine von Dodos Mägden aus dem Hause herbeieilte.

«Ehrwürdiger Vater!»

«Was gibt's?»

«Da ist ein Abgesandter des Königs.»

«Wie? Des Königs? Wer ist es denn?»

Theuthar trat bereits aus der Halle in den Hof und kam unter dem Säulenumgang näher.

Der blonde Priester war blaß, sein Gesicht war hohlwangig und kantig, er machte den Eindruck eines Erschöpften. Seit jenem Zwischenfall an der Straße zwischen Orléans und Tours hatte er nur wenig Ruhe gefunden. Am Tage war er unterwegs gewesen und den größten Teil der Nächte hatte er wachend verbracht, entweder im Gebet oder mit endlosen quälenden Selbstvorwürfen. Er verurteilte sich für sein Verhalten an jenem unglückseligen Abend und gab sich allein die Schuld an den möglichen Folgen. Der Teufel hatte von Basina Besitz ergriffen – er aber, statt ihm gleich fest und mit Christi Hilfe entgegenzutreten, war beinahe selber von ihm verführt worden. Immer wieder drückte es ihm fast das Herz ab, wenn ihm die Erinnerung kam, wie er sich mit der Nonne im Schmutz gewälzt hatte. Und die andere, Chrodechilde ... welchen Eindruck mußte sie von ihm haben! Auch danach hatte er sich, so fand er, feige benommen. Er war noch am selben Abend fortgeritten, hatte nicht den geringsten Versuch gemacht, sich eine feste Haltung zu geben. Gerade weil ihn die Nonnen, woran er nicht zweifelte, absichtlich in diese Lage gebracht hatten, war es ein Fehler gewesen, sich ihrer Forderung widerstandslos zu fügen. Er hätte sich ihrem Spott und ihren Anklagen aussetzen müssen, er mußte unbeirrt auf seinem Posten bleiben! Hatten nicht andere glaubensfest weit schlimmere Unbill auf sich genommen? Hatten sie nicht, auch nachdem sie gestrauchelt waren, wieder sicheren Tritt gefaßt, um auf dem vorgeschriebenen Wege weiterzuschreiten? Er aber hatte sich schmählich davongestohlen und die vom Teufel Verführten sich selbst überlassen! Was hatte der noch mit ihnen vor? Auf welche Abwege würde er sie locken, in welche Abgründe stürzen?

Einige Male war Theuthar schon drauf und dran, zu den Nonnen zurückzukehren. Dann aber hatte er sich entschieden, die Angelegenheit einem Würdigeren zu überlassen. Er vertraute Bischof Dodo, der für sein energisches Handeln bekannt war. In den grellsten Farben wollte er ihm die Lage schildern, auch seine eigene Schuld nicht verschweigen und in der Beichte alles gestehen. Er hoffte auf eine harte Buße, die geeignet sein würde, seine Seele zu reinigen. An die weiteren Folgen seines Handelns dachte er vorerst nur wenig. Er argwöhnte, daß er bereits in Ungnade war. Wenn Chrodechilde ihre Drohung, ihn zu «erwürgen», doch noch wahr gemacht, dem König geschrieben und ihm das Vorgefallene mitgeteilt hatte?

Die Bischöfe, die Theuthar kannten und schätzten, empfingen ihn mit freudigem Zuruf. Er mußte an ihrer Seite Platz nehmen und ein Willkommenstrunk wurde gereicht. Dodo wunderte sich im Scherz, daß König Gunthram von seiner «kleinen Synode» erfahren und einen Vertreter dazu entsandt habe. Er hoffe, daß Theuthar bei guter Gesundheit und trinkfest sei, damit er keinen Punkt der umfangreichen Tagesordnung auslassen müsse. Die Herren lachten und versicherten, er werde jedoch bei vorzeitiger Ermüdung nichts

Wesentliches versäumen. Man werde keine Beschlüsse fassen – außer dem einen: sich bald wieder zu treffen.

Aber Theuthar stand nicht der Sinn nach Vergnügungen. Er zögerte nicht und berichtete alles. Die Bischöfe hörten betroffen zu und stießen nur ab und an Rufe der Überraschung und Empörung aus. Erstaunlicherweise war von dem Ausbruch der Nonnen in Poitiers noch keine Nachricht in die benachbarten Städte Aquitaniens gelangt. Dies mochte in dem langen Winter und dem verregneten Frühjahr seine Ursache haben, wodurch diesmal monatelang die Verbindungen fast unterbrochen waren. Es wurde aber auch gleich vermutet, daß Bischof Marovech seinem Metropoliten und seinen Amtsbrüdern die peinliche Sache bewußt verschwiegen habe, entweder aus Scham vor dem eigenen Versagen in jener kritischen Situation oder gar aus Furcht, tatsächliche Mißstände könnten bekanntwerden. Marovech war allgemein unbeliebt und so ging die Meinung der drei Herren dahin, das letztere könne zutreffend sein. Als Theuthar zu dem Befehl des Königs kam, daß sich der Bischof von Bordeaux an der Spitze einer Kommission an den Ort des Geschehens begeben solle, um den Fall zu untersuchen, stieß er daher sofort auf Bereitschaft.

«Meine Brüder!» schmetterte Dodo und straffte sich. «Die Lage ist ernst, wir müssen handeln! Wenn ich eines in meiner Provinz nicht dulde, ist es Zuchtlosigkeit und Unordnung! Ein Aufstand der Nonnen – das ist Meuterei! Wo hat es denn so etwas je gegeben? Ich trage die Verantwortung dafür, daß die Heerscharen unseres Herrn Jesus Christus ihre Reihen geschlossen halten! Auch die Abteilung der geweihten Jungfrauen darf dabei keine Ausnahme machen! Die Meuterer und Deserteure werden bestraft, aber wir müssen auch streng untersuchen, ob ihre Vorgesetzten an den

Verfehlungen mitschuldig sind. Unsere Synode, meine Brüder, findet deshalb gerade im richtigen Augenblick statt. Sie bildet unverzüglich die Kommission, zu deren Mitgliedern ich die Anwesenden ernenne … einschließlich unseres Sohnes Theuthar. Gleich morgen machen wir uns auf den Weg! Gott will es so!»

«Ja, das wird eine lustige Reise!» freute sich Nicasius zähnebleckend. «Im Namen Gottes werden wir Ordnung schaffen!»

«Und diesen Unglückseligen ihre Irrtümer austreiben!» bekräftigte Saffarius.

Theuthar wurde vom Schwung der drei Bischöfe nicht mitgerissen.

«Zweifellos werdet ihr Erfolg haben, meine Väter!» sagte er mit gepreßter Stimme, «allein schon aufgrund eurer Autorität. Es ist daher auch der Wunsch König Gunthrams, daß nur Bischöfe in die Kommission berufen werden. Ich bitte euch deshalb, seht davon ab, unter die Mitglieder einen Mann aufzunehmen, der nicht diesen Titel trägt.»

«Du willst nicht mit uns gehen?» fragte Dodo.

«Auch aus anderen Gründen wäre ich einer solchen Berufung unwürdig.»

«Zu viel Bescheidenheit, mein Bester! Wir schätzen dich alle sehr. Und wenn du auch noch nicht Bischof bist, so wirst du irgendwann einer sein. Von anderen Gründen aber wissen wir nichts.»

«Ich habe Schuld auf mich geladen.»

«Wer von uns wäre ohne Schuld?»

«Eine Verfehlung im Zusammenhang mit diesem Fall.»

«Ah! Und welche?»

«Ich habe euch noch nicht alles berichtet. Der König befahl mir, seine Nichten wie auch die anderen verirrten Schafe zurück in ihr Kloster nach Poitiers zu geleiten. Unterwegs kam es zu einem Zwischenfall. Der Teufel versuchte die Nonne Basina, König Chilperichs Tochter, und ... und er stellte dabei auch mich auf die Probe.»

«Hoho!» rief Nicasius. «Das läßt sich hören! Und weiter? Hat euch der Teufel hereingelegt?»

«Nicht ganz», sagte Theuthar, wobei seine vorher so bleichen Wangen sich heftig röteten. «Doch war das nicht mein Verdienst, wie ich gestehen muß. Die Umstände verhinderten es.»

«Dann ist es eine läßliche Sünde», befand Saffarius.

«Damit jedoch nicht genug», fuhr der Priester fort. «Durch mein eigenes Versagen erschreckt, ließ ich die Nonnen im Stich ... lange bevor sie ihr Ziel erreichten. Ich setzte sie damit weiteren Ränken des Teufels aus. So bin ich im Augenblick nicht imstande zu sagen, ob sie tatsächlich, dem Befehl des Königs entsprechend, auf dem kürzesten Weg in ihr Kloster zurückgekehrt sind.»

«Darüber mach dir nur keine Gedanken, mein Junge!» sagte Dodo, Theuthar väterlich auf die Schulter klopfend. «Das werden wir schon bald erfahren. Du hast recht getan, schnellstens hierherzukommen und mich zu benachrichtigen. Sollten sie noch irgendwo draußen herumschwirren, fangen wir sie schon wieder ein. Ich hab mir noch jeden zurückgeholt, der versucht hat, sich von meinen Fahnen und Feldzeichen zu entfernen!»

«Dennoch verlangt es mich nach der Beichte, Vater! Ich habe gesündigt und will büßen!»

«Später! Später! Jetzt haben wir Besseres zu tun als vor Altären herumzurutschen und Psalmen herunterzuleiern. Wenn du glaubst, du hast falsch gehandelt, kannst du es anders wieder gutmachen. So habe ich es immer gehalten: Zur

Bewährung nach vorn und ins Getümmel! Das ist besser als Jammern und Flennen und es schont außerdem die Hosen. Wenn sich der alte Erzfeind schon gegen dich vorgewagt hat – umso besser! Du kennst seine Tücken und bist beim Gegenangriff im Vorteil. Meine Brüder, die Strategie, die wir anwenden müssen, ist folgende ...»

So hatte Theuthar vergebens gehofft, mit einer Kirchenbuße davonzukommen. Wenn er ganz aufrichtig zu sich selbst war, gestand er sich, auch jetzt noch feige zu sein und gewünscht zu haben, er könne so die ganze Angelegenheit loswerden. Der Gedanke, den beiden hochgeborenen Nonnen erneut gegenübertreten zu müssen, diesmal als Richter, erschreckte ihn. Doch war ihm auch jetzt, wie zuvor beim König, kein Widerspruch möglich. So schickte er sich in das Unvermeidliche. Während sich seine Tischgenossen in Eifer redeten, leerte er stumm und schicksalsergeben Becher um Becher, und da er den Wein nicht gewöhnt und überdies müde und geschwächt war, sank ihm der Kopf bald auf die Brust.

«Das Trinken muß er noch lernen», bemerkte Dodo. «Sonst wird doch kein Bischof aus ihm!»

7

DIE NACHRICHT VON DER RÜCKKEHR DER der Nonnen verbreitete sich in Poitiers wie ein Lauffeuer. Von einem Ende der kurzen, krummen Gassen zum anderen schrien die Bürger sich die Neuigkeit zu. Überall öffneten sich die Türen und Neugierige stürzten heraus. Im Laufen schnallten die Männer ihre Gürtel um und die Frauen, die hinterherhasteten, drückten plärrende Kleinkinder an die Brust und rafften die Röcke bis an die Grenze des Anstößigen. Johlende Kinder stürmten über den Markt und warfen einen Karren mit Broten um, die jedoch niemand aufhob. Der Bauer, der sie feilgeboten hatte, war schon nicht mehr auf seinem Posten und keiner von denen, die vorüberrannten, fand Zeit, sich zu bücken.

Es herrschte zunächst Verwirrung über die Richtung, die man einschlagen mußte. Die beiden Planwagen fuhren kreuz und quer durch die Stadt. Chrodechilde hatte entschieden, die Rückkehr müsse einem Triumph gleichen und jedermann glauben machen, der Aufbruch und die Reise seien erfolgreich gewesen. Sie hatte sich mit Basina verständigt, auch hier zu niemand ein Sterbenswort über den Mißerfolg bei König Gunthram verlauten zu lassen, sondern dreist Genugtuung und Siegesgewißheit zur Schau zu stellen. Wer sollte ihnen auch widersprechen? Wer wußte es besser? Ihr fröhliches «Veni, veni, creator!» auf den Lippen, zogen sie also in Poitiers ein, lachten, grüßten, winkten den Gaffern. Herausfordernd langsam fuhren sie am Palast des Bischofs vorbei, dessen Tür abweisend geschlossen blieb. Dann ging die

Fahrt zum Hause des Lollius. Hier wurde haltgemacht, unter Scherzen und Geschrei die Schatzkiste vom Wagen gehoben und von Berthegunde Abschied genommen. Darauf setzten sich die beiden Gespanne, schon von einer ansehnlichen Menschenmenge verfolgt, nach der Kirche des heiligen Hilarius in Bewegung. Plötzlich aber machten sie kehrt und es ging hinunter zum Ufer des Flusses Clain und über einen Treidelweg bis nach der Brücke, die hinüberführte. Hier bogen die beiden Gespanne abermals ab und fuhren in gerader Richtung zum Heilig-Kreuz-Kloster. Auf dem Platz vor der hohen, von mehreren Türmen unterbrochenen Mauer kamen sie endlich zum Stehen. Fast die Hälfte der Einwohnerschaft war ihnen gefolgt oder von allen Seiten herbeigeeilt und bildete nach und nach einen großen Halbkreis um sie.

Die beiden Lenkerinnen der Wagen, Chrodechilde und Prisca, stiegen ab und schritten stracks auf die Pforte zu. Die Tochter König Chariberts konnte sich nicht versagen, auch ihre Feindinnen im Kloster gleich von ihrer Ankunft zu unterrichten. Prisca ergriff den schweren, bronzenen Türklopfer und ließ drei dumpfe Schläge ertönen.

Unverzüglich wurde das kleine vergitterte Fenster in der Eichentür aufgerissen und es erschien ein bleiches Nonnengesicht mit stechenden, bläulich umschatteten Augen. Das war nicht die Pförtnerin, sondern die Pröpstin Justina. Hinter ihr drängten sich mehrere Nonnen. Zweifellos hatte man die Rückkehrerinnen und die sie begleitende Menge bereits wahrgenommen.

«Der Herr sei gelobt!» rief Chrodechilde schallend, damit alle ringsum es hören konnten. «Heimgekehrt in die Stadt Poitiers sind die Bewohnerinnen dieses Hauses, die auszogen, um Schutz vor Gewalt und Unrecht zu suchen! Sie fanden überall offene Ohren und kommen mit der Gewißheit zurück, daß ihnen Gerechtigkeit widerfahren wird. Vernehmt dort drinnen, was nach göttlichem Ratschluß der Wille der Könige ist. Ich, Chrodechilde, König Chariberts Tochter, soll künftig eure sorgende Mutter sein! Wenn ihr mir Liebe und Vertrauen entgegenbringt, werde ich mit den anderen Schwestern unter das gemeinsame Dach zurückkehren und eine neue, bessere Zeit wird anbrechen!»

Hinter dem Gitterfenster ertönte ein Hohnlachen.

«Was höre ich da?» schrie die Pröpstin. «Du, Chrodechilde ... unsere sorgende Mutter? Du Ausreißerin und Herumtreiberin willst hier Äbtissin sein? Eine Landstreicherin will im Kloster herrschen?»

«Laßt euch von dieser boshaften Zuchtmeisterin nicht beeinflussen, Schwestern!» rief Chrodechilde noch lauter. «Hört mich da drinnen! Alle, die mit mir gekommen sind, haben bereits den Eid geleistet: Sie wollen die unwürdige Leubovera entfernen und künftig nur unter meiner Leitung im Kloster leben. Schließt euch an! Verjagt endlich diese Nonnen, die unsere Gemeinschaft in Verruf gebracht haben!»

«Das könnte dir so passen, du Gottlose!» tönte es hinter dem Fenstergitter. «Wenn du hier wieder herein willst, falle zuerst auf die Knie! Und liege drei Tage und Nächte im Staub! Dann wird dir der Hochmut vielleicht vergehen. Und auch ihr andern kommt nur auf Knien durch diese Pforte! Und die Strafen, die euch erwarten ...»

«Strafen? Uns, die wir gerade von unsern Verwandten, den Königen, hoch geehrt und für unser mutiges Handeln reich beschenkt wurden?» Chrodechilde griff in den Lederbeutel an ihrem Gürtel und warf eine Handvoll Goldmünzen vor die Pforte. «Seht, davon haben wir reichlich erhalten! Und noch mehr haben uns die Könige versprochen, damit wir das hohe Ansehen und den alten Glanz des Heilig-Kreuz-Klosters wiederherstellen. Seid also vernünftig, Schwestern, und handelt! Stellt euch auf die richtige Seite! Wir bleiben in eurer Nähe und warten …»

Die Pröpstin keifte zurück und eine Weile wurde das hitzige Hin und Her von Rede und Gegenrede fortgesetzt. Auch die anderen Nonnen auf den Wagen und hinter der Pforte schrien gegeneinander an. Die meisten Zuschauer amüsierten sich, viele mischten sich, für die eine oder andere Seite Partei nehmend, ein und fingen ihrerseits an zu streiten. Auf den Türmen erschienen einige der Mönche und Knechte, die im Klostergarten und in den Werkstätten arbeiteten, und blickten neugierig herunter. Von diesen schrie plötzlich einer: «Da kommt der Bischof!»

Die Menge teilte sich schon und bildete eine Gasse, um Marovech Platz zu machen. Der oberste Seelenhirte der Stadt Poitiers war Fleisch gewordener Zorn. Heftig stieß er den Krummstab auf den Boden und sein lahmes Bein, das er nachzog, wirbelte eine Staubwolke auf. Nach dem ersten Erschrecken, als ihm die Ankunft der Frevlerinnen gemeldet wurde, hatte er rasch die Fassung zurückgewonnen und klar erkannt, daß sein unverzügliches Eingreifen notwendig war. Zur Betonung seiner Würde und Autorität hatte er sein Meßgewand übergeworfen und die perlenbestickte Bischofsmütze aufgestülpt, die ihm nun schief auf dem kahlen Schädel saß und bei jedem seiner ruckenden Schritte weiter verrutschte. Ein grauer Bart stach aus dem asketischen, gefurchten Gesicht, die scharfe Nase hackte angriffslustig in alle Richtungen. Der Bischof zog einen Schwarm aufgeregt gestikulierender Priester und Diakone hinter sich her. Einige hatten sich zum Zeichen ihrer Kampfentschlossenheit gegenüber dem Bösen mit Schwertern gegürtet.

Chrodechilde begriff sofort, daß Gefahr im Verzug war. Über zwanzig wehrhaften Geistlichen, dazu den Hilfswilligen hinter der Klosterpforte, war ihre Schar nicht gewachsen. Sie tauschte einen Blick mit Prisca und beide zogen sich zu den Wagen zurück.

«Ehre sei Gott!» schrie Marovech schon von weitem mit Donnerstimme. «Und wehe jenen, die seinen Zorn fürchten müssen! Kommt ihr in Demut und mit Reue im Herzen?»

«Wir kommen mit Stolz und Freude im Herzen, ehrwürdiger Vater!» rief ihm Chrodechilde entgegen. «Der Herr war uns gnädig! Er hat uns beschützt und dafür gesorgt, daß alle unsere Bitten erfüllt wurden!»

Der Bischof blieb fünf Schritte vor ihr stehen und stützte sich keuchend auf seinen Stab.

«Wie? Was soll das heißen? Wofür hat er gesorgt?»

Aus dem Fenster der Klosterpforte schrie Justina:

«Sie behauptet, daß sie jetzt hier Äbtissin sein soll! So eine Frechheit! Wir haben ja eine, wir brauchen sie nicht!»

«Die Könige wünschen es so!» rief Chrodechilde.

«Die Könige?» schnaubte der Bischof. «Von solchen Wünschen der Könige weiß ich nichts! Gestern erhielt ich ein Schreiben meines Amtsbruders Gregor aus Tours – des Inhalts, es werde hier bald eine Kommission erscheinen, geleitet von dem edlen Gundegisil, dem Vorsteher unserer Kirchenprovinz, die eure Frevel untersuchen und euern Ungehorsam bestrafen wird! Von Empfehlungen oder Wünschen der Könige ist in dem Brief keine Rede!»

«Sie lügen!» schrie die Pröpstin dazwischen. «Laß dich nicht täuschen, ehrwürdiger Vater!»

«Meine Töchter, ich warne euch!» Der Bischof fuchtelte mit seinem Krummstab. «Hütet euch davor, Sünde auf Sünde, Unrecht auf Unrecht, Schuld auf Schuld zu häufen!

Laßt ab von euerm eitlen, unfrommen Treiben! Kehrt endlich um von dem Irrweg, auf dem ihr wandelt! Das Auge Gottes blickt auf euch mit Grimm, weil ihr die Regel des Klosters verletzt habt! Seid demütig und wartet ab, was die würdigen Männer beschließen werden! Schreitet gesenkten Hauptes über die Schwelle, von der ihr im Übermut geflohen seid!»

«In den Staub mit ihnen!» kreischte Justina. «Nur auf Knien kommen sie hier herein!»

Unter den Geistlichen, die um den Bischof geschart waren, erhob sich ein drohendes Gemurmel. Die Menge gaffte, feixte und spitzte die Ohren, gespannt, wie die Kraftprobe zwischen dem Bischof und den Nonnen ausgehen würde.

Ein weiterer Verständigungsblick zwischen Chrodechilde und Prisca genügte. Beide rafften ihre Gewänder und schwangen sich, gleich von hilfreichen Händen ergriffen, hinauf auf die Wagen und ihre Lenkersitze.

Chrodechilde packte die Zügel und rief:

«Ergebensten Dank für das Angebot, Vater! Und auch dir unsern Dank, Pröpstin Justina! Gern nehmen wir eure Einladung an – aber niemals gesenkten Hauptes und schon gar nicht auf Knien! Wir lassen euch Zeit, euern Sinn zu ändern. Inzwischen begeben wir uns unter sicheren Schutz. So lange lebt wohl!»

Sie straffte die Zügel und gab den Pferden die Gerte.

«Haltet sie auf!» befahl der Bischof. «Laßt sie nicht wieder entkommen! Anhalten! Stehenbleiben!»

«Vorsicht, Vater!» schrie Basina. «Aus dem Wege! Bring dich in Sicherheit! Hast du vergessen, daß Stuten ausschlagen?»

Er konnte nur noch zur Seite springen. Die Bischofsmütze verlor nun endlich auf seinem Kahlkopf den Halt und rollte unter die Räder.

Ein mutiger Diakon versuchte, eines der Pferde am Zaum zu packen und aufzuhalten. Er wurde umgerissen und schlug sich die Nase blutig.

Durch die Menge, die bereitwillig Platz gab, entfernten sich die beiden Gespanne, eine gewaltige Staubwolke hinterlassend.

«Dummköpfe!» grollte der Bischof und stieß den Krummstab gegen die Männer seiner Begleitung. «Armselige Wichte! Weichlinge! Schwerter am Gürtel, doch keine Kraft in den Armen! Stehen herum, statt die Nonnen einzufangen! Lassen sie wieder entfliehen! Schande über euch! Gott soll euch strafen!»

Einer der Geistlichen hatte die Mütze aufgehoben und den seidenen Überzug vom Schmutz befreit. Er überreichte sie dem Bischof mit einer Verbeugung. Nun erreichte dessen Wut ihren Höhepunkt.

«Wo sind die Perlen?» schrie er. «Da fehlen welche! Sind abgerissen! Sucht sie, ihr Dummköpfe! Wichte! Nichtsnutze! Schwächlinge ...»

Unter dem Gelächter der sich allmählich verlaufenden Menge machten sich knapp zwei Dutzend geistliche Herren, die Köpfe am Boden, die Hintern hoch in der Luft, auf die Suche.

8

DAS RECHT AUF ASYL HATTEN SCHON die Römer gekannt, die zu einer Kaiserstatue flüchteten, um dort – gelegentlich jedenfalls – Schutz zu finden. Später bot die Kirche den Verfolgten ihre Altäre an. Seit nunmehr weit über hundert Jahren war in Gallien das kirchliche Asylrecht gesetzlich anerkannt, woran sich auch nach der Machtübernahme durch die Franken nichts änderte. Das erste fränkische Reichskonzil im Jahre 511 erweiterte den Asylschutz auf Mörder, Ehebrecher und Frauenentführer und entzog so auch die im Verständnis der Zeit schlimmsten Übeltäter während ihres Aufenthalts unter dem Kirchendach der unmittelbaren Verfolgung. Der Asylsuchende war damit zwar seiner Bestrafung nicht entronnen, doch er gewann einen Aufschub und die Hoffnung, dank priesterlicher Fürsprache mehr Milde und Gerechtigkeit zu erfahren. Auch Sklaven versprach die Kirche Schutz und ihre Herren — Behandlung geloben, bevor ihnen ihr entflohenes Eigentum wieder herausgegeben wurde.

Nicht jede Kirche bot freilich Sicherheit. In vielen Fällen war der Asylschutz nicht mehr als ein leeres Versprechen. Wo es noch nicht gelungen war, den oberflächlich Bekehrten hinreichend Furcht vor Gottes Vergeltung einzupflanzen, mußten die Priester oft hilflos zusehen, wie ihre Schutzbefohlenen von den Altären gerissen wurden. Geschah dies nicht gleich mit roher Gewalt, bediente man sich der mannigfaltigsten Tricks und raffinierter Methoden der Lockung, Nötigung und Erpressung. Nicht selten geschah es auch, daß einem Gotteshaus, in dem Verfolgte saßen, plötzlich des Nachts das Dach abgedeckt wurde, worauf Regen, Schnee und Kälte besorgten, was die Verfolger sich nicht getrauten. Daß eine Kirche vollständig abbrannte, war die noch häufigere, weil schnellere und radikalere Lösung.

Es empfahl sich also für den Schutzflehenden, sich an einen Ort zu begeben, der wenn nicht vollständige, so doch größtmögliche Sicherheit bot. Dies waren vor allem die Stätten, wo einst berühmte Heilige gelebt hatten, denen man zutraute, auch im Jenseits, vor Gottes Thron, mit großem Einfluß weiterzuwirken. In Gallien war der bedeutendste dieser Heiligen der populäre Martin von Tours, aber auch dessen Lehrer und Förderer, Hilarius von Poitiers, genoß noch über zweihundert Jahre nach seinem Hinscheiden hohes Ansehen. Als Bischof und Verfasser von Streitschriften hatte er seine Erdentage vorzugsweise mit der unbarmherzigen Verfolgung irrgläubiger Christen verbracht. Manches Wunderbare wurde ihm nachgesagt. Da er zunächst als heidnischer Advokat tätig und als solcher verheiratet war, erwirkte er nach seiner Bekehrung und der Weihe zum Bischof, nunmehr zum zölibatären Leben verpflichtet, allein durch Beten den seligen Tod seiner Frau. Ebenso inbrünstig bat er Gott, seine Tochter zu sich zu nehmen, und zwar eilends, solange sie noch Jungfrau war, denn er hatte dem Mädchen Keuschheit befohlen, war aber nicht sicher, daß es gehorchen würde. Als seinen größten Erfolg meldet die Legende den Disput mit einem Ketzerpapst, welcher zur Strafe für seine Verstocktheit sogleich an Durchfall erkrankte und noch während der Auseinandersetzung jämmerlich starb.

Ein so hochverdienter, wundertätiger, kampferprobter Heiliger also war der Schutzpatron der Basilika, die Verfolgten ein einigermaßen sicheres Asyl bot. Allgemein glaubte man, daß er imstande sein könnte, Leute, die an dieser ihm geweihten Stätte das Recht brachen, auch noch vom Himmel aus zu bestrafen. Die Kirche war ein dreischiffiges, wuchtiges Bauwerk, teils aus Ziegeln, teils aus Holz errichtet, malerisch an einem von Eichen und Platanen umstandenen Platz gelegen. An ihrer Seite duckten sich mehrere unscheinbare Häuschen, die eine kleine Abtei bildeten. Ein niedriger Zaun, der das Ganze umgab und dessen Tor schief in den Angeln hing, umgrenzte den geschützten Bezirk. Der Abt, der den sprechenden Namen Porcarius (Schweinehirt) trug, was wohl auf seine frühere Tätigkeit schließen ließ, war auch für die Basilika zuständig. Die Patres versahen den Altardienst, die Fratres kümmerten sich um die Reinigung und Instandhaltung und sorgten auch für das Wohl der Schutzflehenden. Deren Zahl belief sich zur Zeit nur auf einige zwanzig, weil die freundliche Jahreszeit begonnen hatte, die Verfolgten auch in der freien Natur Unterschlupf bot. Im Winter war der Zulauf weit größer. Dann drängten sich manchmal hundert Elende in dem engen Geviert, und Porcarius mußte sogar, was er möglichst vermied, das Langhaus der Kirche als Unterkunft herrichten lassen. Im Augenblick ließen sich die Leute, mit einer einzigen Ausnahme Männer, in der Vorhalle und in einer der Hütten, die man mit etwas Übertreibung «Gästehaus» nannte, unterbringen.

Zu fürchten hatten die Schutzflehenden vor allem den Mann, der in der Stadt Poitiers und ihrer Umgebung als Beamter des Königs die richterliche und militärische Gewalt ausübte: den Grafen, der hier – wie zuletzt noch im Römischen Reich die Träger höherer Würden – den Amtstitel Comes führte. Er befehligte die örtliche Garnison, bestehend aus einer Gefolgschaft von drei Dutzend Männern, die für

Ordnung sorgen und notfalls die Stadt zu verteidigen hatte. Ihrem Zugriff war ausgesetzt, wer den Asylbereich verließ und gewöhnlich wurde dann nicht lange gefackelt. Wer angeklagt war, wurde eingekerkert, wer verurteilt war, empfing seine Strafe. War sein Verbrechen ein todeswürdiges, wurde er noch am selben Tag hingerichtet. Es hieß also, auf der Hut zu sein und den Männern des Comes, die nur im Schutzbezirk kein Zugriffsrecht hatten, nicht leichtsinnig in die Arme zu laufen. Manchmal lauerten auch noch andere: Bestohlene oder sonst Geschädigte, Opfer einer Gewalttat oder Verwandte von Ermordeten. Schon mehrmals war es vorgekommen, daß einer der Gäste des heiligen Hilarius, der dem niedrigen Zaun zu nahe gekommen war, plötzlich von langen Armen gepackt, in einen Sack gesteckt und fortgeschleppt wurde.

Nichtsdestoweniger war es durchaus üblich, daß Leute aus dem Kirchenasyl von Zeit zu Zeit, manchmal sogar mehrmals am Tage, das schief in den Angeln hängende Tor passierten. Der Comes Macco war kein Muster an Diensteifer und seine Gefolgschaft suchte ihn nicht zu übertreffen. Sie begleitete ihn meist vollzählig, wenn er, ein leidenschaftlicher Jäger, tagelang in der Umgebung der Stadt oder auch manchmal weiter entfernt als Gast befreundeter Gutsherren auf der Pirsch war. Ein paar Knechte, die die Tore bewachten, bildeten dann die ganze Ordnungsmacht. In solchen Zeiten konnte sogar ein Räuber oder Mörder einigermaßen gefahrlos in Poitiers umherspazieren. Im allgemeinen vermied er dies aber und begnügte sich damit, beim Schankwirt Ursus, der gerade gegenüber der Kirche seine Wirtschaft hatte, einen Becher zu leeren. Ursus war selbst vor einigen Jahren zum heiligen Hilarius geflohen, doch hatte sein Fall eine glückliche Wendung genommen. Von einer Mordanklage entlastet und durch Erbschaft zu einer hübschen Summe gekommen, hatte er die Schenke gekauft, wo er die armen Verfolgten, denen das Schicksal weniger hold war, nun gern bewirtete, manchmal sogar auf eigene Kosten.

Auch an diesem für die Stadt Poitiers so aufregenden Tag befand sich der Comes Macco nicht in ihren Mauern. Am frühen Morgen war er mit seinen Männern fortgeritten und von den Mägden seiner Gemahlin hatte Ursus erfahren, daß er vor einer Woche wohl nicht zurückkehren werde. Dies hatte der Wirt seine Freunde hinter dem Zaun gleich wissen lassen und so schlenderten sie – zu ihrer Sicherheit grüppchenweise – über den Platz mit den Platanen und Eichen, um sich auf den Bänken vor seinem Hause niederzulassen. Zu dieser Mittagsstunde saßen nicht weniger als zehn oder zwölf zum Teil recht abenteuerlich anmutende Gestalten unter dem Laubendach.

Natürlich gab es nur ein Gesprächsthema. Vorübereilende hatten ihnen zugerufen, daß die flüchtigen Nonnen zurück seien. Für einen kurzen Augenblick hatte man auch die beiden Planwagen unten am Flußufer entlangfahren sehen. Ursus war seiner zeternden Frau entkommen und mit ein paar Knechten hinterhergerannt. Seine Gäste wären ihm gern gefolgt, doch die Vernunft gebot ihnen, davon abzustehen und lieber aus sicherer Entfernung auf weitere Neuigkeiten zu warten.

Eine Weile geschah nichts. Dann aber erhob sich wieder Lärm. Anschwellend tönten aus der Gasse, die auf den Platz mündete, Geschrei, Gewieher, Gerumpel. Und plötzlich preschten die beiden Gespanne hervor, gelenkt von zwei gertenschwingenden Nonnen. Aufspritzender Sand flog den Männern unter dem Laubendach um die Ohren.

Am Tor des Schutzbezirks kamen die Fuhren zum Halten.

Die Lenkerinnen beugten sich weit zurück und zogen die Zügel straff. Die Pferde bäumten sich, quietschend und knarrend standen die Räder. Drei Dutzend Nonnen und zwei Männer (die von Berthegunde übernommenen Diener) purzelten durcheinander.

«Wir sind da, Schwestern!» schrie Chrodechilde. «Absteigen! Alle hinein in die Kirche! Electeus, Landinus … das Gepäck! Danach kümmert euch um die Pferde, besorgt ihnen Futter! Maxentia, habt ihr die Decken? Was zögerst du noch, Constantina? Da kommen die ersten! Gleich werden sie hier sein! Schnell, schnell! Basina! Wo bleibst du denn? Wo starrst du denn hin?»

«Sieh doch mal, Childe! Dort drüben! Erkennst du ihn wieder?»

«Wen denn?»

«Rocco!»

Basina wies auf den bunten Haufen unter dem Laubendach, aus dessen Mitte ein hochgewachsener junger Kerl grinsend herüberwinkte.

Chrodechilde warf einen Blick dorthin, erschrak und wandte sich rasch wieder ab.

«Was für ein Rocco? Den kenne ich nicht! Mach, daß du in die Kirche kommst! Gleich wird Marovech mit seinen Pfaffen hier sein. Willst du als einzige geschnappt werden? Komm!»

Sie schob Basina die Treppe hinauf und durch das offenstehende Kirchenportal, hinter dem inzwischen alle anderen Nonnen verschwunden waren. Sie selber blieb unter dem Türbogen stehen, ordnete ihr zerzaustes Haar, die Stirnbinde und den Schleier, verschränkte die Arme vor der Brust und schaute nach den Verfolgern aus.

Die aber kamen nicht. Nur Kinder und junges Volk waren

den beiden Gespannen nachgelaufen. Die Älteren hatten den Schritt verhalten und trafen erst nach und nach auf dem Platz ein. Vom Bischof und seiner wehrhaften Geistlichkeit war nichts zu sehen.

Statt dessen näherten sich aus einem der kleinen Häuser des Schutzbezirks drei Mönche. Voran marschierte im Watschelgang ein Männchen mit großen Ohren und dreifachem Kinn, das unter der Kutte einen würdigen Bauch vor sich her trug. Dies war Porcarius, der Abt.

«Der Herr sei gelobt!» rief er mit barmender Stimme. «Was ist denn nur los? Die ganze Stadt ist in Aufruhr! Wie? Du, meine Tochter? Ich bin überrascht! Ihr seid zurückgekehrt? Doch was tut ihr hier? Was bedeutet das?»

«Das bedeutet, Vater, daß ihr Gäste bekommt!» erwiderte Chrodechilde, indem sie das Kinn reckte und ihn scharf ansah. «Wir folgen der Einladung des Heiligen, der allen, die Schutz begehren, sein Haus anbietet.»

«Schutz? Ich verstehe nicht! Vor wem denn? Seid ihr angeklagt? Seid ihr verurteilt?»

«Wir werden verfolgt! Man droht uns mit Demütigung und Züchtigung!»

«O Himmel! Das glaube ich nicht! Wer sollte das tun?»

«Das weißt du sehr gut! Der Bischof, die Pröpstin und alle die anderen, die uns schon immer unrecht getan haben!»

«Unrecht? Der Bischof? Der edle Mann? Meine Tochter, besinnt euch! Bedenkt, daß ...»

«Genug, Vater! Schluß mit dem Geschwätz! Du hast Königstöchter zu Gast. Erweise dich dieser Ehre würdig und kümmere dich um ihr Wohlergehen! Auch alle anderen, die gekommen sind, verdienen die aufmerksamste Fürsorge. Wo werden wir wohnen?»

«Wie viele seid ihr denn?»

«Etwa vierzig.»

«Vierzig! Herr Jesus, erbarme dich!» Porcarius breitete verzweifelt die Arme. «Das ist unmöglich, auf so viele sind wir jetzt nicht mehr vorbereitet! Es ist auch schon alles belegt. Die Vorhalle, das Gästehaus ... Und wie wäre es euch denn zuzumuten, gemeinsam mit Mördern, Räubern, Frauenschändern ...»

«Wir schlafen im Langhaus. In einem der Seitenflügel.»

«Aber ich habe nicht so viele Matratzen ...»

«Deine verlausten, verwanzten Matratzen brauchen wir nicht! Laß frisches Heu oder Stroh aufschütten!»

«Jetzt gibt es doch keines!»

«Ihr werdet schon irgendwo noch etwas auftreiben.»

«Ach, und wie sollten wir euch ernähren! Die Abtei und die Kirche sind arm. Unsere Vorratshäuser sind leer. Wir hungern selber. Erkundige dich bei dem hier, dem Cellerar ...»

«Es war ein langer und harter Winter», seufzte der rotgesichtige, feiste Mönch. «Wir verzehren gerade die letzten Krumen.»

«Und wir wünschen täglich ein üppgiges Mahl, das wir übrigens selber bezahlen werden», sagte Chrodechilde und klopfte auf den Lederbeutel an ihrem Gürtel. «Solange wir noch nicht wieder im Kloster sind, gelten für uns keine Speisevorschriften.»

«Aber, um Christi willen, wann wollt ihr in euer Kloster zurückkehren?» rief der Abt.

«Sobald Bischof Marovech hier erscheint und uns für seine Grobheiten um Verzeihung bittet. Und mich im Namen der frommen Gemeinschaft und in seinem eigenen Namen höflich ersucht, die Leitung des Klosters zu übernehmen – so wie es der Wunsch der Könige ist. Gehen wir nun hinein, um alles zu ordnen!»

Brüsk wandte sie sich um und verschwand in der Kirche. Porcarius war den Tränen nahe.

«So ein Unglück! Was wird daraus werden? Marovech prügelt mich krumm und lahm, weil ich es nicht verhindert habe. Aber wie sollte ich? Wie konnte ich? Ach, ich Geschlagener! Ich Verlorener! Hilarius, hilf!»

Er drehte die Augen zum Himmel, stolperte auf der Treppe und mußte von den Mönchen gestützt werden. Alle drei folgten Chrodechilde.

Inzwischen war Ursus in seine Schenke zurückgekehrt. Er zog einen Schwarm neuer Gäste mit sich, die wie er an der Klosterpforte gegafft hatten und sich nun, die Kirche im Blick, in der Hoffnung niederließen, daß sich auch hier noch etwas ereignen würde. Jede Einzelheit des Erlebten wurde besprochen und die allgemeine Ansicht ging dahin, daß die Nonnen sich wacker gehalten und völlig zu Recht nicht unterworfen hatten. Doch war man auch sicher, Marovech werde das nicht hinnehmen. Die meisten glaubten, er würde in Kürze auch hier erscheinen. Es gab sogar Stimmen, die für möglich hielten, daß er und der Comes in diesem besonderen Fall die Schutzgewalt des Heiligen außer Kraft setzten.

Den Männern aus dem Kirchenasyl wurde es bei dem Zulauf des vielen Volks bald unbehaglich. Der baumlange Rocco gab den anderen ein Zeichen und sie erhoben sich von den Bänken und kehrten, dicht beieinander bleibend, über den Platz nach der Kirche zurück. Rocco stellte sich, lässig die Daumen im Gürtel, am Tor auf und ließ alle an sich vorübergehen, als sei es Ehrensache für ihn, erst als letzter den schützenden Raum aufzusuchen. Er mochte fünfundzwanzig Jahre alt sein und sah aus wie einer, der zu streiten, zu schlagen und zu befehlen gewöhnt ist: schwarzer Bart, gebrochene Nase, eine Narbe über der Stirn, Spott und

Übermut in den Augen. Seine Kleidung war die eines Herren, doch arg beschädigt und vernachlässigt, und in seinem Gürtel mit Bronzebeschlägen steckte ein Kurzschwert.

Er durchschritt an der Spitze der Männer die Vorhalle der Kirche, die einem Teil der Gäste des Heiligen als Unterkunft diente. Matten und Decken lagen auf dem Boden, dazwischen allerlei Habseligkeiten. Ein paar Kranke und Marode, darunter eine schon ältere Frau, hatten sich nicht von ihren Lagern erhoben. Durch eine schmale Tür gelangte man in die dreischiffige Halle. Rocco lupfte den Sackvorhang, blickte hinein.

Drinnen herrschte Geschäftigkeit, die Neuankömmlinge begannen sich einzurichten. Die Halle war geräumig und kahl, je fünf Pfeiler auf jeder Seite trugen das Dachgebälk. Aus hochgelegenen kleinen Fenstern fiel das Licht auf den aus Steinen gefügten Altar, der ein Holzkreuz und zwei grob geschnitzte hölzerne Leuchter trug. Der übrige Schmuck bestand fast nur aus ein paar schäbigen bunten Wandteppichen, die zwischen die Pfeiler gespannt waren. Offenbar wollte man die Gäste, die sich hier aufhielten, nicht in neue Versuchungen führen. Die Nonnen umringten den Abt und verlangten ein bißchen Bequemlichkeit: ein paar Teppiche, Hocker, Bänke, Tische. Porcarius stöhnte und wand sich, ließ aber zwei Goldsolidi als Argument gelten. Allerdings wollte er dafür nur Holz und Werkzeug beschaffen und verlangte noch einen dritten für die Arbeit seiner Handwerkermönche.

Da schob Rocco den Vorhang beiseite, trat näher und sagte mit breitem Lächeln:

«Aber Porcellus, wir wollen doch diese edlen Jungfrauen nicht ausbeuten! Haben wir nicht alle geschickte Hände? Ein Vergnügen und eine Ehre wird es uns sein, so frommen

Dulderinnen ihr Los zu erleichtern. Also her mit dem Holz und dem Werkzeug! Wir machen das schon!»

«Nun, warum nicht?» erwiderte der Abt. «Ein bißchen Arbeit kann euch Tagedieben nur guttun. Aber mein Name ist Porcarius. Nenne mich nicht dauernd Porcellus, das dulde ich nicht!»

«Verzeih, es kommt mir so über die Lippen. Was kann ich dafür, daß du mich an ein Schweinchen erinnerst! Meine edlen Jungfrauen» – er wandte sich an die im Halbkreis stehenden kichernden Nonnen –, «Ihr seht vor euch Rocco, einen Schicksalsgenossen! Auch ich bin schuldlos ins Unglück geraten! Einige von euch werden sich an mich erinnern, als ich in besseren Tagen die Vorteile meiner vornehmen Herkunft genoß. Doch dann wurde mir übel mitgespielt, man beraubte mich meiner Rechte und meines Erbes. Und als ich mich wehrte, trieb man mich aus meinem Hause und warf mich schließlich in einen Kerker. Zum Glück gelang mir die Flucht. Hier ist das Ende meines Leidenswegs ... vorläufig. Denn wer das Unrecht bekämpft, wird immer verfolgt!»

«Er bekämpfte das Unrecht als Straßenräuber!» sagte Porcarius giftig. «Zwei edle Herren und mehrere Kaufleute hat er totgeschlagen!»

«Halt's Maul, Porcellus! Was weißt du schon? Das sind Lügen, die meine Feinde verbreiten. Die Jungfrauen hier haben selber erfahren, wie leicht man zum Opfer von Verleumdern wird. Erlaubt, euch auch diesen hier vorzustellen ... einen ebenfalls zu Unrecht Verfolgten!»

Rocco zog aus dem Haufen, der hinter ihm in die Kirche drängte, einen gelbgesichtigen Burschen hervor, der einem gerupften Hahn glich. Eine verschlissene Mönchskutte, mit einem Strick gegürtet, schlotterte um seinen mageren Körper.

«Sinopus heißt er», fuhr Rocco fort. «Wahrhaftig, ein Heiliger! Wurde wie ihr im Kloster gequält und erniedrigt. Als er es nicht mehr aushielt, tat er dasselbe wie ihr, begehrte auf und wollte fliehen. Natürlich brauchte er etwas Wegzehrung. Er ging in die Klosterküche und schnitt sich dort ein Stück Brot ab. Da brachte man ihn gleich vor Gericht …»

«Ja, weil er nicht nur ein Stück Brot, sondern dem Cellerar den Hals abschnitt!» sagte der feiste Mönch. «Weil er nämlich von dem erwischt wurde!»

«Er ist mir ins Messer gerannt, dafür konnte ich nichts!» verteidigte sich Sinopus heftig.

«Paß nur auf, daß du nicht auch von mir beim Stehlen erwischt wirst!» drohte der Cellerar der Abtei des Hilarius. «Dann wollen wir sehen, wer wem ins Messer rennt!»

«So werden wir von diesen schurkischen Mönchen behandelt!» sagte Rocco im Brustton der Entrüstung. «Drohungen, Nötigungen, Beschimpfungen! Es ist deshalb gut, daß die Gerechten zusammenstehen. Auch über diesen hier, edle Jungfrauen, wird man euch Schauergeschichten erzählen.» Er deutete auf einen stämmigen Zottelbart, der einen schmutzigen, blutdurchtränkten Kopfverband trug. «Er ist Arzt, sein Name ist Blagovild. Viele Menschen hat er von ihren Leiden befreit …»

«Die meisten für immer und ewig!» bemerkte der Abt.

«Nun, wenn schon!» räumte Rocco ein. «Verfolgt wird er aber dafür, daß er eine edle Dame gesund machte. Sie siechte dahin und als er merkte, daß seine Salben und Tränke nichts nützten, wandte er ein natürliches Heilmittel an. Auf einmal sang und sprang sie wieder! Was aber tat der verruchte Gatte? Schlug ihm zum Dank dafür ein Loch in den Kopf. Mit letzter Kraft konnte Blagovild sich hierher retten.»

«Geschändet hat er die edle Dame!» rief Porcarius. «Das war sein ‹natürliches Heilmittel›! Hier haben wir mehrere von der Sorte. Den da zum Beispiel und den da ... Ich hab euch gewarnt! Vor diesen Böcken kann euch hier niemand schützen!»

«Keine Sorge, das machen wir selber!» sagte die große, wehrhafte Prisca. «Wer mit Bischöfen fertig wird, wird auch mit solchen Böckchen fertig!»

Unter den Nonnen erhob sich Gelächter. Rocco stimmte in die Heiterkeit ein, erklärte dann aber großspurig:

«Euch wird nichts geschehen, mein Wort darauf! Wir haben in unseren Reihen auch Männer, die Frauenehre zu verteidigen wissen! Nehmt diesen unversöhnlichen Rächer ...» Er zog aus der Gruppe seiner Gefährten ein dürres, buckliges Kerlchen hervor, das eine nur mit einer einzigen Saite bespannte Harfe im Arm hielt. «Es ist Ferreol, der göttliche Sänger! Ihm wurde, während er sang und spielte, seine Geliebte geraubt und von vier gemeinen Kerlen entehrt. Da leistete er den erhabenen Schwur, seine Harfe nicht mehr der Kunst, sondern der Rache zu weihen. Die Harfe hatte vier Saiten. Jede der vier erhielt nur noch eine Bestimmung: einem der Unholde den Hals zuzuschnüren. Wie ihr seht, ist nur die letzte Saite noch übrig ...»

Ferreol nickte dazu mit Grabesmiene und schlug einen dumpfen Ton an. Einen Augenblick lang herrschte beklommenes Schweigen.

«Nun, jetzt haben sie sich euch vorgestellt!» ließ sich der Abt dann wieder vernehmen. «Wahrhaftig, eine feine Gesellschaft! Verbrecher! Mordgesindel! Mit einem Wort: Abschaum! Noch ist Zeit, meine Töchter, noch könnt ihr umkehren! Der Heilige kann Gefahren von draußen abwenden, nicht aber die, die euch hier drinnen bedrohen. Nehmt

Vernunft an! Kehrt zurück in das Heilig-Kreuz-Kloster! Bedenkt, daß ihr dort zu Hause seid!»

«Ist man zu Hause, wo verlangt wird, daß man auf Knien über die Schwelle kriecht?» rief die kleine Lucilla.

Die Nonnen verneinten.

«Wir bleiben hier! Es ist entschieden!»

«Nochmals mein Wort als Edelmann!» rief Rocco und legte die Hand an den Schwertgriff. «Ich selber stehe für eure Sicherheit! Niemand soll wagen, euch zu belästigen und sich euch anders als mit Respekt zu nähern! Das gilt auch für dich, Porcellus, und deine Brüder. Außer dem Heiligen wacht hier Rocco!»

Dabei sah er Chrodechilde an – zum ersten Mal, seit er die Kirche betreten hatte. Sie wich seinem Blick nicht aus, verzog aber das Gesicht und seufzte. Dann klatschte sie in die Hände und fuhr fort, dem Abt und ihren Gefährtinnen Anweisungen zu erteilen.

Porcarius machte nun keinen Versuch mehr, den Nonnen das Asyl zu verleiden, und schickte sich in die Lage. Später am Nachmittag ließ er Stroh in die Kirche schaffen und vorerst ein paar Bänke und Hocker aus dem Refektorium und dem Betsaal. Die Nonnen richteten sich links vom Altar ein, im nördlichen Seitenschiff. Chrodechilde schickte die beiden Knechte, die nun auf ihre Befehle hörten, zum Markt und sie schafften auf einem der Wagen Bettücher, Kissen, Matten und Felle heran. Sie konnten sich frei in der Stadt bewegen, denn es gehörte zu den Regeln des Kirchenasyls, daß die Versorgung von Schutzsuchenden nicht behindert werden durfte. Deren Bedienstete oder Sklaven zu berauben, zu fangen oder gar zu töten galt als besonders niedrige Freveltat.

Rocco wich den ganzen Nachmittag kaum aus der Kirche. Er machte sich nützlich, wo er nur konnte. Nachdem er den

Gürtel abgelegt hatte, zog er das Stirnband fester, streifte die Ärmel des durchlöcherten Kittels auf, dehnte die Schultern und packte zu. Er schüttete Stroh auf, trug Bänke herein, sägte und hämmerte Bretter zu einer Truhe zusammen. Von irgendwoher besorgte er einen Teppich, den er vor den drei Altarstufen ausrollte. Er stellte sogar eine Leiter zum Dachstuhl an, kletterte im Gebälk umher und schließlich auf das Dach hinaus, um undichte, regendurchlässige Stellen auszubessern. Als er herabstieg, war er freudigen Dankes gewiß.

Doch Chrodechilde stand neben der Leiter und empfing ihn mit den Worten:

«Es ist nicht nötig, daß du dir unsertwegen den Hals brichst. Da bliebe ja nichts für den Henker übrig!»

Er stutzte zunächst, doch dann sagte er mit seinem breiten Grinsen:

«Oh, keine Angst, der kriegt mich nicht! Aber es freut mich, Childe, daß du dir Sorgen um meinen Hals machst.»

«Für dich bin ich Schwester Chrodechilde! Und dein Hals ist mir eigentlich gleichgültig. Ich möchte nur dir und uns Unannehmlichkeiten ersparen. Außerdem weiß ich ja, daß einer wie du nichts für Gotteslohn tut. Zu gewinnen ist hier aber nichts!»

«Ich begehre nichts als dein schönes Lächeln, Schwester.»

«Das wäre an einen wie dich verschwendet.»

«Du glaubst doch nicht etwa, was dieser Kuttenbrunzer ...»

«Reiß dich zusammen!» fuhr sie ihn an. «In dieser Sprache reden wir nicht miteinander!»

«Es gab eine Zeit, in der wir gar keine Worte nötig hatten.»

«Das ist lange her.» Sie warf einen sichernden Blick rundum und überzeugte sich, daß niemand zuhörte. Mit halblauter Stimme fuhr sie fort: «Hör zu, Rocco! Ich bitte dich zu vergessen, daß wir uns schon früher gekannt haben! Untersteh dich, rate ich dir, dich damit zu rühmen! Und daß du dir nichts erhoffst! Daß du nicht glaubst, du könntest die Lage ausnutzen und ... Für immer und ewig ist das vorbei! Und denke auch ja nicht, es würde dir sonst noch irgendwie nützen, daß du dich uns hier gefällig zeigst. Zwischen uns gibt es nichts Gemeinsames! Ich bin die Tochter eines Königs, die demnächst Äbtissin des Heilig-Kreuz-Klosters sein wird. Du aber bist, was ich lange schon wußte, ein des Mordes und Raubes schuldiger Wegelagerer. Ich ahnte ja nicht, dich hier zu finden. Was für ein unglückliches Zusammentreffen! Da es nun aber einmal so ist, wird es besser sein, wenn du dich mit den Strolchen da draußen, die du uns als ehrbare Männer gepriesen hast, in so respektvollem Abstand hältst, wie es hier nur irgend möglich ist. Auch deinen Schutz begehren wir nicht und brauchen wir nicht!»

«Bist du dessen ganz sicher, Schwester?» fragte Rocco, wobei er sich zu ihr neigte und den Duft ihres Haares einsog.

Sie fuhr heftig zurück.

«Unterlaß das! Noch einmal: Bleibt uns vom Leibe! Und verschone uns mit deiner Wachsamkeit! Am Ende wird hier noch jemand umgebracht – das ist ja wohl deine Art, einen Streit auszutragen. Und das hätte mir gerade noch gefehlt. Hüte dich also! Geh lieber in dich und bete. Und bitte Gott um Vergebung für deine schrecklichen Sünden!»

Sie wandte sich ab. Er schulterte die Leiter und lachte.

«Hab verstanden! Dank für den Rat, Schwester!»

Basina, die die beiden aus einigem Abstand beobachtet hatte, wartete ab, daß er sich entfernte, und trat dann zu Chrodechilde.

«Nun? Hast du ihn doch erkannt? Was für ein unverhofftes Wiedersehen! Habt ihr Erinnerungen ausgetauscht?»

«Wovon sprichst du?»

«Tu doch nicht so! Ich spreche von den glücklichen Zeiten, als wir noch heimlich durch das Loch in der Mauer schlüpften. Und uns mit Siggo, dem Sohn des Comes, und dem da, dem Rocco, des Nachts am Flußufer trafen.»

«Still!» Sie steckten die Köpfe zusammen und jetzt konnte auch Chrodechilde ein Lächeln nicht unterdrücken. «Ich habe ihm gerade dringend geraten, das zu vergessen.»

«Und du? Wirst du es ebenfalls können?»

«Natürlich! Sieh ihn dir an. Kann einen so einer noch in Versuchung führen? Oh, da kommen die Patres zur Vesper! Laß uns mit ihnen singen und beten. Und lieber mit Inbrunst an unsern himmlischen Bräutigam denken!»

9

ENTGEGEN DER ALLGEMEINEN ERWARTUNG kam es an diesem Tag zu keinem zweiten Zusammentreffen zwischen Bischof Marovech und den Rückkehrerinnen. Der oberste Seelenhirte von Poitiers scheute einen weiteren Mißerfolg, der sein Ansehen bei der Bevölkerung und der Geistlichkeit noch stärker beschädigen konnte. Schon daß es Chrodechilde und ihrer Schar trotz seines heftigen Widerstands gelungen war, das Kloster und die Stadt zu verlassen, war ihm, wie getreue Ohrenbläser ihm zugetragen hatten, von vielen als persönliches Versagen angelastet worden. So ließ er nun lieber Vorsicht walten und beschloß zähneknirschend, auf die Kommission zu warten, die sein Amtsbruder in Tours angekündigt hatte. Er hoffte, die vereinte Autorität mehrerer Bischöfe werde die Aufrührerinnen in die Knie zwingen, vor allem aber ein Machtwort des Metropoliten. Im Grunde konnte er Bischof Dodo nicht ausstehen, hielt ihn für einen nur oberflächlich bekehrten Heiden und seines Amtes für unwürdig. Über die Vorfälle im Heilig-Kreuz-Kloster hatte er ihn auch nicht unterrichtet, wie es seine Pflicht gewesen wäre. Das Eingeständnis, daß gerade ihm so etwas passiert war, wäre ihm zu peinlich gewesen und er hatte auch noch immer geglaubt, letztendlich selber mit der Angelegenheit fertig zu werden. Jetzt aber schien es – auch wenn er dies als wahrer Frommer beklagte –, der alte, erfahrene Stratege werde dringend gebraucht, um diesen Angriff des Teufels, der sich der Nonnen als Kriegerinnen bediente, abzuwehren. Eines allerdings bereitete ihm Sorge: Konnte er wirklich damit rechnen, daß Dodo und die anderen seine Partei ergreifen würden? Während er noch auf dem Platz vor der Mauer stand und die Geistlichen, die die Perlen suchten, mit Unmut überschüttete, erreichten ihn Zurufe von den Türmen. Dort oben wurde beobachtet, daß sich die beiden Planwagen mit den Nonnen nach der Hilarius-Kirche bewegten. Der Bischof glaubte zu verstehen. Das konnte nichts anderes bedeuten, als daß die Rebellinnen sich ins Asyl begaben und dort in Ruhe die Untersuchung abwarten wollten. Waren sie ihrer Sache sicher? Hatte die Anführerin vielleicht die Wahrheit gesagt? Hatten die Könige ihren Verwandten geglaubt und alles, was diese gefordert hatten, genehmigt? Wenn nun die Kommission nur noch herkam, um sich der Form halber und durch Augenschein zu überzeugen, daß die Klagen berechtigt und die Zustände unhaltbar waren?

Diese Gedanken versetzten Marovech in die größte Unruhe. Da nun schon nicht zu vermeiden war, daß ihm Dodo und die anderen beisprangen, wollte er wenigstens im Lichte der Unschuld dastehen. Nicht Mißstände in dem seiner Aufsicht unterstellten Kloster, sondern allein der Hochmut und der rebellische Geist der Ausbrecherinnen mußten als Ursache für die Ärgernisse ermittelt werden! Bereits wiederholt hatte er in den letzten Wochen die Äbtissin und die Pröpstin zusammengestaucht, weil offensichtlich war, daß sie Chrodechilde und ihrem Anhang mehr als nur einen Anlaß gegeben hatten und noch immer wenig Bereitschaft zeigten, aus den Ereignissen Lehren zu ziehen. So richtete sich jetzt sein Augenmerk auf das, was hinter der Klostermauer geschah.

Zum zweiten Mal wurde an diesem Tage heftig und ungeduldig an die Pforte geklopft. Es dauerte eine Weile, bis diese sich auftat. Drinnen hatten die aufgeregten Nonnen ihren Oberhirten vergessen und zankten sich. Er fuhr wie ein Habicht in den Hühnerhaufen.

«Was treibt ihr hier? Was bedeutet das? Warum seid ihr nicht in der Küche? Im Garten? Im Webhaus? Im Scriptorium? Wer hat euch befohlen, euch hier an der Pforte zu versammeln? Und was soll das Schreien und Streiten? Erfüllt ihr so eure Schweigepflicht?»

«Sie liefen herbei, ohne daß sie gerufen wurden», sagte die Pröpstin. «Es scheint, daß einige bereit sind, mit denen da draußen gemeinsame Sache zu machen. Ich werde dir ihre Namen nennen. Strafe verdienen sie!»

«Strafe verdient ihr alle!» raunzte der Bischof. «Soweit ist es gekommen, daß eine Kommission hier erscheint! Das habt ihr erreicht mit euerm gottlosen Treiben! Wo ist die Äbtissin? Ausgerechnet sie ist nicht hier! Es wäre ihre Pflicht gewesen, die verirrten Schafe zurück in den Stall zu führen. Hier hätten wir sie befragen können und sie wären in sicherer Obhut. Statt dessen habt ihr sie durch eure Drohungen wieder vertrieben. Sie sind zur Hilarius-Kirche gefahren, wo sie in schlechte Gesellschaft geraten!»

«Da gehören sie ja auch hin!» erwiderte Justina, die große, knochige Pröpstin, die auch vor dem Bischof keine Scheu kannte. «Solche Gesellschaft paßt zu ihnen. Wenn sie wieder hereinkommen, verderben sie nur noch die anderen!»

«Schweig! Glaubst du Närrin, du könntest sie loswerden? Sie sind tatsächlich an ihr Ziel gelangt und haben Beschwerde geführt und noch wissen wir nicht, wie alles ausgehen wird. Eure einzige Sorge hat jetzt zu sein, daß man hier keine Mängel findet. Und auch ich werde mich darum kümmern. Vorwärts! An eure Plätze! An eure Pflichten!»

Die Nonnen stoben auseinander. Nur Justina harrte unerschrocken an der Seite Marovechs aus. Der Bischof stürmte, das Bein nachziehend, über den Klosterhof. Wo eine Tür war, trat er ein, hackte mit seiner scharfen Nase hierhin und dorthin. Im Schlafsaal ereiferte er sich über den zu geringen Abstand zwischen den Betten. Die Jungfrauen sollten sich vor dem Einschlafen Gott zuwenden, nicht aber miteinander flüstern und so auf sündige Ideen kommen. Justina nahm den Tadel nicht an, sondern erinnerte den Bischof, er habe ja selber verlangt, daß sich die Nonnen gegenseitig aushorchten und die geheimen Wünsche der andern ermittelten. Er knurrte, davon wisse er nichts und man solle gefälligst tun, was er anweise und die Zwischenräume vergrößern.

Im Krankensaal entdeckte er eine Nonne, deren Bein mit Binden umwickelt und mit zwei Brettern geschient war. Nach hartnäckiger Befragung erfuhr er, die Pröpstin habe sie eine Treppe hinuntergeworfen. Der Bischof polterte wieder los, doch Justina erwiderte unbeeindruckt, dies sei ein bedauerlicher Unfall gewesen, nachdem die Schwester sich einer Bußübung habe entziehen wollen. So etwas passiere, wenn man, wie er es immer wieder verlange, auf strenger Erfüllung der Regel bestehe. Er murmelte etwas von Übertreibungen, die er nicht dulden könne, und ordnete an, die Verunglückte in ein abgelegenes Gemach zu bringen, wo niemand sie finde.

An der Eingangstür des Refektoriums sog er schnüffelnd die Luft ein.

«Was ist das? Es riecht nach gekochtem Fleisch! Und wer sind diese Leute dort?»

Allein in dem großen Speiseraum saßen zwei Männer und eine Frau über Teller gebeugt, von denen sie nun erschrokken aufsahen.

«Aber das weißt du doch, ehrwürdiger Vater», sagte Justina seufzend. «Es sind unsere Armen.»

«Eure Armen?»

«Die Verwandten der ehrwürdigen Mutter. Ihr Vetter, ihre Nichte und deren Verlobter. Manchmal kommt auch noch dessen Bruder. Du hast sie doch selber für bedürftig erklärt!»

«Und warum essen sie Fleisch?»

«Unsere Klosterkost ist ihnen nicht gut genug. Für alle anderen gibt es heute nur Kohlsuppe.»

«Hinaus!»

Der Bischof packte den Krummstab mit beiden Händen und war im nächsten Augenblick bei den drei einsamen Essern. Der ältere Mann und die Frau sprangen rechtzeitig auf, der jüngere aber stopfte noch rasch ein Stück Fleisch in den Mund und bekam eins über den Rücken gezogen.

Alle drei stürzten zur Tür und davon.

«Diebesgesindel!» schrie ihnen Marovech nach. «Schmarotzerpack! Laßt euch hier nicht mehr blicken! Soweit kommt es noch, daß man die findet – wie sie sich die Bäuche mit Fleisch vollschlagen! Ich habe das bis jetzt widerstrebend geduldet», fügte er brummend, dem Blick der Pröpstin ausweichend, hinzu, «weil Leubovera für sie gebeten hat. Angeblich sind sie vom Unglück verfolgt. Nun, ab und zu etwas einfache Kost, auch mal ein bescheidenes Lager ... dagegen war ja nichts einzuwenden. Aber sie übertreibt die Mildtätigkeit! Fleisch an einem gewöhnlichen Wochentag – das geht zu weit, das erlaube ich nicht! Ich werde es ihr gleich sagen, damit dieses Pack nicht, wenn ich den Rücken gekehrt habe, wieder hereinkommt. Wo ist die Äbtissin überhaupt? Hat man mich nicht gemeldet? Warum erscheint sie nicht und begrüßt mich?»

«Die ehrwürdige Mutter befindet sich nicht wohl», sagte Justina. «Sie ist genötigt, das Bett zu hüten.»

«Schon wieder? Das kommt in letzter Zeit immer häufiger vor!» höhnte der Bischof. «Schon mehrmals hat sie mich nicht empfangen. Weil sie ja angeblich dauernd krank ist. Sollte auch diese Krankheit einer der Mißstände sein, die die Kommission hier entdecken könnte?»

Er stieß den Stab auf und hinkte weiter.

«Du willst zu ihr gehen?» fragte Justina, die mit ihm Schritt hielt.

«Das will ich! Ob es ihr paßt oder nicht!»

«Erlaube wenigstens, daß ich sie vorbereite!» Die Pröpstin verlor zum ersten Mal ihre dreiste Selbstsicherheit.

«Nicht nötig! Das will ich ja gerade vermeiden! Wenn ich sie überrasche, wird die Freude der Kranken um so größer sein!»

Die Wohnung der Vorsteherin des Heilig-Kreuz-Klosters befand sich in einem flachen Haus, das sich etwas abseits von den übrigen Gebäuden mit einer Wand an die Mauer lehnte. Es war aus der Ruine eines römischen Atrium-Hauses entstanden. Beim Eintritt in die kleine Halle erkannte man dieses noch an der Stellung der Säulen und dem zugemauerten Wasserbecken. Auf der einen Seite bildeten mehrere kleine Gemächer das Gästehaus des Klosters, das einst glänzende Besucher, zuletzt aber nur noch die gerade vertriebenen armen Verwandten der Äbtissin beherbergt hatte. Auf der anderen Seite lag hinter einer schweren, mit bronzenen Platten beschlagenen Tür die geräumige Zelle der ehrwürdigen Mutter Leubovera. Aus dieser ertönte, als Bischof Marovech in die Halle trat, gerade ein lang anhaltendes schrilles Gelächter.

Der Bischof fuhr heftig zurück und starrte die Pröpstin an,

die stocksteif und mit betretener Miene hinter ihm stehengeblieben war. Einen Augenblick lang war es still, dann erhob sich das Gelächter von neuem. Die Stimme war zweifelsfrei die der Äbtissin, doch konnte der fromme Oberhirte kaum glauben, daß der Kehle der ehrwürdigen Mutter solche Töne entwichen. Seine Lippen und seine Hände begannen zu zittern, sein Atem ging schwer. Er trat einen Schritt auf die Tür zu und hob den Stab, um sich durch Klopfen bemerkbar zu machen – da erscholl das Lachen zum dritten Mal. Im selben Augenblick wurde die Tür von drinnen geöffnet und eine junge, hübsche, kräftige Nonne, auf deren gerötetem Gesicht noch ein heiterer Widerschein lag, trat heraus, eine leere Weinkanne in der Hand. Als sie den Bischof sah, erschrak sie, errötete noch stärker und wollte sich an ihm vorbeidrücken. Er aber packte sie am Arm und herrschte sie an:

«Wer bist du? Dich kenne ich nicht!»

Die junge Nonne bewegte die Lippen, gab aber nur ein Lallen von sich.

«Eine Neue ist sie», sagte Justina. «Sie ist stumm. Einer der Gutsverwalter brachte sie uns. Wie es scheint, hat sie ihre Pilgergruppe verloren. Zur Zeit bedient sie die ehrwürdige Mutter.»

Der Bischof ließ die Nonne los, senkte den Kopf und stieß mit seinem Krummstab die angelehnte Tür weit auf. Zornbebend trat er ein.

Die Äbtissin hatte, die Stimmen aus der Halle vernehmend, anscheinend gerade noch Zeit gefunden, ihren üppigen Körper in ein Bettuch zu hüllen, doch war sie nicht mehr dazu gekommen, ihre Haare, die gelb und starr wie Strohhalme von ihrem Kopf standen, unter einem Schleier zu verbergen oder wenigstens mit einer Binde zu befestigen. Zwischen Kissen und Decken liegend, auf einer gemauerten, in eine Wandnische eingelassenen Bank, halb hinter einem Vorhang verborgen, stöhnte sie bei Marovechs Eintritt und versuchte, die Leidende zu spielen. Dies mißlang freilich, weil ihr Atem noch kurz ging von der vorausgegangenen fröhlichen Aufregung. Auch daß sie rasch ein Kruzifix nahm und an den bewegten Busen drückte, konnte die Wirkung nicht verbessern. Alles, was sie umgab, zeugte kaum von Krankheit, Schwäche und frommer Einkehr: auf dem Tisch eine große Schüssel mit Honiggebäck, zwei Weinpokale, ein Brettspiel, daneben über dem Stuhl eine seidene Tunika, an die Wand gelehnt eine Laute.

«Wie, Frau Äbtissin?» rief der Bischof. «Wir sind krank? Wir leiden? Wir kurieren uns mit Wein? Wir behandeln unsere Gebrechen mit Backwerk? Wir lindern unser Siechtum mit Brettspiel, Gesang zur Laute und tollem Gelächter? Wir wälzen uns faul im Bett, während die Mauern des Klosters wanken?»

«Ach, Vater!» keuchte Leubovera, wobei sie sich etwas aufrichtete. «Warum gehst du so hart mit mir ins Gericht? Womit habe ich deinen Zorn verdient? Bis vor wenigen Stunden noch litt ich Qualen. Ich glaubte, mein Ende stünde bevor. Die ganze Nacht lag ich auf den Knien und küßte das Kreuz. Der Herr erhörte mich und heute morgen ging es mir etwas besser. Da folgte ich dem Rat unseres Klosterarztes, des Bruders Orosius, und nahm zur Stärkung etwas Wein und Gebäck zu mir, und um meine Seele ein wenig aufzuheitern, griff ich zur Laute und ...»

«Genug! Du beleidigst mich, indem du mir zumutest, dieses Lügengeschwätz zu hören! Die Strafe des Himmels ist mir gewiß, weil ich eine wie dich zur Äbtissin machte! Schon brauen sich düstere Wolken zusammen, schon zucken die ersten Blitze! Die vom Teufel verführten Nonnen sind zurückgekehrt und werden bald mit höhnischem Übermut Einlaß begehren ...»

«Was sagst du? O Himmel!»

«... und die Könige schicken eine Kommission, die die Beschwerden überprüfen soll. Und was wird sie finden? Geschwätzige, unzufriedene Weiber, die ihre Pflichten nicht kennen ... Regelverletzungen, wo man hinblickt ... Schmarotzer, die sich an Fleischtöpfen mästen ... gebrochene Beine, Gewalttatigkeiten ... und, um das Maß vollzumachen, eine Äbtissin, die das Lob Gottes nicht auf dem harten Stein vor dem Altar, sondern am liebsten im weichen Bett singt! Und das alles habe ich, Marovech, Bischof der heiligen katholischen Kirche, vor Gott dem Herrn, vor den Königen und vor allen Gläubigen zu verantworten!»

«Aber Vater, ich bitte dich, reg dich nicht auf, vertraue uns doch!» rief Leubovera, wobei sie flehend den nackten Arm nach ihm ausstreckte. «Es wird sich ja alles noch richten lassen! Ich bin ja schon wieder gesund, gleich werde ich aufstehen und mich darum kümmern ...»

«Ach, schweig! Und bedecke dein ekelerregendes, sündiges Fleisch! Dir soll ich vertrauen? Wie könnte ich! Wohin man hier blickt, stößt man auf Unrat ...»

So ging es weiter. Noch eine Weile schimpfte und polterte der Bischof. Dabei hinkte er auf und ab, stieß den Krummstab auf den Boden oder schüttelte ihn in der Faust und hackte mit seiner scharfen Nase gegen die beiden Nonnen, so daß die Mütze mit den verbliebenen Perlen mal in die Stirn, mal in den Nacken, mal auf eines der Ohren rutschte. Leubovera verzichtete auf weiteren Widerspruch, sank in die Kissen und fing an zu greinen und zu wimmern. Justina stand reglos und mit hölzerner Miene, die Arme gekreuzt, an die Wand gelehnt.

Endlich schwieg der zornige Hirte erschöpft. Ächzend ließ er sich in den Armstuhl fallen. Die Zunge war ihm trokken geworden und unwillkürlich griff er nach einem der Silberpokale. Doch es war kein Wein mehr darin und er stellte ihn ärgerlich an seinen Platz zurück. Leubovera, bestrebt, ihn zu versöhnen, gab Justina heftige Zeichen und diese trat daraufhin an die Tür und blickte hinaus. Tatsächlich lauerte dort die stumme Nonne, die wieder mit Wein gefüllte Kanne in Händen, und traute sich nicht herein. Die Pröpstin deutete mit dem Kinn nach dem Bischof. Die Stumme trat zu ihm und goß Wein in den Kelch. Dabei beugte sie sich vor, und Marovech, der auch gern den gütigen Vater spielte und der Unschuld stets wohlgesinnt war, tätschelte ihr dankbar die Wange.

Plötzlich aber zog er die Hand so heftig zurück, als habe er mit ihr glühendes Eisen berührt.

«Ha!» rief er. «Ha! Ich ahnte es!»

Die junge Nonne erschrak vor dem furchtbaren Blick, der sie traf, und trat vorsichtshalber ein paar Schritte zurück. Doch es war schon zu spät. Der Bischof ergriff seinen Stab am unteren Ende, fuhr mit dem oberen, dem gekrümmten, unter das lange Gewand der Zurückweichenden und hakte es um ihren Unterschenkel. Ein Ruck – und das hübsche Nönnlein stürzte mit einem Schrei, der weder aus einer stummen noch einer weiblichen Kehle kam, zu Boden. Die Weinkanne rollte, ihren Inhalt über den Teppich ergießend, beiseite.

Die Äbtissin fuhr aus den Kissen hoch, drückte ein Betttuch an sich und heulte:

«Vater, was tust du? Laß ab von ihr!»

Aber der heilige Mann war in seinem wiedererwachten Zorn nicht mehr aufzuhalten. Er warf sich auf die am Boden liegende Nonne und zog und zerrte so lange, bis unter dem Obergewand und dem Hemd weit über die Knie hinauf alles freigelegt war. So wurde sichtbar, was einer Nonne nicht zukam.

«Ha!» schrie er wieder. «Ich wußte es! Das ist kein Kloster – das ist Babylon! Das ist eine Jesebel – keine Äbtissin! Schon wieder ein Kerl! Der wievielte ist es? Von wegen stumm! Ich werde dich schreien lehren, du Satan!»

«Vater! In Gottes Namen – halt ein!»

Die Äbtissin wühlte sich aus dem Bett, sprang auf und versuchte, ihm in den Arm zu fallen. Aber der Rasende war nicht mehr aufzuhalten. Mit der Kraft, die die fromme Wut ihm trotz seiner vorgeschrittenen Jahre eingab, schwang er den Stab und bearbeitete die runden Jünglingsbacken. Der Überrumpelte brüllte und fluchte wie ein Stallknecht, war er doch ein solcher in Wirklichkeit. Zum zweiten Mal an diesem Unglückstag verlor die Bischofsmütze den Halt auf dem Kahlkopf und nun auch die bisher noch haftenden Perlen, welche in alle Ecken rollten.

Leubovera machte einen weiteren matten Versuch, die grausame Prozedur zu verkürzen, doch kämpfte sie dabei mehr mit dem Bettuch, das immer wieder an ihr herabglitt. Justina sah ungerührt zu, bösen Spott in den Augen. Endlich gelang es der falschen Nonne, sich unter dem ermüdenden Arm des Bischofs emporzurecken und mit hochgerafftem Gewand zu entkommen.

Marovech führte noch einen letzten Schlag, mit dem er das Brettspiel, die Schüssel mit Backwerk und die Kelche vom Tisch fegte, und mit der Drohung «Ich komme wieder!» verließ auch er die verwüstete Zelle. Die Mütze ließ er auf diesem Kampfplatz zurück – zerdrückt, mit zerrissenem Seidenbezug und nun ganz ohne Perlen.

Die Äbtissin brach in heftiges Schluchzen aus.

«Ach, ich Unglückliche! Was wird er jetzt tun? Ich Sünderin! Ich bin verloren! Warum hat man mich nicht vor ihm gewarnt? Warum hat mir niemand gesagt, daß er da ist?»

«Wir waren alle beschäftigt», sagte Justina. «Du hast ja gehört, daß Chrodechilde zurück ist. Sie war bereits an der Pforte, traute sich aber zum Glück nicht herein. Nicht auszudenken, daß sie dich in deiner Schande gesehen hätte – betrunken, mit einem Kuhhirten. Doch sie wird wiederkommen, wahrscheinlich schon bald. Sie behauptet, die Könige wollen, daß sie Äbtissin wird!»

Nach diesen Worten stieß Leubovera ein langgezogenes Geheul aus und warf sich bäuchlings zurück auf ihr Lager. Das Bettuch löste sich dabei und legte ihr weißes, unter den Tränenstößen zitterndes Fleisch bloß.

Eine Weile verlor sich Justina in diesen Anblick. Dann straffte sie sich und trat an das Bett.

«Du hättest Strafe verdient. Die Geißel!»

«Ja, gib sie mir!» rief die Äbtissin. «Schone mich nicht! Wahrhaftig, ich hab sie verdient!»

«Warum mußtest du wieder damit anfangen? Du hattest versprochen, es nicht mehr zu tun! War vorher nicht alles viel schöner?»

«Ach, ich war machtlos dagegen! Verzeih mir die Schwäche!»

«Ich habe dich immer wieder gerettet. Und was hast du getan? Mich verraten! Auch diesmal werde ich dich wieder retten!»

«Bestrafe mich! Gib mir die Geißel!»

«Später.» Justina schlug das Bettuch ganz auseinander. «Du Böse wirst vorher ein bißchen dankbar sein!»

Sie ging zur Tür und schob den Riegel vor.

10

DREI TAGE SPÄTER SCHON TRAFEN DIE Bischöfe Gundegisil, Nicasius und Saffarius in Poitiers ein. Dodo war mit den Teilnehmern seiner «Synode», nachdem sich alle eingefunden hatten, kurzerhand aufgebrochen, weil seiner Meinung nach die Lage zu ernst war, um Zeit zu verlieren. Es galt, mit einem raschen, beherzten Manöver den Haufen gottgeweihter Jungfrauen, der sich auf dem Marsch in die Seligkeit verirrt hatte und dem Erzfeind in die Hände zu fallen drohte, in die Gefolgschaft des Herrn zurückzuholen.

Marovech war nicht wenig überrascht, als er die Reiter und die Insassen zweier Reisewagen vor seinem Hause absteigen sah. Er hatte keineswegs damit gerechnet, daß eine geistliche Kommission es so eilig haben könnte. In der bescheidenen Halle des Hauses, welches nur aus Prestigegründen «Palast» genannt wurde, zwängten sich fünfundzwanzig Bischöfe, Äbte, Prioren, Priester und Diakone auf zwei harte Bänke. Zum Glück hatte Dodo vorgebeugt und sich nicht auf die Gastlichkeit seines als knauserig bekannten, asketisch lebenden Amtsbruders verlassen. Er befahl, ein Frühstück aufzutragen, und sogleich schleppten Diener kaltes Huhn, gebratenen Fisch, Würste, Käse, feines Brot und ein Fäßchen Wein herbei, dazu das nötige Tafelgeschirr, alles auf Lasttieren mitgeführt. Erst als die Becher gefüllt waren und die geistlichen Herren tüchtig zulangten, kam Dodo schließlich auf den Zweck seines Aufenthalts in Poitiers zu sprechen.

«Nun, Bruder Marovech, was treibt ihr hier? Was für Geschichten hört man von euch? Ungehorsam? Befehlsverweigerung? Wie? Meuterei im Heilig-Kreuz-Kloster? Vierzig Nonnen desertiert?»

Marovech, der sich gleich angegriffen fühlte, antwortete in galligem Ton: «Der Teufel hat sie verführt! Er nistet in ihren Seelen wie die Motte im Pelz!»

«Aber sie sind, wie ich hoffe, inzwischen zurückgekehrt!»

«Ja, vor drei Tagen. Doch nicht ins Kloster.»

«Was? Nicht ins Kloster? Und wo ...?»

«Sie mißbrauchen das Gastrecht unseres Heiligen.»

«Des heiligen Hilarius? Sie befinden sich in seiner Kirche?»

«Und wollen sie nicht eher wieder verlassen, als ihre Forderungen erfüllt sind. So sagten sie es dem Abt Porcarius. Die Rädelsführerin will Äbtissin werden!»

Diese Mitteilung löste unter den geistlichen Herren ein allgemeines empörtes Gemurmel aus.

«Na, das wird lustig!» sagte Nicasius zähnebleckend. «Die Sache steht schlimmer, als wir dachten. Da werden wir ja eine Menge zu tun bekommen!»

«Freche Erpressung ist das!» meinte Saffarius.

«Aber wie konnten sie denn dorthin gelangen?» rief Theuthar. «König Gunthram wünschte ihre Rückkehr ins Kloster und gab ihnen eine Schutztruppe mit!»

«Von einer Schutztruppe hat hier niemand etwas bemerkt», erwiderte Marovech, der den Reaktionen seiner Gäste erleichtert entnahm, daß seine Befürchtungen grundlos waren. «Das Kommando hatte die Anführerin, die unverschämte Tochter des Charibert. Dreist behauptete sie, die Könige hätten das gottlose Treiben gebilligt und wünschten, daß ihre Forderungen erfüllt würden.»

«Das hat sie behauptet?»

«Natürlich habe ich ihr kein Wort geglaubt und alles zurückgewiesen.»

«Daran tatest du recht», sagte Dodo. «Sehr merkwürdig, was wir da hören, meine Brüder! Die Lage ist schwieriger als erwartet. Allerlei unvorhergesehene Umstände. Nötig ist jetzt, unverzüglich einen Voraustrupp in die Kirche des Heiligen zu schicken. Wir brauchen Aufklärung, ehe wir handeln!»

«Erlaube, Vater, daß ich allein gehe!» sagte Theuthar, ohne zu zögern. «Ich bin für alles verantwortlich. Laß mich versuchen, sie zur Vernunft zu bringen!»

«Gut, meinetwegen! Du kennst ja die Befehle des Königs. Und sage den meuternden Nonnen, ich hätte es mir noch niemals bieten lassen, daß mir aus sicherer Verschanzung erpresserische Forderungen gestellt wurden. Bevor sie sich nicht meiner Autorität unterwerfen, werde ich nicht mit ihnen reden. Ihr Platz ist im Kloster – nirgendwo anders! Ich dulde nicht, daß sie sich vor mir bei einem Heiligen verkriechen, gegen den ich nichts unternehmen kann! Das wäre ja dasselbe, als wenn sich Meuterer einem Oberbefehlshaber unterstellen, um der Kommandogewalt ihres Unterfeldherrn zu entkommen. Eine zwar schon dagewesene, aber keineswegs wünschenswerte Situation. Schwächt die Kampfkraft des ganzen Heeres, muß daher unbedingt vermieden werden! Ich erinnere mich, als wir bei Estoublon unter Mummolus gegen die Sachsen standen, versuchte ein Haufen der Burgunder ...»

Während Dodo den um den Tisch versammelten Geistlichen an kriegsgeschichtlichen Beispielen die Unmöglichkeit der vorgefundenen Lage erläuterte, verließ Theuthar das Haus des Bischofs und eilte auf kürzestem Wege – er kannte die Stadt recht gut von früheren Besuchen – der Hilarius-Kirche zu.

Der Abt Porcarius hatte die Gewohnheit, alle neuen Bewohner seiner Asylkirche in einer erbaulichen Unterweisung mit dem Leben des Heiligen vertraut zu machen, damit sie ihn näher kennenlernten und die Ehre, unter seinem Schutzdach zu weilen, noch höher schätzten. Immerhin kamen viele, die von Hilarius kaum mehr als den Namen wußten. Der Abt versprach sich von diesen Vorträgen zusätzlich eine reinigende Wirkung auf die Gemüter seiner schuldbeladenen Gäste, vor allem aber auch eine gewisse Hemmung, die sie davon abhielt, ihr wüstes Treiben in den Grenzen des Asylbereichs fortzusetzen. Nun waren die Nonnen zwar nicht vergleichbar mit den gewöhnlichen Schutzsuchenden und die meisten von ihnen sehr wohl vertraut mit dem Leben des Heiligen. Da es aber einmal so üblich und gewissermaßen schon Tradition war, Neuankömmlinge solcherart zu empfangen, machte Porcarius keine Ausnahme. Er bat die Nonnen an diesem Vormittag, sich neben der Kirche auf einer kleinen sonnenbeschienenen Wiese zu versammeln, und während sie rings im Grase hockten, sprach er zu ihnen von der obersten Treppenstufe zur Sakristei aus, wodurch er die Dürftigkeit seines Wuchses ein wenig ausglich. Auch die Mehrzahl der anderen Asylbewohner hatte sich eingefunden, um mangels anderweitiger Unterhaltung zum wiederholten Mal dasselbe zu hören.

Es lohnte sich, die Unterweisung nahm einen heiteren Verlauf. Die Nonnen machten sich ein Vergnügen daraus zu widersprechen und den Abt, der auch an Geist und Zungenfertigkeit nicht gerade ein Riese war, in Verlegenheit zu bringen. Vor allem die hübsche Maxentia war es, die Porcarius fast verzweifeln ließ. Da er niemals versäumte herauszustellen, daß Hilarius der Lehrer und Mentor Martins war, des vor allem in Tours verehrten, beliebtesten gallischen Heiligen, bekam auch dieser in seiner Rede viel Raum, besonders die rührende Episode seines Eremitenlebens bei Poitiers mit der Auferweckung zweier Toter. Porcarius beklagte in diesem Zusammenhang, daß sich nach Martins Verscheiden die Leute von Tours gewaltsam des heiligen Leibes bemächtigt hätten, obwohl ihr Anrecht auf sein Grab ein geringeres gewesen sei als das derjenigen von Poitiers, denn in Tours, auch wenn er dort lange Zeit Bischof war, habe er lediglich einen Toten zum Leben erweckt. Nun meldete sich Maxentia, die aus Tours stammte, und erklärte, die Grablegung dort sei durchaus in Martins Sinne gewesen, denn er habe als Bischof keine Zeit gehabt, um Wunder zu tun, und wollte die Leute von Tours deshalb vom Jenseits aus entschädigen. Und er habe inzwischen ja auch an seinem Grabe viele Wunder bewirkt, auch weitere Tote erweckt. Porcarius wollte davon nichts wissen und bekräftigte weiterhin den Vorrang von Poitiers vor Tours im Verhältnis von zwei zu eins bezüglich Martinscher Totenerweckung. Jede andere Behauptung müsse mit Namen belegt werden. Die konnte Maxentia nicht nennen, aber nun mischte sich Rocco ein. Er erklärte in tiefernstem Ton, sein Freund Sinopus, der frühere Mönch, sei selber schon einmal mausetot gewesen und von dem Heiligen an dessen Grabe wieder lebendig gemacht worden. Der gerupfte Hahn erhob sich auch gleich und gab das Erlebnis seiner Erweckung zum besten. Die Nonnen bogen sich vor Heiterkeit, während Porcarius die kurzen Arme zum Himmel hob und beklagte, daß man hier mit den heiligsten Dingen Spott trieb.

Auf einmal verstummten alle, weil sich ein stattlicher Fremder mit blondem, gewelltem Haar vom Tor her näherte, und Basina entfuhr der Ausruf:

«O Gott! Unser Zerberus!»

Es war Theuthar.

Mit Ausnahme der beiden Königstöchter kannte hier niemand den Priester. Als solcher war er auch kaum zu erkennen, da er noch Reisekleidung trug. Die Nonnen steckten die Köpfe zusammen und tuschelten. Ein wenig zögernd trat er heran, verbeugte sich gegen alle und sagte zu den im Grase Sitzenden:

«Gelobt sei Gott! Ich bin Theuthar, Priester des Herrn und Gesandter der Könige. Verzeiht, daß ich eure fromme Lektion unterbreche. Ich bin sehr froh, daß ihr alle die Beschwernisse eurer Reise überstanden und mit Gottes Hilfe hierher zurückgefunden habt. Gekommen bin ich, um euch eine erfreuliche Nachricht zu bringen. Die ehrwürdigen Väter Gundegisil, Nicasius und Saffarius sind heute ebenfalls hier eingetroffen, mit ihnen nicht wenige Äbte, Prioren, Priester und Diakone aus der gesamten Kirchenprovinz. Gemeinsam mit euerm Bischof, dem ehrwürdigen Vater Marovech, sind alle diese gottesfürchtigen und gerechten Männer bereit, den Auftrag des Königs Gunthram zu erfüllen und eure Angelegenheit zu untersuchen.»

«Ist das wirklich wahr?» rief der Abt. «Die Kommission ist schon hier?»

Theuthar bestätigte dies mit einem Neigen des Kopfes und fuhr fort: «Die Väter schicken mich voraus, um euch, meine Töchter, zunächst ihres Wohlwollens und ihrer Unparteilichkeit zu versichern. Gleichzeitig wünschen sie aber auch, euch die Verwunderung auszudrücken, die sie empfanden, als sie bei ihrer Ankunft hörten, wo ihr euch gegenwärtig befindet. Nicht passend sei dieser Aufenthalt, meinen sie, und damit in der Sache kein Verzug eintritt, übermitteln sie euch durch mich ihre Bitte, euch an den Ort zu begeben, der nach dem Willen Gottes eure Heimstatt ist, das Kloster zum Heiligen Kreuz. Sobald ihr dorthin zurückgekehrt seid und also die widerstreitenden Parteien dort anwesend sind, wird die Untersuchung stattfinden. Sie könnte sogar noch heute beginnen. Brecht deshalb unverzüglich auf, damit ihr die Väter dort empfangen könnt, wenn sie euch folgen!»

Diese wohlgesetzten Worte wurden zunächst mit Schweigen aufgenommen. Streng und abweisend waren jetzt die vorher so heiteren Mienen der Nonnen. Nur der Abt bekundete Beifall. Theuthar sah Chrodechilde an, die er unter den anderen gleich entdeckt hatte, und erwartete von ihr eine Antwort.

Statt dessen rief die kleine Lucilla:

«Und wer steht dafür, daß man uns nicht nur dorthin locken will, um uns zu demütigen und zu strafen?»

«Warum kommen die Väter nicht hierher?» meldete sich nun auch Maxentia. «Hier werden sie ebenso hören, was wir zu sagen haben!»

«So ist es!» pflichtete Constantina bei. «Hier können wir auch viel freier reden. Hier beschützt uns ja der Heilige!»

Unter den Nonnen, in die jetzt wieder Bewegung kam, wurde Zustimmung laut.

«Aber solchen Schutzes bedarf es nicht!» rief Theuthar. «In Anwesenheit der Väter könnt ihr euch vollkommen sicher fühlen. Und frei und unbefangen darüber reden, was euch bedrückt!»

«Und wenn die Väter das Kloster wieder verlassen haben?» wandte Lucilla heftig ein. «Wird man uns dann wieder gehen lassen, wenn wir es wollen? Wohl kaum!»

«Das glaube ich auch nicht!» rief eine Nonne. «Festhalten wird man uns und einsperren! Und wer beschützt uns dann ... vor der Pröpstin Justina und ihren Prügelschwestern?»

Diese Befürchtungen wurden von allen Seiten lebhaft bestätigt.

Theuthar schwenkte die Arme und bat um Gehör.

«So beruhigt euch doch! Ich verspreche euch ...»

«Laßt euch von dem nicht einlullen, Schwestern!» ließ sich nun auch Prisca vernehmen. «Was kann der uns schon versprechen? Nichts! Wer weiß, ob die Väter sich noch um uns kümmern werden, wenn wir erst wieder hinter den Mauern des Klosters sitzen! Dann heißt es: ‹Nun büßt erst einmal und reinigt euch von euern Sünden! Vorher seid ihr nicht würdig, daß wir euch anhören!›»

«Ja, und später vergessen sie uns!» fügte Maxentia hinzu.

«Aber wie denn?» rief Theuthar. «Sie sind doch hier! Sie bilden die Kommission, die König Gunthram beauftragt hat! Sie sind nur euretwegen gekommen und wollen, daß euch Gerechtigkeit widerfährt!»

«Sind sie bereit, den Willen der Könige durchzusetzen?»

Es war Chrodechilde, die diese Frage stellte. Sie erhob sich und vorbei an den Schwestern, die vor ihr im Gras hockten, schritt sie langsam auf Theuthar zu. Einen Augenblick zögerte er mit der Antwort. Der scharfe Ton und der zwingende Blick der schönen Nonne verwirrten ihn.

«Den Willen des Königs?» sagte er dann. «Gewiß! Was immer die Väter unternehmen ... sie lassen sich dabei vom Willen Gottes und dem der Könige leiten!»

Chrodechilde blieb vor ihm stehen und sah ihm gerade und frei in die Augen.

«Dann mögen sie tun, was jetzt nötig ist: die Äbtissin aus ihrem Amt entfernen und den Nonnen erklären, die Könige wünschten, daß künftig das Kloster eine Merowingerin leitet. Das ist der nächste und unabdingbare Schritt! Sobald er getan ist, werden wir weitersehen. Wenn dann eine Untersuchung stattfinden soll, werden wir dabei gern behilflich sein. Und dazu sogar in das Kloster zurückkehren!»

«Aber ... aber von einem solchen Auftrag der Könige ... Du selber weißt doch ...»

Natürlich wußte sie. Aber sie konnte nicht riskieren, die Widerstandskraft ihrer Schar zu schwächen, indem sie ihn aussprechen ließ, was König Gunthram tatsächlich gewollt hatte. So fiel sie ihm rasch und heftig ins Wort.

«O ja! Ich weiß schon, was du sagen willst! Bereits am Hofe in Orléans hast du ja immer wieder versucht, den Willen meines Onkels, des Königs, durch das Zitieren kleinlicher Vorschriften und die spitzfindige Auslegung der Klosterregel zu beeinflussen. Zunächst gelang dir das sogar, doch dieser Einfluß war nicht von Dauer. Sobald wir mit dem König allein waren, lachte er über deine Bedenken, hörte uns aufmerksam an und sagte uns offen seine Meinung!»

«Ihr wart noch einmal mit ihm allein?» fragte der Priester überrascht.

«Ja! Er empfing uns sogar mehrmals. Nachdem du uns verlassen hattest ...»

«Unter sehr eigenartigen Umständen!» rief Basina spöttisch dazwischen.

«... ereignete sich noch manches, was du nicht weißt ... nicht wissen kannst. Ich werde dich gern über alles aufklären. Als Gesandter des Königs hast du ein Recht darauf. Allerdings handelt es sich hier um Angelegenheiten, die wir insgeheim mit unseren königlichen Verwandten besprachen und die –» sie warf einen Blick rundum – «nicht für jedermanns Ohr bestimmt sind. Gehen wir deshalb ein wenig beiseite!»

Ein paar Schritte hinter der Kirche, am Rande der Wiese,

befand sich der Brunnen, aus dem die Mönche der kleinen Abtei das Wasser schöpften. Dorthin ging sie voraus und Theuthar folgte ihr.

«Aber hüte dich vor ihm, Childe!» rief Basina ihr nach. «Wenn er dir ins Gewissen redet ... schreie!»

Einige Nonnen, die in die Geschichte eingeweiht waren, schickten den beiden ihr Gelächter nach. Die meisten hatten sich schon erhoben, standen in Grüppchen beisammen, besprachen aufgeregt die Neuigkeit. Die erbauliche Lektion war zu Ende, Porcarius war auch inzwischen verschwunden. Rocco, von einigen seiner Kumpane umgeben, hockte auf einem Hackklotz, schnitzte mit seinem Messer an einem Stöckchen herum und lugte mißtrauisch nach dem Brunnen hin. Die vertrauliche Unterredung der Nonne mit dem stattlichen blonden Priester verursachte ihm sichtlich Unbehagen.

«Es tut mir leid», sagte Chrodechilde versöhnlich, als sie sah, daß sich Theuthars Miene verfinstert hatte. «Meine Kusine ist eine Spottdrossel und manchmal ein bißchen verletzend.»

«Das weiß ich sehr wohl.»

«Und auch mich packt schon mal der Übermut. Wir sind wohl an jenem Abend, vor ein paar Wochen, etwas zu arg mit dir umgesprungen. Vermutlich bist du noch voller Bitterkeit und Groll und machst uns Vorwürfe.»

«Nicht euch. Im Gegenteil! Die Vorwürfe mache ich mir selber.»

Sie setzte sich auf den Rand des Brunnens und strich lächelnd eine schwarze Strähne unter den Schleier zurück. «Dir selber? Warum?»

«Ich hätte euch nicht im Stich lassen dürfen», sagte Theuthar, der in unverdächtigem Abstand vor ihr stehenblieb.

«Aber du hattest ja keine andere Wahl.»

«Vielleicht doch. Ich durfte mich von eurer Drohung, mich bloßzustellen, nicht schrecken lassen.»

«Zum Glück hast du es aber getan. So waren wir unsern Aufpasser los!»

«Und die Männer, die euch herbringen sollten?»

«Verließen uns ebenfalls.»

«Wo sind sie jetzt?»

«Ich vermute, in Limoges. Dorthin wollten sie ja.»

«Ihr habt euch ihrer gewiß auf ähnliche Weise entledigt wie meiner.»

«Das könnte schon sein. Auch sie waren hinderlich.»

«Hinderlich?»

«Bei der Verfolgung unserer Absichten.»

«Du behauptest, ihr wart noch einmal beim König?»

«Ich behaupte es nicht. Es ist eine Tatsache.»

«Eine, die schwer zu glauben ist!»

«Weißt du es besser? Wie solltest du davon erfahren haben! Wo warst du überhaupt? Nachdem du uns verlassen hattest, schienst du vom Erdboden verschwunden zu sein. Wir hielten dich schon für verschollen.»

«Ich reiste nicht auf der Hauptstraße, sondern von Königsgut zu Königsgut. Kürzte den Weg ab.»

«In Richtung Bordeaux. Zu Bischof Dodo.»

«Natürlich. Was sollte mir dabei entgangen sein?»

«Daß wir – Basina und ich – unsere Richtung geändert hatten.»

«Ihr seid noch einmal nach Orléans …?»

«Und nach Metz.»

«Nach Metz?»

«Ja. Wir haben uns nach dem austrasischen Hof begeben. Wo wir von unserem Vetter Childebert und seiner Mutter, der Königin Brunichilde, sehr herzlich empfangen wurden. Für unser Anliegen zeigten sie volles Verständnis. Und indem sie uns Geld und Geschenke gaben, brachten sie ihren Willen zum Ausdruck.»

Theuthar machte eine heftige Abwehrbewegung.

«Das kann ich nicht glauben! Schon in der Kürze der Zeit scheint es mir unmöglich zu sein ...»

«Auch wir reisten über Königsgüter. Und immer mit raschem Pferdewechsel. Onkel Gunthram sorgte dafür.»

«Aber ... aber der König wollte doch ...»

«Wie ich schon sagte, besann er sich eines Bessern. Ihn suchten wir ja zuerst auf, trafen ihn noch in Orléans. Keine Sorge, wir haben dich nur gelobt und alle Schuld für die Trennung auf uns genommen! Nachdem Onkel Gunthram uns endlich aufmerksam angehört hatte – ohne daß ein Überkluger ständig dazwischenfuhr –, erklärte er unser Anliegen voll und ganz zu dem seinigen und versprach seine Unterstützung. Allerdings wollte er sich der Zustimmung unserer Verwandten in Metz versichern. Wir eilten also dorthin und nachdem wir Erfolg gehabt hatten, wollten es die glücklichen Umstände, daß wir ihn noch auf dem Rückweg trafen – er war gerade unterwegs nach Chalon. Zum Abschied umarmte er uns und trug uns auf, dir und den Bischöfen seinen und unseres Vetters Childeberts Willen mitzuteilen. Dies taten wir schon gegenüber Marovech, doch seine Antwort bestand nur aus Drohungen. Da beschlossen wir, hier im Asyl des Hilarius abzuwarten, bis uns die Kommission, von der wir hofften, daß sie bald käme, zu unserm Recht verhelfen würde.»

Chrodechilde stieß einen Seufzer aus, der ihren Kummer über so viele Ungelegenheiten ausdrücken sollte, in Wahrheit aber ein Seufzer der Erleichterung war, hatte sie es doch geschafft, diese abenteuerliche Lügengeschichte ohne Stokken und einigermaßen glaubhaft herunterzuhaspeln. Es schien sogar, daß sie Theuthar beeindruckt hatte, denn er hing an ihrem Munde und riß seinen Blick erst los, als sie schon schwieg.

Nun fiel ihm allerdings auf, daß er über der Betrachtung ihrer schwungvoll aufgeworfenen, vollen Lippen, der schimmernden weißen Zähne und eines reizenden Mals, das einen ihrer Mundwinkel zierte, dem Inhalt ihrer Rede zuwenig Aufmerksamkeit gewidmet und sogar Einzelheiten überhört hatte. Er mußte sich erst wieder fassen, was eine kurze Verwirrung, von Erröten begleitet, zur Folge hatte. Doch fand er endlich den verlorenen Faden, räusperte sich und fragte:

«Aber das ist ... verzeih ... das ist alles sehr merkwürdig. Hast du denn einen Beweis ... einen Beweis dafür, daß die Könige dich zu erheben wünschen ... zum Beispiel ein Schriftstück ...»

Chrodechilde lächelte nachsichtig.

«Aber höre! Wie wäre denn so etwas möglich? Es gibt Vorschriften und du selber hast hartnäckig auf die Klosterregel verwiesen. Die Gemeinschaft der Schwestern wählt die Äbtissin. Auch der Bischof spricht nur eine Empfehlung aus. Natürlich richten sich alle danach, was die Könige wünschen, doch legen die Könige Wert darauf, daß man ihre Wünsche erfragt, erforscht, errät. Sie geben Zeichen, doch werden sie niemals befehlen. Es wird erwartet, daß man die Zeichen versteht. Desungeachtet soll die Kommission der Bischöfe vollkommen unabhängig und selbständig handeln.»

Dem blonden Priester brach der Schweiß aus. Er tropfte von seinem glatten Kinn in den Halsausschnitt seines Reisekittels.

«Wenn ich dir glauben könnte! Ich möchte es ja ...»

«So tu es doch!» sagte sie mit einem plötzlichen Augenaufschlag, der seinen Blick fing und ihn zwang, dem ihrigen standzuhalten. «Wenn du als Christ verziehen hast ... warum willst du nicht unser Freund sein? Auch wir verzeihen dir ja, daß du dich uns zunächst entgegenstelltest. Bin ich dir denn zuwider? Bin ich nicht deine Schwester im Glauben? Könnte es nicht sogar in Gottes Plan liegen, daß wir einander begegneten, um gemeinsame Ziele zu verwirklichen? Zum Beispiel das Erbe der heiligen Radegunde zu retten, das man hier schändet und mit Füßen tritt?»

Wieder fand Theuthar nicht gleich eine Antwort. Diesmal lähmten ihn ihr tiefschwarzer Blick und der Sirenenklang ihrer Stimme. Sie – ihm zuwider? Als sie ihm diese Frage stellte, hatte er plötzlich eine Schwäche in seinen Knien verspürt und alle Willensanstrengung aufbieten müssen, um nicht nachzugeben und vor ihr niederzusinken. Nun haschte er nach den letzten Worten, die sie gesprochen hatte, und fragte:

«Das Erbe der Heiligen ... es wird mit Füßen getreten?»

«So ist es. Und die, die es verteidigen wollten, wurden gequält und unterdrückt. Was mußten wir in den zwei Jahren erdulden! So viel, daß uns am Ende nichts anderes übrigblieb, als diese ungewöhnlichen Schritte zu tun!» Chrodechilde seufzte, stand auf und ging langsam um den Brunnen herum. «Sieh, was wollen wir denn? Dem Kloster den Glanz und die Bedeutung, die es zur Zeit der Heiligen hatte, zurückgeben! Jetzt ist es heruntergekommen ... ein dumpfer, trauriger Ort, überwacht von einem Tyrannen, bewohnt von zänkischen, boshaften Weibern einerseits, unterwürfigen und verängstigten andererseits. Vergessen ist es, wird kaum noch beachtet. Nur selten finden sich Pilger ein, die hochgestellten Besucher, die früher herbeiströmten, bleiben aus.

Warum? Der Himmel hat dieser Stätte die Gnade entzogen! Wenn du uns helfen würdest, sie zurückzugewinnen ...»

Mit diesen Worten ging sie an ihm vorbei, verharrte jedoch einen Augenblick an seiner Seite, wobei sie wie zufällig seine Hand berührte. Er zuckte zurück, griff aber im nächsten Augenblick zu und drückte die ihre. Sie entzog sie ihm langsam und vergewisserte sich, daß der weite Ärmel ihres Gewandes die kleine Vertraulichkeit verdeckt hatte. Dann nahm sie wieder auf dem Brunnenrand Platz.

«Ich helfe euch!» sagte er rauh. «Mein Wort darauf! Ja, ich tue es!»

«Gott der Herr wird dich dafür entschädigen. Und sobald es in meiner Macht steht, werde ich dafür sorgen, daß dir ein solcher Dienst auch schon auf Erden ein wenig vergolten wird. Wie angenehm wird es mir sein, dich im Kloster als Ehrengast und als Wohltäter zu begrüßen! Auch die Heilige pflegte Männer von Rang zu empfangen. Was war dabei? Sie betrachtete es als fromme Pflicht, Verdienste nicht unbelohnt zu lassen. Als Äbtissin werde ich in ihrem Sinne handeln ...»

Theuthar, der keine Worte mehr fand und nur noch Mühe hatte, den Sturm in seinem Innern zu beruhigen, verneigte sich schweigend.

Chrodechilde betrachtete ihn und war mit sich zufrieden. Mit welchem Wagemut hatte sie ihn gewonnen! Immerhin war nicht alles geflunkert, was sie vorgebracht hatte. Das Erbe der Heiligen wurde tatsächlich vernachlässigt und gelitten hatten sie auch, wenn auch nicht gerade aufgrund frommen Eifers. Was sie an Lug und Trug hinzugetan hatte, entsprach nur dem üblichen Maß. Man konnte nicht gerade und ehrlich sein, wenn man ein Amt und Macht erstrebte. Würde Theuthar die Kommission zu ihren Gunsten beeinflussen können? So wie sie ihn bei ihrem Onkel, dem König, erlebt hatte, konnte sie zuversichtlich sein. Er würde sich diese Bischöfe vornehmen und sie wie Gunthram mit seiner Überlegenheit unterkriegen. War sie dann erst Äbtissin, konnte sie ihn zu ihrem Beichtvater machen und ihm alle Lügen gestehen und wohl oder übel würde er sie absolvieren müssen. Und dann wäre es Zeit, ihm zu beweisen, daß sie in einem anderen Punkt die Wahrheit gesprochen hatte: mit irdischem Lohn würde sie nicht geizen. Er war ja wahrhaftig ein Prachtkerl von einem Pfaffen und nun wußte sie auch genau, daß Basina ihr nach jener Posse am Loire-Ufer zu Recht einen Vorwurf gemacht hatte. Ja, sie war eifersüchtig gewesen …

Während sich Chrodechilde einen Augenblick diesen angenehmen Betrachtungen hingab, erhob sich auf einmal Lärm in der Nähe des Tors und des Kirchenportals. Die Nonnen, die dort noch immer beisammen waren, schwirrten aufgeregt durcheinander. Eine lief über die Wiese herbei.

«Wo bleibst du denn, Childe? Schnell! Was sollen wir tun? Die Bischöfe kommen!»

11

DIE KIRCHLICHEN WÜRDENTRÄGER BOGEN bereits auf den Platz ein: vorn festen Schrittes und erhobenen Hauptes der greise Metropolit, dahinter seine drei Amtsbrüder Marovech, Nicasius und Saffarius, alle in vollem Ornat. Ihnen schlossen sich Dodos Gefolge und die Geistlichen der Bischofskirche an, etwa dreißig würdige Männer in Priesterröcken und Kutten. Einige trugen Kirchenfahnen, andere Kreuze und Kästchen mit heiligen Gegenständen. Schon wieder hatten sich Neugierige gesammelt, viele Kinder darunter, quollen hinter ihnen aus der Gasse hervor. Unter lautem Psalmodieren näherte sich die Prozession.

«Herr, hadere mit meinen Haderern!
Streite wider meine Bestreiter!
Ergreife Schwert und Waffen,
Mache dich auf, mir Hilfe zu schaffen!»

«Alle in die Kirche!» befahl Chrodechilde. «Sammelt euch um den Altar!»

Die Nonnen verstummten vor Aufregung und drängten sich an ihr vorüber durch das Portal.

«Jetzt wird es ernst, Schwestern!» sagte Rocco, der lachend an einem Pfosten lehnte. «Die sehen nicht aus, als würden sie Spaß verstehen. Doch keine Sorge, wir sind ja bei euch!»

«Untersteh dich!» fuhr Chrodechilde ihn an. «Daß dir nicht einfällt, dich einzumischen!»

Als letzte verschwand sie in der Kirche, während der Zug schon fast am Zaun war. Aus ihm löste sich Porcarius, der das schief in den Angeln hängende Tor weit aufriß und sich gegen die Bischöfe verbeugte.

Die Prozession zog gleich in die Basilika ein.

«Vorwärts!» rief Dodo, wobei er sich unter dem Türsturz noch einmal umdrehte und den ihm Folgenden mit einer energischen Geste Eile gebot. «Mir nach!»

«Aber was bedeutet denn das?» fragte Theuthar Bischof Nicasius, der die Stufen hinaufstieg. «Warum habt ihr meine Rückkehr nicht abgewartet?»

«Das war nicht nötig, mein Sohn, wir wissen schon alles!» erwiderte Nicasius zähnebleckend. «Aber wir brechen ihren Trotz!»

«Die Teufel und Dämonen werden sich wundern!» drohte Saffarius.

«Nun ist klar, was wir zu tun haben!» versicherte Marovech mit grimmiger Freude.

Theuthar entdeckte seinen Diener Crispin unter den Begleitern der Geistlichen. Er winkte ihn zu sich.

«Was haben die vor?» fragte er halblaut.

Der kleine Krauskopf zog eine Grimasse.

«Wenn ich das so genau wüßte, Herr! Jedenfalls hat Vater Dodo gesagt: ‹Entweder sie ergeben sich – oder keine Gnade!›»

«Was heißt das: ‹keine Gnade›?»

«Wie soll ich das wissen? Frage ihn selbst! Vielleicht erlebst du es auch gleich.»

«Wer hat ihn denn aufgehetzt? Vater Marovech?»

«Der und der kleine Dicke, der Abt. Die Väter saßen noch bei Tisch, da kam er plötzlich angerannt und erzählte, die Nonnen hätten dich wütend empfangen und würden gleich über dich herfallen. Vorher hätten sie sich schon über den heiligen Hilarius und den heiligen Martin lustig gemacht. Er warf sich Vater Dodo zu Füßen und schrie, daß er an allem unschuldig sei und die Väter möchten ihn von dieser Plage befreien, bevor noch Unheil daraus werde. Da sprang Vater Dodo vom Tisch auf und brüllte: ‹Es reicht, nun wird durchgegriffen!› Und Vater Marovech brachte ein Pergament herbei und las etwas vor ... irgend etwas von ‹schimpflichem Benehmen› und der ‹schrecklichen Strafe des Bannstrahls› ...»

«Wie? Aber ... aber sie werden doch nicht ...» murmelte Theuthar.

Gerade verschwanden die letzten Begleiter der Bischöfe unter dem Kirchenportal. Er folgte ihnen. Hinter ihm drängten Mönche die Neugierigen zurück.

Dodo mit seinem Gefolge war unterdessen bis an die Altarstufen vorgerückt. Auf der untersten wartete Chrodechilde, auf der zweiten, ein paar Schritte neben ihr, Basina. Die übrigen Nonnen standen dichtgedrängt hinter ihnen im Chorraum, zu beiden Seiten des Altars – notfalls bereit, sich in noch größere Sicherheit zu bringen, indem sie das Altartuch ergriffen.

Als sich alle hinter ihm aufgestellt hatten, stieß Dodo feierlich seinen Krummstab auf den Boden und krähte:

«In nomine Patris, et Filius ...»

«Filii!» zischte Marovech neben ihm.

«... et Filii, et Spiriti ...»

«Spiritus Sancti!»

«Wie?»

«Amen!» vollendete Nicasius.

Chrodechilde biß sich auf die Lippen. Einige Nonnen stießen sich an und kicherten. Dodo bemerkte es, wurde dunkelrot und schrie plötzlich los:

«Zum Henker! Wozu reden wir dieses Weibervolk auf Latein an? Als ob sie zu schätzen wüßten, wenn wir in unserer gehobenen Kirchensprache das Wort an sie richten! Sprechen wir so, wie sie es verdienen! Was fällt euch ein? Was ist hier passiert? Seid ihr wild geworden? Ist euch das bißchen Weiberverstand, das euch der Herr verliehen hat, etwa auch noch verlorengegangen? Wie kommt ihr dazu, euch ohne Befehl zu entfernen? Und was treibt ihr euch hier herum, statt wieder ins Kloster einzurücken? Zum Donnerwetter, das dulde ich nicht! Ich habe bei Estoublon gegen die Sachsen gestanden, mich gegen die Langobarden bei Embrun ausgezeichnet! Wie viele Helden habe ich niedergestreckt ... ihre Knochen bleichen auf der Walstatt ... und da wagen ein paar verlotterte Weiber ...»

«Genug!» fuhr Chrodechilde dazwischen. «Verlotterte Weiber? So wagst du mit Königstöchtern zu reden? Wenn jemand hier seinen Verstand verloren hat, Bischof, bist du es! Wäre mein Vater, König Charibert, noch am Leben, würde dein Kopf jetzt noch heftiger wackeln, als er es ohnehin schon tut. Aber auch unser Onkel, König Gunthram, der fromm und gerecht ist, würde in Zorn geraten, wüßte er, wie du uns hier entgegentrittst! Hat er dich etwa hergeschickt, damit du unter dem Dach des Heiligen fluchst wie ein Heide, die Kirche mit einem Heerlager verwechselst und uns beleidigst und verurteilst, obwohl du noch gar keine Untersuchung geführt hast? Wahrhaftig, das heißt ohne Verstand handeln!»

«Deine Sprache ist kühn, meine Tochter!» fistelte Dodo. «Aber denke nicht, daß dir das etwas nützt! Unser Herr Jesus Christus verlangt Zucht und Ordnung in seiner Gefolgschaft und er macht keine Ausnahme, auch nicht mit Königstöchtern. Jetzt heißt es: angetreten und abmarschiert! Und erst wenn wir unser Marschziel erreicht haben, das Kloster zum Heiligen Kreuz, werden wir sehen, was weiter zu tun ist!»

«Dort wird alles untersucht», verhieß Saffarius. «Geduldig und gründlich!»

«Unparteiisch und gerecht!» versprach Nicasius.

«Nach der Regel und den Vorschriften!» fügte Marovech hinzu.

«Wir kehren dorthin erst zurück, wenn zwei Forderungen erfüllt sind!» erklärte Chrodechilde. «Erstens: Die Äbtissin wird abgesetzt und des Klosters verwiesen, desgleichen die Pröpstin. Für die Nachfolge haben die hier versammelten Nonnen ihre Wahl schon getroffen. Mit der Entfernung der beiden wird gesichert, daß die anderen, die im Kloster, ohne Angst diese Wahl bestätigen können. Die zweite Forderung: Ihr, die Bischöfe, schwört uns, daß keine der Nonnen, die hier sind, weil sie die Mißstände nicht mehr ertrugen, nach ihrer Rückkehr ins Kloster belangt wird. Keine Bußen und keine Strafen! Das ist im Augenblick alles, was wir verlangen. Nun liegt das Weitere an euch!»

Dodo hatte, schon während sie sprach, entrüstete Blicke um sich geworfen. Er stützte sich auf seinen Stab und scharrte mit einem Fuß wie ein ungeduldiges Pferd.

«Forderungen?» raunzte er jetzt. «Bedingungen? Die Äbtissin fortjagen? Schwüre leisten? Den Teufel werden wir tun! Noch wissen wir nicht, ob die Wunde brandig ist ... warum also schon das Bein absägen? Erst müssen wir herausbekommen ...»

«So tut es doch!» rief Chrodechilde. «Warum zögert ihr noch? Nehmt Platz und fangt damit an!»

«Was? Hier?»

«Der Vorschlag scheint mir vernünftig zu sein», sagte Theuthar, der sich nach vorn gedrängt hatte, mit lauter Stimme. «Beginnen wir hier mit der Untersuchung!»

«Ausgeschlossen! Diese Verstocktheit noch belohnen?»

«Es müßten auch beide Parteien anwesend sein», meinte Nicasius beistimmend.

«Man könnte sie ja getrennt befragen!» beharrte Theuthar. «Die eine hier, die andere im Kloster.»

«Die lügen doch, wenn nicht widersprochen wird!» gab Saffarius zu bedenken.

«Dann holt die Lügnerinnen her!» rief Basina. «Wir werden schon widersprechen! Holt die Schlampe und ihren Besen!»

«Ungeheuerlich!» schnaufte Marovech. «Die Gerechten sollen den Ungerechten entgegengehen? Die Gottgefälligen den vom Teufel Verführten?»

Die bösen Worte von beiden Seiten waren natürlich weder geeignet, die Bischöfe wohlwollender zu stimmen noch die Nonnen gefügig zu machen. Empörte Rufe stärkten die jeweilige Entschlossenheit, nicht nachzugeben. Chrodechilde verschränkte die Arme und ließ ihren spöttischen Blick über die aufgeregte Geistlichkeit gleiten. Gestenreich redete Theuthar auf die Bischöfe ein, die sich störrisch von ihm abwandten. An der Tür zur Vorhalle lungerten Rocco, Sinopus und die anderen Gäste des Heiligen, amüsiert und gespannt, wie der Handel ausgehen würde.

Schließlich stieß Dodo mehrmals den Krummstab auf, um sich Gehör zu verschaffen.

«Ruhe!» rief er. «Schluß damit! Wir werden mit diesen Ausbrecherinnen nicht mehr verhandeln! Wer die Gefolgschaft Gottes verläßt, ist nur noch ein wildes Tier, das Schaden stiftet. Deshalb befehle ich euch: Kehrt um! Macht, daß ihr in euer Kloster zurückkommt! Schließt euch uns an, wir führen euch hin! Der Herr sei gelobt! Vorwärts marsch! Halleluja!»

Er wollte sich umdrehen und zum Gehen wenden, doch

Chrodechilde rührte sich nicht und antwortete mit schneidender Schärfe:

«Wir sind keine Ausbrecherinnen, Vater, und wilde Tiere sind wir erst recht nicht! Und auch geschadet haben wir niemand!»

«Niemand geschadet?» brüllte Marovech auf. «Sie behauptet, sie hätten niemand geschadet?»

«Ach, ist deine Hose zerrissen, Vater?» rief Basina. «Bei einem Tritt in den Hintern kann das passieren. Wir machen das wieder ganz, keine Sorge!»

Unter den Nonnen erhob sich Gelächter. Einige hatten bei Dodos Gepolter eingeschüchtert die Köpfe gesenkt. Jetzt aber faßten sie wieder Mut und ließen sich von der Heiterkeit ihrer Gefährtinnen anstecken.

«Hört ihr?» rief Marovech. «Hört ihr sie lachen? Hört ihr sie lästern? Habt ihr noch immer Zweifel, daß dieses Gelächter aus der Hölle kommt?»

«Nun denn», schrie Dodo, «zum letzten Mal! Seid ihr bereit, uns zu folgen und in euer Kloster zurückzukehren?»

«Nein!!»

Das kam einstimmig, rasch, ohne Zögern. Eine spannungsgeladene Stille trat ein. Wie aus Holz geschnitzte, bunt bemalte Figuren standen die Bischöfe in Erstarrung. Erst nach einer Weile murmelte Dodo:

«Zum Henker! Diese Weiber sind zähe. Und was nun? Was machen wir jetzt?»

«Hier, Bruder!» sagte Marovech und zog beflissen eine Schriftrolle aus dem Gewand. «Bedienen wir uns dieses Mittels, wie ich es schon empfohlen habe!»

«Jaja, es wird uns nichts anderes übrigbleiben. Gott will es so!»

«Und um was handelt es sich?» rief Theuthar.

«Einen Brief unserer Vorgänger an die Klostergründerin», sagte Marovech, wobei er das Band löste und das Blatt entrollte. «Mit Ergänzungen zur Regel des Caesarius, nach der die Nonnen im Kloster leben. Die Vorschriften, die er enthält, sind verbindlich! Sie sind dir vermutlich nicht bekannt, mein Sohn ...»

«O doch, ich kenne den Brief!» Theuthar fing einen Blick Chrodechildes, sah ihren Mund sich zu einem ironischen Lächeln verziehen. «Ja, ich kenne ihn!» wiederholte er. «Aber die Vorschriften, die er enthält, kann man in dieser Sache nicht anwenden!»

«Nun, so kennst du den Brief wohl doch nicht!» sagte Marovech triumphierend. «Hier steht eindeutig, daß eine Nonne, die das Kloster verläßt, aufgrund ihres ‹schimpflichen Benehmens› – so wörtlich – ‹aus der Gemeinschaft ausgeschlossen und von der schrecklichen Strafe des Bannstrahls› getroffen sein soll! Des Bannstrahls!»

«Jawohl, des Bannstrahls!» bestätigte Dodo. «Sie wird ausgestoßen aus der Heerschar des Herrn!»

«Von den Sakramenten ausgeschlossen!» rief Saffarius. «Auch von der Teilnahme am Gottesdienst!»

«Und jede Gemeinschaft mit den Gliedern der Kirche ist ihr verboten!» ergänzte Nicasius und entblößte die Zähne, als habe er gerade einen Spaß gemacht.

Einige Nonnen ließen sich wieder erschrecken, drängten näher zur Mitte und streckten, als könne dies Schutz auch vor priesterlicher Gewalt bewirken, die Hände nach dem Altartuch aus.

«Und ich sage noch einmal», rief Theuthar, «daß die Vorschriften dieses Briefes für die Strafe des Kirchenbanns nicht ausreichen! Es handelt sich hier um einen besonderen Fall, den die Väter zum Zeitpunkt der Gründung des Klosters doch gar nicht voraussehen konnten. Daher wäre es vollkommen unangemessen ...»

«Spitzfindigkeiten!» schrie Marovech. «Eine abscheuliche Freveltat ist es, wenn ein Weib das Haus ihres Herrn verläßt! Kann Jesus Christus diesen Treubruch hinnehmen? Muß er nicht wie jeder andere, dem solches widerfährt, etwas tun? Muß er das treulose Weib nicht strafen? Muß er sich nicht von ihr trennen?»

«Ach, will unser Bräutigam uns etwa sitzen lassen?»

Das war wieder Basina. Sie stellte die Frage so unerwartet und treuherzig und in einem so entwaffnend spöttischen Ton, daß Marovechs drohendes Getöse selbst auf die Furchtsamsten unter den Nonnen seine Wirkung verfehlte. Kaum eine konnte noch an sich halten, fast alle brachen in ein schrilles Gelächter aus. Die Zuhörerschaft an der Tür zur Vorhalle ließ sich anstecken, fiel mit Gewieher ein, schlug sich die Schenkel und die Bäuche. Die würdigen Männer in der Mitte der Kirche sahen sich sowohl von vorn als von hinten dem lästerlichsten Hohn ausgesetzt.

Nun kannten sie kein Erbarmen mehr. Theuthars Versuch, sein Wort zu halten und den Nonnen zu helfen, war durch Basinas groben Scherz zunichte. Chrodechilde selber tat nichts, um die Situation zu retten, sondern lachte wie alle anderen lauthals, die Fäuste in die Seiten gestemmt, die Schultern zuckend, den Kopf nach hinten gebogen. Die Bischöfe rückten auf ein energisches Zeichen Dodos noch weiter auf den Altar zu, um sicher das Zentrum zu besetzen. Links und rechts schwärmten die jüngeren Kleriker und ein paar Mönche aus, so daß auch die Flügel vereinnahmt wurden. Nach dieser taktischen Maßnahme Dodos gab Marovech, der sich die geistliche Führung am Ort seines Wirkens bewahren wollte, mit schallender Stimme die Parole aus.

«Höret die Worte des Apostels des Herrn! Also spricht Paulus zu den Korinthern: So jemand den Herrn Jesus Christus nicht liebhat, der sei gebannt – der sei Anathema!»

«Der sei Anathema!» grollte das Echo aus den Mündern der Geistlichkeit.

Das unbeschwerte Gelächter erstarb, nun wurde es ernst für die eingeschlossenen Bräute um den Altar der Kirche des Heiligen.

«Die Rädelsführerin zuerst!» schrie Dodo und stieß seinen Stab gegen Chrodechilde. Die Bischöfe folgten seinem Beispiel.

«Weil du ungehorsam und aufsässig bist ...»

«Weil du Böses statt Gutes und Falsches statt Richtiges tust ...»

«Weil du Gott, unsern Herrn, verrätst und seinen Sohn Jesus Christus nicht liebhast ...»

«Sei Anathema!»

Theuthar eilte der Gebannten zur Seite.

«Meine Väter, was tut ihr?» rief er, die Arme wie zu ihrem Schutz vorgestreckt. «Im Namen Gottes, besinnt euch doch! Wie könnt ihr ohne gründliche Prüfung ...»

«Laß sie!» sagte Chrodechilde verächtlich. «Das werden sie früher oder später bereuen!» Sie lachte auf, riß sich die Stirnbinde und den Schleier vom Kopf und schüttelte ihre schwarze Mähne. «Jetzt geht es erst richtig los, sie werden sich wundern!»

Die vier wütend entschlossenen Oberhirten konnte jedoch keine Warnung mehr aufhalten. Auch gegen Basina wurde der Bannfluch geschleudert. Die würdige Tochter König Chilperichs, des berüchtigten Pfaffenhassers, drehte sich dabei um, und indem sie sich auf den gerundeten Teil ihrer Rückseite klopfte, rief sie:

«Vergeßt den nicht! Der hat's auch verdient!»

Der Aufschrei der Empörung aus den Kehlen der Kleriker und Mönche mischte sich mit dem tollen Gelächter der Gottlosen aus dem Hintergrund. Die Väter schwärmten nun aus und stürzten sich einzeln auf die Nonnen. Rund um den Altar, von allen Seiten donnerte das «Sei Anathema!» Nicht jede nahm es so stolz und abschätzig auf wie die Töchter der Könige. Constantina brach in Tränen aus. Neben ihr sank eine in Ohnmacht. Andere versuchten kreischend zu fliehen, liefen aber gegen die ehernen Wände der Kutten und Chorröcke, die sie zurückstießen. Die kleine Lucilla wollte sich durch eine Lücke winden, doch ein Mönch und ein Priester packten sie und schleppten sie, sosehr sie sich sträubte, vor Nicasius. Der Bischof fletschte die Zähne und stieß zwischen ihnen den Bannfluch hervor.

Im selben Augenblick aber geschah etwas, das dem feierlichen, wenngleich bereits etwas ausgeuferten Ritual der Verhängung des Kirchenbanns eine ebenso traurige wie dramatische Wendung bescherte. Ins Gehege der Zähne des ehrwürdigen Nicasius fuhr unversehens eine gewaltige Faust, die drei von ihnen auf der Stelle entwurzelte. Der Bischof spuckte sie aus und fiel wie gefällt hintenüber. Gleich darauf sanken zu seinen Seiten der Mönch und der Priester hin, die Lucilla gehalten hatten, stöhnend, röchelnd, aus Nasen und Mündern blutend.

Es waren Rocco und seine Kumpane, deren Fäuste dies angerichtet hatten. Unbemerkt waren sie näher gekommen, neugierig erst, dann zunehmend tatendurstig. Der schwarzbärtige Anführer des Haufens sah sich herausgefordert, auch er hatte ja sein Wort gegeben, den Nonnen hilfreich zur Seite zu stehen. Daß sich der blonde Pfaffe, der vorher so unverschämt lange mit Chrodechilde am Brunnen geturtelt hatte, gegen die wütigen Oberpfaffen nicht durchsetzen konnte, war ihm nur recht. Jetzt würde er allen mal zeigen, daß auf einen Mann wie ihn Verlaß war. Trotz seiner mißlichen Lage war er ein Edler und hier wurde schwachen Weibern Gewalt angetan. Seine Gefolgschaft war zwar nicht standesgemäß, sondern nur elendes Gesindel, doch dafür waren darunter handfeste Kerle, ohne Respekt vor Kreuzen und Kutten. Der Aufenthalt im Kirchenasyl hatte sich schon auf ihre Gemüter gelegt, sie fieberten alle vor Tatendrang. Roccos Fausthieb, der Nicasius fällte, war für Sinopus, Blagovild und die anderen daher ein heißersehntes Signal.

Fünfzehn, zwanzig enthemmte, zu jeder Untat fähige Kerle stürzten sich auf die Bischöfe und ihr Gefolge. Augenblicklich kam es zwischen den Pfeilern der Basilika zum wilden Getümmel. Auch die Geistlichen und Mönche hatten unter sich manchen robusten Burschen, der seine Fäuste zu gebrauchen wußte. Sie scheuten sich auch nicht, Fahnenstangen und Kreuze zur Verteidigung der gerechten Sache einzusetzen. Diese splitterten auf den Schädeln der Angreifer, zerbrachen und dienten nun beiden Parteien als Prügel und Fechtwaffen.

Trotz des abscheulichen heidnischen Angriffs, der einen der ihren schon außer Gefecht gesetzt hatte, waren die Väter entschlossen, ihr frommes Werk zu vollenden. Sie schleuderten nun freilich ihre Bannflüche mehr aufs Geratewohl in alle Richtungen, in der Hoffnung, daß sie diejenigen unter den Nonnen, die sich bisher noch hinter den Rücken der anderen versteckt hatten, schon treffen würden. Dodo schrie zwischendurch Kommandos und stärkte die Kampfkraft seiner Schar mit Rufen wie: «Nieder mit ihnen! Stutzt diesen Teufeln die Schwänze! Haut sie zu Eselsdreck!» Marovech packte ebenfalls eine alttestamentarische Vernichtungswut und er stimmte lauthals den Davidschen Schlachtgesang an: «Herr, errette mich vor den Übeltätern! Vertilge sie alle ohne Gnade!»

Allerdings gewann das Aufgebot des Satans mehr und mehr die Oberhand. Durch einen betrüblichen Unfall wurde auch Bischof Saffarius niedergestreckt. Der zarte Oberhirte stieß gerade unerschrocken das «Sei Anathema!» gegen die ihn um Haupteslänge überragende Prisca aus, als hinter ihm gleich mehrere Nonnen, die in der Panik das Altartuch ergriffen hatten, zu Fall kamen. Da sie dabei das Tuch nicht losließen, rissen sie auch die Kerzenleuchter und das fast mannshohe hölzerne Kreuz mit, welches im Sturze den Bischof hart auf den Hinterkopf traf. Er fiel der soeben Gebannten ohnmächtig in die Arme, die darüber so erschrokken war, daß sie zurücktrat, auf den Altarstufen ausglitt und, den Bischof höchst unschicklich an die mächtige Brust gedrückt, hinabrollte. Immerhin war sie barmherzig, trug ihn in das Seitenschiff auf ihr Lager und brachte ihn mit einem Trunk wieder zu sich.

Inzwischen hatte die Partei der Gerechten durch ein paar von Porcarius zusätzlich in die Schlacht geworfene Klosterbrüder Verstärkung bekommen. Ein gewisses Gleichgewicht trat wieder ein, die Kämpfer nutzten den großen Raum, in allen Ecken der Kirche wurde gerauft, gerungen, geschlagen, gefochten. Dazwischen schwirrten die Nonnen umher, nunmehr gebannt, frommer Rücksichten ledig, wenige noch verschüchtert und furchtsam, die meisten mit freudigem Eifer auf seiten der Schänder des heiligen Ortes, einige rasend und zügellos in ihrer Enttäuschung und Erbitterung.

Chrodechilde stand mitten im Gewühl und schürte das Feuer mit Brandreden. Basina ging weiter, sie hatte einen Kerzenleuchter ergriffen und ließ ihn auf tonsurierte Schädel sausen. Maxentia, völlig außer sich, schlug ihre Nägel in Priesterwangen und zeichnete dort blutige Streifen. Die dicke Constantina entriß einem Diakon die Monstranz, die er an sich gedrückt hatte, und verzehrte unter Hohnlachen sämtliche Oblaten, die als Leib Christi für die Dankesmesse zur Errettung der Nonnen im Kloster bestimmt waren.

Immer mehr Verwundete sanken nieder und bedeckten den Kirchenboden. Auch Marovech gehörte schließlich zu ihnen. Seinen schmetternden Schlachtgesang auf den Lippen, verteilte er mit dem Krummstab Schläge. Auf einmal tauchte vor ihm Ferreol auf, der kleine bucklige Sänger. «Soll das Gesang sein?» schrie er. «Ist ja schauderhaft! Maul halten!» Und mit erstaunlicher Kraft entwand er Marovechs Händen den Stab, schlug zu und brachte den Bischof zum Verstummen. Die prächtige Mütze, an der die Äbtissin Leubovera eigenhändig in nächtlicher Arbeit den Perlenbesatz erneuert und die sie ihm in der Frühe gleich zugeschickt hatte, geriet beim Fall ihres Trägers unter stampfende Füße, von denen einer sie mit einem Tritt bis ins Dachgebälk beförderte, wo sie an einem Nagel hängenblieb und, nun völlig zerrissen und wieder perlenlos, noch lange als trauriges Mahnzeichen hängen sollte.

Am Rande des Kampfgeschehens gab es auch Zaghafte, die die allgemeine entfesselte Streitlust nicht teilten. Porcarius und sein Cellerar zogen sich in die Sakristei zurück und lugten nur vorsichtig durch den Türspalt. Ein paar ängstliche Nonnen krochen auf ihrer Lagerstatt unter Tücher und Decken.

Die kleine Lucilla hielt sich ebenfalls abseits. Bittere Tränen vergießend preßte sie sich an einen Pfeiler. Zufällig stand hier auch Crispin, der seinem Herrn in die Kirche gefolgt war, sich aber vorsichtshalber nicht einmischte. Während ein paar

Schritte entfernt der Kampf hin und her wogte, betrachtete er das verzweifelte Antlitz der kleinen Nonne, trat schließlich noch etwas näher und richtete ein paar Worte des Mitleids an sie und die Frage, ob er ihr vielleicht helfen könne.

«Ach», klagte sie, «wer könnte das schon? Ich bin gebannt, auf den Herrn Jesus kann ich ja nun nicht mehr zählen. Höchstens noch auf meine Eltern. Wenn ich nur etwas hätte, um ihnen zu schreiben ...»

«Da bist du bei mir an den Rechten geraten!» sagte er zu ihrer Überraschung fröhlich. «Mein Herr braucht immer etwas zum Schreiben und so trage ich Feder, Tinte und Pergament stets bei mir!»

Er öffnete zum Beweis die Ledertasche, die er am Gürtel trug. Und einen Augenblick später kniete er schon und die kleine Lucilla beugte sich über seinen Rücken, der das Pult bildete, und schrieb, des Getümmels ringsum nicht achtend, ihren Brief.

Crispins Herr indessen hatte sich bei dem aussichtslosen Versuch, Frieden zu stiften, bevor eine der Parteien erschöpft und geschlagen war, schon eine Schramme am Kinn und eine gespaltene Lippe geholt. Obwohl er groß und von kräftiger Statur war und pralle Muskeln die Ärmel seines Kittels spannten, haßte Theuthar Gewalttätigkeiten und gab es bald auf. Auch seine gute Absicht, Bischof Dodo der Gefahr zu entziehen, indem er ihn unter den Arm faßte und hinausführen wollte, wurde verkannt. Der wehrhafte Greis riß sich los und fuhr fort, ein paar zaudernde Diakone, seine allerletzte Kampfreserve, zu einem «Flankenangriff auf die Hauptmacht des Feindes» zu hetzen. Diese bestand aus Rocco, Blagovild und ein paar anderen, die gerade die hartnäckigste Gruppe der bischöflichen Gefolgschaft aufgerieben hatten. Eingedenk kritischer Augenblicke, in denen er einst als Feldherr durch das Beispiel persönlichen Heldenmutes seine erschöpften, kampfunwilligen Krieger zu neuen Taten begeistert hatte, stürzte sich Dodo auf den schwarzbärtigen Hünen und versetzte ihm einen Hieb mit dem Krummstab.

Sein kühner Vorstoß blieb folgenlos – außer für ihn selber. Rocco zuckte wie bei einem Insektenstich, drehte sich um, lachte auf und mit einer lässigen Geste entwand er Dodo den Stab. Im nächsten Augenblick hatte er ihn über dem Knie zerbrochen und warf die beiden Teile hinter sich. Dann kehrte er Dodo wieder den Rücken zu. Blagovild, weniger nachsichtig, packte den Alten an der Stola, schüttelte ihn, versetzte ihm einen Nasenstüber und stieß ihn zu Boden.

Dies konnte Theuthar trotz aller Friedfertigkeit nicht durchgehen lassen. Er trat dem Zottelbart entgegen und verabreichte ihm ein paar Ohrfeigen. Rocco fuhr wieder herum und rief: «Ah, sieh einmal an, der Herr Heuchler! Versprach den armen Mädchen Gerechtigkeit. Und was haben sie von euch bekommen? Da hast du auch etwas! Du verdienst es!»

Und schon krachte die Faust in Theuthars Gesicht. Zum Glück hatte sie nach so viel Gebrauch ein wenig an Wucht verloren und richtete nur mäßigen Schaden an. Der Priester dagegen, noch frisch und durch die Worte in seiner Ehre verletzt, antwortete mit einem Hieb, der Roccos Nase, die schon gebrochen war, nun auch noch etwas nach rechts versetzte und sein linkes Auge unverzüglich durch eine blühende Schwellung verschloß.

«Das war für die Bischöfe!» fügte Theuthar hinzu. «Und im Namen des Heiligen, den ihr beleidigt habt!»

Einen Augenblick brauchte Rocco, um seine Benommenheit abzuschütteln. Doch er war nicht der Mann, der in dieser Währung kassierte, ohne mit Zinsen zurückzuzahlen. Er schob Blagovild, der Gleiches im Sinn hatte, mit einer großen Geste beiseite und seine Hand fuhr nach dem Gürtel.

«Ich schneide dir die Ohren ab, Pfaffe! Wollen doch sehen, ob du dann Chrodechilde noch immer gefällst!»

Schon war das Kurzschwert heraus, doch ehe Rocco den ersten Hieb führen konnte, war sein Handgelenk fest umklammert. Chrodechilde starrte ihn so gebieterisch an, daß er die Faust mit der Waffe sinken ließ.

«Das genügt!» befahl sie. «Ich ahnte ja, was daraus werden könnte! Am Ende gibt es tatsächlich Tote!»

«So hast du mir also etwas verschwiegen, als ich dir Hilfe versprach!» sagte Theuthar schneidend. «Daß du mit diesen Banditen schon einig warst für den Fall, die Bischöfe würden euer Ansinnen ablehnen!»

«Das ist nicht wahr!» rief Chrodechilde. «Gewalt lag niemals in unserer Absicht! Aber Gewalt wurde gegen uns verübt!»

«Und da verstand es sich für einen Edlen von selbst», knurrte Rocco, «den Schwächeren beizustehen!»

«Wahrhaftig, ein ‹edler› Verteidiger!» schleuderte Theuthar verächtlich hin. «Und die beste Gesellschaft für Königstöchter!»

«Das will ich wohl meinen», sagte der Schwarzbart. «Childe und ich ... wir kennen uns lange. Wir hatten hier in Poitiers schon mal bessere Tage. Und vielleicht werden jetzt auch wieder bessere kommen ...»

«So schweig doch!» schrie sie und wandte sich Theuthar zu, um eine Erklärung hinzuzufügen.

Aber er drehte sich brüsk um und ging fort.

«Vergiß nicht, ich bin dein Schuldner, Pfaffe!» rief Rocco ihm nach. «Du bekommst noch dein Teil ... wie die anderen hier!»

Er stieß ein Gelächter aus, verstummte aber abrupt und betastete seine verformte Gesichtshälfte.

Mittlerweile waren die Unterlegenen schon auf dem Rückzug. Die Niederlage war eine vollständige. Alle vier Bischöfe hatten in Ausübung ihres geistlichen Amtes beträchtliche Körperschäden erlitten. Ihre Begleiter, selber mit Beulen und Schrammen gezeichnet, die Chorröcke blutbespritzt und zerrissen, mußten sie aus der Kirche führen. Wie der zeitgenössische Berichterstatter, Bischof Gregor von Tours, überliefert, kamen sie nicht einmal mehr zusammen, um einander Trost zuzusprechen und die Lage zu erörtern. Dodo, Nicasius und Saffarius reisten ohne zu zögern ab.

Gregor schreibt: *«Ein solcher Schrecken befiel sie – und das war des Teufels Werk, wie ich glaube –, daß sie, als sie die heilige Stätte verließen, sich unverzüglich und ohne einander Lebewohl zu sagen nach ihren Heimatstädten aufmachten, jeder auf dem ersten besten Wege.»*

Das ganze Ausmaß des Grauens, das ihre fromme Gefolgschaft befiel, verkörperte sich für den Chronisten in der Gestalt eines Diakons namens Desiderius, der aus der Kirche hinaus und Hals über Kopf ans Flußufer eilte.

«Er suchte sich nicht einmal eine seichte Stelle des Clain, als er dort ankam, sondern stürzte sich blind hinein. Aber sein Pferd, das hinterhersprang, schwamm, und so gelangte er ans andere Ufer.»

12

DER SKANDAL IN DER KIRCHE DES heiligen Hilarius, von der nach der Legende einst ein Flammenschein ausging, um König Chlodwig, dem Eroberer, gegen die ketzerischen Westgoten zu leuchten, erschütterte die Stadt Poitiers. Man war in den letzten Jahrzehnten zwar an allerlei Ungemach gewöhnt, namentlich an kriegerische Heimsuchungen durch die Heere miteinander rivalisierender Frankenherrscher, an Seuchen und Hungersnöte, doch waren nun viele überzeugt, daß dieser furchtbaren Beleidigung der höchsten Vertreter der heiligen Kirche ein himmlischer Vergeltungsschlag nie geahnten Ausmaßes folgen müsse. Einige Ängstliche rüsteten zum Verlassen der Stadt, andere warfen sich, wo sie gingen und standen, in den Staub und schrien zu Gott, er möge nicht die Unschuldigen strafen. Da man sich aber erinnerte, daß himmlische Rache meist alle ohne Ausnahme traf, riefen viele, dem müsse die irdische Justiz durch die unverzügliche Bestrafung der Schuldigen zuvorkommen. Nur so könne Gott vielleicht versöhnt und das drohende Unheil abgewendet werden. Die Bürger, die überall aufgeregt in Grüppchen beisammenstanden, erinnerten sich eines – allerdings minder schwerwiegenden – Vorfalls vor knapp zehn Jahren, der hier als Präzedens dienen konnte. Damals hatte ein früherer Graf von Tours, ein gewisser Leudast, in und aus der Hilarius-Kirche verschiedene Verbrechen begangen, worauf dann ausnahmsweise auf königlichen Befehl in seinem Fall das Asylrecht aufgehoben wurde. Sollte dies gegen ein Häuflein von Gewalttätern vorwiegend niederen Standes und drei Dutzend von der Kirchengemeinschaft ausgeschlossene Nonnen nicht ebenfalls möglich sein?

Mit Spannung erwartete man die Antwort auf diese Frage vom Comes Macco, dem Vertreter des Königs, der endlich am späten Nachmittag mit seinem Gefolge durch das südliche Stadttor einritt. Seine fromme Gemahlin, die zu den Erschreckten und Besorgten gehörte, hatte ihm schon drei Tage zuvor, nach dem Tumult vor dem Kloster und der Flucht der Empörerinnen in die Kirche, eine dringende Botschaft gesandt. Doch erst die zweite von diesem Vormittag hatte ihn schließlich bewogen, zähneknirschend die Teilnahme an der Beize abzubrechen, zu der ihn ein befreundeter Gutsherr geladen hatte. Anfangs war er auf dem Heimweg übellaunig und fluchte über das ungebärdige Weibervolk, das Unruhe in der Stadt schüre und einem geplagten Comes nicht einmal etwas Erholung gönne. Als er dann aber von dem Boten Genaueres über die Vorfälle in der Kirche und die Mißgeschicke der frommen Hirten erfuhr, hob seine Laune sich rasch und er wurde nachgerade vergnügt. Da er sich dabei noch manchen kräftigen Schluck aus seinem Trinkhorn genehmigte, erreichte er Poitiers in fast ausgelassener Stimmung. Als er schwankenden Schrittes die Halle seines Hauses betrat, kam seine Gemahlin ihm schon händeringend entgegen.

«Endlich! Wie konntest du nur so lange zögern! Unser aller Untergang steht bevor und du amüsierst dich auf der Beizjagd!»

«Nun, nun, Frau, wenn unser Untergang bevorsteht», meinte der Comes, «werde ich ihn wohl nicht aufhalten können. Wie es scheint, sind aber bisher nur Marovech und sein Pfaffenklüngel betroffen. Und auch die sind noch keineswegs untergegangen, sondern wurden nur tüchtig durchgewalkt. Warum also die ganze Aufregung?»

«Warum? Weil die Folgen verheerend sein werden! Vielleicht wird der Himmel über uns einstürzen!»

«Oh, dann ist es natürlich ernst. Aber eines begreife ich nicht, Teuerste. Wenn du das wirklich glaubtest, hättest du mich doch nicht so dringend hierhergerufen, sondern mich dort gelassen, wo ich in Sicherheit war und wo diese Einsturzgefahr nicht bestand. Sonst müßte ich ja an deiner Liebe zweifeln!»

«Daß du darüber noch scherzen kannst! Aber ich hätte wohl ahnen sollen, daß du dich über die Niederlage des Bischofs mehr freuen würdest, als über die schrecklichen Folgen grämen!»

Damit hatte sie die tiefere Ursache für die Heiterkeit ihres Gemahls benannt. In vielen Städten des Frankenreiches gab es zu jener Zeit eine heftige Rivalität zwischen weltlichen und geistlichen Amtsträgern. Die Bischöfe, häufig Abkommen alteingesessener Adelsfamilien und Herren über große Besitztümer, waren keineswegs bereit, sich mit der vom Himmel verliehenen Herrschaft über die Seelen zufriedenzugeben. Sie strebten auch nach irdischer Macht, die sie nur widerwillig mit einem königlichen Beamten teilten, der in der Regel von außerhalb kam, über keinen oder nur wenig eigenen Grund verfügte und infolge der häufigen Kriege und Erbteilungen zwischen den fränkischen Herrschern oft schon nach kurzer Zeit abgelöst und durch einen anderen ersetzt wurde. Macco war erst zwei Jahre zuvor, nach dem Vertrag von Andelot, durch den Poitiers den Austrasiern zugesprochen wurde, in die Stadt gekommen und führte seitdem mit dem lange amtierenden, selbstgerechten und vom Unfehlbarkeitswahn befallenen Marovech einen zermürbenden Kleinkrieg. Dabei hatte der allen Genüssen des Lebens zugetane und nicht übermäßig dienstbeflissene Comes oft genug Federn lassen müssen, sich auch manche hinterhältige Beschwerde des Bischofs bei Hofe eingehandelt. So war ihm nur recht, was dem alten Querkopf passiert war. Schon beim Ausbruch der Nonnen Ende Februar hatte sich Macco die Hände gerieben. Er hätte natürlich eingreifen und die Flüchtigen durch seine Leute zurückbringen lassen können. Marovech hatte ihm seine Untätigkeit dann auch vorgeworfen, es war zwischen ihnen zu einem heftigen Auftritt gekommen. Als Macco nun durch den ersten Boten erfuhr, die Nonnen seien zurück und gleich wieder mit dem Bischof aneinandergeraten, hatte er nur seinen dicken fränkischen Schnurrbart bekaut und in sich hineingeschmunzelt und war dann frohgestimmt mit seinem Lieblingsfalken zur Jagd geritten. Nach der zweiten Botschaft hatte der Ärger über die verdorbene Beize zunächst überwogen. Doch welcher Spaß und welcher Triumph! Als der Comes jetzt von seiner Gemahlin noch weitere Greuel zu hören bekam, konnte er trotz ihrer Entrüstung seine Heiterkeit nicht verbergen. Von dieser Schlappe und Blamage dürfte sich Marovech nie mehr erholen! Allerdings war dem Kelch der Freude ein bitterer Tropfen beigemischt.

«Und das Schlimmste bei alldem ist», ereiferte sich die Gemahlin des Comes, «daß der Urheber dieser schrecklichen Untaten längst in der Hölle schmoren müßte!»

«Ist das denn wirklich wahr?» fragte Macco. «Der verdammte Rocco hat angefangen?»

«Eben der! Ein Straßenräuber und Mörder! Von dir selber ergriffen. Aber statt ihn gleich hinrichten zu lassen, mußtest du ihn ja noch lange in Haft behalten – angeblich in der Hoffnung, sein Vater würde doch Wergeld zahlen.

Dabei müßtest du deinen Freund, seinen Vater, ja kennen und wissen, er würde keinen Obolus für diese Mißgeburt einer Stallmagd herausrücken. Jedenfalls entsprang er der Haft und entkam in die Kirche. Und Marovech wird nicht zögern, als den letztendlich Schuldigen an allem – dich auszumachen!»

«Was du da redest, Frau», sagte der Comes leichthin.

«Er wird es tun!» beharrte sie. «Ein Rocco ohne Kopf und in der Arme-Sünder-Ecke verscharrt hätte das alles nicht anrichten können! Der Bischof wird dich bei Hofe anklagen und deinen einträglichen Posten, den du gerade erst zwei Jahre innehast, wirst du loswerden!»

«Unsinn! Das ist doch lächerlich! Da müßte man mir schon nachweisen, daß ich das alles gewollt habe.»

«Das werden sie auch noch tun, glaube es mir! Vor allem, wenn du dich weiter so schadenfroh aufführst. Unternimm lieber etwas!»

«Und was schlägst du vor?» fragte Macco ironisch.

«Hebe sofort das Asylrecht auf – für alle diejenigen, die die Bischöfe und die anderen Geistlichen angriffen! Dann fange sie ein und führe sie ihrer Strafe zu!»

«Was? Auch die Nonnen?»

«Die sind ja jetzt keine Nonnen mehr! Sie sind Gebannte, aus der Kirchengemeinschaft Ausgeschlossene. Schaff sie zurück in das Kloster, damit sie dort büßen! Und vernichte die Teufelsbrut, die die heiligen Männer überfallen hat! Denke daran, daß schon dein Vorgänger das Asylrecht aufhob, als jener Leudast die Kirche entweihte!»

«Er tat es auf Befehl der Königin Fredegunde.»

«Um so besser für dich, wenn du auf einen Befehl nicht erst wartest! Zeige, daß du ein guter Christ bist! Zögere nicht länger und handle! Oder willst du, daß mitten in dieser schönen Stadt, noch dazu unter dem Dach des Heiligen, eine Pestbeule wuchert?»

Der Comes ließ sich von einem Diener das Trinkhorn füllen.

«Nein, das will ich nicht, Frau, beruhige dich! Aber muß ich denn wirklich noch etwas tun? Wo doch der Himmel über uns einstürzen wird ...»

Er lachte und trank, während seine Gemahlin mit ihren Klagen, Vorwürfen und düsteren Prophezeiungen fortfuhr. Schließlich ließ er sie stehen und ging hinaus, um sich zu vergewissern, daß die Pferde versorgt waren. Sein Sohn Siggo, der ebenso breit und wuchtig war wie er selber und auch das gleiche schnurrbärtige Schwerenötergesicht mit den buschigen Brauen über den Spötteraugen hatte, half den Knechten beim Abschirren. Macco zog ihn ein Stück beiseite.

«Hör mal, es scheint ziemlich sicher zu sein, daß es dein alter Freund Rocco war, dieser verdammte Teufelsbraten, dem wir die tolle Geschichte verdanken. Ich werde wohl etwas unternehmen müssen. Deshalb will ich, daß du dich mal um ihn kümmerst.»

«Was meinst du damit?» fuhr Siggo auf. «Soll ich ihn aus der Kirche locken, damit deine Leute ihn festnehmen können?»

«Bewahre! Wie kommst du darauf? Was denkst du von mir! Solche Methoden habe ich immer verabscheut. Aber versteh doch ... es gibt Unruhe. Ich muß den Fall untersuchen, einen Bericht für den König machen. Dabei auch dem Marovech zuvorkommen, der sich bestimmt über mich beklagen wird. So muß ich wissen, was wirklich los war.»

«Und warum gehst du nicht selber hin und nimmst dir alle vor, die dabei waren?»

«Das kann ich doch nicht. Sie sind im Kirchenasyl, dort

habe ich keine Amtsbefugnis. Und ohne Mandat will ich nicht erscheinen, das würde meiner Autorität schaden. Sie brauchten mir nicht einmal zu antworten, könnten mich auslachen.»

«Und ich? Was kann ich tun?»

«Im Vertrauen, mein Sohn ... Die beiden Anführerinnen der Nonnen, die Kronentauben ... die sind früher doch öfter mal aus ihrem Taubenschlag geflattert. Habe ich recht? Und dann haben sie am Ufer des Clain mit ein paar Täuberichen recht munter geschnäbelt. Auch richtig? Und täusche ich mich, daß dieser Rocco und du ... daß ihr die Lieblingstäuberiche der beiden wart?»

«Woher weißt du das, Vater?»

«Nun, woher ... Man erfährt dies und das. Ein Fischer hat euch damals beobachtet. Und weil er nur schlechte Fänge machte und eine große Familie zu ernähren hatte, der Ärmste, kam er zu mir und für einen Solidus erzählte er mir ...»

Siggo grinste und zog die Schultern hoch.

«Ja, es ist wahr. Doch das ist eine Weile her.»

«So lange nun auch wieder nicht. Die Erinnerung dürfte bei euch allen noch frisch sein. Ich will dich nicht dafür tadeln, obwohl es sich nicht gehörte. Es ist Sünde, mit einer Nonne ... Du hast es doch hoffentlich nicht gebeichtet?»

«Das wäre mir niemals eingefallen!»

«Bischof Hinkebein hätte sich gefreut. So haben wir ein Geheimnis vor ihm.»

«Aber was soll ich erreichen, Vater? Bis jetzt hast du immer verboten, daß ich noch einmal mit Rocco ...»

«Dazu hatte ich ja meine Gründe. Nun ist die Lage etwas verändert. Was ich gerne wissen würde, ist dies: Könnte die Taube mit dem Täuberich, als sie sich vor drei Tagen wiedersahen ...»

«Und wenn es so wäre?»

«Dann hat er vermutlich auf ihren Befehl gehandelt. Die beiden Tauben wollten zu ihren Verwandten, den Königen. Öffentlich sollen sie sich gerühmt haben, die Könige seien auf ihrer Seite. Begreifst du, mein Sohn? Wenn höherer Wille dahintersteckt, kann auch ein Mörder, der mir aus dem Kerker entwichen ist, das Rechte getan haben. Und das eben muß ich wissen, bevor ich mich in der Sache zu eifrig ins Zeug lege.»

Der Comes zwinkerte, Verständnis heischend. Siggo erwiderte lachend:

«Nun, wenn dir so sehr daran liegt … Mir soll es recht sein, Rocco wiederzusehen. Und auch die …»

«Die beiden Tauben. Erfahren wirst du von denen nicht viel. Sie werden kaum zugeben, daß sie es wollten. Aber Vorsicht! Sie und die anderen sind ja jetzt frei. Vielleicht gestehen sie dir etwas anderes …»

13

CHRODECHILDE WAR ENTSCHLOSSEN, SICH mit der neuen Lage nicht nur abzufinden, sondern sie entschieden als vorteilhaft zu betrachten. Dies war um so nötiger, als der Siegesrausch bei den meisten ihrer Gefährtinnen rasch verflog und eine allgemeine Ernüchterung eintrat, gepaart mit Angst vor den Folgen. Während sie in der verwüsteten Kirche Ordnung schafften, die Trümmer beseitigten, verschiedene Überbleibsel des Kampfes (darunter die drei Zähne des Bischofs Nicasius) einsammelten und schließlich die Flecke und Spritzer des Blutes vom Altar, von den Pfeilern und vom Fußboden wuschen, kamen vielen von ihnen arge Zweifel, ob recht getan war, was man getan hatte. Und dann holten sie sich bei Chrodechilde Stärkung. Die kniete, die Röcke hoch aufgeschürzt, einen Bottich mit Wasser neben sich, inmitten des Langhauses vor dem größten und hartnäckigsten der Blutflecke.

«Ach, Childe, was wird nun werden? Was glaubst du?»

«Wir haben gesiegt. Nun wird alles gut.»

«Aber wie denn? Der Bannfluch lastet auf uns. Gott hat uns seine Gnade entzogen.»

«Nicht Gott. Die Bischöfe taten das. Und die bereuen es schon.»

«Aber was wird man jetzt mit uns machen?»

«Was soll man schon gegen uns tun! Sind wir denn nicht im Schutze des Heiligen?»

«Aber der Heilige wird uns gram sein. Kaum sind wir hier, ist schon Blut geflossen.»

«Deshalb steht lieber nicht herum und jammert, sondern helft mir, es wegzuwischen.»

«Und wenn man uns nun hinaustreibt und mit Gewalt ins Kloster zurückbringt?»

«Dann fließt noch mehr Blut. Sie sind gewarnt. Deshalb werden sie es nicht wagen!»

«Aber was werden wir jetzt anfangen?»

«Wir feiern ein Fest. Alles Weitere findet sich.»

Sie hatte sich schon mit Basina und den Entschlossensten darüber verständigt, daß man den anderen die Skrupel und Ängste am ehesten nehmen würde, wenn man sich unbekümmert und heiter gab. Und was für ein ungewohntes Vergnügen würde ein fröhliches Gelage sein! Die Diener Elekteus und Landinus wurden zum Markt geschickt, um alles Nötige einzukaufen. Auch Ursus, der Schankwirt, bot seine Dienste an und schaffte gegen gute Bezahlung aus Chrodechildes Lederbeutel alles herbei, was gebraucht wurde: Tische, Bänke, Tafelgeschirr, mehrere Fässer besten Weins. Als die Diener mit ihrem Gespann vom Markt zurückkamen, brachten sie einen Hispanier mit, einen Kleiderhändler. Das war Maxentias Idee gewesen und Chrodechilde hatte gleich lebhaft zugestimmt. Wie konnte man drei Dutzend junge Weiber, die meisten noch unter fünfundzwanzig Jahren, am besten von Gewissensbissen und düsteren Ahnungen ablenken? Nun waren sie ja, erfreuliche Wirkung des Kirchenbanns, der Klosterregel und ihrer strengen Kleiderordnung vorerst entbunden, nun konnten sie ja, sonst nur an sackartige Gewänder und dunkle Schleiertücher gewöhnt, auch einmal feine Gewebe probieren und in Farben und Stickereien schwelgen. Daß ihre Nonnengewänder und Hemden längst wieder der Wäsche bedürftig, auch beschädigt und sogar blutbespritzt waren, gab selbst den Zögernden schließlich Grund, dem verlockenden Angebot näher zu treten. Auf den Bänken längs der Pfeiler im Seitenschiff, wo sie sich niedergelassen hatten, breitete der Hispanier seine Schätze aus – hübsche Kleider aus Wolle und Leinen, knielang, mit kurzen Ärmeln und zierlichen Borten, manche mit grellbunten Längs- und Querstreifen oder dem traditionellen keltischen Karomuster, dazu Hemden aus zartem Seidengewebe, Stirnbänder, Gürtel, Schuhe. Unter Gewisper und Gekicher begann ein aufgeregtes Suchen, Wägen, Entdecken, Verwerfen. Und in der Tat vergaßen sie ihre Besorgnisse, vergaßen sie die Bischöfe, vergaßen sie sogar die sakrale Umgebung. Freudig trafen sie ihre Wahl, berieten sich gegenseitig, überließen einander neidlos begehrte Stücke. Nur den einzigen Spiegel, den der Händler mitgebracht hatte, eine nur handtellergroße Silberscheibe, rissen sie sich aus den Händen.

Zum Glück war keine der Nonnen, die sich an der Rauferei beteiligt hatten, ernsthaft zu Schaden gekommen. In fast allen Fällen genügte es, die unbedeutenden Wunden mit Wasser zu reinigen. Die ein wenig heilkundige Prisca fand hinter der Kirche Malve und Weinraute, zerstieß und kochte die Blätter und tränkte mit dem Sud die Verbände, wo solche notwendig waren. Sie half damit auch Blagovild, dem zottelbärtigen Medicus, der eher Wunden zu schlagen als zu schließen verstand. In der Gefolgschaft des Rocco gab es keinen ohne Beulen und Schrammen, auch der Anführer selber mußte seine verformte Nase und sein blau geschwollenes Auge am Brunnen kühlen. Nichtsdestoweniger war die Stimmung unter den Gästen des Heiligen prächtig, waren sie alle doch fest überzeugt, als Verteidiger hilfloser Frauen eine edle, des Lohnes werte Tat vollbracht zu haben.

Die Krankenstube der Abtei hingegen war von Gejammer,

Klagen und Groll erfüllt. Hier hatte es der rasch herbeigerufene, mehrere Klöster betreuende Krankenbruder Orosius nicht nur mit klaffenden Wunden, sondern auch mit Verrenkungen und sogar einem Bruch zu tun. Der Unmut der Brüder richtete sich vor allem gegen Porcarius, der ganz unnötigerweise, nur um sich bei den Bischöfen in Gunst zu bringen, veranlaßt hatte, daß sie sich einmischten. Im Grunde waren sie auf seiten der Nonnen. Die hatten es wenigstens einmal gezeigt: Hinter Klostermauern zu hocken hieß noch lange nicht, daß man begraben war.

Der Ärger der Mönche hatte noch einen anderen Grund. Zum Festmahl waren sie nicht geladen. Auf der Wiese neben der Kirche drehten Elekteus und Landinus einen Ochsen über dem Feuer. Wie bestellt war an diesem Nachmittag auch der geheimnisvolle Bauer mit seiner Eselsfuhre erschienen, der Rocco regelmäßig Wildbret brachte. Gewöhnlich wurden die Brüder mit einem Anteil bedacht, doch heute hockten sie im Refektorium, polkten die Reste von saurem Brot und trockenem Käse aus den Zähnen und sättigten sich durch die Nasen, indem sie die Düfte von Rind und Schwein, Ente und Huhn einsogen, die mit dem Rauch von den Feuern herüberwehten. Da feierte man einen Sieg – sie aber hatten auf der falschen Seite gekämpft.

Bald ging es hoch her. An einer langen Tafel, längs der Kirchenwand auf der Wiese, gaben sich die drei Dutzend in den Bann geschlagenen Nonnen und ihre höchst ehrenwerten Beschützer der Völlerei hin. Was für liebliche, reizende, frische, kokette, lebhafte Geschöpfe hatten sich aus ihrer dunklen Tracht geschält, in bunte Kleider geworfen, die Haare gelöst, Jasminblüten angesteckt! Wie übermütig war ihr Geschnatter, wie perlte ihr Lachen!

Stolz saßen die nun ganz zahm gewordenen Schufte dazwischen, konnten es kaum begreifen, von diesen edel geborenen Mädchen so trauter Nähe gewürdigt zu werden. Auch sie waren festlich hergerichtet, soweit dies ihren Möglichkeiten entsprach. Sie hatten ihre Hälse gewaschen und ihre verfilzten Bärte gestriegelt und einige hatten sogar saubere Kittel an und Ledergürtel dazu angelegt. Die blutdurchtränkten Kopfverbände trugen sie wie einst griechische Wettkämpfer ihre Siegerbinden.

Der gute aquitanische Wein befeuerte die Unterhaltung, die sich natürlich um die Ereignisse des Tages drehte. Jeder konnte dazu ein Erlebnis beitragen und da alle – oder fast alle – entschlossen waren, sich zumindest an diesem Abend nicht über die möglichen Folgen zu grämen, erhob sich jeden Augenblick an der langen Tafel Gekreisch, Gegacker, Gewieher. Vor allem die Mißgeschicke der Bischöfe wurden immer noch einmal ausführlich besprochen. Als Prisca von ihrer innigen Umarmung mit Bischof Saffarius auf den Altarstufen erzählte, krachte ein solches Gelächter gegen die Wand der Kirche des Heiligen, daß sie vermutlich nur durch ein Wunder desselben nicht einstürzte.

Als die Heiterkeit diesen Punkt erreichte, sah Chrodechilde sich gefordert, in einer Rede noch einmal auf die Bedeutung des Ereignisses hinzuweisen. Sie erhob sich, den Becher in der Hand, und verkündete, daß eine Schlacht, hingegen noch nicht der Krieg gewonnen sei. Noch gebe es eine Menge zu tun und zu wahrer Freude bestünde erst Anlaß, wenn das Ziel, für das sie auszogen, endlich erreicht sei: die Eroberung des Heilig-Kreuz-Klosters. Erst wenn man siegreich durch die Pforte schreite, vom Jubel der Nonnen dort begrüßt, werde der Triumph vollkommen sein.

Darauf gab es Beifallsgeschrei und eine rief: «Und was tust du als erstes, Childe, wenn du drinnen bist?»

«Was ich dann tue? Das will ich euch sagen!» Chrodechilde nahm einen tiefen Schluck aus dem Becher und schrie: «Ich schnappe mir dieses Aas von Äbtissin und stürze sie die Mauer hinab!»

Diese höchst radikale Äußerung, die die Schöne im Zustand vorgeschrittener und ungewohnter Trunkenheit tat, gefiel den meisten der Tafelgenossen und wurde gebührend bejubelt. Sie wurde jedoch auch von den großen Ohren des Abtes Porcarius aufgefangen, der im Schutze einer der Hütten auf alles spannte, was nebenan auf der Wiese gesprochen wurde. Er sollte sie weitertragen und auch dem Bischof Marovech melden, so daß sie bald in der Stadt bekannt wurde und für neue Aufregung und Empörung sorgte.

Wenn einer dagegen solche Töne mit großer Genugtuung hörte, dann war es Rocco. Der Schwarzbart war überhaupt sehr zufrieden, weil Chrodechilde ihn trotz ihrer Warnung am ersten Tage für seine Eigenmächtigkeit bei der Auslösung des Tumults nicht getadelt hatte. So hatte er wohl nur getan, was sie selbst sich nicht getraut hätte, aber im stillen nur zu sehr wünschte. Daß sie nicht müde wurde zu wiederholen, die Bischöfe hätten zuerst Gewalt ausgeübt, auf die man dann nur geantwortet habe, bestätigte dies. Sie hatte ihn damit als Verbündeten anerkannt und würde gewiß nicht zögern, auch weiter seine Dienste in Anspruch zu nehmen. Nichts aber begehrte er mehr, als ihr dienstbar zu sein. Der Himmel hatte sie ihm zur Schicksalsgenossin gegeben, das eröffnete ihm die schönsten Aussichten. Allerdings nahm er sich vor, nun mit Bedacht vorzugehen. Bescheiden hielt er sich am Ende der Tafel, drängte sich nicht an Chrodechilde heran, begnügte sich damit, sie in ihrem leichten, reich bestickten Kleid zu bewundern und ihr ab und zu aus dem einen Auge, das ihm derzeit allein das Abbild der Welt vermittelte, einen feurigen

Blick zuzuwerfen. Hier lag auch der zweite Grund für seine Zurückhaltung. Die Spiegelfläche des Wassers im Brunnen hatte ihm ein Gesicht gezeigt, mit dem sich, vorübergehend zumindest, kaum Eindruck machen ließ. Wie haßte er den verdammten Pfaffen, der ihn so zugerichtet hatte, und wie glühend wünschte er, es ihm heimzuzahlen!

Als die Zeit des Vespergebets heran war, trollten einige Mönche über die Wiese. Sie wurden mit lautem Spott begrüßt und beeilten sich, durch das Kirchenportal zu verschwinden. Einer von ihnen, der Mesner, ein junger, schlanker Mönch mit sanften Gesichtszügen, eilte gesenkten Blickes der Sakristei auf der anderen Seite der Basilika zu. Die geschorene Stelle an seinem Hinterkopf war mit einer grünen Kräutersalbe bestrichen, was ihn als einen der geschlagenen Gottesstreiter auswies. Die Tischgesellschaft amüsierte sich köstlich. «Seht mal den Grünen!»

«Verwandeln die sich jetzt in Frösche?»

«Warum werfen wir ihn nicht in den Teich?»

Einige machten schon Anstalten, diesen Schabernack auszuführen, aber Basina rief ihnen zu: «Laßt ihn in Ruhe!»

Sie stand auf und folgte dem Mönch. Deftige Scherzworte flogen ihr nach. Der junge Mesner stieg die Stufen hinauf und öffnete mit einem Schlüssel, der ihm am Gürtel hing, das Vorhängeschloß. Er bemerkte Basina nicht, die ihm mit katzenhaften Bewegungen nachschlich. Verwirrt von den Grobheiten, die man ihm nachrief, ließ er sogar die Tür angelehnt. Sie glitt hinter ihm hinein und schob drinnen rasch den Riegel vor.

Der Mönch fuhr heftig herum und schrie auf.

«Still!» befahl sie. «Warum schreist du denn so? Hast du noch immer Angst vor mir? Oh, ich weiß ja ... Ich war es, die dich verwundet hat. Ich schlug dir den Kerzenleuchter über den Kopf. Ach, es geschah in der Hitze! Glaube mir, es tut mir jetzt leid. Verzeihst du mir?»

Sie trat auf ihn zu, doch er wich zurück.

«Was suchst du hier drinnen?» stammelte er. «Es ist nicht erlaubt …»

«Ja, ich weiß. Ihr verwahrt ja hier eure Heiligtümer. Aber was ist denn das dort? Ein Bett?»

Tatsächlich stand neben dem Schrank, der Reliquien und Kirchengeräte enthielt, ein breites Bettgestell mit kunstvoll gedrechselten Pfosten. Eine kostbare, wenn auch vom Zahn der Zeit benagte Brokatdecke lag über der Matratze.

«Das ist … das geht dich nichts an!» stieß der Mesner hervor. «Verschwinde doch! Geh!»

«Nicht bevor du mir euer Geheimnis enthüllt hast. Hat etwa der Heilige darin geruht? Oder haltet ihr hier die Vigilien und Metten, die man nachts und zu zweit herunterbetet?»

Der junge Mönch errötete über und über.

«Nein, es hat damit eine andere Bewandtnis. Aber ich muß jetzt … der Altardienst … sie warten auf mich …»

«Erst das Geheimnis!»

«Das Bett … nun, es gehörte dem Leudast. Er trieb Unzucht hier im Kirchenasyl.»

«In diesem Raum? In der Sakristei?»

«Nein, in der Vorhalle.»

«Und warum steht das Bett jetzt hier?»

«Ich weiß es nicht. Der Abt hat es herbringen lassen … damit es dort nicht zur Wollust einlädt.»

«So lädt es nun hier zur Wollust ein.»

«Was redest du da?» fuhr er sie an. «Das ist Lästerung! Dazu hast du kein Recht! Und nun geh! Ich muß … sie können nicht anfangen, wenn ich nicht …»

«Aber du hast mir noch nicht verziehen!» schnurrte Basina.

«Bitte Gott um Verzeihung – und den Bischof! Tue Buße! Und entferne dich endlich! Du darfst hier nicht sein, du bist ausgestoßen ... und dann ... eine Jungfrau ... und weltlich gewandet ... Ein Frevel ist es! Verschwinde!»

Der Mesner wollte den Riegel zurückschieben, doch Basina stieß hinter ihm einen Seufzer aus, wankte und lehnte sich gegen die Wand.

«Was hast du?»

«Die Luft hier drinnen ...»

«Die Luft?»

«Sie ist so von Heiligkeit erfüllt!»

«Und das hältst du nicht aus?»

«Nein, ich ... ich bin doch eine Verdammte! Gleich werde ich ohnmächtig. Halt mich! Ich falle!»

Er eilte zu ihr und stützte sie.

«Gott steh mir bei! Was soll ich jetzt tun?»

«Trage mich auf das Bett!»

«Was? Auf das Bett?»

«Leg mich dort hin!»

«Nein, ich bringe dich ...»

«Schnell! Trag mich hin! Das ist Teufels Revier. Dort bin ich gerettet! Dort werde ich rasch wieder zu mir kommen!»

Der junge Mesner, schweißüberströmt, focht einen kurzen, verzweifelten Seelenkampf aus. Sollte er wirklich die Unglückselige in das Revier des Teufels schaffen?

«Hilf mir! Ich halte es nicht mehr aus!» hauchte Basina und legte sich schwer in seine Arme. Er stolperte mit ihr auf das Bett zu. Hinsinkend zog sie ihn mit sich.

«Aber ich ... ich will nicht dorthin!»

«Dir schadet es nichts. Du bist doch geschützt.»

«Ich bringe dich lieber hinaus!»

«Nein, laß mich hier! Mir ist höllisch wohl!»

«Dir ist höllisch ...? O Himmel!»

«Spürst du nicht auch diese Glut?»

«Ich muß zu den Brüdern ... Die Vesper ... Sie haben kein Licht! Sie können nicht anfangen. Ich muß die Kerzen anzünden!»

In diesem Augenblick erhob sich jenseits der Wand das getragene Psalmodieren der Mönche.

Der Mesner erschrak und rührte sich nicht.

«Hörst du?» flüsterte Basina. «Es macht nichts, sie fangen ohne dich an. Und die Kerzen kannst du auch hier anzünden. Meinetwegen dürfen es mehrere sein. Oh, die erste brennt ja schon lichterloh!»

Als Basina später die Sakristei verließ, wurde sie von der lustigen Gesellschaft auf der Wiese mit Jubel empfangen. Der Mesner hatte sich durch die zweite Tür, die sich drinnen zum Chorraum öffnete, davongestohlen. Die Außentür zu verschließen überließ er der Tochter König Chilperichs, die sehr zufrieden war, endlich ihre «fünfte Kutte» und dazu noch den wertvollen Schlüssel erobert zu haben. Sie hängte ihn an ihren Gürtel, wie gute Schlüsselbewahrerinnen zu tun pflegten, und während sie, zu ihren Freundinnen an die Tafel zurückgekehrt, von dem Teufelsbett in der Sakristei schwärmte, rutschte er vorbei an den Fibeln, mit denen sie vorn ihr Kleid nur nachlässig zugesteckt hatte, zwischen ihre Schenkel hinab, wo er ein kühles Prickeln und sogar noch ein leichtes Nachbeben auslöste. Basina ahnte in diesem Augenblick, daß der Schlüssel ihr und den anderen noch manchen guten Dienst leisten würde.

Wie zur Bestätigung dieser Ahnung erschienen plötzlich fünf junge Herren in seidenen Tuniken, glänzende Waffen an den Gürteln, begrüßten Rocco mit herzlichem Händedruck und ließen sich zwanglos bei ihm an der Tafel nieder. Basina erkannte den einen sofort und er lugte auch gleich herüber, strich sich den blonden Schnurrbart und zwinkerte: Siggo, der Sohn des Comes Macco. Er zwinkerte auch zu Chrodechilde hin, die erst seufzte und wegsah, ihm dann aber lachend ein Wort zur Begrüßung zurief. Die anderen, Siggos Freunde, junge Edle aus der Gefolgschaft des Comes, blickten sich neugierig um, nicht wenig erstaunt über diese Nonnen, die da frisch, gerötet, in bunten Gewändern, angeregt schwatzend und weinselig girrend um eine Tafel voll abgenagter Knochen und Weinpfützen hockten. Bald hatten die fünf mit ein paar Scherzen und galanten Frechheiten erreicht, daß sie in ihrer Mitte Platz nehmen durften. Was kümmerten sie die scheelen Blicke der nun vernachlässigten «Beschützer»!

Es war ein wunderbar warmer Frühlingsabend. Ein Lüftchen wehte vom Flusse Clain her und trug schwere Blütendüfte herüber. Nach und nach wurden die Schatten länger, die Mondsichel zeigte sich über dem Kirchendach, weiße Wölkchen schwammen am dunklen Himmel. Ferreol, der bucklige Sänger, holte die Harfe herbei, auf die nur noch eine Saite gespannt war, und zum Erstaunen aller gelang es ihm, ihr eine sanfte Melodie zu entlocken. Mit seiner hohen, klaren Stimme sang er dazu ein schwermütiges Liebeslied auf eine Freundin, die ihm das Teuerste sei, ihn aber bald allein lassen werde. Und dann trat er zu der stillen, bleichen, grauhaarigen Frau, die bescheiden im Gras an der Kirchenwand hockte, half ihr beim Aufstehen und führte sie zurück in die Vorhalle, auf ihr elendes Krankenlager.

Der Vortrag des Sängers hatte die Gemüter weich gestimmt, laute Fröhlichkeit kam vorerst nicht mehr auf. Nun neigten sich Köpfe einander zu und es war Zeit für leise Gespräche, lange Blicke, kleine Vertraulichkeiten, verschämte Seufzer. Freilich fühlten sich viele der Jungfrauen nach wie vor ihrem himmlischen Bräutigam so stark verbunden, daß sie nicht gleich der ersten Verlockung nachgaben. Die plumpen Versuche des Blagovild und einiger seiner Kumpane, sich die Nacht und die ungewöhnliche Situation zunutze zu machen, wurden spöttisch und notfalls entschieden abgewiesen. Den Schmeichelworten der jungen Herren zu widerstehen, überforderte hingegen auch Standhafte. Ein Händedruck, ein Kuß, eine Dreistigkeit – es gab genug Schatten, die das zudeckten. Unter dem Vorwand, den Leib zu erleichtern, verschwand ab und zu eine im reichlich wuchernden Buschwerk hinter der Kirche und manchmal strebte auch bald danach einer der jungen Edlen dorthin. Zweimal ließ sich Basina den erbeuteten Schlüssel entlocken. Die hübsche Grafentochter Maxentia und einen der Freunde des Siggo, Olo, hatte gleich auf den ersten Blick eine so heftige Leidenschaft füreinander gepackt, daß sie nur noch allein und ungestört sein wollten. Und als sie endlich erschöpft und glücklich herauskamen, wartete schon ein zweites Paar: Siggo selber und Constantina. Er hatte nicht übelgenommen, daß Basina die frühere Liebschaft vom Clain-Ufer nicht erneuern wollte. Constantina war auch nach seinem Geschmack, ein reizender Fleischkloß, völlig betrunken und jeder Ausschweifung zugeneigt. Basina mußte die beiden schließlich herausklopfen, als sie zum Mitternachtsgebet ihren Messner erwartete.

Er erschien pünktlich und sie sangen im Wechsel mit den Mönchen ein schönes Nokturn, das aus drei weiteren Psalmen bestand und in einem machtvollen Halleluja ausklang.

14

THEUTHAR ERFUHR ERST MIT VERSPÄTUNG von den Vergnügungen, denen sich die gebannten Nonnen hingaben. Noch am selben Tag war er nach einem zwölf Meilen vor der Stadt gelegenen Königsgut geritten, mit dessen Verwalter er gut bekannt war. Er hätte bei Bischof Marovech oder dem Comes Macco Quartier nehmen können, beide waren verpflichtet, einen in königlichem Sonderauftrag Reisenden zu beherbergen. Doch schienen ihm die Nähe des Bischofs und dessen eifernde Ausbrüche ruhiger Überlegung, welche jetzt not tat, ebenso abträglich wie das von einer lärmenden Gefolgschaft beherrschte gräfliche Anwesen. Er wählte also die ländliche Abgeschiedenheit, um die Ereignisse zu überdenken und vor allem auch mit seinen Gefühlen ins reine zu kommen.

Fest stand für ihn, daß in dieser Angelegenheit alle Beteiligten, er selber nicht ausgenommen, versagt hatten. Als seinen größten Fehler sah er jetzt an, König Gunthram zur Entsendung der Bischofskommission veranlaßt zu haben, die so tolpatschig und starrsinnig alles verdorben hatte. Der Konflikt war nun erheblich verschärft und ein Zustand geschaffen worden, der in gefährlicher Weise Schwächen der herrschenden Mächte, des Königtums und der Kirche, bloßlegte.

Wenn schon ein Grüppchen rebellischer Nonnen deren Ohnmacht beweisen und sie der Lächerlichkeit preisgeben konnte ... wie war es dann um sie bestellt? Theuthar war in beider Auftrag tätig und sah sich gefordert, sein Möglichstes zu tun, um den Schaden zu mindern. Allerdings brauchte er dazu Vollmacht.

Er wollte auch nach wie vor zu dem Wort stehen, das er Chrodechilde gegeben hatte. Zweifellos hatte sie ihn am Brunnen umgarnt, aber er hatte es willig geschehen lassen und seine Gedanken dabei, das gestand er sich, waren sündig gewesen. Wahrhaftig, er hatte sich einen Augenblick vorgestellt, mit ihr an diesem Brunnen allein zu sein, in paradiesischen Freuden, ohne die Last von Schuld und Verantwortung. Noch immer spürte er ihre Hand in der seinen, diesen Händedruck, der ein Versprechen war, das sich ein Mann und eine Frau gaben, ohne jeden überflüssigen Gedanken an Gott und daran, daß sie Priester und Nonne waren. Insofern war es wohl sogar gut, wie es kam ... Er war im Begriff gewesen, seine besten Errungenschaften, Zucht und Weisheit, zu opfern, nun aber spürte er, wie er wieder inneren Halt gewann. Und er empfand die große Verpflichtung, auch ihr, Chrodechilde, dem außergewöhnlichen Geschöpf, auf den geraden Weg zurückzuhelfen, von dem sie abgewichen war. Denn so hieß es in der Schrift: «Lieblich und schön sein ist nichts, nur ein Weib, das den Herrn fürchtet, ist zu loben!» Hatte sie wirklich früher Umgang mit jenem Verbrecher gehabt, den er stellvertretend für alle bestraft hatte? Nein, er wollte das nicht glauben, es war eine prahlerische Behauptung, sie konnte sich nicht so besudelt haben. Doch die Gefahr, in der sie jetzt steckte, war groß und wuchs ohne Zweifel von Tag zu Tag. Er mußte sie retten!

Nachdem er so eine gewisse, wenn auch, wie ihm bewußt war, etwas gewaltsame Ordnung in seine Gedanken und Empfindungen gebracht hatte, verlor Theuthar keine Zeit mehr, nahm Feder und Pergament und schrieb zwei Berichte.

Er teilte den Königen von Austrasien und Burgund das Geschehene mit, vermied dabei aber, in Einzelheiten zu gehen und die unerhörten Vorgänge allzu anschaulich wiederzugeben. Er schrieb nur von einem «unerfreulichen Ausgang» des Treffens der Bischöfe mit den Nonnen, wobei sich «einige Hitzköpfe, die aufgrund ihrer Verbrechen den Schutz des heiligen Hilarius in Anspruch nehmen und mit der in Frage stehenden Angelegenheit nichts zu tun haben, zu Tätlichkeiten gegen Geistliche hinreißen ließen». Was die Schuld für das Scheitern des Treffens anging, so verteilte er sie mit klugem Maß. Zwar sei das Betragen der rebellischen Nonnen scharf zu verurteilen, doch hätten die Ungeduld und das überstürzte Handeln der Bischöfe, welche «die versprochene Bereitschaft zu einer gerechten und unparteiischen Prüfung der Klagen vermissen ließen», letztendlich alle Hoffnungen auf einen versöhnlichen, «dem Ort der Begegnung würdigen» Ausgang zunichte gemacht.

Theuthar setzte den Königen vorsichtig auseinander, daß zur Verhängung des Anathemas über die Nonnen kein zwingender Grund vorlag. Dies entbehrte nicht der Spitzfindigkeit, hatte er seinerzeit gegenüber Gunthram doch selber die Stelle aus dem Schreiben der früheren Bischöfe an die heilige Radegunde zitiert, die für das Verlassen des Klosters den Kirchenbann vorschrieb. Doch nicht anders als Marovech in der Hilarius-Kirche hatte er damals um der stärkeren Wirkung und klareren Aussage willen einiges Wortgerank unterdrückt, das aber nun zugunsten der Gebannten benutzt werden konnte. Er bezichtigte sich selber der ungenauen Auslegung jener Vorschrift, deren Wortlaut er nunmehr noch einmal gründlich geprüft habe. In einem sinnreichen Nebensatz sei da von Nonnen die Rede, welche «aus freiem Antrieb, wie die Regel es vorschreibt», ins Kloster eingetreten seien. Könne man aber auch nur in einem einzigen Falle bezüglich der hier betroffenen Jungfrauen, welche von ihren Vätern oder Vormündern, im zartesten Alter zumeist schon, einem Leben im Kloster bestimmt wurden, «eigenen Antrieb» voraussetzen? Ferner, argumentierte Theuthar weiter, richte sich die besagte Vorschrift streng genommen nur gegen solche Nonnen, welche «durch eine Torheit des Herzens verblendet» seien und sich, wie später erläutert werde, schon mit der Absicht trügen, sich «vom Teufel verführt, einem Mann zu vermählen». Nicht eine der ursprünglich vierzig, nunmehr noch siebenunddreißig Jungfrauen habe jedoch mit einer solchen Absicht das Kloster verlassen! Somit also sei die Begründung für das Anathema fragwürdig, wenn nicht gar haltlos, weil zwei wichtige Voraussetzungen nicht erfüllt seien. Die Könige möchten daher den Vätern nahelegen, den voreilig ausgesprochenen Bann über die Jungfrauen aufzuheben. Sei dies geschehen, könne die angestrebte Untersuchung der Vorfälle im Heilig-Kreuz-Kloster endlich beginnen, wobei den Klägerinnen während der Zeit des Verhörs Sicherheit und Straffreiheit garantiert werden müßten.

Das Schreiben an König Gunthram beendete Theuthar mit der Bitte, dem Metropoliten Gundegisil von Bordeaux im Sinne des Dargelegten Anweisungen zu erteilen, gleichzeitig aber zu verfügen, daß die Tätigkeit der von ihm geleiteten Kommission in dieser Angelegenheit nicht fortgesetzt werde. Von König Childebert erbat er die entsprechenden Anordnungen für Bischof Marovech, für sich aber künftig Vollmacht, die Untersuchung allein zu führen. Er werde dies gründlich und vorurteilsfrei tun und die Ergebnisse dann dem König selbst und einer Bischofsversammlung vorlegen.

Theuthars Gastgeber, der Verwalter des Königsgutes, übernahm die schnellstmögliche Beförderung der Briefe.

Schließlich schrieb der Priester noch einen dritten an Bischof Gregor von Tours, von dem er wußte, daß er an einer Geschichte der Franken arbeitete. Theuthar wollte vermeiden, daß der Chronist die Ereignisse, die ihm gewiß auch von anderer Seite berichtet wurden, zu wichtig nahm und in zu grellen Farben schilderte.

Als er das Schreiben siegelte, erbot sich Crispin sogleich, es zu bestellen. Theuthar entbehrte den Diener ungern und wollte erst ablehnen. Da gestand ihm der Krauskopf, daß eine der Nonnen, die kleine Lucilla, ihm einen Hilferuf an ihre Eltern anvertraut habe, deren Gut auf dem Wege nach Tours liege. Er habe ihr feierlich versprochen, den Brief zu bestellen und Antwort zu bringen.

Theuthar gab endlich seine Einwilligung, wenngleich er sich nicht vorstellen konnte, daß Lucilla und ihren Gefährtinnen anders geholfen würde als in der von ihm vorgeschlagenen Weise. Allerdings wußte er, wie erwähnt, noch nicht, was weiter in Poitiers geschehen war.

Er konnte also nicht ahnen, daß sich bereits ganz andere Lösungen anbahnten.

15

«DU UND ICH», SAGTE ROCCO, «HABEN ETWAS gemeinsam. Man hat uns um unsere Rechte gebracht. Warum tun wir uns nicht zusammen, um sie zurückzugewinnen?»

Chrodechilde und einige ihrer Gefährtinnen besorgten auf der Wiese neben der Kirche die Wäsche. Es war plötzlich sehr heiß geworden, und sie hatten es sich bequem gemacht, trugen nur ihre leinenen Hemden. Rocco stand barfuß, mit freier Brust und aufgekrempelten Hosenbeinen zwischen Wäschestücken, die Chrodechilde zum Trocknen im Grase ausbreitete.

«Und das schlägst ausgerechnet du mir vor, ein Wegelagerer und Mörder?» erwiderte sie, spöttisch auflachend. «Da kann ich ja gleich den Teufel persönlich um Hilfe bitten.»

«Ein Mörder bin ich nicht», sagte er unwirsch. «Meine Feinde behaupten das, doch es ist nicht die Wahrheit.»

«Und wer hat die Männer auf dem Gewissen, deren Tod man dir vorwirft?»

«Diejenigen, die mich dazu gebracht haben, an der Straße zu lauern und dort für mich und meine Gefolgschaft den Unterhalt zu beschaffen. Mein ungerechter Vater, mein boshafter, eigensüchtiger Bruder und ihr Verbündeter, der Comes Macco. Hätten sie mir erlaubt, mich in Frieden meines Erbteils zu erfreuen und mein Land zu bewirtschaften, wäre das alles nicht geschehen.»

«So hat dich Macco von deinem Gut vertrieben?»

«Ja, er. Und dabei hat er zwei Männer verloren, beide von

edler Geburt. Ich habe sie nicht selber getötet, sie fielen im Kampfgetümmel. Natürlich wehrten wir uns, als sie gegen uns anrückten, in Überzahl. Von uns blieben drei auf dem Platz, die übrigen konnten mit mir entkommen.»

«Aber es hieß doch immer, daß ihr schon vorher Raubzüge unternommen hättet.»

«Lüge, Childe, glaube es mir! Mein Bruder wollte das Gut und dazu war jeder Vorwand recht. Dabei war es mir ordentlich zugesprochen, vor mehreren Zeugen. Solange meine Mutter lebte, stand auch mein Vater dazu, doch als sie dann starb ... da plötzlich hieß es, sie hätte auf ihrem Sterbelager gestanden, ich sei überhaupt nicht der Sohn meines Vaters. So behaupteten sie, ich war nicht dabei. Ist das nicht niedrig und hundsgemein? Sie hätten mir sonst ja nichts anhaben können, das Erbe des Vaters stand mir ja zu, obwohl meine Mutter nur seine Kebse war. Aber der Sohn seiner legitimen Gemahlin wollte nun alles, und weil ich mich weigerte zu weichen, hetzten sie Macco auf. Gerade war es zu mehreren Überfällen in der Gegend gekommen – flugs behaupteten sie auch noch, das sei ich mit meinen Leuten gewesen. Nun hatte er Grund, das ‹Raubnest› auszuheben. So war es, Childe, ich schwöre es dir! Was sollte ich machen? Jetzt war ich tatsächlich gezwungen zu werden, was ich vorher nicht war und auch nicht sein wollte: Straßenräuber. Drei Kaufleute kamen um, das bedaure ich. Warum kämpften sie bis auf den letzten Mann für ihre lumpigen Waren – ein Faß Wein und ein paar Tuchballen? Ich hätte sie laufenlassen ... mit Zehrung!»

«Deine Unschuld dauert mich, Rocco», sagte Chrodechilde, während sie dem Bottich, den er ihr nachtrug, Betttücher entnahm. «Warum bist du nicht Mönch geworden, da du doch niemand etwas zuleide tun willst?»

«Ja, spotte nur», sagte er seufzend. «Spott habe ich wahrhaftig verdient. Hab mich von allen hereinlegen lassen. Schließlich wurde ich noch das Opfer von Weiberlist.»

«Ein gewaltiger Recke wie du? Nicht zu glauben!»

«Und doch ist es wahr. Eigentlich bist sogar du daran schuld.»

«Ich? Wo wir uns seit fast zwei Jahren nicht mehr gesehen haben?»

«Plötzlich kamst du nicht mehr. Wie viele Nächte hab ich unten am Fluß noch auf dich gewartet! Aus Verzweiflung nahm ich mir eine Geliebte, eine gewisse Marella, die Tochter eines Marktaufsehers. Dieses Miststück hat mich verraten! Ich wußte nicht, daß sie schon verlobt war – mit einem aus der Gefolgschaft des Comes. Als ich dann in den Wäldern hauste, verkleidete ich mich einmal, schlich zu ihr. Vorher hatte ich sie benachrichtigt, damit sie vorsichtig war. Doch als ich kam, lagen vier, fünf Kerle bei ihr auf der Lauer. Die elende Hure! Ich zahl es ihr heim, sobald ich Gelegenheit habe!»

«Nun, da kann sie sich wohl recht sicher fühlen. Bei allem, was sie dir anlasten … jetzt noch die Sache mit den Bischöfen …»

«Und doch … Wenn ich wollte, könnte ich mich heute noch rächen. Aber wozu unnützes Aufsehen? Die Dirne kriegt ihr Teil, wenn Zeit dazu ist. Meine Leute haben jetzt Besseres zu tun.»

«Deine Leute? Meinst du die im Asyl hier? Oder den Alten, der dir das Wildbret bringt?»

Sie lachte, wrang ein Wäschestück aus. Er beugte sich über ihren Nacken und raunte:

«Fünfundzwanzig Männer in Waffen! Junge Kerle, die zu allem bereit sind! Die jeden meiner Befehle ausführen! Und die auch deine Befehle ausführen werden ... wenn du es willst!»

Sie spürte den Bart in ihrem Nacken und gleich darauf die Lippen, die sich auf ihren Hals preßten.

Heftig stieß sie ihn weg. Ein Blick rundum überzeugte sie, daß es niemand bemerkt hatte. Einige ihrer Gefährtinnen schwatzten am Brunnen. Im Schatten der Kirche saßen Blagovild und ein paar andere auf dem Boden und schoben Steine bei einem Spiel, dessen Felder sie in den Sand gezeichnet hatten. Hinten im Klostergarten waren Mönche beim Jäten des Unkrauts.

«Laß das!» sagte sie ärgerlich. «Ich habe dir schon einmal gesagt: Fange nicht wieder damit an! Daraus wird nichts!»

Er kniff sein noch gelblich umrandetes Auge zusammen, befühlte seine verformte Nase und knurrte:

«Steckt dir vielleicht der Pfaffe im Kopf?»

«Wen meinst du?»

«Du weißt schon. Der, den ich deinetwegen geschont habe. Mit dem du so auffällig schöngetan hast!»

«Was geht dich das an? Und wenn auch! Er ist vermutlich längst abgereist.»

«Aber nicht weit gekommen. Zwölf Meilen.»

«Was sagst du?» fragte sie überrascht.

«Er läßt es sich wohl sein. Auf einem Königsgut. Macht Ausritte in die Umgebung. Erholt sich. Du siehst, meine Leute sind überall, mir entgeht nichts. Ein Wort von mir und sie bringen ihn auf. Ich könnte es ihn entgelten lassen ...»

«Wage es nicht!» Sie warf ihre schwarze Mähne zurück und starrte ihn gebieterisch an.

«Schon gut, schon gut. Auch dazu ist es zu früh. Hab keine Angst.»

Beunruhigt wandte sie sich ab.

«Warum kommt er nicht?» murmelte sie. «Er hatte versprochen, uns beizustehen.»

«Hat er denn Einfluß?»

«Bei beiden Königen. Er ist ihr Vertrauter.»

Rocco lachte leise, verächtlich.

«Was nützen dir schon die Könige, Childe. Feine Verwandtschaft! Nichts hast du bei ihnen erreicht, nichts tun sie für euch. Und ihr Vertrauter wird auch nichts tun. Er sah zu, wie die Pfaffen über euch herfielen und schlug auf mich ein, der ich euch beistand. Und jetzt wartet er wahrscheinlich darauf, daß ihr schwach werdet und euch doch noch ergebt. Damit er mit einem Erfolg zurückkehren kann.»

«Nein, so ist es nicht, das glaube ich nicht!» sagte sie heftig. «Er wartet darauf, daß ...»

Sie verstummte mit einem verzagten Seufzer.

«Daß er Anweisungen erhält», vollendete Rocco. «Auch das wäre möglich, sie warten alle. Zehn Tage lang ist nichts passiert. Eine unheimliche Ruhe ... meinst du nicht auch? Marovech hat sich nicht wieder blicken lassen. Auch Macco hält sich zurück ...»

«Er wird nichts tun! Das wissen wir doch. Siggo hat ihn überzeugt, daß wir schuldlos waren.»

«Er hat es nicht eilig, überstürzt nichts. Er ist tückisch, ich kenne ihn. Zum Glück ist er dabei auch feige. Aber wenn ein Befehl aus Metz kommt, das Asyl aufzuheben ...»

Sie blickte unsicher zu ihm auf.

«Hast du wirklich die Männer zur Verfügung?»

«Fünfundzwanzig! Nicht einen mehr oder weniger. Sie sind in einer sicheren Waldburg. Der Alte mit dem Esel hält die Verbindung zu ihnen.»

Sie verschränkte die Arme und starrte nachdenklich vor sich hin. Er blickte auf ihren Scheitel und wartete.

«Könnte man sie», fragte sie schließlich, «notfalls zu unserem Schutz ...»

«Sie würden mich raushauen. Und euch ebenfalls. Aber ich habe einen besseren Vorschlag.»

«Und welchen?»

«Warum erst warten, bis sich die anderen rühren? Ist es nicht klüger, selbst zu handeln?»

«Und woran denkst du?»

«Du willst doch das Kloster erobern.»

«Nicht mit Gewalt!»

«Man erobert nichts mit Harren und Beten.»

«Nun also ... dein Vorschlag?»

«Ein paar Maßnahmen. Für eine Art Belagerungskrieg.»

«Belagerungskrieg? Gegen wen?»

«Das Kloster.»

«Das Kloster?»

«Du hungerst es aus.»

«Ich ... Und wie mache ich das?»

«Du bemächtigst dich seiner Güter. Entführst die Verwalter, setzt Leute deines Vertrauens ein. Leerst alle Scheunen und Vorratshäuser. Treibst das Vieh von den Weiden. Verhinderst, daß Lebensmittel geliefert werden. Überfällst die Gespanne, die sie zur Stadt bringen sollen.»

«Das wäre kühn! Aber wie ...»

«Du gibst den Befehl, ich gebe ihn weiter. Dein Sklave! Verfüge über mich. Den Rest besorgen meine Leute. Blitzschnelle Überfälle mit raschen Rückzügen! Keine Aussicht für Macco, dagegen etwas zu tun. Meine Männer erwischt er nicht, das ist ihm mit seinen Kräften unmöglich. Gewalt gegen uns hier im Asyl aber hieße: draußen wird alles niedergebrannt, umgebracht, verwüstet. Das Kloster wird aller Reserven beraubt und schließlich zugrunde gerichtet!»

Sie hatte aufmerksam zugehört und war schon gewonnen, entflammt. Ihr dunkler Blick war plötzlich verschlagen. Sie ballte die Fäuste und lachte auf.

«Ja, das ist kühn, das wird ihnen wehe tun! Sollen sie darben, sollen sie fasten! In den Staub mit ihnen ... vor Schwäche! Recht hast du: Es ist Krieg zwischen ihnen und uns und warten und zagen kann nur verderblich sein. Schlagen wir sie, wo wir sie treffen können! Zwingen wir sie in die Knie! Die Bischöfe haben den Krieg eröffnet und schon die erste Schlacht ging ihnen verloren. Jetzt heißt es, die nächste zu gewinnen!»

16

ALLE ABENDE WAREN NUN KLAR UND MILD und die Tafel neben der Kirche wurde Gewohnheit. Die jungen Herren aus der Stadt kamen regelmäßig, bald waren es zehn, bald fünfzehn, bald zwanzig, immer mehr Bürgersöhne darunter. Wo hatten sie sonst schon Gelegenheit, so viele edel geborene, freundliche, ungezwungen plaudernde und scherzende, nicht von den strengen Blicken ihrer Väter und Mütter eingeschüchterte Jungfrauen kennenzulernen! Einige nahmen aus Anstand am Gottesdienst teil, was übrigens auch die meisten der von der Kirche verstoßenen Nonnen taten. Danach versammelte man sich, manchmal sogar schon früh am Nachmittag, um die lange Tafel. Den Herren folgten ihre Diener mit Körben, in denen sich Wein und frische Leckerbissen vom Markt befanden. Manchmal kamen auch Musikanten mit, die klimperten, flöteten, strichen und rasselten, während die jungen Leute auf der Wiese umhertollten. Bald verschwanden die ersten Paare. Die Eiligen waren mit ein paar Schritten hinter der Kirche im Gesträuch. Wer die Traulichkeit in der Sakristei suchte, mußte sich bei Basina anmelden und manchmal recht lange auf den Schlüssel warten. Sie bevorzugte ihre Freundinnen, vor allem Maxentia, die sich zum Leidwesen der Ungeduldigen mit ihrem Olo manchmal stundenlang einriegelte. Auch Constantina entdeckte im Bett des Comes Leudast, wenn sie es mit Siggo bestieg, ausdauernd eine neue Bestimmung. Pünktlich zum nächsten Stundengebet wurde Platz für Basina gemacht, und sie sang immer noch mit ihrem Mesner.

Es gab auch Paare, die den Bezirk des Heiligen verließen, um vor der Stadt und am Ufer des Clain spazierenzugehen. Niemand stellte ja den Gebannten nach, kam auf den Gedanken, sie einzufangen. Geistliche, die ihnen begegneten, machten meist einen Bogen um sie, als seien sie aussätzig. Einige Bürgersöhne hatten sogar den Mut, die Jungfrauen einzuladen und in ihre Elternhäuser zu bringen. Erstes Befremden wich hier meist rasch der wohlwollenden Teilnahme am Schicksal der Edelfräulein. Und es begannen Pläne zu reifen.

Ab und zu hielt ein Wagen vor dem schief in den Angeln hängenden Tor. Ihm entstieg ein finsterer, alter Gutsherr oder ein hochmütiger Ortsvorsteher, lief in die Kirche oder um sie herum, rief barsch nach seiner Tochter, Schwester, Nichte. Dann war Porcarius gleich zur Stelle, dienerte, lud zum Imbiß ein, bedauerte die Ereignisse, beteuerte seine sorgende Anteilnahme am Schicksal der Unglücklichen. Derweil nahm diese, in Tränen aufgelöst, Abschied von ihren Freundinnen, schnürte ihr Bündel, warf einem Liebsten, falls er anwesend war, einen letzten tieftraurigen Blick zu. Und stieg dann auf und winkte zurück und der Wagen brachte sie fort, in ein häusliches Gefängnis oder auch in ein anderes Kloster.

Die meisten der Bleibenden hatten nur ein sehr ungefähres, verschwommenes Bild von ihrer Zukunft. Viele ahnten, die Zeit der süßen Freiheit würde nur kurz sein und nie wiederkehren. Chrodechilde war ständig bemüht, den kämpferischen Geist zu beleben, der nach den Spannungen und Strapazen der letzten Wochen etwas schläfrig zu werden drohte. Sie sprach mit jeder, flößte Zuversicht ein, beschwor den jetzt nahe gerückten Sieg. Ihre mit Rocco besprochenen Pläne verschwieg sie vorerst, las aber allen die Briefe vor, die sie an ihren Onkel und ihren Vetter, die Könige, geschrieben hatte. Sie schilderte darin beredt das Wüten der Bischöfe gegen schwache, verzweifelte Nonnen, die schreiende Ungerechtigkeit des Bannfluchs, sogar gegen merowingische Königstöchter. Siggo übernahm es, die Briefe durch einen Boten seines Vaters, der in einer anderen Angelegenheit abging, bestellen zu lassen. Chrodechilde verhieß, sie würden den furchtbarsten Merowingerzorn wecken, die Bischöfe teuer zu stehen kommen, den Heldenjungfrauen das höchste Wohlwollen sichern.

In diesen Tagen des Wartens und der Unsicherheit war es ein heiterer Zwischenfall, der alle in Stimmung hielt. Trudulf, der rotbärtige, knollennasige Gatte der Berthegunde, hatte seinen Lauerposten an der Straße nach Tours bald aufgegeben. Ihm schwante, daß Berthegunde samt Schatzkiste irgendwie durchgeschlüpft war, ohne daß er es bemerkt hatte. Da er über ihr Ziel keinen Zweifel hegte, begab er sich unverzüglich nach Poitiers und zum Hause seines Schwiegersohnes Lollius. Hier wurde ihm der Einlaß verwehrt, den er lärmend begehrte. Schon dadurch sah Trudulf seine Vermutung bestätigt, auch wenn Lollius anfangs behauptete, seine Schwiegermutter seit Jahren nicht mehr gesehen zu haben. Von Nachbarn war dann zu erfahren, sie sei in der Tat hier abgestiegen, mit Gepäck und vom Wagen der Nonnen. Trudulf verfluchte seine Leichtgläubigkeit und Zurückhaltung an jenem Abend in der Herberge und mietete sich mit seinen Leuten in der Nähe bei einem Hufschmied ein.

Von nun an war Lollius in seinem Haus nicht mehr sicher. Mehrmals versuchte Trudulf, gewaltsam einzudringen. Immer wieder kam es in der Gasse zu Aufläufen, wenn die Knechte der beiden aneinandergerieten. Die Angriffe wurden von wilden Wortgefechten begleitet, an denen sich bald auch Berthegunde beteiligte. Es konnte nur noch eine Frage der Zeit sein, bis Trudulfs Leute die Tür niederlegen und, wie der Rotbart immer wieder drohte, die Angelegenheit «auf gut Fränkisch» zu Ende bringen würden.

Berthegunde traute sich kaum aus dem Hause. Nur wenn sie irgendwie in Erfahrung brachte, daß Trudulf vorübergehend abwesend oder stockbetrunken war, wagte sie auszugehen. Dann eilte sie zur Hilarius-Kirche, um ihren ebenso hart geprüften Freundinnen, den gebannten Nonnen, ihr Leid zu klagen. An der Tafel auf der Wiese wurde ihr Fall zum bevorzugten Gesprächsgegenstand, jede neue dramatische Wendung mit Anteilnahme verfolgt. Verschiedene Vorschläge wurden gemacht, an denen sich die ganze bunte Gesellschaft beteiligte, auch die jungen Gefolgsleute des Comes, die Herren aus der Stadt und die flüchtigen Übeltäter. Anfangs wollte man nur die Schätze in Sicherheit bringen und es wurde sogar erwogen, sie heimlich in den Schutzbezirk zu schaffen und dort irgendwo zu verstecken. Doch Berthegunde hielt davon nichts und meinte, daß sie ja Trudulf auf diese Weise nicht loswürde. Der würde auch, wenn er davon erführe, nicht einmal davor zurückschrecken, in die Kirche des Heiligen einzubrechen. Diese Bemerkung gab Sinopus, der für die Mißgeschicke Berthegundes von Beginn an lebhafte Anteilnahme zeigte, eine Idee ein.

In dem Hain hinter der Basilika gab es den Eingang zu einer uralten Krypta. Diese befand sich an der Stelle, wo die frühere, vor langer Zeit abgebrannte Kirche gestanden hatte. Als die Grabkammer einige Jahre zuvor entdeckt wurde, hatte man zunächst gehofft, die sterblichen Reste des Heiligen selbst, die seit langem als verschollen galten, könnten sich dort unten befinden. Man fand auch zwei Schreine, die aber leer waren, außerdem in einer Ecke einen Haufen mit Schutt vermischter menschlicher Knochen, die zu verschiedenen Skeletten gehört haben mußten. Daß der berühmte Heilige unter diese geraten sein könnte, wollte allerdings niemand glauben, das wurde nicht einmal in Erwägung gezogen. Bald erlahmte das Interesse und die Krypta wurde erneut mit ihrer rostbedeckten Eisenplatte verschlossen. Sinopus war der erste, der diese seit Jahren wieder anhob und die steinernen Stufen hinabstieg.

Beim nächsten Mal nahm er den kräftigen Blagovild mit hinunter, und nicht ohne Mühe, Gekeuch und Gefluche holten sie einen der beiden gut erhaltenen Schreine ans Tageslicht. Stundenlang waren sie dann damit beschäftigt, die Kiste zu säubern, auszubessern und mit einem Schloß zu versehen. Als alles getan war, stiegen sie nochmals hinab und brachten in Säcken etwas herauf. Später trugen sie den Schrein in die Kirche und stellten ihn hinter den Altar.

Dies alles ging mit größtmöglicher Heimlichkeit vor sich, damit nicht zu viele Bescheid wußten und etwas in die Stadt hinausgetragen wurde. Wirklich eingeweiht waren nur wenige, unter ihnen Siggo, Rocco und Chrodechilde. Den anderen wurde erzählt, der Schrein enthalte Kirchengeräte. Die Mönche, die den Altardienst versahen, bekamen für ihr Schweigen (vor allem gegenüber Porcarius) kleine Geschenke. Einer, mit dem sich Sinopus angefreundet hatte, ließ sich sogar zu einem Botendienst bewegen.

Er ging zum Hause des Hufschmieds und meldete sich bei Trudulf. Die Unterredung hatte kaum begonnen, als der Rotbart vor Freude aufschrie, den Mönch an seinen mächtigen Bauch drückte und abschmatzte. Er versprach hoch und heilig, kein Wort verlauten zu lassen und sich am nächsten Abend bereitzuhalten.

«Nur keinen Lärm und kein Aufsehen!» sagte der Mönch. «Sonst merkt es der Heilige und verhindert es. Er schützt alles, was sich unter dem Dach seiner Kirche befindet, nicht nur die Menschen. Warte bis zum Einbruch der Dunkelheit, dann fahre, sobald du das Lichtzeichen siehst, mit dem Gespann vor das Tor. Alles wird draußen auf der Wiese sein, trinken und lärmen – wie gewöhnlich. Der Schrein, der heute nacht heimlich vom Haus des Lollius in die Kirche gebracht wurde, steht gleich hinter dem Altar. Tragt ihn hinaus ... dann rasch aufgeladen und fort. Und kein Halt als hinter dem Stadttor und jenseits des Flusses!»

«Sei unbesorgt!» versicherte Trudulf. «Wenn ich den Schatz erst einmal habe, verschwinde ich und komme nicht wieder. Nur schade, daß ich nicht hören kann, wie meine teure Gemahlin, die alte Krähe, hinter mir her zetert!»

«Wir haben gehört, daß sie dich bestohlen hat», sagte der Mönch mit frommer Miene. «Deshalb sollst du dein Eigentum zurückerhalten. Nicht dulden können wir, daß man unserem Heiligen zumutet, Diebesgut zu bewachen!»

Fröhliches Gedränge herrschte am nächsten Abend an der Tafel auf der Wiese. Alle warteten auf den großen Spaß, der, wie die Eingeweihten versicherten, an diesem Abend ins Werk gesetzt werden sollte. Auch Berthegunde war gekommen, trank mehr, als ihr guttat, und kicherte in froher Erwartung unentwegt vor sich hin.

Es dunkelte schließlich. Sinopus erhob sich, zündete eine Kerze an und trat mit ihr an den Zaun. Von der anderen Seite des Platzes mit den Eichen und Platanen ertönten ein Pfiff und die Stimme Trudulfs: «Hoho, zieht an!» Unter Getrappel und Gerassel näherte sich die Fuhre, hielt vor dem Tor. Vier Männer sprangen ab und schlichen in die Basilika. Gleich darauf kamen sie wieder heraus, drei von ihnen schleppten den Schrein und man hörte Trudulfs gedämpfte Kommandos: «Beeilt euch! Hebt an! Etwas höher! Seht euch doch vor, ihr Tölpel – oder wollt ihr mich schädigen? Gut so. Fertig. Und aufgestiegen! Damit der Heilige nicht noch Wind bekommt!»

Die Fuhre setzte sich in Bewegung.

Nun gab Sinopus denen an der Tafel ein Zeichen.

Berthegunde sprang auf und kreischte: «Diebe!»

«Diebe!» erscholl es ringsum auf der Wiese.

«Hoho! Zieht an!» schrie Trudulf und schlug mit der Gerte auf die Pferde ein.

Berthegunde und alle anderen stürzten zum Zaun.

«Trudulf! Bist du es? Mein teurer Gemahl! Was tust du mir an? Du verläßt mich? So nimm mich doch mit!»

«Das könnte dir so passen, du Gaunerin!» schrie er vom fahrenden Wagen. «Leb wohl, altes Elend! Laß dir nicht einfallen, wieder nach Hause zu kommen! Wie eine Hündin laß ich dich fortjagen! Ho! Hoho ...»

Und schon tauchte der Wagen in die Dunkelheit. Vierspännig, hoch den Staub aufwirbelnd. Das Stadttor sollte gerade geschlossen werden, er rollte noch rasch hindurch. Über die Clain-Brücke ging es nach der anderen Seite des Flusses.

Hier hielt Trudulf die Pferde an. Die vier sprangen vom Wagen, spannten sie aus.

«So ist es vollbracht, Männer!» sagte der Rotbart. «Die weite Reise hat sich gelohnt. Glücklich preisen könnt ihr euch, weil ihr einen so edlen, klugen und reichen Herrn habt. Jetzt wollen wir uns erst einmal ausruhen. Morgen früh aber brechen wir auf und kehren im Triumph an den Rhein zurück!»

Sie banden die Pferde an die Bäume und lagerten sich, wo

sie gingen und standen. Bevor er sich in seinen Mantel hüllte, warf Trudulf dem Schrein auf dem Wagen noch einen warmen Besitzerblick zu. Unter den groben Brettern sah er die edlen Metalle funkeln und schimmern. Er grunzte noch einmal zufrieden und ließ sich vom sanften Geplätscher des Clain in den Schlaf lullen.

Kaum kitzelte ihn der erste Sonnenstrahl, fuhr er schon auf. Er weckte die Männer und befahl, den Schrein vom Wagen zu heben.

«Wollen doch sehen, ob alles vorhanden ist!» sagte er gutgelaunt. «Wenn etwas fehlt, ist der Heilige schuld, der nicht aufgepaßt hat. Dann wehe ihm!»

Der Schrein war verschlossen und einen Schlüssel besaß er nicht. Also nahm Trudulf seine Streitaxt vom Gürtel und schlug kurzerhand ein Brett aus dem Deckel. Er starrte auf die längliche Öffnung und im nächsten Augenblick brüllte er auf.

Aus dem Kasten grinste ein Totenschädel.

Die Männer sprangen hinzu. Jedem entfuhr ein saftiger Frankenfluch. Gleich darauf sausten vier Äxte auf den Schrein hinab und zerlegten ihn. Der Sand, mit dem er gefüllt war, rann auseinander und übrig blieb ein Skelett, fast vollständig oder geschickt zusammengesetzt, nur ein paar Rippen und ein Fuß fehlten.

«Betrug!» heulte Trudulf. «Schändliche Täuschung! Reingelegt hat mich das Rabenaas mit seinen Komplizen! Schurken! Verbrecher!»

Wutschnaubend stürzte er sich auf das arme Gerippe. Er schlug mit der Axt so gewalttätig auf die Knochen ein, daß sie hoch in die Luft gewirbelt und ins Wasser geschleudert wurden. Ein Fußstoß beförderte auch den Schädel dorthin. Die Reste zertrampelte der Rasende, trat sie in den Uferschlamm, zerstreute, versenkte sie.

Dann, feuerrot im Gesicht, ballte er seine schweren Fäuste, schüttelte sie gegen die Häuser und Türme der Stadt, die sich am anderen Ufer erhoben, und schrie:

«Und jetzt seht euch vor! Ich komme zurück! Diesmal täuscht ihr mich nicht! Mein Eigentum – oder ich lege die Kirche in Asche!»

Kurz darauf ritten die vier mit der gleichen Eile zum Tor hinein, mit der sie die Stadt am Abend verlassen hatten. Als sie den Platz vor der Hilarius Kirche erreichten, fanden sie ihn zu ihrem Erstaunen trotz der frühen Morgenstunde bereits voller Menschen. Trudulf trabte heran und wurde gleich von einem bewaffneten Trupp junger Männer umringt.

«Was wollt ihr von mir?» herrschte er sie an. «Aus dem Wege!»

«Steig ab!» rief Siggo, wobei er den Helm in die Stirn drückte und sein Schwert zog. «Du hast uns die Mühe der Verfolgung erspart. Mein Vater, der Comes, befiehlt, dich in Haft zu führen!»

«Was fällt euch ein? Verfolgung? Haft? Und warum?»

«Weil du unsern Heiligen gestohlen hast!»

«Wie? Was? Ich hätte …»

«Den heiligen Hilarius! Den Schutzpatron unserer Stadt! Man hat dich gesehen, wie du ihn aus der Kirche geholt und fortgebracht hast!»

Trudulfs Augen wurden so groß und rund wie byzantinische Goldsolidi.

«Das war der heilige Hilarius?»

«Steig ab, du Heiligenschänder! Du Kirchendieb! Und dann sage uns, wo du ihn hingeschafft hast, damit wir ihn zurückholen können. Sage es hier vor allem Volk! Wo hast du den Heiligen versteckt? Wirst du antworten?»

Trudulf, im Sattel schwankend, machte den Mund auf, doch nur ein Gestammel kam heraus. Die Bewaffneten schlossen den Ring um ihn enger. Die Menge drängte ebenfalls näher und Schmährufe wurden laut.

«Wo ist unser Heiliger?» rief eine Frau.

«Entführt hat er ihn!» schrie ein Greis. «Er will, daß wir schutzlos werden und alle zugrunde gehen!»

«Bestraft ihn!» kreischte Berthegunde, die mit den Asylbewohnern hinter dem Zaun stand. «Ich bin seine Frau, ich kenne ihn! Zu allem fähig ist dieser gottlose Unhold!»

Die vertraute Stimme der Gemahlin holte Trudulf aus seiner Benommenheit.

«Das Luder hat mich hereingelegt!» rief er, aufgeregt gestikulierend. «Eine Verschwörung ... Sie und die Schufte dort ... Sie schickten mir einen Kuttenbock, der sagte, der Schrein hinter dem Altar ... Ich dachte doch, es ist mein Eigentum! Mein Gold, das sie mir gestohlen hat! Ich schwöre, daß ich nicht wußte ...»

«Das kannst du später alles erzählen!» unterbrach ihn der Sohn des Comes barsch. «Wenn Gericht über dich gehalten wird. Jetzt sage uns, wo unser Heiliger ist!»

«Der Heilige? Nun, er ist ... Ich habe ihn ... Woher sollte ich denn ... Ich ahnte doch gar nicht ...»

«Wo ist er?»

«In den Fluß hat er ihn geschmissen!» antwortete an Trudulfs Stelle einer von seinen Leuten.

Ein einziger Aufschrei erhob sich ringsum.

«In den Fluß?» rief Siggo.

«Wir haben nichts damit zu tun!» versicherte der Mann mit ängstlichem Eifer. «Er hat es allein getan! Schon vorher sagte er, wehe dem Heiligen, wenn etwas fehlt!»

«Halt's Maul!» schrie Trudulf. «Was für ein Unsinn!»

«Die Wahrheit ist es!» beharrte der Mann. «Er hat wütend auf ihm herumgetrampelt ... hat die Knochen mit der Franziska zerhackt ... und dann ...»

Der Empörungsschrei schwoll zum Rachegeheul an.

«Schlagt ihn tot!»

«Hängt ihn auf!»

«An den nächsten Ast mit dem Frevler!»

Trudulf sah Hände, die sich bereits nach ihm ausstreckten. Die Bewaffneten zückten ihre Schwerter. Nur fort! dachte er. Die lassen sich nichts mehr erklären, die bringen mich um!

Er stieß seinem stämmigen kleinen Hengst mit solcher Kraft die Knie in die Flanken, daß der einen gewaltigen Satz machte. Die Menge stob auseinander und Trudulf preschte einmal rund um den Platz. Daß niemand ihm folgte oder versuchte, ihn einzufangen, bemerkte er nicht. Den Kopf fast auf dem Hals des Pferdes, den breiten Hintern hochgereckt – so galoppierte er durch die nächste Gasse davon, ritt einen Lastesel über den Haufen, riß einen Karren mit Gemüse um und schreckte die Torwache mit so kriegerischem Gebrüll, daß sie gar nicht auf den Gedanken kam, ihn aufzuhalten.

Er überquerte auch diesmal die Flußbrücke und verschwand irgendwo am anderen Ufer.

Kaum hatte der schwergewichtige Franke den Platz verlassen, schlug dort die Stimmung vollkommen um. Das Wutgeheul verwandelte sich im selben Atemzug in ein überschäumendes, tolles Gelächter. Die Männer klopften sich auf die Schenkel und Schultern, die Frauen stemmten die Fäuste in die Seiten und wackelten mit Busen und Bäuchen. Hinter dem Zaun wurde ausgelassen getanzt.

Und auch der Comes amüsierte sich, als sein Sohn ihm

alles erzählte. Er hatte den Streich vorher gutgeheißen. So wurde er billig den Raufbold und Hausfriedensbrecher los, über den sich der ehrenwerte Lollius, ein angesehener Bürger der Stadt, schon mehrmals beschwert hatte. Und so mußte er gegen einen Franken vom Rhein, der zu den Herren im Lande gehörte, von Amts wegen nichts unternehmen.

Der Comes Macco hatte eine besondere Art, nichts zu tun und viel zu bewirken.

17

AM NÄCHSTEN TAG BEFAND SICH DER COMES auf einer Koppel hinter seinem Anwesen, wo sich sein Lieblingshengst Caesar gerade schnaubend und wiehernd auf eine widerborstige Stute warf, als ein Knecht herbeilief und atemlos meldete: «Comes, da ist der Bischof!»

«Wer? Bischof Marovech? Wirklich?»

«Ja! Er ist wütend und will mit dir reden.»

«Sieh einer an! Sein erster Besuch bei mir. Dazu muß es wohl ernste Gründe geben. Er ist wütend, sagst du?»

«Er drohte mir mit seinem Stock, weil ich nicht schnell genug lief, dich zu holen.»

Der Comes lachte und wandte sich an ein paar Männer, die bei ihm standen: «Ich sollte ihn lieber herkommen lassen! Er sollte meinen Caesar erleben, wie dessen Wildheit sich abnutzt bei der Stute, wie zufrieden und sanft der hinterher wird. Und er würde vielleicht auf den Gedanken kommen, wie gut ihm eine geschickte Magd täte ... Aber nein!» Der Comes winkte verächtlich ab. «Bei dem ist es sinnlos. Es würde den heiligen Mann nur beleidigen, wenn man ihn daran erinnerte, wie seine Eltern ihn gemacht haben. Also hören wir, was er will, und versuchen wir, ihn schnell wieder loszuwerden!»

Marovech, kahlköpfig, von einem weiten Mantel umschlottert, saß auf einer Bank im Peristylgarten und scheuchte mit seinem langen Pilgerstab, auf den er sich bei profanen Anlässen stützte, das ihn umgackernde Federvieh. Die Daumen im Gürtel, trat Macco näher.

«Ehrwürdiger Vater! Welch unerwarteter Besuch, welche Freude! Leider bin ich nicht darauf vorbereitet, ich hätte sonst einen guten Bissen anrichten lassen. Hättest du dich nur angemeldet ...»

«Wozu?» versetzte der Bischof gallig. «Ich komme nicht zu meinem Vergnügen, Comes!»

«Ah! So gibt es einen bestimmten Anlaß, dem ich die Ehre deines Besuchs verdanke?»

«Empörende Dinge geschehen ringsum! In und um Poitiers bricht die christliche Ordnung zusammen! Du aber unternimmst nichts und so bin ich gekommen, dich zu mahnen und dich zu Taten zu bewegen!»

Der Comes setzte sich auf das andere Ende der Bank, strich den dicken, blonden Schnurrbart, lächelte staunend mit seinen Spötteraugen.

«Was sagst du? Die Ordnung bricht zusammen? Davon wurde mir noch gar nichts gemeldet. Meinst du damit vielleicht den harmlosen Streich, der einem Reisenden gespielt wurde, dem Schwiegervater des Lollius, der uns vorher hier manchen Ärger bereitet hatte? Nun, es gab da wohl einen Auflauf, das Volk amüsierte sich ...»

«Einen harmlosen Streich nennst du das? Der Name des Heiligen wurde verunglimpft, zu niedrigem Possenspiel mißbraucht! Und was ist die Ursache? Es gibt vor ihm keine Ehrfurcht mehr, keinen Respekt! In seiner Kirche werden Bischöfe mißhandelt und ein Haufen wildgewordener Weiber, verbündet mit Verbrechergesindel, macht aus ihr einen babylonischen Sündentempel. Und das Volk sieht zu, wird vergiftet, verliert seinen Glauben. Dieser Zustand hält nun seit Wochen an, ohne daß der Vertreter des Königs eingreift. Er scheint sogar daran Gefallen zu finden, denn sonst würde er seinem Sohn nicht erlauben, sich an den Ausschweifungen zu beteiligen. Dabei sollte er mit dem Schwerte der Ordnung dazwischenfahren, wie es der König befiehlt, und alle Frevler zur Verantwortung ziehen! Doch er erlaubt sogar neue Gewalttaten – Entführung und Raub am hellichten Tage! Drei Verwalter der Güter des Klosters zum Heiligen Kreuz sind spurlos verschwunden. Dienstleute wurden mit Schlägen und Streichen zur Unterwerfung gezwungen. Vorratshäuser wurden geplündert. Die frommen Schwestern, die im Kloster ausharren, sind ohne Nahrung, angewiesen auf Mildtätigkeit. Du aber, Comes, siehst ungerührt zu! Soll das heißen, du billigst das abscheuliche Treiben?»

Macco ließ sich nicht anmerken, daß ihn die Anklagen des Bischofs in Verlegenheit brachten. Er wußte schon von den Überfällen auf Klostergüter und es stand auch außer Zweifel für ihn, wer sie begangen hatte: die Bande des Rocco. Doch war es unmöglich, dagegen einzuschreiten. Die Räuber, alle ehemalige Dienstleute Roccos, waren skrupellos, dreist und flink, nicht zu fassen. Zudem waren sie zahlenmäßig mindestens halb so stark wie sein eigener Trupp, was sie, da sie mit gründlicher Ortskenntnis und aus Verstecken und Hinterhalten zu Werke gingen, insgesamt überlegen machte. Er würde sich hüten, sich auf einen solchen Kampf einzulassen, der nicht ohne schwere Verluste ausgehen würde. Die beiden Toten vom letzten Mal, junge Edle seines Gefolges, hatten ihm wenig Ruhm, doch dafür die Feindschaft der um ihre Erben gebrachten Väter und fast eine Blutrache eingetragen. Der Comes einer Stadt mußte froh sein, wenn er es schaffte, in den Mauern einigermaßen die Ordnung zu wahren, draußen war er so gut wie machtlos und jeder mußte dort zusehen, wie er sich selber schützte. Und auch dem Rocco war nicht beizukommen. Er saß im Kirchenasyl und konnte jede Verbindung zu den Banditen leugnen. Vor

Siggo spielte er auch den Unschuldigen, trotz klarer Anzeichen für das Gegenteil. Der Comes war überzeugt, daß niemand anders als der rauflustige Beschützer der Nonnen, besonders aber der Chrodechilde, hinter den Überfällen steckte. Er hatte daher zu dessen Vater gesandt und ihm einen geheimen Vergleich vorgeschlagen. Gegen die stille Begnadigung Roccos, auch die Erlassung eines Wergelds für dessen Untaten sollte der Vater sich in der Erbschaftssache bedenken und zu der früheren, gerechteren Lösung zurückkehren. Der Comes hoffte, daß sich der Alte besinnen und daß alle diese Ungelegenheiten aufhören würden, sobald Rocco wieder auf seinem Gütchen saß.

Der Bischof hatte leider auch recht, wenn er auf den Befehl des Königs hinwies. Vor wenigen Tagen war eine Botschaft aus Metz eingegangen, die nichts weniger als eine Weisung zum entschlossenen Handeln enthielt. Das Schreiben trug deutlich die Handschrift der Mutter des Königs, die trotz der Volljährigkeit ihres Sohnes weiter fast unumschränkt regierte. Sehr allgemein zwar und ohne sich auf bestimmte Maßnahmen festzulegen, verlangte die Königin Brunichilde, es müsse ohne Rücksicht auf einzelne (was wohl heißen sollte: auf ihre Nichten) schleunigst die gottgewollte Ordnung, welche in Poitiers empfindlich verletzt sei, wiederhergestellt werden. Für Macco war klar, daß die Königin auf eine Klage Marovechs antwortete, der zweifellos gegen ihn gehetzt hatte. Er selber hatte sich nicht entschließen können, über die Vorgänge zu berichten oder gar etwas zu unternehmen. Und auch jetzt war er dazu nicht geneigt. Um aber den Bischof zu reizen, sagte er:

«Wie kommst du darauf, daß ich diese Zustände billige? Wer könnte sie mehr beklagen als ich? Bis jetzt hoffte ich allerdings, daß die Verursacher zur Vernunft kämen, daß sie den angerichteten Schaden selber beseitigen würden. Natürlich werde ich notfalls eingreifen. Was aber den Befehl des Königs betrifft, so stelle ich fest, man hat in Metz keine Ahnung, was tatsächlich geschehen ist. Höchste Zeit ist es, daß ich selber dorthin reise und den König und seine Mutter aufkläre!»

«Was meinst du damit?» fragte Marovech wachsam. «Was willst du Herrn Childebert und seiner Mutter, der hohen Frau Brunichilde, berichten?»

«Die Wahrheit, ehrwürdiger Vater, die Wahrheit! Nur was hier geschehen ist und was ich bemerkt habe. Tumulte in einem Kloster, das dir unterstellt ist. Verzweifelte Nonnen, die mitten im Winter, von dir verfolgt, durch die Straßen hetzten. Die lieber bei Kälte und Regen dutzende Meilen marschierten, als in deine väterliche Obhut zurückzukehren. Die es auch nach ihrer Rückkehr vorzogen, unter ein Dach zu ziehen, wo sie vor deiner christlichen Liebe geschützt sind. Wo du sie dennoch gleich aufspürtest und, statt dich nun ihren Sorgen zu widmen, mit der Keule des Bannfluchs auf sie einschlugst ... was alles andere zur Folge hatte: den Krawall in der Kirche, die Lockerung der Sitten, die Verspottung des Heiligen, die Beraubung der Güter. Wir müssen doch nach den Ursachen fragen, aus denen sich das alles entwickelt hat. Und diese Ursachen, Ehrwürdiger, müssen benannt werden.»

«Ich verstehe!» stieß Marovech hervor. «Du willst alle Schuld allein auf mich wälzen! Nur das ist auch der Grund für dein Zaudern! Je schlimmer sich die Dinge entwickeln, desto erfreulicher, desto besser! Desto mehr Anklagen kannst du auf mich, den ‹Verursacher›, schleudern! Desto mehr Hoffnung ist, daß du mich los wirst!»

«Ich gebe zu», sagte Macco vergnügt, «die Hoffnung, Vater, daß dich der König zum Teufel schickt, wärmt mir die Seele. Und ich freue mich aufrichtig, weil du dafür so gute Gründe lieferst. Du hast recht, ich wäre töricht, wenn ich jetzt nach deinen Wünschen handelte. Soll ich mich ebenso schuldig machen wie du? Soll ich die Jungfrauen aus dem Asyl jagen? Soll ich sie von meinen Leuten vor den Augen des Stadtvolks ins Kloster zurückschleppen lassen? Soll ich sie ebenso grausam und unchristlich strafen wie du und deine würdigen Amtsbrüder? Und soll ich am Ende noch meine Männer im Kampf gegen Räuber opfern, weil du es so weit gebracht hast, daß nun das Kloster vor dem Ruin steht?»

«Das ist ungeheuerlich, Comes!» rief Marovech, wobei er heftig den Stab auf den Boden stieß. «Es stellt die Tatsachen auf den Kopf! Wer hat das Unheil heraufbeschworen? Diese Jungfrauen waren es, die die Regel brachen – nicht ich! Sie waren ungehorsam und handelten wider ihr Gelübde! Sie erhoben die verstiegensten Forderungen! Sie schlüpften heimlich des Nachts durch ein Loch in der Mauer, weil sie weltliche Vergnügungen suchten! Sie ...»

«Schon gut, Bischof!» unterbrach ihn der Comes lachend. «Zugegeben, man kann von verschiedenen Standpunkten aus auf die Mißstände blicken. Und nur das war es eigentlich, was ich dir sagen wollte. Ich fürchte, es wird nicht möglich sein, bis ins Letzte zu klären, wer wirklich schuld ist. Was sagen deine heiligen Bücher dazu? Ist Gott vielleicht schuld? Hat er befohlen, so viele junge lebhafte Weiber hinter Mauerwerk einzusperren? Nun, vielleicht hat er damit einen guten Zweck verfolgt, unerforschlich sind seine Wege. Nur eines hat er dabei nicht bedacht. Wo eine Mauer ist, erscheint auch ein Teufel, der denen, die hinter ihr sitzen, das Loch zeigt. Und da kann man es noch so gut mit ihnen meinen, sie schlüpfen hindurch und ...»

Der Bischof schnaufte, reckte das Kinn mit dem grauen Bart und erhob sich.

«Ich habe mir wohl den Weg umsonst gemacht!» sagte er zornbebend. «Verzeih, daß ich dich behelligt habe! Ich werde beten, und Gott, den du lästerst, wird mich erleuchten. Und so werde ich ohne dich eine Lösung finden!»

«Nur das habe ich dir vorschlagen wollen!» sagte der Comes mit unerschütterlich heiterer Miene und fügte hinzu: «Sollte mir aber doch eine einfallen, werde ich es dich wissen lassen!»

Höflich geleitete er den Besucher ans Haustor.

Gerade als sie auf die Gasse hinaustraten, näherte sich ein kleiner Reitertrupp. Siggo und Olo sprangen aus den Sätteln und übergaben ihre Pferde den nachfolgenden Knechten. Sie verbeugten sich gegen den Bischof, der den Gruß aber nicht erwiderte und in entgegengesetzter Richtung davongehen wollte.

«Ah, noch eine Neuigkeit, ehrwürdiger Vater!» rief der Comes. «Das hätte ich ja beinahe vergessen!»

Der Bischof blieb grimmig stehen und wartete.

«Die beiden hoffnungsvollen jungen Männer, die du hier siehst, werden heiraten!» fuhr Macco fort. «Der Vicarius Sichar und ich, die Väter, haben unsere Einwilligung erteilt.»

«Und was geht das mich an?» raunzte der Bischof.

«In der Tat, es geht dich nichts an. Doch ich möchte, daß du es weißt, damit du später nicht überrascht bist.»

«Wovon sollte ich überrascht sein? Daß sie nicht zu mir kommen mit ihren Bräuten und für die Ehe den Segen der Kirche erbitten?»

«So bist du bereits unterrichtet?»

«Unterrichtet? Worüber?»

«Daß sie mit ihren Bräuten nicht kommen werden.»

«Ich erwarte das nicht von schlechten Christen.»

«Oh, diese beiden hier sind fromm und würden sich deinen Segen gern holen. Doch ihre Bräute sind leider verhindert.»

«Und wer hindert sie?»

«Du, ehrwürdiger Vater. Du selbst.»

«Was? Ich?»

«Du hast sie ja ausgeschlossen aus der Kirchengemeinschaft. Sie dürfen sich geistlichen Personen nicht nähern.»

Der Bischof fuhr heftig zurück und starrte die beiden jungen Männer an.

«Es ist doch nicht etwa eure Absicht …? Wer sind diese Bräute?»

«Die meinige heißt Maxentia», sagte der schlanke, helläugige Olo mit dem unschuldigsten Lächeln.

«Eine Tochter des austrasischen Grafen Waldo, wie dir ja sicher bekannt ist», fügte der Comes hinzu.

«Und ich werde Constantina heiraten», sagte Siggo, das jüngere Ebenbild seines Vaters, und strich mit entschlossener Geste den Schnurrbart.

«Eine Waise, Tochter des edlen Burgolen und der Domnola», erläuterte Macco. «Beide Opfer von Willkür und Mord. Sie wird hier wieder eine Familie haben.»

Marovech hatte sprachlos zugehört. Jetzt schrie er: «Nonnen? Ihr beide wollt Nonnen heiraten? Jungfrauen, die dem Himmel bestimmt sind? Bräute des Herrn?»

«Verzeih, Vater», sagte der Comes, «diese Empörung ist doch nun wirklich grundlos. Wenn sie sich jemals in einem solchen Brautstand befanden, so hast du sie selber daraus entlassen. Gemeinsam mit deinen Amtsbrüdern und vermutlich mit Billigung des Himmels. Wer hindert sie nun, sich zu verheiraten?»

«Der Bund mit dem Herrn ist unauflöslich!» rief der Bischof, seinen Stab schüttelnd. «Ein Sakrileg begeht, wer ihn verletzt! Der Bund ist heilig, er ist eine Ehe für alle Ewigkeit! Es ist der schändlichste Ehebruch, ihn zu verletzen!»

«Davon wußte aber Maxentia nichts», wandte Olo treuherzig ein. «Sie dachte, daß sie jetzt wieder frei ist. Na, und soll ein hübsches Mädchen sauer werden? Auch die Milch schmeckt ja frisch getrunken am besten!»

«Was redest du da, du Dümmling! Frisch getrunken! Daß dir der Trunk die Kehle verdorre! Sie sind im Bund mit dem Herrn und bleiben es. Sie werden Buße tun und bereuen. Und werden in Gnade vom Herrn wieder aufgenommen!»

«Da muß sich der Herr aber sehr beeilen!» bemerkte Siggo. «Außer Maxentia und Constantina wollen nämlich noch fünf andere heiraten.»

«Fünf, sagst du?» fragte der Comes staunend. «Und wer sind die Freier?»

«Ehrbare Bürger von Poitiers, Vater. Bobo, der Sohn des Ratsherrn ... Victor, der Älteste des Kaufmanns Tranquillus ... der Architekt Cassius ...»

«Halt ein!» fuhr Marovech dazwischen. «Steckt diese Stadt denn voller Ehebrecher?»

«Sie steckt voller kluger Männer», entgegnete Macco, «die uns aus der Verlegenheit helfen. Deine Gebete, Ehrwürdiger, sind nicht mehr nötig. Die Lösung ist schon gefunden: Sie heiraten!»

«Das wäre der Untergang dieser Stadt!»

«Im Gegenteil: Das wäre die Rettung! Keine Gewalttätigkeiten, kein Blutvergießen. Die Rückkehr zu normalen Verhältnissen.»

«Und die Jungfrauen in den Krallen des Teufels!»

«Nur in den Armen ihrer Ehemänner. Versorgt, zufrieden

und ungefährlich. Ihr holt sie zurück in die Kirchengemeinschaft ...»

«Niemals!»

«... und sie werden ihren früheren Bräutigam noch viel inniger lieben als vorher. Der heilige Hilarius kann sich endlich von all den Aufregungen erholen und du und ich ... wir sind diese Sorgen los und kommen ebenfalls wieder zur Ruhe. Im übrigen, Vater, werden vielleicht nicht alle im irdischen Ehebett landen. Einige ziehen vielleicht am Ende doch das himmlische vor. Aber es werden wohl nur wenige sein.»

Der Comes neigte sich dem Bischof zu, schelmisch zwinkernd, die Hand begütigend auf seinem Arm. Die beiden jungen Männer lächelten ebenfalls, fast schüchtern, als wollten sie um Verzeihung bitten.

Doch Marovech wandte sich heftig ab.

«Fluch allen Ehebrechern!» schrie er. Und mit diesem Kampfruf auf den Lippen, den er noch mehrmals wiederholte, eilte er von dannen.

Er war schon um eine Ecke gebogen und nicht mehr zu sehen, da tönte es immer noch:

«Fluch allen Ehebrechern!»

18

NICHT NUR DER COMES UND DER BISCHOF hatten Weisungen vom Hofe in Metz erhalten. Auch Theuthar empfing ein Schreiben des Königs Childebert, dessen Knappheit und Strenge ihm leicht den wahren Verfasser verriet: die Mutter des Königs, Frau Brunichilde. Es ging auch klar daraus hervor, daß nicht sein Bericht, in dem die Schuld der rebellischen Nonnen weitgehend gemildert worden war, diese Antwort veranlaßt hatte. Anklagen Marovechs und der Äbtissin Leubovera hatten offenbar stärkere Wirkung gehabt. Das königliche Schreiben mißbilligte auf das schärfste die gewaltsame Empörung, welche unnachsichtig zu unterdrücken sei, ließ jedoch immerhin die Möglichkeit einer Prüfung der gegenseitigen Vorwürfe offen. Vor allem aber enthielt es die von Theuthar erbetene Vollmacht. Der blonde Priester war nun förmlich beauftragt, im Namen des Königs allein, wenn auch im Zusammenwirken mit den örtlichen Autoritäten, eine Untersuchung zu führen und die Sache in kürzester Zeit, rücksichtslos und energisch zu Ende zu bringen.

«Sattle die Pferde, Crispin!» rief er, kaum daß er das königliche Schreiben zu Ende gelesen hatte. «Wir reiten sogleich nach Poitiers!»

«Ach, Herr», sagte der Diener seufzend, «dann muß ich ja heute noch der armen Lucilla die traurige Nachricht bringen.»

«Das kann ja auch ich übernehmen, wenn es dir schwerfällt.»

«Nein, ich will es doch lieber selbst tun. Sie hatte so viel Vertrauen zu mir. Ich habe mir auch schon ein paar tröstende Worte zurechtgelegt.»

«Das ist lobenswert, Crispin, Trost hat sie nötig. Es ist ein furchtbarer Schlag für sie – der plötzliche Tod beider Eltern und die Herzlosigkeit ihres Bruders, der sie nie wiedersehen will. Aber es gibt auch Hoffnung. Ich habe die Sache nun allein in der Hand und werde mein möglichstes tun, damit alles zum guten Ende kommt. Sie und die anderen werden bald ohne Angst und Sorge ins Kloster zurückkehren können.»

«Ich fürchte, das ist es nicht, was sie sich wünscht, Herr.»

«Glaub mir, sie war nur verschreckt und entmutigt. Vor allem durch das Verhalten der Bischöfe. Deshalb wollte sie unbedingt nach Hause. Wenn sie den Schmerz erst überwunden hat, gewinnt sie wieder Vertrauen und Zuversicht. Gott wird ihr beistehen!»

«Gewiß, Herr, das wird er. Aber wer noch ... wer steht ihr noch bei?»

Sie erreichten Poitiers gegen Mittag und Theuthar suchte zuerst den Comes auf, den er bisher noch nicht kennengelernt hatte. Beide verstanden sich sofort und waren rasch einig, daß man die strenge Weisung aus Metz auf gemäßigte Art, gewissermaßen nach örtlichem Brauch, erfüllen sollte. Macco erklärte sich gern bereit, der Untersuchung als Zeuge beizuwohnen und auch zu garantieren, daß die Rebellinnen, wenn sie es wünschten, in das Asyl der Hilarius-Kirche zurückkehren könnten. Er stellte sogar als neutralen Ort sein Haus zur Verfügung, wo keine Störung zu gewärtigen sei, nachdem seine Frau es aus Angst vor Vergeltungsschlägen des Himmels verlassen und auf unbestimmte Zeit ihren Aufenthalt bei Verwandten in Saintes genommen hatte. Der Comes berichtete Theuthar auch von dem Besuch des Bischofs Marovech, der leider, was den Erfolg dieses neuen Versuchs einer Beilegung des Konflikts betreffe, nichts Gutes verheiße. Und endlich kam er, Vertrauen fassend, auf das seiner Meinung nach wirksamste Mittel zu sprechen, die ganze Angelegenheit ohne Lärm, ohne Aufwand, ohne Verhöre und Untersuchungen aus der Welt zu schaffen.

«Indem sie heiraten?» fragte Theuthar betroffen.

«Natürlich nicht alle!» erklärte Macco beschwichtigend, nahm einen Schluck Wein und strich sich bedächtig den Schnurrbart. «Aber wir haben schon sieben Paare. Warum sollen daraus nicht zehn oder zwölf oder fünfzehn werden? Es gibt noch mehr junge Männer in Poitiers, die sich für Jungfrauen aus dem Asyl interessieren und auch bereits, du verstehst, Bekanntschaft mit ihnen geschlossen haben. Ich könnte mit ihren Vätern reden, wegen der Brautwerbung. Die meisten der Jungfrauen bekommen ja keine Mitgift, das wenige, was sie mitbrachten, steckt im Klosterbesitz, deshalb zögern die Väter der jungen Männer. Aber ich kann sie ein bißchen zwicken und schon werden sie bereit sein. Prozesse haben hier alle am Hals und von mir hängt ab, wie es ausgeht, wie hoch die Bußgelder ausfallen ...»

«Das wäre ein Unrecht für ein anderes Unrecht!»

«Das eine ein kleines, zugegeben. Aber das andere? Du wirst doch nicht auch, wie der Bischof, die jungen Leute als Ehebrecher beschimpfen! Reden wir wie vernünftige Männer. Sieh mal, die meisten der Jungfrauen sind für das Klosterleben verloren. Sie haben zuviel Freiheit gekostet, der Geschmack liegt ihnen auf der Zunge, sie werden ihn nicht mehr los. Wenn sie in das Kloster zurückkehren, werden sie dort nur wieder Unfug treiben und alles beginnt von vorn. Ist es da nicht besser, sie heiraten? So stillen sie ihren Appetit, aber nur in dem Maße, wie es die Ehemänner zulassen, und wenn eine erst vier, fünf, sechs Kinder hat, verliert sie ihn nach und nach und wird eine Betschwester, so essigsauer und fromm, wie sie es niemals im Kloster werden könnte. Glaub mir, ich spreche aus Erfahrung! Ist das nicht der bessere Weg, sie dorthin zu führen, wohin wir sie haben wollen? Kommt der Himmel nicht auch dabei auf seine Kosten?»

«Das ist ein weltlicher Standpunkt, Comes. Ich als Priester habe die Pflicht ...»

«Nun, das verstehe ich ja. Und ich werde dich darin auch nicht behindern. Untersuche, verhöre! Ihr werdet schon einige wieder einfangen, damit habe ich auch den Bischof getröstet. Es bleiben ja immer noch etwa zwei Dutzend. Soll ich dir sagen, wie ihr die kriegen könnt? Soll ich dir das Geheimnis verraten? Hm?»

Sie gingen, die Becher mit Wein in Händen, in dem schattigen Umgang des Peristyls auf und ab. Der Comes blieb stehen, kniff seine Spötteraugen zusammen, strich seinen Schnurrbart.

«Was sollte das für ein Geheimnis sein?» fragte Theuthar leichthin, wobei er ebenfalls stehenblieb.

«Ich spreche noch einmal von einer Heirat.»

«Comes ...»

«Warte! Bist du nicht auch der Meinung, daß dieser muntere Bienenschwarm ohne seine Königin eingehen würde?»

«Seine Königin?»

«Chrodechilde! Sie ist die Anführerin, die Seele, die stärkste Säule des Unternehmens ... ja, ich glaube sogar, die einzige. Basina ist flatterhaft und nur vorwitzig, hätte weder die Kraft noch den Verstand, um den Haufen zusammenzuhalten. Auch von den anderen käme kaum eine in Frage.»

«Und du meinst deshalb ...»

«Ja. Ohne Chrodechilde wären sie kopflos, würde der Aufstand rasch zusammenbrechen. Da könntet ihr diejenigen, die dann noch übrigbleiben, wie Fallobst einsammeln. Nicht mehr ganz frisch, etwas angeschlagen und wurmstichig, aber äußerlich kaum verändert. Vorerst.»

«Was heißt das – ‹vorerst›?»

«Nun, es gibt da gewisse Anzeichen ... Die ersten erwischte es schon in einem Schafstall auf dem Wege nach Tours. Auch in der dortigen Pilgerherberge, wo sie sich wochenlang aufhielten, wurden nicht nur fromme Lieder gesungen.»

«Du meinst, sie sind schwanger?» rief Theuthar betroffen.

«Vermutlich. Einige wenigstens. Wenn sich die Sache hinzieht, wird wohl irgendwann Kindergeschrei aus der Hilarius-Kirche zu hören sein. Und es wird kaum jemand glauben, daß die Mütter unbefleckt wie Maria vom Herrn da oben empfangen haben.»

«Ein weiterer Grund, um ganz schnell ein Ende zu machen!»

«Das meine ich. Es wäre ja immerhin weniger peinlich, wenn die Bastarde in der Stille, hinter den Mauern des Klosters, geboren würden. Deshalb komme ich nochmals auf mein Geheimrezept ...»

«Chrodechilde?»

«Gelänge es, sie zum Heiraten zu bewegen, wären wir unsere Sorgen los. Noch zögert sie.»

«Sie zögert?»

«Wofür ich durchaus Verständnis habe. Der Bräutigam, der in Frage käme, ist augenblicklich nicht gerade in glänzender Verfassung. Doch das könnte man ändern. Es hängt von ihr ab.»

«So gibt es jemand, der um sie wirbt?» fragte Theuthar, wobei er stehenblieb und ein Zittern der Hand, die den Becher hielt, zu unterdrücken suchte. «Ist es ein Edler aus der Stadt?»

«Aus der Umgebung. Sein Vater ist hier einer der reichsten Grundherren. Er selber sitzt ebenfalls im Kirchenasyl.»

«Er sitzt im Kirchenasyl? Wer ist es?»

«Sein Name ist Rocco.»

«Ist das etwa der Kerl, der Bischof Nicasius niederschlug?»

«Ja, wie es heißt, hat er mit der Rauferei angefangen. Du warst ja dabei, du mußt es wissen. Er ist ein Rauhbein, ein wüster Geselle. Hat auch mir schon manche Sorge bereitet.»

«Und er bewirbt sich um Chrodechilde?»

Der Comes deutete Theuthars Entrüstung nur als verständliche Reaktion eines Kirchenmannes, nahm den Priester vertraulich beim Arm und nötigte ihn, den Rundgang fortzusetzen.

«Von Bewerbung kann noch keine Rede sein. Vorerst ist es nur ein Plan, an dessen Verwirklichung sorgsam, in der Stille gearbeitet werden muß. Auch du könntest deinen Beitrag leisten.»

«Wie? Du erwartest Kupplerdienste von mir, um eine Nonne mit einem Verbrecher …»

«Nicht zu hastig! Ich will dir die Wahrheit enthüllen. Die Sache kommt nicht von ungefähr. Sieh mal, die schöne Chrodechilde, die ja, wie jeder weiß, eine ebenso schöne, aber der Sünde verfallene Nonne zur Mutter hatte, konnte ihr wildes Temperament schon früher nicht zügeln und wagte vor Jahren bereits die ersten Ausbrüche. Damals tat sie es allerdings heimlich und kam auch nur bis ans Ufer des Clain. Dort hielt sie die klösterliche Nachtwache mit verschiedenen jungen Herren, vorzugsweise aber mit einem, der damals noch unbescholten war: diesem Rocco.»

«So ist es wahr?» entfuhr es dem Priester.

«Ach, du wußtest es schon?» fragte Macco verwundert.

«Er rühmte sich dessen, aber ich glaubte es nicht!»

«Man mag es bedauern, doch er sagte die Wahrheit. Mein Sohn Siggo, der Schlingel, war auch dabei. Was soll man machen? Die jungen Leute ... Was Rocco und Chrodechilde betrifft, so sahen sie sich nun als Gäste des Heiligen wieder. Wahrhaftig, ein seltsamer Zufall! Man könnte ihn für einen himmlischen Fingerzeig halten – oder auch für eine Finte des Teufels. Und sie empfinden das wohl auch so. Wie es scheint, machen sie nun wieder gemeinsame Sache.»

«Du willst damit sagen, Comes, der Angriff auf die Bischöfe sei von den beiden gemeinsam ersonnen und ausgeführt worden?»

«Nun, das wohl nicht. Doch was danach kam – gewiß. Ich meine die Überfälle auf Klostergüter, die sich in letzter Zeit häufen. Die Entführungen, Nötigungen, Mißhandlungen von Klosterbediensteten. Ich ahnte gleich, daß Roccos Bande am Werk ist, die sich noch in den Wäldern herumtreibt. Was ich von meinem Sohn höre, gibt mir Gewißheit. Chrodechilde und Rocco machen darüber recht unmißverständliche Scherze. Auch Solidi haben sie ständig im Überfluß – natürlich vom Markterlös des geraubten Viehs, der geplünderten Vorräte. Sie geben sie mit vollen Händen aus, ihre Gelage werden immer üppiger. Ob sie schon wieder gemeinsame Nachtwache halten, kann ich nicht sagen, aber sie führen sich im Asyl wie ein Herrscherpaar auf. Die beiden passen also zusammen, man müßte sie nicht erst miteinander verkuppeln!»

Theuthar fühlte einen Krampf in der Brust, der ihm für

einen Augenblick den Atem nahm. Er mußte sich gegen einen Pfeiler des Umgangs lehnen.

«Was hast du?» fragte Macco. «Ist dir nicht wohl?»

«Es geht schon wieder», keuchte der Priester. «Aber was du mir da erzählst ... Wie sollte die Tochter eines Königs sich in so niedrige Machenschaften verstricken? Wie ginge das zu? Und wenn es tatsächlich so wäre, dann müßte man doch etwas tun, um sie aus dieser Verstrickung zu lösen!»

«Aber das meine ich ja! Das ist ja mein Plan!»

«Sie zu verheiraten? Mit dem Banditen?»

«Nun, dazu müßte man den wieder ehrlich machen. Oder mit anderen Worten: wieder zu dem, was er früher war. Vor zwei Jahren war er noch ein geachteter Gutsherr, kommandierte die Knechte, beschlief die Mägde, lenkte die Wirtschaft. Das Muster eines ländlichen Edlen! Dann führte sein Bruder einen Prozeß gegen ihn, weil er angeblich gar nicht sein Bruder war. Aus Freundschaft für seinen Vater, der sich nun ebenfalls gegen ihn stellte, ergriff auch ich die Partei seiner Gegner. Ein Fehler! Zwei Männer verlor ich dabei, und was gewann ich? Einen rachsüchtigen Feind, eine nicht zu fassende Räuberbande, unsichere Straßen, ermordete Kaufleute und nun auch geplünderten Klosterbesitz. Ich habe zu seinem Vater gesandt, er möge dem Rocco sein Gut zurückgeben, ihn auch wieder als Sohn anerkennen. Habe Gnade für ihn versprochen, keinen Galgen, nicht mal ein Bußgeld. Habe dem Alten dafür sogar in Aussicht gestellt, einen Prozeß zu gewinnen, der schon verloren scheint. Der aber rührt sich nicht. Wie soll ich ihn ködern, damit er anbeißt? Ich war schon verzagt, doch nun weiß ich es: mit einer Schwiegertochter! Einer aus dem Geschlecht der Merowinger! Wer wollte nicht Verwandter der Könige sein? Sobald sie einwilligt, hab ich den Alten!»

«Du willst also Chrodechilde für einen schäbigen Handel benutzen!»

«Einen höchst vorteilhaften Handel! Sieh doch, alle werden zufrieden sein: die Könige, weil wieder Ruhe eintritt; die Bischöfe, weil die peinliche Angelegenheit endet und sie noch ein paar Schafe retten können; ich selber und alle friedlichen Bürger, weil wir die Bande vom Hals bekommen; die Nonnen im Kloster, die nicht mehr darben müssen ... und Chrodechilde? Sie wird eine Herrin sein, wie sie es wünscht, und nach Lust und Laune befehlen können! Schon jetzt frißt ihr Rocco aus der Hand ...»

«Und doch zögert sie, hast du gesagt!»

«Sie ist schlau. Noch besitzt sie ja eine Machtstellung. Macht ist eine Quelle, man muß trinken, bevor sie versiegt. Als Merowingerin versteht sie das. Mein Sohn hat ihr, in aller Vorsicht, versteht sich, den Plan übermittelt. Sie zögert, solange die Quelle noch sprudelt, solange sie alle erpressen und unter Druck setzen kann. Vielleicht springt da noch eine hübsche Mitgift heraus? Eine Truhe mit Gold? Vielleicht ein Gut mit zwei Dutzend Dörfern? Wenn man schon darauf verzichtet, Äbtissin zu werden ...»

«Und woher sollte die Mitgift kommen? Von ihren Verwandten, den Königen?»

«Es wäre für sie eine Kleinigkeit ... im Verhältnis zu dem, was sie gewinnen würden. Vielleicht könntest du ein wenig vermitteln. Die Vollmacht, die du erhalten hast, beweist ja, wie sehr sie dir vertrauen. Und auch Chrodechilde scheint etwas von dir zu erhoffen. Mein Sohn sagt, daß sie dich oft erwähnt und versichert, du würdest bald zurückkehren. Es scheint sogar, sie will nichts entscheiden, ehe sie mit dir gesprochen hat.»

«Dann habe ich keine Zeit zu verlieren!» rief Theuthar,

der seine Fassung zurückgewann. «Du hast sie verloren gegeben, Comes, und glaubst, sie sei reif für deinen Plan. Ich aber sage dir: Sie ist noch zu retten!»

Macco blickte ihm nach, als er mit großen Schritten davoneilte, kniff seine Spötteraugen zusammen und murmelte: «Die ist nicht zu retten.»

19

URSPRÜNGLICH HATTE THEUTHAR VORgehabt, nach dem Comes zunächst Bischof Marovech aufzusuchen. In dem königlichen Schreiben, das er erhalten hatte, war mit keinem Wort auf seine Forderung zur Aufhebung des Bannfluchs gegen die Nonnen eingegangen. Er hoffte, von Marovech zu hören, daß den Bischöfen schon eine diesbezügliche Anweisung erteilt war. Vorgestellt hatte er sich, er würde dann diese Nachricht in ein vertrautes Gespräch mit Chrodechilde einfließen lassen, hatte im voraus ihre freudige Überraschung genossen. Was er nun aber von Macco gehört hatte, erregte, erschreckte, empörte ihn so, daß er sich nicht mehr die Zeit für den Umweg zum Bischofspalast nahm. Die Ungeduld trieb ihn gleich zur Hilarius-Kirche.

Er bereute es zu spät. Erst als er den Nonnen gegenüberstand, wurde ihm klar, daß er im Grunde mit leeren Händen kam. Er war auch trotz allem, was er gehört hatte, keineswegs auf diese Wiederbegegnung vorbereitet. Im ersten Augenblick wollte er sich sogar erschrocken abwenden und gleich wieder sein Pferd besteigen. Aber Crispin, der nach der kleinen Lucilla Ausschau hielt, zog ihn am Ärmel und nötigte ihn, die Wiese neben der Kirche zu betreten, wo sich ihm ein bestürzendes Schauspiel bot.

Wie beim ersten Mal, als er sie aufgesucht hatte, saßen die Jungfrauen fröhlich im Grase. Aber wie hatten sie sich verändert! Nicht eine einzige trug noch den Schleier, ungezähmt wallten die Haare über die Schultern, nackte oder spärlich bedeckte, üppige oder schmale, weiße oder gebräunte, die alle freigebig den Strahlen der Junisonne dargeboten waren. Knappe Tuniken, grellfarbig viele, durchscheinend manche, spannten sich über den Körpern, die ungezwungen, halb hingestreckt drei unregelmäßige Halbkreise bildeten. Dazwischen hockten, ebenfalls halb entblößt, gürtellos, unbeschuht die jungen Herren aus der Stadt und die fragwürdigen Gäste des Heiligen. Sie alle folgten aufmerksam und unter Gelächter und Zwischenrufen der marktschreierischen Vorstellung eines untersetzten, zottelbärigen Schelms. Dieser – kein anderer als Blagovild – tunkte einen Pinsel in einen Topf mit verflüssigtem Ruß und bemalte ein an seiner Seite in paradiesischer Nacktheit prangendes Pärchen, die wohlgebaute, kraftstrotzende Prisca und einen der jungen Schufte, mit Linien, Punkten, Krakeln und Kreisen. Dazu erklärte er, wie seiner Meinung nach unter der Haut der beiden Rippen, Wirbel, Organe, Gedärme geordnet waren. Auch andere Zuschauer hatten sich eingefunden. In gerade noch geziemendem Abstand gafften Porcarius und seine Mönche. Und auch einige Gäste des Ursus waren aus der Schenke herübergekommen und standen feixend am Zaun.

Als sich Theuthar, der an der nächsten Ecke, um seinem Auftritt Gewicht zu geben, noch rasch seinen Chorrock übergeworfen hatte, vom Tor her näherte, ertönte auch diesmal sogleich ein Warnruf.

«Seht doch, Mädchen!» schrie eine. «Ein Pfaffe!»

Alle Köpfe fuhren herum, und sogleich erhob sich ein ohrenbetäubendes Gekreisch. Aufspringend wichen einige zurück, andere streckten zur Abwehr die Hände vor, die Finger wie Krallen gespreizt. Das gellende, zornige Schreien hielt an. Vergebens breitete Theuthar die Arme aus und suchte mit erhobener Stimme dagegenzuhalten. Er machte noch ein paar Schritte vorwärts – da wurde das Protestgeheul stärker. Er gab es auf, senkte den Kopf wie zum Zeichen der Demut, wartete.

Ebenso abrupt, wie es begonnen hatte, endete das Geschrei, und nun vernahm er die Stimme Chrodechildes.

«Beruhigt euch, Schwestern! Es scheint ja, er kommt in friedlicher Absicht! Hören wir, was er will!»

Sie saß nicht weit von ihm im Gras, anmutig, dunkeläugig, gebräunt, eine Rose im Haar, halb liegend auf einen Arm gestützt, die langen Beine bis über die Knie entblößt. Ein paar halbnackte Burschen umgaben sie, darunter – Theuthar sah es mit bitterer Eifersucht – der grinsende Schwarzbart.

Dieser sagte nun: «Mach's aber kurz, Pfaffe, denn du störst uns! Mein Freund Blagovild hält gerade einen wissenschaftlichen Vortrag. Blagovild, zeig uns doch mal, wo bei den Pfaffen der Verstand sitzt!»

Der Zottelbart zögerte keinen Augenblick, tauchte den Pinsel in den Topf, drehte den nackten Jüngling um und malte ihm einen Kringel auf den Hintern. Ringsum wurde johlende Zustimmung laut.

Theuthar suchte verzweifelt nach Worten. Er fand sich auf einmal lächerlich, wie er da in seinem mit großen schwarzen Kreuzen bestickten Chorrock inmitten der sich im Grase sielenden Nymphen und Faune stand. Unsicher, stockend begann er zu sprechen. Er komme diesmal im Auftrag des Königs Childebert, begann er, der tief besorgt sei und wünsche, der traurige Zustand möge beendet werden. Den Zwischenruf «Hier geht es lustig zu!» überhörend, fuhr er fort, er sei nun allein mit der Untersuchung beauftragt und wolle mit Gottes Hilfe allen Gerechtigkeit widerfahren lassen. Wenn sich herausstellen sollte, daß es im Kloster Mißstände gebe, werde er diese beseitigen. Er bitte aber die Jungfrauen –

Zwischenruf: «Das waren sie mal!» –, sich in würdiger Weise der Untersuchung zu stellen, welche an einem neutralen Ort, im Hause des Comes Macco, stattfinden werde, von wo ihnen, wenn sie es wünschten, der Rückweg ins Asyl garantiert sei. Er fordere sie auf, Gott dem Herrn zu vertrauen und sich schon jetzt im Geiste wie in der äußeren Haltung darauf vorzubereiten, daß sie in allernächster Zeit wieder in ihre vertraute Heimstatt, das Kloster zum Heiligen Kreuz, zurückkehren würden. Zum Schluß wollte er sich noch mit der Bitte an Gott selbst wenden, daß er alles gut werden lasse, doch kaum hatte er die Hände erhoben und die ersten Worte gesprochen, stand Sinopus neben ihm auf, schritt gravitätisch an ihm vorüber und ließ dabei einen knallenden Furz. Der Rest des Gebets ertrank im Gelächter.

Theuthar wandte sich ab. Er sah gerade noch, wie der Schwarzbart den Arm um die Schulter Chrodechildes legte, grinsend und triumphierend. Schnell schritt er auf das Tor zu und hinaus zu den Pferden, die an einen Baum gebunden waren. Was jetzt noch zu tun war, wußte er nicht. Es kam ihm kurz der Gedanke, daß wohl der Comes im Recht sei und daß man am besten daran täte, diese Verlorenen zu verheiraten, ehe sie die Kirche des Heiligen zu einem Hurenhaus machten. Ungeduldig und wütend wollte er gleich den Chorrock ablegen, mit dem er nur Spott auf sich gezogen hatte. Er sah sich nach Crispin um, damit er ihm helfe, doch war ihm der Krauskopf nicht gefolgt. So faßte er selber den Saum des Gewandes, hob es auf, warf es sich über den Kopf, zog, zerrte, versuchte es abzustreifen. Doch es gelang nicht, er verhedderte sich in einem der Ärmel. Schon hörte er wieder jemand lachen, und wütend darüber, nun noch als Nachspiel eine unfreiwillige Posse hinzuzufügen, kämpfte er mit dem widerspenstigen Rock. Endlich spürte er eine helfende

Hand und im nächsten Augenblick kam er unter dem lästigen Faltenwust hervor, atmete auf und wollte den Diener seiner Säumigkeit wegen anfahren.

Doch vor ihm, die Stola in Händen, stand Chrodechilde.

«Ich hoffe, du mußt sie jetzt nicht fortwerfen», sagte sie spöttisch, «weil ich sie angefaßt habe.»

«Weil du ...?»

«Eine Gebannte!»

Sie gab ihm die Stola, die er nachlässig über den Sattel des Pferdes warf.

«Und wer weiß», fuhr sie fort, «ob ich dir nicht in diesem Augenblick noch mehr Schaden zufüge. Denn uns ist ja, wie uns die Bischöfe eingeschärft haben, ‹jeder Umgang mit den Gliedern der Kirche verboten›, damit wir euch nicht ...»

«Lassen wir das doch!» sagte er heftig. «Solche Verbote sind lächerlich!»

«Darüber denken die Bischöfe anders. Eigentlich hättest du nicht einmal herkommen dürfen und das Wort an uns richten. Und wir können auch nicht zu dir kommen und uns der Untersuchung stellen, wo immer sie stattfinden soll. Wir sind aus der Kirchengemeinschaft ausgeschlossen und solange ihr uns nicht wieder aufnehmt, dürfen wir nicht miteinander sprechen. Ihr dürft nicht fragen, wir dürfen nicht antworten. Und jetzt habe ich schon zuviel geredet. Ich wollte dich nur daran erinnern. Leb wohl!»

«Chrodechilde!»

Sie hatte sich schon halb abgewandt. Er machte drei rasche Schritte und stellte sich ihr in den Weg.

«Chrodechilde, glaub mir, daß dieser Zustand nicht anhalten wird! Die Könige werden den Bischöfen Anweisung geben, den Bann wieder aufzuheben. Ich selber habe sie darum gebeten und werde mich weiter dafür einsetzen.

Heute noch rede ich mit Bischof Marovech ... notfalls reite ich nach Bordeaux zu Gundegisil ...»

«Beeile dich nur nicht zu sehr. Du siehst ja, uns geht es hier nicht schlecht. Keine Mauern, Sonne, Wein, Musik. Bis jetzt hat es Gott uns nicht entgelten lassen, daß uns die Bischöfe verflucht haben. Könnte es sein, daß er uns ein Zeichen gibt? Will er uns vielleicht damit sagen: ‹Mädchen, ich bin auf eurer Seite!›?»

Er starrte auf ihre Lippen, die schimmernden Zähne, das reizende Mal in ihrem Mundwinkel. Wagte auch kühn einen Blick auf die runden, gebräunten Schultern, die stolzen Pfeilspitzen unter der dünnen, vom Gürtel gestrafften Seidentunika, und plötzlich stieß er hastig hervor:

«Wie könnte er auf eurer Seite sein? Chrodechilde, was tust du? Was höre ich? Ist es dann wahr, was man mir berichtet? Kannst du dich wirklich so weit vergessen haben? Wie kann ein Engel wie du sich diesem grinsenden schwarzen Satan verbinden! Das ist Feuer und Wasser, das geht nicht zusammen! Stimmt es denn, was mir der Comes sagte? Es sei schon von Heirat die Rede, du zögertest noch, aber dächtest ernsthaft darüber nach ...»

«Das hat dir der Comes gesagt?» Sie lachte auf. «Nun, es ist wahr ... das wird erwogen ...»

«Ist wahr? Wird erwogen? Du, König Chariberts Tochter, würdest wahrhaftig einen Mörder und Straßenräuber ...?»

«Ein Mörder ist er nicht. Und mit der Räuberei wird dann Schluß sein.»

«Nein! Nein! Eine solche Heirat ist völlig unmöglich! Du kannst nicht in solche Tiefen hinabsteigen! Dein Muntwalt, König Gunthram, würde dem auch niemals zustimmen!»

«Der hat doch längst vergessen, daß er mein Muntwalt ist.»

«Dann muß man ihn daran erinnern!»

«Ach, willst du das tun? Willst du schon wieder dazwischenfahren? Willst du mir wieder alles verderben? Du hast schon verhindert, daß ich Äbtissin wurde! Auch den Bannfluch verdanke ich dir, denn du warst es, der die Idee hatte, uns die Bischöfe auf den Hals zu hetzen! Willst du mir nun die letzte bescheidene Ausflucht nehmen, die einzige Zukunft, die ich noch habe? Und warum erregt dich das alles so? Hast du vielleicht einen Schaden davon, wenn ich heirate?»

Der zornige, tiefschwarze Blick ging ihm durch und durch. Er wahrte nur mit Mühe die Fassung.

«Ich bitte dich, warte ... übereile nichts! Warum sollte denn das die letzte Ausflucht sein? Das Kloster ist deine Zukunft! Und auf verschlungenen Wegen wirst du erreichen, was du dir wünschst. Es sind noch Hindernisse zu überwinden, aber ich werde dir hinüberhelfen. Ich reiche dir meine Hand, Chrodechilde, mein Wort darauf ...»

«Was das schon wert ist!» Sie wandte sich ab und lachte verächtlich. «Wie hast du denn dein Versprechen erfüllt? Verraten hast du uns und im Stich gelassen! Wochenlang wartete ich, doch du kamst nicht. Jetzt endlich kommst du – und was bringst du mir? Wieder nur Worte. Ermahnungen, Schwüre! Und du führst irgendwelche Befehle aus ... ohne Sinn und kalten Herzens!»

Sie fuhr sich durch das Haar, riß die Rose heraus und warf sie heftig auf den Boden.

Er trat zu ihr und ergriff ihre Hand. Es kümmerte ihn nicht mehr, ob sie beobachtet wurden.

«Nicht kalten Herzens, Chrodechilde! Und den Befehlen werde ich Sinn geben. Vertraue mir! Gib mir noch eine Frist! Zwei Wochen! Dann werdet ihr alle vom Bann befreit sein.

Und wenn dann eure Sache verhandelt wird, werde ich nicht vergessen, was wir an jenem Tag am Brunnen besprochen haben. Du wirst erreichen, was du begehrst! Ob ich recht daran tue, weiß ich nicht, aber ich werde von jetzt an mit der Parteilichkeit handeln, die meine Empfindungen mir vorschreiben. Und wenn es mich mein Seelenheil kostet!»

Sie zog die Hand aus der seinen, senkte die Wimpern, seufzte. Dann sah sie ihn lange an, mit einem versöhnlichen, wenn auch zweifelnden Blick, und sagte schließlich:

«Die Frist ist gewährt.»

20

ZU SEINER ÜBERRASCHUNG WURDE THEUthar von Bischof Marovech wie ein Retter begrüßt.

Der grimmige Oberhirte von Poitiers befand sich in einem kläglichen Zustand. Zwei Nächte lang hatte er auf den Steinen vor dem Altar seiner Kirche gelegen, nur mit einem härenen Büßerhemd bekleidet, das er bei Theuthars Ankunft immer noch trug.

Seit jener Begegnung mit dem Comes waren zum ersten Mal Schuldgefühle in ihm erwacht und er hatte Gott um Verzeihung gebeten, wenn er im Eifer für die Sache des christlichen Glaubens die Strenge und Unduldsamkeit übertrieben hatte. Er hatte sich der Bevorzugung von Personen angeklagt, die solches keineswegs verdient hätten, auch der Mißgunst und Ungerechtigkeit gegen andere, womit er nachträglich seinen neidvollen Groll gegen Radegunde, die königliche Nonne und Heilige, in deren übermächtigem Schatten er so lange stehen mußte, zu befriedigen gesucht habe. Die Worte des Comes, man müsse die Ursache für die Revolte und ihre Folgen benennen, hatten sich ihm ins Hirn gebohrt, und je mehr Psalmen er herunterbetete, desto weniger fühlte er sich entlastet.

Im Gegenteil: Er sah sich in seiner fiebrigen Erregtheit nun auch als den, der die Übel gerufen hatte und für alles, was daraus entstand, verantwortlich war. Allein der Gedanke, daß er selber es war, der die Bräute des Herrn auf das Ehelager schmutziger Wollüstlinge stieß, bereitete ihm die äußerste Pein. Schimpflich sah er sich schon aus dem Amt gejagt, ewiger Strafe überantwortet. Auch er hatte ja ein königliches Schreiben aus Metz empfangen, in dem sehr entschieden, wenn auch nur in allgemeinen Worten, gefordert wurde, die «Ärgernisse» aus der Welt zu schaffen. Dabei sollte er eng mit dem Comes Macco und dem Priester Theuthar zusammenwirken. Traute man ihm allein nichts zu? War er bereits in Ungnade? War sein Nachfolger schon bestimmt? So wälzte er immer wieder dieselben schweren Gedanken. Litt auch körperlich, unter Schluckauf, Schweißausbrüchen, Bauchgrimmen, Durchfall. Theuthar erschrak, als ihm der Bischof entgegentrat, dünner und krummer als noch vor ein paar Wochen, gespenstisch fahl, die Nase schnabelartig, der Bart zerzaust.

Im ersten Augenblick glaubte Marovech, der blonde Priester käme im Auftrag des Königs, um ihm sein Schicksal zu verkünden. Mit finsterer Ergebenheit hörte er ihn an. Doch kaum hatte Theuthar ein paar Worte gesprochen, glühte Hoffnung auf in den geröteten, tief in den Höhlen liegenden Augen. Kurze Zeit später glaubte der übernächtigte, überreizte Bischof bereits, der Herr habe seine Gebete erhört und ihm den Rettungsboten gesandt.

Er war sogleich mit allem einverstanden: den übereilt ausgesprochenen Bannfluch aufzuheben; die Untersuchung an einem neutralen Ort durchzuführen; die Rebellinnen wohlwollend zu behandeln, von hohen Strafen und Bußen abzusehen; die Äbtissin Leubovera ohne Schonung für Mißstände und Übertretungen zur Verantwortung zu ziehen. Davon einen Teil zu übernehmen, erklärte sich Marovech ebenso bereit wie zu allen nötigen Maßnahmen, die das frühere hohe Ansehen des Klosters und, wie Theuthar es formulierte, «die Fortsetzung des Werkes der heiligen Radegunde durch deren natürliche Erben» sichern sollte. Was das bedeutete, war ihm klar, doch er war viel zu froh, erst einmal davongekommen zu sein, als daß er jetzt Einwände vorgebracht hätte.

Nun hing freilich alles zunächst davon ab, daß der Bann aufgehoben wurde. Dies konnte nicht ohne die Zustimmung des Metropoliten und der anderen Bischöfe geschehen, die nach den ungeheuerlichen Kränkungen fluchtartig Poitiers verlassen hatten. Theuthar veranlaßte Marovech, einen Brief an Gundegisil in Bordeaux zu schreiben. Nachdem er einige Zeit in dessen Gesellschaft zugebracht hatte, glaubte er, Dodos Einverständnis würde allein schon genügen, seine brachiale Autorität Widerstand von seiten der anderen, die ihm von Amts wegen ja ohnehin unterstellt waren, nachträglich nicht erwarten lassen.

Marovech schrieb seinem «lieben Bruder», er sei durch Fasten und Beten vom Herrn erleuchtet und zu der Einsicht geführt worden, daß der Strenge bei der Behandlung des Falles nun Milde folgen müsse. Nicht zurückstehen dürfe man hinter dem Herrn Jesus Christus, der für die Ungläubigen, die ihn ans Kreuz schlugen, bei seinem Vater um Vergebung bat mit den Worten: «... denn sie wissen nicht, was sie tun.» Auch die verirrten Nonnen hätten nicht gewußt, was sie taten, und so sei es nun Zeit, ihnen zu vergeben und sie wie Kinder an die Hand zu nehmen und zu ihrer alles vermögenden, alles wissenden, alles verstehenden Mutter, der heiligen katholischen Kirche, zurückzuführen. Marovech mahnte Eile an, weil einige sich schon sehr tief in das Dikkicht der Sünde und des Irrtums vorgewagt hätten, so daß die Gefahr bestehe, sie ganz zu verlieren. Von abscheulichen Ehebrechern umgarnt, seien die Unglücklichsten bereits im Begriff, aus der himmlischen Seligkeit des Klosters in den stinkenden Pfuhl der ehelichen Vorhölle zu stürzen. «Bewahren wir sie, lieber Bruder», schrieb der Bischof, «vor diesem grausamen Schicksal!»

Er las Theuthar das Schreiben vor, wobei seine Stimme schon wieder Kraft und Pathos gewann. Nachdem es gesiegelt war, nahm es der blonde Priester an sich. Er wolle es gleich selbst überbringen, sagte er, und am selben Tag noch den ersten Abschnitt des Wegs nach Bordeaux zurücklegen. Er werde die Kühle des Abends nutzen und bis Mitternacht im Sattel bleiben.

Als er fort war, sank der Bischof in Schlummer, erschöpft, erleichtert. Beim Erwachen fühlte er sich zwar gestärkt und wieder zuversichtlich, bereute aber bereits, in seinen Zugeständnissen zu weit gegangen zu sein. Noch am selben Tag, gegen Abend, erschien er im Heilig-Kreuz-Kloster, um seinen Ärger darüber an den vom Dauerfasten geschwächten Nonnen auszulassen. Er versammelte sie im Betsaal und hielt ihnen eine lange Strafpredigt, in der er sie beschuldigte, jede Anweisung, die er erteilt hatte, abgewandelt oder ins Gegenteil verkehrt zu haben. Hätte man ausgeführt, was er vorgeschrieben hatte, wäre es niemals zu dieser peinlichen Lage gekommen. Es solle sich also, bei Strafe von hundert Jahren Fegefeuer, keine von ihnen einfallen lassen, ihn für bestimmte Mißstände, die man demnächst mit seiner eigenen Hilfe schonungslos aufdecken werde, mitverantwortlich zu machen. Er selber würde als Ankläger gegen sie auftreten, es allerdings vorziehen, wenn sie ihm dies durch freimütige Schuldbekenntnisse ersparten. Dann könne er seine ungeschmälerte Autorität vielleicht sogar noch zu ihren Gunsten einsetzen.

Leubovera seufzte nur und verzichtete auf Widerspruch. Selbst Justina hatte keine Kraft mehr zu einer frechen Entgegnung. Es hatte an diesem Tag nicht einmal zu einer Gemüsesuppe gereicht. Von den Türmen der Klostermauer aus war beobachtet worden, wie ein Gespann, das von einem der Güter kam, noch kurz vor der Flußbrücke von den Banditen aufgehalten wurde.

Sein Erfolg bei Bischof Marovech, von dem er den hartnäkkigsten Widerstand gegen sein Anliegen erwartet hatte, erfüllte Theuthar mit Zuversicht und der Ritt von über dreihundert römischen Meilen erschien ihm diesmal weit weniger beschwerlich als – in umgekehrter Richtung – vor einigen Wochen. Er spottete über Crispins Gejammer, der wegen der Hitze und der schlechten Straßen an jedem zehnten Meilenstein Rast begehrte. Überhaupt war der Krauskopf, gegen seine Gewohnheit, während der ganzen Reise mürrisch und in sich gekehrt. Theuthar erriet die Ursache, vermied aber ein Gespräch darüber. Welche Hoffnungen konnte er dem verliebten Burschen machen, der die traurigen Augen der kleinen Lucilla nicht aus dem Sinn bekam?

Sie erreichten Bordeaux erst am vierten Abend, doch da Theuthar überzeugt war, seine Angelegenheit schnell erledigen und sich in zwei, drei Tagen auf den Rückweg begeben zu können, machte er sich keine Sorgen, daß er vielleicht die Chrodechilde versprochene Frist nicht einhalten werde. Der erste Eindruck beim Betreten des Bischofspalastes schien seine frohe Erwartung zu bestätigen. Er würde sich, was er nicht erhofft hatte, gleich die Zustimmung auch der anderen beteiligten Bischöfe zur Aufhebung des Kirchenbanns gegen die Nonnen holen können. Dodo hatte wieder eine «kleine Synode» einberufen und so waren auch Nicasius und Saffarius sowie fast alle anderen Geistlichen und Kirchenvorsteher, die mit in Poitiers gewesen waren, im Garten seines Hauses versammelt.

Theuthars Erscheinen löste unter den Zechenden gleich freudige Bewegung aus. Beifall und Zurufe begrüßten ihn.

«Seht, da kommt unser Held!»

«Unser faustgewaltiger Glaubensstreiter!»

«Ein würdiger Nachfolger des heiligen Georg!»

Dodo trat auf ihn zu und umarmte ihn.

«Wackerer Theuthar!» krähte er. «Heil dir! Du hast unsern Sieg vollendet!»

«Hab Dank», rief Saffarius, das Kinn mit dem Ziegenbart reckend, «daß du Satans Abgesandten zerschmettert hast!»

«So sind unsere Opfer nicht umsonst gewesen!» Auch Nicasius drückte dem blonden Priester die Hand, lachte und zeigte dabei die breite Zahnlücke.

Theuthar begriff erst etwas verspätet, daß man ihn für den Faustschlag auf das Auge des Schwarzbarts feierte. Weinseliger Jubel brach aus, als einer der Geistlichen, der alles aus nächster Nähe gesehen hatte, die Heldentat noch einmal schilderte.

«Unser Gefolgsherr Jesus Christus braucht solche Kerle!» schrie Dodo. «Ich sorge dafür, daß er Bischof wird!»

Wieder gab es begeisterte Zustimmung.

Allmählich fand Theuthar heraus, was geschehen war, und seine Zuversicht wich tiefer Besorgnis.

Nach seiner überstürzten Flucht aus Poitiers hatte Dodo zunächst nicht aufgehört, das Geschehene zu beklagen. Er sah sich als Feldherr, der eine schimpfliche Niederlage erlitten hatte und sich nun mit den Resten seiner Schar auf dem Rückzug befand. Vergnatzt und kopfhängerisch saß er auf seiner Wagenbank und hörte kaum auf die Trostworte seiner Reisegefährten.

Aber dann riß er sich zusammen und nach der Methode der Heerführer aller Zeiten machte er sich daran, die Niederlage zu einem Sieg umzudeuten. Es war klar, daß einige Unterfeldherren versagt hatten, besonders Marovech, der die Lage von Anfang an falsch eingeschätzt und dann viel zu früh losgeschlagen hatte. Er selber, Dodo, hatte zum Glück kühles Blut und klaren Kopf behalten, so daß der Vorstoß noch zum Erfolg führte. Durch den Bannfluch wurde der Angriff des Teufels, der sich der Nonnen bemächtigt hatte, erfolgreich abgewehrt. Der Sieg war also bereits errungen, als dann der schwer getroffene Erzfeind noch eine Nachhut in den Kampf warf. Aus heidnischem Gesindel bestehend, stürzte sie sich auf die glorreiche Heerschar des Herrn und richtete einige Schäden an. Doch leistete diese tapferen Widerstand, schonte sich nicht, vergoß ihr Blut und zog sich schließlich von der Walstatt zurück, was ohnehin ihre Absicht war. Zwar wurde das strategische Ziel, die Nonnen ins Kloster zurückzuführen, noch nicht erreicht, aber ein entscheidender Schritt dorthin getan, als nun Reue und Buße der Gebannten das begonnene Werk vollenden würden.

Bei seiner Ankunft in Bordeaux fühlte sich Dodo schon so sehr als Sieger, daß er sich gleich in die Bischofskirche zu einem Dankgottesdienst begab. Dann diktierte er einen Erfolgsbericht an König Gunthram. Der Diakon, der ihn niederschrieb, ersetzte allerdings die militärischen Begriffe darin durch geistliche und gab dem Schreiben mehr den Charakter einer Klageschrift. Da Dodo kaum lesen konnte, bemerkte er nichts und setzte mit steifen Lettern seinen Namen darunter. Doch gerade so fand der Bericht die günstigste Aufnahme. König Gunthram war heftig empört. In Chalon tagte gerade eine Bischofsversammlung und der König überließ es den Vätern, ihren heldenmütigen Amtsbrüdern die wärmste Verbundenheit auszudrücken.

Der Brief war vor wenigen Tagen eingetroffen und sogleich hatte Dodo die «kleine Synode» einberufen. Schon mehrmals war das Schreiben verlesen und bejubelt und zahlreiche Trinksprüche waren auf König Gunthram und die frommen Verfasser ausgebracht worden. Jetzt wurde es Theuthar vorgelegt.

«Lies vor!» rief Dodo. «Wir wollen die erhabenen Worte noch einmal hören!»

Theuthar las:

«An die immerdar hochverehrten und ihrer apostolischen Sitze überaus würdigen Herren Gundegisil, Nicasius und Saffarius von den versammelten Bischöfen Ätherius, Syagrius, Aunachar, Hesychius, Agroecula, Urbicus, Felix und Berthram.

Den Brief eurer Heiligkeit haben wir mit Freude über euer Wohlergehen, von dem die Botschaft meldet, empfangen. Andererseits sind wir von Kummer erfüllt durch die Beleidigung, die ihr erlitten habt ...»

In der Tat ließ der Brief keinen Zweifel daran, daß die Bischöfe in Chalon das Vorgehen ihrer Amtsbrüder nicht nur billigten, sondern begrüßten. «Alle Ehrfurcht gegen die Religion mißachtet» hätten «die Nonnen, welche vom Teufel verführt, das Kloster der Radegunde seligen Andenkens verlassen haben und weder eurer Ermahnung haben Gehör schenken noch in die Schranken des Klosters zurückkehren wollen». Überdies hätten sie «die Kirche des heiligen Hilarius durch die euch und euren Dienern widerfahrene Mißhandlung beschimpft». Die Väter erkennen «ausdrücklich» an, daß «ihr die Bestimmungen der Kirchengesetze gründlich zu Rate gezogen habt» und daß solche Übertretungen «nicht nur mit dem Banne, sondern auch mit gebührenden Bußübungen bestraft werden sollen». Völlig richtig sei es gewesen, fanden die Herren in Chalon, die Nonnen «von der Gnade der Kirchengemeinschaft auszuschließen» und «indem wir euch deshalb unsere Verehrung bezeugen und euch die Gefühle heißer Liebe ausdrücken, erklären wir, daß wir dem, was ihr unternommen habt, einmütig beistimmen!»

Als Theuthar an diese Stelle kam, erhob sich wieder allgemeines Frohlocken und Trinksprüche wurden ausgebracht. Die vergnügten Tafelgenossen konnten sich nicht mehr beruhigen und so las er den Rest für sich.

Nichts weiter solle vorerst unternommen werden, hieß es noch, «bis wir auf einer Synode, auf der wir uns im November zusammenfinden, in gemeinschaftlicher Beratung beschließen werden, wie die Verwegenheit solcher Personen durch Strafen gezügelt werden könne, auf daß künftig niemand in einen solchen Fehltritt verfalle und in seinem Übermut ähnliches zu unternehmen wage».

Keiner achtete mehr auf Theuthar, der sich in ein düsteres Schweigen zurückzog. Wenn dieser Brief, was ihm sicher erschien, auch die Meinung König Gunthrams ausdrückte, war die Sache für die gebannten Nonnen verloren. Er hatte Chrodechildes Behauptung, den König noch umgestimmt zu haben, ohnehin gleich mißtraut – hier war der Beweis, daß sie ihn belogen hatte. Auch König Childeberts (oder vielmehr Königin Brunichildes) Schreiben enthielt ja nicht den geringsten Anhaltspunkt für ein Wohlwollen gegenüber den Rebellinnen. Selbst wenn sich die Höfe in Metz und Chalon in dieser Frage nicht miteinander abgestimmt hatten, war doch eindeutig, was beide wünschten: dem «Ärgernis» ein Ende zu machen – und zwar ohne Rücksicht auf die Urheberinnen, notfalls mit Zwang und mit Folgen für die Beteiligten, die Nachahmer abschrecken würden.

Drei Tage dauerte Dodos «kleine Synode» und es erwies sich für Theuthar als aussichtslos, auch nur einen der hohen geistlichen Herren, die entweder fröhlich bezecht oder, unter den Auswirkungen eines Rausches leidend, stumpfsinnig und abweisend waren, für sein Vorhaben zu gewinnen. Am ehesten war noch Saffarius zu kleinen Zugeständnissen bereit. Er erinnerte sich der Fürsorge und Barmherzigkeit, die eine zuvor von ihm selber verfluchte Nonne ihm nach seinem Unfall am Altar zuteil werden ließ, und sprach sich für maßvolle Bußen aus. Von Nicasius, der nicht nur drei Zähne verloren hatte, sondern wegen des dadurch bedingten Lispelns, Zischens und Spuckens beim Singen und Predigen arg behindert war, wurde hingegen die äußerste Härte gefordert. Dodo selber hatte nicht das geringste Verständnis dafür, daß Theuthar die zu Boden geworfenen Scharen des Erzfeindes durch einen unangemessenen Gnadenakt ihrer Strafe entziehen wollte. Das Schreiben Marovechs nahm er nur als weiteren Beweis für das Schwanken und ziellose Manövrieren des Bischofs.

«Wie viele Siege auf dem Schlachtfeld wurden durch Leichtfertigkeit und Milde nachträglich aus der Hand gegeben!» rief er. «Jetzt heißt es: keine Zugeständnisse an den Feind! Keine Gnade! Gott will es so!»

Nach diesem Schlußwort des obersten Hirten der Kirchenprovinz hatte Theuthar hier nichts weiter zu tun, er blieb nicht bis zum Ende der «kleinen Synode». Ohne sich von der fröhlich lärmenden geistlichen Tafelrunde zu verabschieden, bestieg er sein Pferd und ritt davon. Auf dem Rückweg nach Poitiers war nun er es, der die meiste Zeit schwieg und finster sinnierte. Crispin dagegen gewann seine heitere Laune zurück.

«Also der Bann wird nicht aufgehoben! Die armen Mädchen bleiben verflucht! Glaubst du, Herr, daß die Bischöfe wirklich nicht einlenken werden?»

«Es scheint so.»

«Dann können die Jungfrauen auch nicht ins Kloster zurück.»

«Wenn sie dort büßen wollen, ist es erlaubt.»

«Und wenn sie anders büßen wollen?»

«Das liegt bei ihnen.»

«Zum Beispiel durch eine Pilgerfahrt?»

«Ich sagte doch, das ist ihre Sache.»

«Lucilla will nämlich nach Rom, zu den Gräbern der Märtyrer. Du weißt ja, sie denkt, weil sie sich an dem Aufruhr beteiligt hat und dafür gebannt wurde, sei das Feuer ausgebrochen, das ihre Eltern tötete. Wenn sie nun hört, daß der Bann bestehenbleibt, wird sie nicht zögern und dorthin aufbrechen.»

«Das ist lobenswert, aber gefährlich.»

«Das meine ich, Herr! Ehe sie eine Gruppe findet, der sie sich anschließen kann, ist sie doch hilflos. Und auch später ... Sie ist ein so zartes, zerbrechliches Wesen. Wie sollte sie in der rauhen Welt zurechtkommen! Sie braucht unbedingt einen Diener, einen Vertrauten, einen Beschützer!»

«Und einen Liebhaber, willst du sagen.»

«Herr, du solltest darüber nicht spotten ...»

Aber Theuthar empfand nur bitteren Hohn, wenn von den Nonnen und ihrer Zukunft die Rede war. Er dachte an Chrodechilde und an die Nachricht, die er ihr bringen mußte. Und er dachte an den grinsenden Schwarzbart, der für den Faustschlag in der Kirche nun eine großartige Genugtuung erhalten würde. Aber konnte er das zulassen? Durfte er es?

Zur Dämmerstunde war es, als sie das Tor von Poitiers erreichten. Sie ritten hindurch und hörten gleich von irgendwoher aus der Stadt Musik und Gesang. Eine fröhliche Gesellschaft war dort versammelt.

«Wird ein Fest gefeiert?» fragte Theuthar den Wächter.

«Ja, eine Hochzeit», sagte der Mann und lächelte breit. «Im Hause der Braut, so wie es Brauch ist.»

«Aber mir scheint, der Lärm kommt von …»

«Von der Hilarius-Kirche. Ganz recht, Herr. Das ist ja das Haus der Braut!»

21

DER HOCHZEIT VON SIGGO UND CONSTANtina war nicht, wie sonst üblich, eine Verlobung vorausgegangen. Mit Mühe hatte der Comes einen uralten, völlig verarmten Onkel des Vaters der Braut ausfindig gemacht und nach Poitiers holen lassen. Es war ihr einziger männlicher Verwandter, nachdem alle anderen elf Jahre zuvor als Verschwörer gegen König Gunthram ums Leben gekommen waren. Der schon fast blödsinnige Alte war formell der Muntwalt der Braut und sollte bei der Feier ihre Familie vertreten, damit Constantina nicht als Hergelaufene, sondern als Sproß eines edlen, wenn auch dem Untergang geweihten Geschlechts in die Ehe ging. Zu verhandeln gab es natürlich nichts mit ihm und so konnte auf die Verlobung, die gewöhnlich den Abschluß eines zähen Gefeilsches um Mitgift und Brautgeschenke bildete, verzichtet werden. Auch die übrigen Umstände dieser Heirat ließen geraten sein, Gepränge und endloses Feiern zu vermeiden. Wenn es Macco auch große Genugtuung bereitete, die frühere Gottesbraut zu seiner Schwiegertochter zu machen, wollte er doch kein lärmendes Fest, das den gekränkten, erbitterten Marovech erneut herausfordern mußte.

Nichtsdestoweniger hielt der Comes darauf, daß die wichtigsten Bräuche beachtet wurden, und zur Einholung der Braut begab er sich selbst in den Schutzbezirk der Hilarius-Kirche. Hier hatten die früheren Nonnen ihre Freundin schon hübsch herausgeputzt und zum Empfang des Bräutigams vorbereitet. Constantina trat an die Seite ihres alten

Verwandten, der nun von Siggo das übliche symbolische Brautgeld für sie empfing – einen Solidus und einen Denar. Auch ein Ehevertrag war vorbereitet, der ihr im Falle des Todes ihres Gemahls ein Wittum sicherte, ein sehr bescheidenes allerdings, denn Siggo war nur der dritte von sechs Söhnen des Comes. Macco hatte einige angesehene Bürger der Stadt mitgebracht, die den Vertrag als Zeugen bestätigten. Der goldene Ring fehlte ebenfalls nicht, den der Bräutigam nach römischer Sitte, die hier noch immer lebendig war, seiner Erwählten an den Finger steckte. Und schließlich erhielt sie von ihm ein paar zierliche, gestickte Pantoffeln. Die sollten nach gallischem Brauch für den häuslichen Frieden sorgen.

Constantina, die viele Tränen vergoß, hatte auf ein Abschiedsmahl mit ihren Gefährtinnen nicht verzichten wollen. Alle versammelten sich um die Tafel neben der Kirche und auch der Comes ließ sich nicht lange bitten. Die Honoratioren folgten dem Beispiel und Macco schickte nach Porcarius, der eilends herbeigewatschelt kam und sich hochgeehrt neben ihm niederließ. Nur die zweifelhaften Gäste des Heiligen waren diesmal nicht geladen, sie mußten sich im Hintergrund halten. Mit einer solchen Gesellschaft zu Tisch zu sitzen, hätten der Comes und die Herren seiner Begleitung nun doch nicht ertragen.

In anderer Beziehung waren sie weniger kleinlich. Eifrig sprachen sie dem köstlichen Wein zu, der aus den von Roccos Bande geplünderten Vorratshäusern des Heilig-Kreuz-Klosters stammte. Und Beifall spendeten sie, als Chrodechilde und Basina eine Truhe mit Geschenken öffneten, deren Herkunft nicht weniger dunkel war. Tatsächlich waren sie angeschafft vom Verkaufserlös dem Kloster geraubter Güter. Chrodechilde war allerdings der Meinung, daß der Konvent verpflichtet war, einem scheidenden Mitglied, einer Waise, eine angemessene Mitgift zu spenden. Man tat also nur, was sonst versäumt worden wäre. Entzückt nahm Constantina aus der Truhe Seidengewänder, Mäntel, Schuhe, Gürtel, einen Otterpelz für den Winter, eine Schatulle mit Schmuck, ein Kästchen mit nützlichen Dingen des Frauenbedarfs und eines mit Goldmünzen. Die glückliche Braut benetzte alles mit Tränen der Dankbarkeit und der Rührung, und das Umarmen und Küssen wollte kein Ende nehmen.

Natürlich mußte sie sich von jeder ihrer Freundinnen einzeln verabschieden und so zog das Gelage sich hin. Der Comes rief Musikanten herbei, die eigentlich erst in Aktion treten sollten, wenn sich der Brautzug in Bewegung setzte. Mit Musik und Gesängen ging es weiter, während die Sonne verschwand und die späte Dämmerung des Juniabends herabsank.

Plötzlich saß einer an der Tafel, der eigentlich nicht geladen war. Gemächlich war Rocco herbeigeschlendert, in einer reichbestickten Tunika, Silberbeschläge am Gürtel, hatte gönnerhaft wie ein verspäteter Ehrengast in die Runde gewinkt, sich mit auf die Bank gezwängt, wie selbstverständlich bei Chrodechilde. Bald trank er sogar aus ihrem Becher, mischte sich, breit auf den Tisch geflegelt, in die Gespräche, gab seinem «guten Freund» Siggo ein paar gepfefferte Ratschläge für die Behandlung einer Ehefrau. Der Comes am anderen Ende der Tafel tat zunächst so, als bemerke er ihn nicht. Doch beobachtete er das Paar aus den Augenwinkeln. Chrodechilde, in einem feuerroten Gewand und mit Perlenkette wie immer die Königin der Tafel, behandelte Rocco von oben herab, aber vertraulich, rügte Frechheiten, lachte jedoch über seine Scherze, nahm ihn wie selbstverständlich als Tischgenossen. Von Siggo wußte der Comes, daß die beiden nach wie vor oft beieinander waren, auch unter vier Augen, allerdings immer im Blickfeld der anderen, niemals heimlich, niemals versteckt. Kein Anzeichen gab es bisher, daß die Sache, an der ihm so lag, vorankam. Auch was er jetzt sah, schien mehr eine Vertraulichkeit der Komplizenschaft als der innigen Neigung zu sein.

Macco hatte Grund zur Besorgnis. Es war beobachtet worden, wie Theuthar, der Priester und Sondergesandte, Chrodechilde am Tor vor der Kirche sehr lange die Hand gedrückt hatte. Was bedeutete das? Und was mochte wohl in dem Brief stehen, den sein Bote für sie aus Metz mitgebracht und den Siggo ihr übergeben hatte? Der Bote wollte wissen, er sei von König Childebert selbst, obwohl er mit einem anderen Siegel verschlossen war. Siggo war aufgefallen, daß Chrodechilde sich nach dem Empfang des Briefes besonders heiter, geradezu übermütig gezeigt hatte. Standen sein Inhalt und ihr anhaltendes Zögern, dem Heiratsplan zuzustimmen, in einem Zusammenhang?

Was dem Comes aber die meisten Sorgen bereitete, war ein an ihn selber gerichtetes Schreiben vom Hofe, das der Bote gebracht hatte und das tatsächlich mit Childeberts Siegel versehen war, obwohl es – wie stets klar erkennbar – nicht von ihm selber stammte. Frau Brunichilde drückte darin ihren Unmut aus, daß das «Ärgernis» immer noch nicht beseitigt sei und neue Klagen bei ihr eingingen. Diese waren ersichtlich aus dem Kloster, von der Äbtissin Leubovera gekommen und betrafen die Raubüberfälle der Rocco-Bande. Schlicht und unumwunden lautete der Befehl aus Metz, mit dem verbrecherischen Treiben ein Ende zu machen – koste es, was es wolle.

Und nun saß der Comes, der sehr wohl in diesem Befehl auch eine Drohung gegen sich selber verstand, mit denen an einer Tafel, die ihm das eingerührt hatten. Im stillen fluchte er auf die beiden und hätte sie am liebsten sogleich und ohne Rücksicht auf den Schutz des Asyls in Haft genommen. Doch war das nicht möglich und er brauchte sie.

Constantina hatte inzwischen die Runde gemacht, es herrschte schon allgemein Aufbruchstimmung. Viele erhoben sich von den Bänken, standen in Grüppchen auf der Wiese herum. Siggo ließ draußen den mit Girlanden geschmückten Wagen anspannen. Chrodechilde sprang auf, um ihren Umhang zu holen, sie und Basina wollten mitgehen. Ihre Gefährtinnen drängten sich am Tor. Auf dem Platz vor der Kirche hatten sich zahlreiche junge Leute eingefunden, die sich gleichfalls dem Brautzug zum Hause des Comes anschließen wollten.

Schließlich saßen nur noch zwei Männer. Ihre Blicke begegneten sich im Halbdunkel. Der Comes strich seinen Schnurrbart, erhob sich schwerfällig. Mit einer Kopfbewegung bedeutete er dem anderen, ihm unauffällig hinter die Kirche zu folgen. Er ging dorthin, schlug an einem Baum sein Wasser ab. Als er sich umdrehte, stand Rocco hinter ihm an der Kirchenwand, abwartend, lässig die Arme und die Beine gekreuzt.

«Verdient hast du nicht, daß ich mit dir rede», sagte der Comes. «Aber mein alter Freund, dein Vater, hat noch einmal ein Wort für dich eingelegt.»

«Es scheint, der Alte hat sein Gedächtnis wiedergefunden», entgegnete Rocco verächtlich. «Er erinnert sich, daß er einen Sohn hat. Noch habe ich aber nichts davon.»

«Sein Gedächtnis ist in der Tat sehr schwach. Vor ein paar Tagen war ich bei ihm. Nur mühsam konnte ich ihn überzeugen, daß der Räuber und Mörder, der mir entwischte, tatsächlich sein Sohn ist.»

«Und wie bist du selbst zu der Überzeugung gekommen, nachdem du mich um mein Erbe gebracht hast?»

«Du fragst mich wie? Durch deine Schurkereien. Und deine Dreistigkeit. Nur der heruntergekommene Sohn eines Edlen konnte so aberwitzig handeln wie du. Draußen Verbrechen begehen und hier in der Stadt, vor meiner Nase, im Asyl sitzen.»

«Was willst du von mir?» fragte Rocco ungeduldig. «Und was will der Alte für mich tun?»

«Du kennst meinen Plan. Dein Vater billigt ihn. Ich habe gesagt, du wirst sie heiraten. Leider war das nur eine Behauptung. Aber vorausgesetzt, es geschieht, erhältst du dein Gut zurück und wirst wieder der, der du früher warst. Ohne Zeugen gesagt: Mit einer Merowingerin, die aus der Sippe der größten Räuber und Mordbrenner aller Zeiten stammt, bist du dann wieder ein ehrlicher Mensch, in einem höheren Sinne natürlich. Auch die Justiz wird dem Rechnung tragen.»

«Das läßt sich hören.»

«Und wie weit bist du bei ihr?»

«Nur keine Sorge. Es geht voran.»

«Das sehe ich. Ihr wirtschaftet schon gemeinsam. Die Klostergüter habt ihr schon ausgeraubt.»

«Wie wolltest du das beweisen?»

«Das will ich gar nicht. Ich will nur, daß damit endlich Schluß ist! Nimm dir das Weib, zieht euch zurück auf dein Gut und gebt Ruhe! Deshalb frage ich nochmals: Wie weit bist du mit ihr? Bringst du sie dazu, dich zu heiraten?»

«Vielleicht hab ich es selber nicht eilig.»

«Viel Zeit bleibt dir nicht mehr.»

«Ich lebe hier gut.»

«Nicht mehr lange.»

«Was heißt das?»

«Weil du bald hängen wirst.»

«Wie?»

«Immer vorausgesetzt, daß mein Plan an dir scheitert.»

«Hängen – sagst du?»

«Ich hebe für dich das Asyl auf. Ausschließlich für dich. So wie mein Vorgänger es für den Leudast getan hat.»

Rocco trat einen Schritt vor und packte den Comes am Arm.

«Dazu hast du kein Recht! Leudast war, wie sich herausstellte, ein entflohener Sklave! Du hast eben anerkannt, daß ich ein Edler bin. Mein Vater ...»

Macco stieß ihn heftig zurück.

«Dein Vater? Wenn du ihm nicht die Merowingerin bringst, verliert er erneut sein Gedächtnis, soviel ist sicher. Dann bist du der Sohn einer Magd, nichts weiter. Bestes Material für den Henker!»

«Comes, ich warne dich! Meine Männer ...»

«Die werden aufgeben, wenn du hängst! Sie werden dich auch nicht mehr retten können. Sie erfahren es, wenn du im Grabe liegst. Erwarte nicht, daß ich dich noch in den Kerker werfe. Wir bringen dich keine hundert Schritte fort. Die hohe Eiche dort auf dem Platz ... siehst du sie? Sie wartet auf dich!»

«Und wie lange noch?» stieß Rocco hervor.

«Wenn ich nichts von dir höre», sagte der Comes und strich sich den Schnurrbart, «bis morgen oder übermorgen. Vielleicht auch noch ein paar Tage länger. Du weißt ja, bei mir wird Hochzeit gefeiert. Leider kann ich dich nicht dazu einladen. Doch wirst du es mir nicht verübeln und mich hoffentlich bald zu der deinigen laden. Bedenke: Heiraten oder hängen – etwas anderes gibt es für dich nicht mehr!»

22

CHRODECHILDE GING MITTEN IM BRAUTzug.

Den Anfang machten die Fackelträger, dann kamen Musikanten, das Brautpaar winkend, lachend und Münzen streuend, der Comes und die Honoratioren, Verwandte und Gefolgsleute, der Wagen mit den Geschenken, viele Bürger, die sich unterwegs angeschlossen hatten, keine Geistlichen. Eilig hatte man es nicht, man machte Umwege, einige Straßen wurden mehrmals durchschritten. Aus den Gassen liefen Kinder herbei, denen vom Wagen Backwerk gespendet wurde. Die Männer standen in ihren Haustüren, grüßten das Brautpaar mit fröhlichen Zurufen. Frauen warfen Blumen von den Balkonen.

Es gab auch vereinzelt Äußerungen des Unmuts. Ein paar alte Weiber bekreuzigten sich und schrien Verwünschungen. Allgemein teilte man aber die Ansicht des Comes, daß eine aufsässige, gebannte Nonne noch immer eine brauchbare Ehefrau abgeben könne. Wenn sie sich als solche bewährte, konnte Gott ihr nicht länger zürnen und auch die Kirche mußte sie irgendwann wieder aufnehmen. Unzweifelhaft war ja auch, daß sich die rosige, pausbäckige, stämmige Braut mehr für einen irdischen denn den himmlischen Bräutigam eignete, dem ausreichend dürre, bläßliche, für die Strapazen des Bettes und der Nachwuchsaufzucht weniger geeignete Geschöpfe zur Verfügung standen. Den einfachen, praktisch denkenden Leuten erschien es vernünftig, ja weise, daß sich der Comes entschlossen hatte, seinem Sohn die entlaufene

Nonne zu geben. Wenigstens die würde nun nicht noch einmal über die Bischöfe herfallen und das himmlische Strafgericht, welches für dieses Mal glücklicherweise ausgeblieben war, doch noch auf die Stadt herabbeschwören. Man konnte nur hoffen, daß möglichst viele dem Beispiel folgten.

So war Chrodechilde, die Arm in Arm mit Basina dem Brautpaar folgte, nicht weniger Mittelpunkt der Aufmerksamkeit als die Hauptpersonen. Man erkannte in ihr die Anführerin der rebellischen Nonnen und zeigte sie einander. Deftige Ratschläge wurden ihr zugerufen und sie gab lachend ungeniert Antwort. Sie genoß diese Popularität, warf stolze Blicke nach allen Seiten und zuckte auch nicht, wenn Flüche sie trafen. Im Fackelschein glitten am Straßenrand die Gesichter vorüber: neugierige, erhitzte, lüsterne, stumpfe, boshafte. Und auf einmal, halb im Schatten einer Hauswand, bemerkte sie für einen kurzen Augenblick auch ein ernstes, wie im Schmerz verzogenes Männergesicht, das sich rasch abwandte.

Sie drehte sich um und reckte den Hals, doch das Gespann hinter ihr versperrte die Sicht. Sie stolperte, stützte sich auf den Arm der Freundin.

«Was hast du?» fragte Basina.

«Das war er!»

«Wer?»

«Theuthar!»

«Wahrhaftig? Hast du ihn wirklich erkannt? So ist er also zurück und ... Childe! Was ist? Wo willst du denn hin?»

Chrodechilde ließ Basinas Arm los und schlängelte sich aus dem Zug. Am Straßenrand warf sie den Umhang über den Kopf und eilte zurück. Sie erreichte die Stelle, wo der Priester gestanden hatte, aber er war nicht mehr da. Der Brautzug entfernte sich. Unschlüssig sah sie sich um.

In der Nähe standen ein paar Männer, die den Zug begafft hatten, vor dem offenen Tor einer Herberge. Gerade führte ein Knecht zwei Pferde hinein. Chrodechilde ging zögernd ein paar Schritte weiter, spähte in den Hof. Ein Hund lief herbei und kläffte sie an. Die Männer wurden auf sie aufmerksam, blickten herüber, machten anzügliche Bemerkungen. Sie erkannten sie aber nicht, weil das Umhangtuch ihr Gesicht fast verdeckte.

Plötzlich sah sie ihn. Er stand in einer Ecke des Hofes, verhandelte mit einem rundlichen Kerl, wohl dem Herbergswirt. Noch immer bellte der Hund und auf einmal sprang er sie an.

Sie schrie: «Theuthar!»

Er sah herüber und war sofort bei ihr. Riß den Hund von ihr weg und zog sie auch von den Männern fort, die sich nicht gerührt und nur über ihr Erschrecken gelacht hatten.

«Chrodechilde! Was tust du hier?»

«Ich war in dem Brautzug. Da sah ich dich!»

«Auch ich habe dich gesehen.»

«Du bist also zurückgekehrt.»

«Soeben, ja. Ich will hier übernachten.»

«Und ich muß weiter. Der Zug ... er ist schon ein Stück entfernt! Man hört ihn kaum noch.»

«Ich begleite dich, bis du ihn eingeholt hast!»

«Nein. Wozu denn ... Oder doch! Wenn du willst ...»

Sie gingen rasch die Straße entlang, der Musik und dem Lärm nach. Chrodechilde ergriff den Arm des Priesters, um auf dem groben Pflaster nicht auszugleiten. Es war inzwischen völlig dunkel, nur die Mondsichel, die sich aber jeden Augenblick hinter Wolken versteckte, spendete schwaches Licht. «Die erste von euch heiratet also», sagte Theuthar.

«Ja, Constantina. Sie trifft es gut, kommt in das Haus des Comes. Zwar lehnt ihre Schwiegermutter sie ab, nimmt nicht einmal an der Hochzeit teil, aber die wird sich im Laufe der Zeit schon dreinfinden. Basina und ich gehen mit, damit Constantina sich nicht zu fremd fühlt beim Eintritt in ihr neues Heim. Wir sind ja eigentlich ihre Familie.»

«Eine Familie, die sich auflöst.»

«Du sagst das in einem so bitteren Ton. Warst du in Bordeaux? Was hast du erreicht?»

«Du hattest recht, Chrodechilde, mein Wort ist nichts wert.»

«Du bringst also ...»

«Nichts.»

«Keine Aussicht, daß der Bannfluch gelöst wird?»

«Nein.»

Die Straße endete unverhofft an einer Mauer und sie bemerkten, daß sie in die Irre gegangen waren. Anscheinend hatten sie eine Seitengasse verpaßt. Die Flöten und Rasseln tönten bereits aus beträchtlicher Entfernung.

«Vielleicht machen sie noch einmal einen Umweg», sagte Chrodechilde. «Gehen wir doch gleich zum Haus des Comes. Wirst du es finden?»

«Ich weiß nicht. Ich war nur ein einziges Mal dort.»

«Ich noch nie.»

Sie kehrten um, schritten an weißgekalkten Häuserwänden entlang, suchten die Nebenstraße. Endlich fanden sie einen holprigen Weg, von Flieder und Weißdornhecken gesäumt. Es war niemand mehr unterwegs, den sie fragen konnten, ob es der richtige war. Doch die Musik schien sich jetzt zu nähern, auch Gelächter und Stimmen waren wieder zu hören. Sie folgten dem Weg. Chrodechilde hängte sich an den Arm des Priesters. Sie war nicht viel kleiner als er und er spürte, weil sie das Tuch auf die Schultern zurückgeschoben hatte, beim Gehen ihr Haar an seiner Wange.

«Meine Verwandten, die Könige ...», sagte sie.

«... wollen nichts für euch tun», unterbrach er sie gleich. «Ihnen liegt nur daran, das ‹Ärgernis› loszuwerden. Du hast das übrigens immer gewußt. Du warst auch nicht in Metz und ...»

«Ja, ich hab dich belogen. Verzeih mir! Was sollte ich machen in meiner Not? Ich wollte nun einmal Äbtissin werden, das hatte ich mir in den Kopf gesetzt.»

«Und hast du deinen Sinn jetzt geändert?»

«Es bleibt mir ja wohl nichts anderes übrig.»

«Ich werde trotzdem versuchen, bei deinen Verwandten ...»

«Wozu denn? Ich hab längst begriffen, sie wünschen es nicht. Unseren Stammvater zeugte ein Meerungeheuer, halb Stier, halb Mensch. Wir sind ein Geschlecht von Ungeheuern. Sie fürchten, daß ihresgleichen zur Macht gelangt. Auch wenn es nur die bescheidene über ein Kloster wäre. Ist das nicht komisch?»

«Darüber steht mir kein Urteil zu. Doch glaubst du wohl selber nicht diesen heidnischen Unsinn. Auch wenn es uns manchmal schwerfällt, es anzuerkennen: Gott ist es, der den Willen der Könige lenkt ...»

Sie lachte auf.

«Ach, du bist ein Heuchler! Versteckst dich hinter deinem pathetischen Pfaffengeschwätz. Du fürchtest mich auch. Hab ich recht? Nicht als merowingisches Ungeheuer, sondern als Frau. Und zwar seit dem Augenblick, da wir uns bei meinem Onkel, dem König, kennenlernten. Ich sah die Furcht in deinen Augen, als du deine beflissenen Vorschläge machtest, damit wir rasch wieder im Kloster verschwanden.»

«Ich sorgte mich um euer Seelenheil. Und tue es immer noch!»

«Nun, unser Seelenheil ist ja vorerst verloren. Deine Bemühungen waren nicht sehr erfolgreich. Gibt dir das nicht zu denken? Meinst du nicht, daß es Zeit wäre, mit dir zu Rate zu gehen?»

«Das tue ich ununterbrochen!»

«Warum überwindest du nicht deine Furcht? Warum hörst du nicht auf, dich nur um meine Seele zu sorgen?»

«Ich bin Priester!»

«Und ich eine Frau. Das ist immerhin noch von mir übrig, nachdem ich der höheren Bestimmung entzogen wurde. Aus dem Vorsaal des Himmels, wie man das Kloster ja immer nennt, bin ich zurückgekehrt auf die Erde. Und brauche die Aufmerksamkeit, die jeder Frau zusteht. Ach, wie sehne ich mich danach, in meinem eigenen Brautzug zu gehen!»

Sie blieb stehen und seufzte.

«Chrodechilde ...»

«Hörst du sie noch? Es ist plötzlich so still! Wir sind wohl wieder in die Irre gegangen. Laß uns umkehren!»

«Nein!»

Theuthar ergriff ihre beiden Hände und sank mitten auf dem Weg vor ihr nieder. Der Priester des Herrn und Gesandte der Könige verlor so sehr die Fassung, daß er von einem Augenblick zum anderen alles abwarf, womit er sich bisher gepanzert hatte. Nicht mehr imstande, noch kluge Worte zu wählen und schützende Argumente aneinanderzureihen, brachte er nur noch ein Gestammel hervor. Zwar wurde ihm gerade noch bewußt, daß er im freien Fall von der Höhe der Frömmigkeit, Zucht und Weisheit herabstürzte, die er in jahrelanger Askese erklommen hatte, doch war es zu spät. Er hatte nichts mehr, um sich festzuhalten ... nur die Hände der Versucherin, die sie ihm willig überließ, damit er sie mit Küssen bedeckte.

Die Ironie des Zufalls hatte den Priester und die Nonne in dem Augenblick, da sie ihre christliche Tugend vergaßen, an einen Ort geführt, der so recht geeignet war, in heidnisches Laster zurückzufallen. Aus den blühenden Sträuchern am Wegrand erhob sich neben ihnen eine Ruine: Wände, von Türöffnungen unterbrochen, ein Stück vom Obergeschoß mit kleinen Fenstern. Auch im Mondlicht war an einer der Mauern der Rest einer Inschrift zu erkennen: LUP..AR .ELIS... Sie hatten sich in den entlegenen Winkel der Stadt verirrt, wo in längst vergangener Römerzeit ein gewisser Melisseus ein Lupanar, ein Bordell, betrieben hatte. Wie viele Bürger des alten Limonum waren einst in froher Erwartung auf demselben Wege hierhergepilgert! Chrodechilde begriff auch gleich, lachte hell auf, stellte sich in eine der Türen auf die grasüberwucherte Schwelle. Hier lupfte sie ihr Gewand und zeigte ein Bein und brachte damit den immer noch auf dem Wege knienden Theuthar endgültig um den Verstand. Er verwandelte sich in einen römischen Freier und folgte seiner Liebsten willig ins Innere des alten Lusttempels. Sie lockte ihn durch ein paar Gänge, deren nur noch halb mannshohe Wände den Blick auf Kämmerchen mit gemauerten Bettstellen freigaben, in einen kleinen, gepflasterten Hof, wo in der Mitte ein Satyr auf einem Marmorsockel tanzte. Nun tat sie, als fliehe sie vor ihm und er stürzte ihr nach und übermütig umkreisten sie die Figur, lachend, keuchend, bei jeder Berührung aufschreiend. Und als sie sich schließlich fangen ließ, sanken sie gleich am Rande des Hofpflasters in das üppige, hohe Gras.

Das hatten wohl viele der Gäste des Lupanars auch schon damals getan. Der Satyr grinste, als erinnere er sich, und hätte wohl, wäre er nicht aus Stein gewesen, vor Freude, das noch einmal zu sehen, einen Luftsprung gemacht.

«Höre mir zu!» sagte Chrodechilde, als sie, sich gegenseitig das Gras von den Kleidern klopfend, am frühen Morgen die Ruine verließen. «Ich habe schon alles genau bedacht. Du brauchst nur auszuführen, was ich dir sage!»

«Ich werde tun, was du willst!» erwiderte er. «Es kommt jetzt nur noch auf eines an: daß unsere Liebe stark bleibt und niemals erkaltet!»

«Deshalb muß man ihr ja ein Dach geben, unter dem sie sich jederzeit wärmen kann.»

«Hast du wirklich schon darüber nachgedacht?»

«Ich war ja sicher, daß es so kommen würde.»

«Du warst sicher?»

«Völlig.»

«So wenig Festigkeit hast du mir zugetraut?»

«Warst du nicht etwa auch bereit, ein frommes Liebesopfer mit der ehrwürdigen Mutter des Heilig-Kreuz-Klosters zu bringen, falls ich das denn geworden wäre?»

Er seufzte, mußte aber gleich darauf lachen. Sie küßten sich und gingen Hand in Hand weiter, den von Flieder und Weißdorn gesäumten Weg entlang.

«Was meinst du also? Was werden wir tun?»

«Zunächst trittst du aus dem Priesterstand aus, damit du wieder ein heiratsfähiger Edler wirst.»

«Das wird wohl geschehen müssen. Und dann?»

«Nun, dann heiraten wir!»

«Ja, und zwar bald! Was für ein Erdenglück werden wir beide genießen! Wir werden es nicht bereuen, auch wenn uns das Paradies verlorengeht.»

«Ich bin sicher, wir kommen trotzdem hinein.»

«Aber wie werden wir leben? Und vor allem: wovon? Ich bin der vierte Sohn meines Vaters, besitze fast nichts. Und ob mich die Könige länger in ihrem Dienst dulden …»

«Dann trittst du eben in meinen Dienst. Als Majordomus meines Gutes.»

«Wie? Du besitzt ein Gut?»

«Noch nicht. Doch bald werde ich eines haben.»

«Aber dein Erbe steckt doch, soviel mir bekannt ist, im Klosterbesitz?»

«Das Gut wird ein Geschenk meines Vetters sein.»

«Deines Vetters? Des Königs Childebert?»

«Ja. Vor wenigen Tagen bekam ich ein Schreiben von ihm, zur Tarnung mit einem fremden Siegel verschlossen. Er mußte sich ja vor seiner Mutter vorsehen, die nicht erlaubte, daß er mir schrieb. Du weißt doch, er wird noch immer von ihr wie ein Kind behandelt, obwohl er fast zwanzig Jahre alt ist.»

«Und was schrieb er dir?»

«Daß er sich halb totgelacht habe, als er erfuhr, was den Bischöfen hier passiert ist. Und daß er unseren Mut bewundere, unseren Willen zu äußern und aufzubegehren. Und daß er sich an uns ein Beispiel nehmen wolle.»

«Ein kühner Vorsatz, in Anbetracht der Verhältnisse dort.»

«Du kannst dazu beitragen, daß er ihn in die Tat umsetzt.»

«Ich? Und wie?»

«Indem du dich gleich nach Metz begibst.»

«So willst du, daß wir uns gleich wieder trennen?»

«Es muß sein. Denn nun höre das Wichtigste. Ich sagte, das Gut will mir Childebert schenken. Er schreibt, daß er die Schenkung verfügen wolle, ohne seine Mutter zu fragen, als König und Volljähriger sei er berechtigt dazu. Es solle eine der Domänen hier in der Gegend von Poitiers sein, mit allen Dörfern, mit Gesinde und Vieh, mit Wiesen, Wäldern, Flüssen. Ist das nicht großartig? Für unseren Unterhalt wäre gesorgt. Noch könne er aber nicht mitteilen, schreibt er, welche der Domänen es sein werde. Es gebe auch noch juristische Hindernisse. Sobald er jedoch erfahren sollte, daß meine Sache verloren sei, werde er gleich alles ins Werk setzen, ungeachtet der Schwierigkeiten, die man ihm machen werde. Ach, wie ich meinen Vetter liebe, obwohl ich ihn niemals gesehen habe! Meine einzige Sorge ist, er könnte doch wieder schwankend werden, sich unterordnen und die Schenkung vergessen. Deshalb will ich, daß du nach Metz eilst. Daß du seinen Mut stärkst und ihm zur Seite stehst. Dabei mußt du natürlich geschickt und vorsichtig sein, damit die Alte, die Königin, nicht dazwischenfährt. Zögere also nicht und brich heute noch auf! Bring mir so schnell wie möglich die Schenkungsurkunde. Tu es für mich! Und tu es für uns!»

«Ich bringe sie, Childe! Verlaß dich auf mich!»

«So wird alles ein gutes Ende nehmen.»

«Möge Gott uns verzeihen, was wir tun!»

Inzwischen waren sie aus dem stillen, umblühten Seitenweg auf die Straße hinausgetreten. Hier herrschte schon morgendliche Geschäftigkeit. Sie mußten Ochsenkarren mit Bauholz und ein paar ungebärdigen Pferden ausweichen, die man zum Roßmarkt trieb. Chrodechilde verbarg ihr Gesicht hinter dem Umhangtuch und Theuthar zog seine Stirnbinde fast über die Augen, als ihnen Geistliche auf dem Wege zum Frühgottesdienst entgegenkamen. Immerhin fanden sie sich jetzt bei Tageslicht gut zurecht und so erreichten sie unerkannt den Platz mit den Eichen und Platanen.

Ursus, der Schankwirt, der schon die Tische unter dem Laubendach schrubbte, war weit und breit der einzige, den sie bemerkten. Doch er kehrte ihnen den Rücken zu. So wagten sie es, sich zu umarmen und mit einem langen, leidenschaftlichen Kuß zu verabschieden.

Sie wurden dennoch beobachtet. Hinter der halboffenen Tür der Hilarius-Kirche, aus der der Gesang der Mönche tönte, lehnte Rocco an der Wand der Vorhalle und starrte hinaus. Er hatte gewacht und seit dem Morgengrauen gelauscht, ob Chrodechilde und Basina, so wie es vorgesehen war, in einer Sänfte vom Hause des Comes zurückgebracht wurden.

Er wollte nicht glauben, was er sah. Er trat an die Tür. Doch kein Zweifel: Es war Chrodechilde, die dort, kaum hundert Schritte entfernt, den Priester küßte.

Und sie standen unter der Eiche, an der ihn der Comes aufhängen wollte.

23

THEUTHAR VERLOR KEINE ZEIT UND machte sich tatsächlich noch am selben Tag auf den Weg. Diesmal nahm er die alte Römerstraße, weil er in Tours einen kurzen Aufenthalt einlegen wollte. Über Orléans und Troyes wollte er dann nach spätestens drei Wochen Metz erreichen.

Vom zweiten Tage an reiste er allein. Als er sich nach dem ersten Aufenthalt in einer Herberge morgens vom Lager erhob, war Crispin verschwunden. Vom Wirt erfuhr er, sein Diener habe sich schon in aller Frühe erhoben, um nach Poitiers zurückzukehren. Es gebe dort eine dringende Angelegenheit, der er sich annehmen müsse, und der Herr wisse schon und werde verzeihen. Wie sollte er dem verliebten Burschen gram sein – nach all dem, was ihm selber passiert war? So blieb ihm nur übrig zu bedauern, daß er den fröhlichen Krauskopf, der ehrlich und fromm war und ihm lange und treu gedient hatte, nun wohl nie wiedersehen würde.

Im Grunde berührte ihn aber das Verschwinden des Dieners ebensowenig wie alles andere, was ihm unterwegs, wie auf jeder Reise, an größeren oder kleineren Widrigkeiten begegnete. Er war mit seinen Gedanken nur bei Chrodechilde und noch immer erstaunt und zutiefst betroffen, weil Leidenschaften, die er längst für gebändigt gehalten hatte, so plötzlich in ihm aufgewallt waren. Nie hätte er einer Frau die Macht zugetraut, all das, was er mit männlicher Tatkraft, Strenge und Zucht erreicht hatte, plötzlich in Frage zu stellen oder sogar zunichte zu machen. Das Unmögliche aber war geschehen: Er, der geweihte Priester, der gelehrte Jurist, der würdige Gesandte der Könige liebte die in den Bann geschlagene Nonne, wie nur ein Mann eine Frau lieben konnte. Er liebte sie so, daß er oft seine Sinne nicht unter Kontrolle bekam und nicht einmal in seinen Gedanken, wo sonst nur Reinheit, Klarheit und Ordnung geherrscht hatten, aus der Verwirrung herausfand.

Betrat er irgendwo eine Kirche und hob zum Gebet an, war plötzlich Liebesgeflüster in seinem Ohr und er lauschte, stockte, verstummte. Sah er das starre, grobgeschnitzte Bildnis einer Heiligen, konnte es unversehens Leben gewinnen und sich in seine herrliche Geliebte verwandeln. Wenn er sich zur Nachtruhe niederlegte, war es ihm nicht mehr möglich, so wie früher den letzten Gedanken vor dem Einschlafen Gott zu widmen. Der galt jetzt nur noch Chrodechilde und war manchmal so zwingend, daß sie sich leibhaftig aus dem Dunkel löste, an sein Lager trat und sich zu ihm legte. Dann bedeckte er sie mit Küssen, streichelte sie und drängte sich an sie. Was einmal ein böses Erwachen zur Folge hatte, denn sein Nachbar auf der Matratze der Herberge, ein grober Bauer, fühlte sich von ihm belästigt, rüttelte ihn sehr unsanft und schimpfte ihn einen «elenden Lüstling». Doch, wie schon erwähnt, solche Widrigkeiten berührten ihn kaum.

In Tours besuchte er Bischof Gregor, um ihm nun auch mündlich seine Darstellung der Ereignisse in der Hilarius-Kirche zu geben. Gregor, der seit jenem aufregenden 1. März an den Ereignissen lebhaften Anteil nahm, war damit allerdings nicht zufrieden und stellte unangenehme Fragen. Das Gespräch wurde sogar heftig, weil der Bischof nicht nur in Chrodechilde keinen Engel sehen wollte, der mit feurigem Schwert den Kampf gegen Willkür und Unrecht führte, sondern im Großen und Ganzen das Verhalten seiner Amtsbrüder guthieß. Entsprechend gedachte er auch, so erklärte er, die Nonnenrevolte in seiner Frankenchronik darzustellen. Theuthar beklagte daraufhin, daß mit dieser Chronik, falls Gregor darin auch alle anderen Ereignisse so einseitig werte, eine Sammlung von Lügen und Fälschungen auf die Nachwelt komme. Der Bischof rügte seine Maßlosigkeit, riet ihm dringend zur inneren Einkehr und entließ ihn mit strengen Ermahnungen.

In gewisser Weise hatte er damit Erfolg. Während Theuthar seine Reise fortsetzte, sich Meile um Meile, Stunde um Stunde von Chrodechilde entfernte, versank er auch wieder in Nachdenklichkeit und es meldeten sich die ersten Fragen und Zweifel. Noch wagte er selbst im stillen keinen Vorwurf gegen die Geliebte, doch fand er es eigentümlich, wie heftig sie darauf gedrängt hatte, daß er sich ohne Verzug nach Metz auf den Weg machte. Auch daß ihr neuer Plan im Grunde schon fertig war, bevor er noch aus Bordeaux zurückkehrte und ihr das Scheitern des alten mitteilte, war seltsam. Zwar beruhigte er sich gleich wieder, indem er der großen Liebe, die sie für ihn empfand, diese Ungeduld und diesen vorausberechnenden Eifer zuschrieb. Doch einmal ins Nachdenken geraten, suchte er unwillkürlich nach weiteren Merkwürdigkeiten.

Immer wieder rief er sich jetzt das Gespräch mit Macco ins Gedächtnis zurück. Chrodechildes frühere Sünden hatte er als Verirrung verziehen. Doch da war noch das seltsame Eheprojekt. Konnte der Comes einer Stadt für eine Merowingerin einen Heiratsplan schmieden, ohne sich höchster Zustimmung zu versichern? Nach Maccos Worten hatte Chrodechilde gezögert, weil sie ihre «Macht» nutzen wollte und hoffte, es würde noch etwas «herausspringen». War das Gut, das ihr König Childebert anbot – nicht offiziell, sondern unterderhand, in einem Brief mit fremdem Siegel – die «hübsche Mitgift», der Lohn dafür, daß sie dem schändlichen Handel zustimmte? War auch die Königin Brunichilde eingeweiht? Wählte auch sie den krummen Weg einer solchen Verbindung, um gleichzeitig mit dem Nonnenaufstand mit dem Räuberunwesen fertig zu werden? War die Vollmacht, die ihm, Theuthar, erteilt wurde, um den Fall weiter zu untersuchen, nur eine Geste der Wahrung des Scheins? Und wozu war er jetzt unterwegs? Hatte ihn Chrodechilde nur deshalb so eilig losgeschickt, damit er, vertrauenswürdig und rechtskundig, des Königs Angebot auf seine Richtigkeit prüfte, die juristischen Formalitäten erledigte und ihr so schnell wie möglich die Schenkungsurkunde brachte, die sie in den Stand einer reichen Grundherrin hob? Und würde sie endlich, sobald dies geschehen war, ihr «Zögern» aufgeben und diesen Rocco ...

Theuthar erreichte Orléans, als er an diesem Punkt seiner Überlegungen war. Doch abermals rief er sich energisch zurück. Sie liebte ihn ja! Und so wollte sie einfach den Plan, von dem sie teils wußte, teils ahnte, zu ihren und seinen Gunsten benutzen. Sobald er mit der Urkunde käme, würde sie ihr Gut in Besitz nehmen, jede weitere Nötigung zurückweisen und sich mit ihm – und nur mit ihm – verbinden. So beruhigte er sich, doch stellte er fest, daß sich seine Gefühle ein wenig abgekühlt hatten. Er konnte jetzt auch wieder ungestört beten, und die wollüstigen Visionen wurden seltener.

Als er wieder unterwegs war, fiel ihm ein, daß Chrodechildes Behauptung, sie habe vorausgesehen, wie es mit ihm und ihr kommen würde, nicht glaubwürdig war. Es war ein zufälliges Zusammentreffen von Umständen, was ihnen die Liebesnacht ermöglicht hatte. Sonst hätten sie kaum Gelegenheit und wohl auch nicht den Mut gehabt, eine solche Situation herbeizuführen, nicht einmal dazu, einander ein Geständnis zu machen. Hatte die Liebeserfahrene, die schon, nach Maccos Worten, mit «verschiedenen jungen Herren» heimlich die «Nachtwache» gehalten hatte, in Wirklichkeit nur einer Augenblickslaune nachgegeben? Vielleicht auch gleich mit dem Einfall, ihn zu verpflichten und zu dieser Reise zu bestimmen, die er sonst schwerlich so schnell unternommen hätte?

Dies fragte er sich, als er Troyes erreichte. Doch wieder tadelte er sich seines Mißtrauens wegen. Hatte ihn Childe nicht schon vorher ermutigt? Waren sie nicht bereits durch Zeichen und Gesten im Einverständnis gewesen? Sogar für den Fall, daß sie Äbtissin wurde, hatte sie ihm Hoffnungen gemacht. Nichtsdestoweniger schlief er sehr schlecht und die Visionen blieben jetzt völlig aus.

So begab er sich mißlaunig auf das letzte Wegstück. Und wenn nun alles, bohrte es weiter, nichts als nur eine üble Posse war, um sich an ihm zu rächen? Hatte ihn nicht schon Basina hereingelegt? Wollte ihn Chrodechilde vielleicht noch empfindlicher strafen, nachdem die Bischofskommission, die seine Schöpfung war, sie in den Bann geschlagen und damit endgültig um ihre Hoffnungen gebracht hatte? Es genügte ihr nicht, ihn verführt zu haben – sie wollte, daß er für sie sein Priesteramt aufgab. Sie wollte zeigen, daß er ein hohles Gefäß ohne Inhalt war, bereit zu beliebiger Verwendung. Vielleicht würde sie ihn tatsächlich als Gutsverwalter verwenden, sei es auch nur, um sich an seinem Abstieg zu weiden. Wußte er nicht, durch frühere Erfahrung, daß Frauen – und ganz besonders die schönsten und begehrenswertesten – boshaft, tückisch, gemein und grausam sein konnten?

In tiefer Niedergeschlagenheit und voller Zweifel erreichte er Metz, die Hauptstadt des austrasischen Reiches. Der Hof war nicht anwesend. Wie stets in der heißen Jahreszeit, im Juli und August, befand sich die königliche Familie mit ihrer Umgebung auf einer Lustfahrt moselabwärts zum Rhein. Vor Anfang September war nicht mit ihrer Rückkehr zu rechnen. Auch Theuthar hatte als geachteter Höfling schon mehrmals an diesen unterhaltsamen Schiffsreisen teilgenommen, die die Königin Brunichilde überaus liebte. Er hätte dem Hof zu Lande folgen können, mit freundlicher Aufnahme konnte er rechnen. Die Weigerung Dodos und der Bischöfe, den Bannfluch zurückzunehmen, und die der gebannten Nonnen, sich einer Untersuchung zu stellen, hatten seine Mission erledigt, ohne daß ihn Schuld dabei traf. Er würde berichten und abwarten können. Doch war er nicht in der Gemütsverfassung, die beschwerliche Reise durch halb Gallien fortzusetzen. Er zog sich in seine Wohnung zurück, die in einem Seitenflügel des Palastes lag. Es war nur ein düsteres Gelaß, einer Mönchszelle ähnlich, doch immerhin kühl. Von hier wollte er sich so lange nicht fortrühren, bis er alles gründlich bedacht und wieder Klarheit gewonnen hatte.

Nach ein paar Tagen glaubte er, so weit zu sein, daß er Chrodechilde einen Brief schreiben konnte. Doch er saß brütend über dem Pergament und fand keinen Anfang. In Tours hätte er ihr einen glühenden Liebesbrief geschrieben. Aus Orléans hätte sie ein gefühlvolles Schreiben erhalten, in dem wohlformuliert von Sehnsucht und Hoffnung die Rede gewesen wäre, nur ganz nebenbei auch von Vertrauen und Aufrichtigkeit und der Sorge über die Rechtmäßigkeit des eingeschlagenen Weges. In Troyes hätte er sie immer noch seiner Zuneigung und Treue versichert, allerdings Zweifel darüber geäußert, ob Gleiches von ihr zu erwarten sei. Nun fielen ihm keine Worte ein, die seine Empfindungen zum Ausdruck gebracht hätten, ohne unaufrichtig von seiner Seite und für die Empfängerin verletzend zu sein.

So verschob er das Schreiben auf den nächsten Tag, von diesem wiederum auf den nächsten und so weiter, bis schließlich nach einer Woche ein kurzer Brief zustande kam, der nur die allernötigsten Mitteilungen enthielt. Der Schreiber verzichtete ganz auf Gefühlsäußerungen wie überhaupt jede Anspielung auf die besondere Art der Beziehungen, die ihn mit der Adressatin verbanden. Er war zu dem nüchternen Schluß gekommen, es könne zum gegenwärtigen Zeitpunkt für beide Seiten nur nachteilig sein, wenn etwa der Brief, was leicht möglich war, in falsche Hände geriete und alles bekannt würde. So beschränkte er sich darauf, seine Ankunft in Metz anzuzeigen und sein Bestreben zu bekunden, «der Sache, welcher ich mich angenommen habe, weiter nach Kräften zu dienen». Leider habe er den König nicht mehr in der Hauptstadt angetroffen, so daß nun, da dieser vorerst nicht zurückkehren werde, mit einem längeren Aufschub gerechnet werden müsse. Chrodechilde möge sich daher in Geduld üben und im festen Vertrauen darauf, «daß alles, was ehrlichen Herzens gewollt ist, zum guten Ende kommt», nicht den Mut verlieren. «Unternehmungen voller Lug und Falsch» seien hingegen zum Scheitern verurteilt. Am Ende folgte die Aufforderung, sich Gott wieder stärker zuzuwenden und seine Vergebung zu erflehen. Denn ohne seine Gnade sei ja doch alles Menschenwerk eitel. «Nur wenn wir uns unserer Sünden bewußt werden und aufrichtig bereuen», schloß Theuthar, «werden wir das wahre und vollendete Glück genießen, in der Zeitlichkeit wie in der Ewigkeit.»

Er schrieb einen zweiten Brief an Bischof Marovech, den er bei seinem letzten Aufenthalt in Poitiers so vollständig vergessen hatte, daß ihm erst unterwegs nach Tours einfiel, er hätte ihn ja aufsuchen und ihm berichten müssen. Nun empfahl er ihm, selbst nach Bordeaux zu reisen und den Metropoliten umzustimmen. Inzwischen wolle er seinerseits am Hof in der Sache weiterwirken.

Der Brief an den Bischof gab Theuthar das Recht, den königlichen Kurierdienst in Anspruch zu nehmen. Es dauerte allerdings weitere zwei Wochen, bis ein Bote an mehrere Adressaten in den aquitanischen Gebieten Austrasiens abgefertigt wurde. Theuthar gab ihm einen Solidus, damit er den Brief an die «edle Jungfrau Chrodechilde, Tochter des verewigten Herrn Charibert, Königs der Franken» nicht etwa beim Bischof oder im Kloster abgab, sondern ihn der Empfängerin im Asyl der Hilarius-Kirche persönlich zustellte. Er fürchtete nicht nur, daß sie ihn sonst nicht erhalten würde, sondern vor allem, daß trotz aller Sorgfalt und Vorsicht etwas herauszulesen sei, was ihn bloßstellen könnte. Längst hatte er kein Interesse mehr, etwas öffentlich zu machen, was vielleicht besser im dunkeln blieb – jetzt und für immer.

Als der Bote fort war, empfand Theuthar eine große Erleichterung, so als sei ihm ein Stein von der Seele gewälzt. Noch fühlte er sich nicht vollständig geheilt, doch wie ein Kranker, der sicher ist, auf dem Weg der Genesung zu sein. Er gönnte sich nun ein paar Vergnügungen – las römische Poeten, ritt aus, trank einen Becher Wein im Kreise befreundeter Kleriker. Plötzlich bekam er sogar Lust, dem Hofe doch noch zu folgen. Er stellte sich vor, er würde in der Umgebung der Königin die edle Frau Himiltrude treffen, Gemahlin des Seneschalks, die ihm vor Jahren versprochen war, ihn aber noch während der Verlobungszeit schamlos betrogen hatte. Sie heiratete dann den Verführer, ihren jetzigen Gatten, gebar ihm in rascher Folge acht Kinder, war bald schon nicht mehr lieblich und rank, sondern häßlich und fett, hatte Gicht in den Händen, bekam eine kreischende Stimme, drangsalierte mit boshafter Eifersucht die jungen Kebsen des Seneschalks, galt als das übelste Klatschmaul und die schlimmste Intrigantin des Hofes. Damals hatte Theuthar um sie geweint und geglaubt, nach einem solchen Verlust nicht weiterleben zu können. Nun erwog er, ob ihm nicht gerade jetzt dieses Wiedersehen guttun würde.

Er besann sich dann aber anders. Das Mißgeschick seiner Verlobung erinnerte ihn an den guten Pater Ambrosius in der Benediktinerabtei von Trier, einen Vetter seiner Mutter, der ihm damals in seiner Verzweiflung Trost zugesprochen und ihm den Weg zu Gott gewiesen hatte. Lange hatte er den Alten, dem er so viel verdankte, nicht gesehen und er empfand den dringenden Wunsch, ihn zu besuchen.

Er machte sich auf den Weg nach Trier und blieb dort fast drei Monate lang.

24

WENIGE STUNDEN NACHDEM THEUTHAR sich von Chrodechilde verabschiedet und Poitiers verlassen hatte, verschwand auch Rocco. Als Chrodechilde an ihm vorübergehuscht war, um im Seitenflügel der Kirche ihr Lager aufzusuchen, hatte er sich schlafend gestellt. Dann stand er auf, ging hinaus und trat an den Zaun, von wo er dem Schankwirt auf der anderen Seite ein Zeichen gab. Ursus, der Freund der Schutzflehenden, kam herüber und sie redeten eine Weile miteinander. Am späten Vormittag erschien dann mit seinem Eselsgespann der alte Bauer, in einen weiten, schäbigen Umhang gehüllt, den Kopf durch eine Kapuze mit Schulterkragen gegen die Sonne geschützt. Diesmal brachte er nichts, fuhr auch bald wieder fort, nachdem er sich kurze Zeit mit Rocco in einen dunklen Winkel der Kirche zurückgezogen hatte. Mehrere beobachteten ihn, wie er gebeugt, etwas hinkend zu seinem Gespann zurückkehrte, sich auf den Karren setzte und davonfuhr. Als er kurz darauf noch einmal gesehen wurde, diesmal ohne Umhang und Kopfbedeckung, und sich auf seinen Füßen hinwegbegab, wunderten sich noch einige. Doch schon bald begriffen auch sie, daß sich der Schwarzbart still und heimlich verabschiedet hatte. Als Chrodechilde sich weit nach Mittag erhob, war er längst fort.

Sie ahnte den Grund und war erleichtert, denn sein Drängen und seine Anträge waren ihr lästig geworden. Das Heiratsprojekt des Comes hatte sie ohnehin nie recht ernst genommen. Auch als Helfer im Kampf gegen Kirche und

Kloster brauchte sie Rocco jetzt nicht mehr. Noch war der Beutel an ihrem Gürtel gefüllt und in spätestens sechs Wochen, so rechnete sie, würde Theuthar zurück sein mit der Schenkungsurkunde von Vetter Childebert. Dann würde sie – zwar nicht siegreich, doch unbesiegt – mit den Gefährtinnen, die bis dahin nicht untergekommen waren und auf keinen Fall wieder hinter Klostermauern wollten, das Asyl verlassen und in ihr neues Leben als Gutsherrin eintreten.

In der nächsten Zeit lichteten sich die Reihen der Gäste des Heiligen. Maxentia heiratete ihren Olo und zog in die Gegend von Clermont, wo seine väterlichen Besitzungen lagen. Auch die anderen früheren Nonnen, für die sich Ehemänner gefunden hatten, verließen nach und nach das Asyl. Dem Comes gelang es mit Drohungen und Versprechungen, zwei weitere vornehme Bürger der Stadt zu bewegen, die Mädchen, die von deren Söhnen verführt worden waren, als Schwiegertöchter in ihre Familien aufzunehmen.

Die kleine Lucilla ging auf Pilgerfahrt. Sie war eine der wirklich Frommen, die der Kirchenbann schwer getroffen hatte. Nur selten hatte sie an den Vergnügungen und Tafelfreuden teilgenommen, denen die anderen sich so unbekümmert hingaben. Gehörte sie früher zu den Muntersten und Beliebtesten, wurde sie nun traurig und duckmäuserisch, hockte meist abseits und wurde gemieden. Die Nachricht vom Tod ihrer Eltern, den sie als Strafe für ihre ungesühnte Schuld empfand, warf sie vollends nieder. Viele Stunden lag sie vor dem Altar, betete, fastete, geißelte sich. Als sie fortging, waren die meisten ihrer Gefährtinnen erleichtert, weil diese Bußfertigkeit ihnen unheimlich und eine ständige lästige Mahnung war. Asche im Haar, die Geißel am Gürtel, in der Hand den Stecken, in Lumpen und barfuß – so zog sie los, gefolgt von dem getreuen Crispin, der aus Liebe die gleiche Ausstattung gewählt hatte, immerhin aber dazu einen wohlgefüllten Proviantsack auf dem Rücken trug.

«Ob die jemals nach Rom gelangen?» fragte skeptisch einer von denen, die am Zaun standen und ihnen nachblickten.

«Weit ist es dorthin», fand auch Sinopus. «Aber der Schlingel wird sie hoffentlich unterwegs lehren, wie man auf kürzerem Weg ins Himmelreich kommt.»

Auch Prisca verließ das Asyl. Sie erlag der Unwiderstehlichkeit Blagovilds, des Medicus. Ihre gemeinsame Sorge um die Verwundeten der Schlacht in der Hilarius-Kirche hatte die beiden einander nähergebracht. Der Zottelbart erkannte sehr schnell, wie nützlich ihm Prisca bei den ärztlichen Verrichtungen war, die er selber nur unvollkommen beherrschte. Da sie überdies in ihrer strotzenden Gliederfülle als ein Urbild der Kraft und Gesundheit gelten konnte, kam er auf eine Idee, für die er sie schließlich gewann. Von Stadt zu Stadt, von Markt zu Markt ziehend, wollte er sie im leichten Griechengewand als fleischgewordene und herabgestiegene Hygieia, Göttin der Gesundheit, dem staunenden Volke zeigen und alle Siechen und Gebrechlichen auffordern, sich den heilenden Händen der Göttin und ihres Priesters anzuvertrauen. In Scharen sah er die Kranken herbeiströmen und seinen Gesundheitstempel vergolden. Allerdings drohte ihm der Galgen, sobald er den Schutzbezirk verließ. Nur Chrodechilde und Sinopus wurden eingeweiht, damit sich kein Denunziant beim Comes beliebt machen konnte. Heimlich, eines Nachts in der Krypta unter dem Hain, verwandelten sie den zottigen Bären in einen spärlich behaarten Geißbock mit langem, dünnem Gelehrtenbart. Und ebenso heimlich, im Morgengrauen, verschwand dieses

Paar, großzügig von Chrodechilde mit Solidis versehen, zwecks Anschaffung eines Zeltes und der nötigen Ausrüstung. Bald vernahm man das Echo des Ruhms der zur heidnischen Göttin gewordenen Nonne, die in mehreren benachbarten Städten die erstaunlichsten Genesungswunder vollbrachte.

Ein trauriges Ende hingegen nahm es mit Ferreol, dem begnadeten Sänger. Das arme, blasse, grauhaarige Wesen, seine Geliebte, lag eines Morgens starr und kalt auf dem Stroh und die Mönche trugen es später zu dem morastigen Anger, wo sie die Sünder begruben, die im Asyl des Heiligen starben. Ferreol ging nicht mit. Lange saß er mit seiner Harfe am Kirchenportal, klimperte auf der einzigen Saite, sang auch von Zeit zu Zeit ein paar Klageverse und stieß dabei Laute aus, die wie Vogelschreie klangen. Man hatte Verständnis, ließ ihn in Ruhe. Auch als er verschwunden war, kümmerte es niemand. Erst am Abend des nächsten Tages entdeckte ihn eine von Chrodechildes Gefährtinnen, die von ihrer empfindlichen Nase hinter einen der Wandteppiche zwischen den Pfeilern der Kirche geführt wurde. Die Erschrockene fand dort den kleinen Buckligen – tot, erdrosselt. Nicht mit einem Strick, sondern der Harfensaite. Er hatte sie sich um den Hals gelegt, ihre Enden verknüpft und sich mit dem tödlichen Reif an den vorstehenden Nagel eines Pfeilers gehängt.

Auch dies glaubte man zu verstehen: Nachdem nun seine Geliebte gestorben war, hatte Ferreol nicht mehr die Kraft gehabt, noch weiter nach dem vierten Verbrecher zu suchen, jenem, dem die letzte Saite der Harfe eigentlich zugedacht war. Doch irgendwie blieb die Sache rätselhaft. Porcarius, dem sie keine Ruhe ließ, der die Gäste des Heiligen, die er erdulden mußte, zutiefst verabscheute und auch den Verstorbenen unter ihnen gern noch Schlechtigkeiten nachrief, fand schließlich diese Erklärung: Der Bucklige selber war es gewesen, der seine Geliebte, mit der er als Spielmann umherzog, drei Kerlen verkuppelt hatte, zu einem Vergnügen, von dem ihr die tödliche Krankheit geblieben war. Er selber war also der vierte Verbrecher, er hatte die vierte Saite – nach dem Tode der Frau – für seinen eigenen Hals bestimmt.

Manchen leuchtete das ein, andere wollten es nicht glauben. Wer konnte noch die Wahrheit ergründen?

Nach einer von grellen Blitzen durchzuckten und Wolkenbrüchen durchfluteten Augustnacht, in der bis zum Morgen ein schweres Gewitter dem anderen folgte, war auch Sinopus verschwunden. Als es Tag wurde und sich das Wetter beruhigte, fand man am Ufer des Clain die Leiche des Schankwirts Ursus, mit eingeschlagenem Schädel. Ein Boot, das diesem gehört hatte und mit dem er manchmal für seine Gäste zum Fischfang hinausgefahren war, befand sich nicht mehr an seiner Anlegestelle. Bald stellte sich ein Zusammenhang her.

Seit der frühere Mönch Frau Berthegunde mit seinem kühnen Streich von ihrem Gatten Trudulf befreit hatte, sah sie in ihm ihren Helden und Retter. Sie kam nun fast täglich an die Tafel auf der Wiese, seinetwegen vor allem. Bald waren die beiden so vertraut miteinander, daß Berthegunde Basina von Zeit zu Zeit verschämt um den Sakristeischlüssel bat. Es ging dann sehr stürmisch zu zwischen dem kahlen Hahn und der Elster, wie ihr von Chrodechilde aufgebrachter Spottname lautete, so daß auch sie danach stets wie gerupft aussah. Geschwätzig war sie wie eh und je und man erfuhr, daß mit Trudulfs Verschwinden ihre Nöte nicht endeten. Noch immer konnte sie sich nicht unbeschwert der Schätze erfreuen, die ihr durch Gottes Fügung gehörten.

Ein anderer Mäuserich wollte an ihren kostbaren Käse: ihr Schwiegersohn Lollius, von ihrer Tochter angestachelt, der Undankbaren. Sie fürchtete, daß man sie nicht nur bestehlen, sondern ihr sogar etwas antun wollte. So war es Ehrensache für ihren Helden, ihr auch aus dieser Gefahr zu helfen. Er verbündete sich dazu mit Ursus, versprach ihm ein gutes Geschäft, und in der Gewitternacht brachen beide, von Berthegunde gelotst und gelenkt, in das Haus des Lollius ein. Sie luden die Schatzkiste auf einen Karren, den sie zu dritt unter zuckenden Blitzen ans Flußufer brachten. Hier nun kam es zum Streit, weil Ursus wohl, so wurde vermutet, für seine Mithilfe und für das Fluchtboot mehr verlangte, als vorher vereinbart war. Es erging ihm wie dem Cellerar, der Sinopus mit dem Brotmesser überraschte. Der entlaufene Mönch kannte keine Gnade. Dieser Hergang war leicht zu erraten, weil die Witwe des Ursus ein großes Geschrei machte und beteuerte, sie habe ihren Mann hindern wollen, mit dem Verbrecher aus der Hilarius-Kirche gemeinsame Sache zu machen. Der Comes verhörte sie und schickte ein paar seiner Leute flußabwärts. Sie fanden tatsächlich am Abend das Boot, doch waren Sinopus und Berthegunde samt Schatzkiste über alle Berge.

«Die beiden Mäuseriche, Trudulf und Lollius, ist sie ja losgeworden», spottete man im Asyl. «Jetzt aber nagt ein Ratterich an ihrem Käse!»

Während diese Ereignisse unter den Gästen des Heiligen für Abwechslung und Aufregung sorgten, wartete Chrodechilde auf Theuthar.

Oft saß sie allein am Brunnen, wo sie mit ihm ihr erstes, langes Gespräch geführt hatte, und spann den Faden ihres künftigen Lebens, welches mit dem, das ihr vorbestimmt zu sein schien, keine Ähnlichkeit mehr haben würde. Sie hatte ihm darin einen Platz eingeräumt, der fest und sicher, wenngleich noch unbestimmt war, was den Rang betraf. Zu eigenwillig und selbständig war sie, zu sehr sich ihres eigenen Ranges bewußt, der Befehlsgewalt und der Erfüllung ihrer Wünsche bedürftig, als daß sie eine gewöhnliche Ehefrau werden konnte. Demut und Unterordnung waren ihr schon im Kloster fremd gewesen und würden es immer und überall sein. Sie dachte eher daran, ihm auch als Gemahl nur die Stellung eines bevorzugten Geliebten zu geben, der sein Recht durch Eifer und treuen Dienst stets erneuern mußte. So hoffte sie, ihre Liebe zu ihm zu erhalten, ohne den eigenen Anspruch, Herrin und Meisterin ihres Geschicks zu sein, aufgeben zu müssen.

Stolz war sie auf ihre Eroberung. Es bereitete ihr Genugtuung, Theuthar künftig für sich zu haben. Sie rächte sich damit an denen, die gegen sie waren, die ihr Hilfe versagt oder ihr geschadet hatten. Ihre Verwandten, die Könige, verloren einen vielfach verwendbaren, hochgebildeten und befähigten Mann. Die Kirche verlor einen Priester, der sicher sonst Bischof geworden wäre. Nur sie würde künftig die Nutznießerin all dessen sein, was ihren Widersachern genommen war. Selbst Gott im Himmel hatte sie es gezeigt, indem sie, die Gebannte, Verfluchte, vom Teufel Verführte, mit ihrer unwiderstehlichen Schönheit und Anziehungskraft den treuesten seiner Diener in ihre eigenen Dienste gezwungen hatte.

Solche Gedanken und Empfindungen änderten nichts daran, daß Chrodechildes Liebe zu Theuthar aufrichtig war. Ihre Liebe wäre unaufrichtig gewesen, würde sie nicht auch ihren Stolz, ihren Eigensinn, ihre Selbstherrlichkeit und ihre Rachsucht befriedigt haben. Man konnte nicht Merowingerin sein und wie ein armes Waldmädchen lieben.

Aber Theuthar kam nicht zurück.

Statt dessen erschien eines Tages, Anfang September, ein Reiter am Tor, ließ sie herbeirufen und übergab ihr einen Brief. Sie las ihn in Gegenwart des Mannes, verstand nicht, fragte ihn, ob er nicht mündlich etwas hinzufügen solle. Er verneinte und erbot sich, noch einmal wiederzukommen, falls sie ihm eine Antwort mitgeben wolle. Sie las noch einmal und sagte dann, nein, darauf habe sie keine Antwort. So ritt er fort. Sie bereute danach zwar, sein Angebot abgelehnt zu haben, doch war sie auch nach ein paar Tagen kaum imstande, das Schreiben, das sie empfangen hatte, zu deuten, weniger noch, es zu beantworten.

Am ehesten konnte sie ihm nach der zwanzigsten Lektüre noch die Absicht des Schreibers entnehmen, keine Unvorsichtigkeit zu begehen. Aber hatte er denn nichts unternommen? Nichts vorangebracht? Nichts erreicht? Warum hielt er in Metz gemächlich Rast und wartete auf die Rückkehr des Hofes? War er denn nicht bereit, bis an den Rand der bewohnten Welt vorzudringen, nur um ihre Angelegenheit zu erledigen und schnellstens zu ihr zurückzukehren? Und was bedeutete die Anspielung auf «Unternehmungen voller Lug und Falsch»? Wozu am Schluß die fromme Ermahnung zur Reue, zur Erstrebung des «wahren und vollendeten» Glücks?

Sie erschauerte bei dem Gedanken an einen Verrat, unterdrückte ihn aber, hielt auch die Tränen der Enttäuschung, den Aufschrei des Zorns vorerst zurück. Sie wartete noch.

Eines Tages erschien Bischof Marovech in der Hilarius-Kirche. Der Bote hatte ihm Theuthars Schreiben gebracht, er war aber auch inzwischen von Dodo über die Zustimmung der Bischofsversammlung von Charlon zu der Maßnahme gegen die rebellischen Nonnen unterrichtet worden. Damit fand er die Härte und Unduldsamkeit bestätigt, die er von Anfang an in dieser Sache gezeigt hatte, und so war von den Selbstvorwürfen und Zweifeln, die ihm eine Zeitlang zugesetzt hatten, keine Spur mehr zurückgeblieben. Wie früher war er schroff und selbstgerecht, forderte Chrodechilde und ihre noch knapp zwei Dutzend Gefährtinnen abermals zur Rückkehr ins Kloster und zur aufrichtigen Buße auf, stellte dafür die Lösung vom Bann in Aussicht. Als Chrodechilde dabei blieb, daß letzteres nach wie vor die Voraussetzung für alles Weitere sei, kam es zu einem endlosen Hin- und Hergerede. Marovech vermied allerdings zu heftige Töne. Er bemerkte wohl seine in Fetzen an einem der Dachbalken hängende Bischofsmütze, dieses fatale Zeichen für die anhaltende Gegenwart teuflischer Mächte. Am Ende mußte er sogar, wie Theuthar es ihm ja auch empfohlen hatte, einen erneuten Vorstoß bei Dodo zur Aufhebung des Bannes versprechen. Er schickte dann tatsächlich Porcarius nach Bordeaux, der aber ebenfalls unverrichteterdinge zurückkehrte.

Dies geschah bereits im Oktober. Vorerst rührte sich nichts mehr. Marovech kam nicht wieder. Von Theuthar ging keine weitere Nachricht ein. Die früheren Nonnen hockten beieinander und warteten. Aber worauf?

Mit Roccos Verschwinden hatten die Überfälle auf Klostergüter aufgehört. Die Bande, die ihren Anführer wiederhatte, unterließ seitdem auffällige Unternehmungen, verlegte sich anscheinend vor allem auf das Wildern und Raubzüge in entferntere Gegenden. Der Comes war damit seine Hauptsorge los und kümmerte sich nicht mehr um das geschrumpfte Häuflein in der Hilarius-Kirche. Er hatte auch Grund zu der Annahme, daß diese letzten Hartnäckigen infolge verschiedener sich zu ihren Ungunsten verändernder Umstände nicht mehr lange durchhalten würden.

Da von den Klostergütern nichts mehr einkam, erschlaffte allmählich der Lederbeutel an Chrodechildes Gürtel. Die beiden Diener wurden fortgeschickt, üppige Tafelfreuden gab es nicht mehr, die dürftige Kost aus der Mönchsküche sorgte für leibliches Unwohlsein und Schwächeanfälle. Letztere hatten auch andere Ursache: Vier von den Übriggebliebenen befanden sich in einem mehr oder weniger vorgeschrittenen Zustand der Schwangerschaft. Diese vier hatten keine Aussicht, für ihre Kinder die Väter zu finden, das waren wohl Pilger, Mönche, Knechte, Landstreicher oder Strolche aus dem Asyl, die sich inzwischen abgesetzt hatten. Falls es jedoch junge Edle oder achtbare Bürgersöhne waren, so ließ sich von denen nun keiner mehr blicken. Ihre Freunde hatten die hübschesten Nonnen geheiratet, die fröhliche Tafel war Vergangenheit, das Asyl quoll jetzt über von bösartigem Gesindel, das sich wie jedes Jahr zum Überwintern einfand. Porcarius mußte nun wieder viele im Langhaus der Kirche unterbringen. Von Marovech dazu ermuntert, stopfte er es absichtlich voll, so daß Chrodechilde und ihre Gefährtinnen in die fast hautnahe Nachbarschaft stinkenden menschlichen Auswurfs gerieten. Saufend, rülpsend, grölend, raufend gab dieses Volk Tag und Nacht keine Ruhe.

Als Mitte November endlose Regenfälle einsetzten, die Kälte durch die Ritzen der Wände kroch und der trübsinnige Weiberhaufen, in Decken gehüllt, um ein einziges Kohlebekken geschart war, schien die Rechnung des Comes aufzugehen. Gestöhn, Gemurre, Gezänk erhob sich, nur die wenigsten glaubten sich kräftig genug, hier noch den Winter zu verbringen. Chrodechilde schwieg meist dazu. Gereizt, verbittert, mit finsterer Miene ließ sie die anderen reden, hörte kaum hin. Nur manchmal fuhr sie heftig dazwischen, fragte dann, ob sie wohl lieber statt der Hungerration der Mönche von Justina und ihren Scherginnen eine tägliche Prügelration beziehen wollten. Das wollte nun keine, es war allen klar, was in ihrer jetzigen Lage Unterwerfung bedeuten würde. Doch eine nach der anderen schnürte ihr Bündel, umarmte und küßte die Freundinnen, ging in den Regen hinaus. Drei wollten in ihr früheres Kloster zurück, das sie in leidlich guter Erinnerung hatten, andere hofften, wenigstens bis zum Frühjahr, bei Verwandten unterzukommen. Auch zwei der Schwangeren machten sich auf, in ihrer Not und Verzweiflung darauf vertrauend, daß ihre Eltern, die sie als Kinder ins Kloster abgeschoben hatten, sie mitleidig und barmherzig aufnehmen würden.

Von den vierzig, die ausgezogen waren, blieben am Ende des Jahres noch elf beisammen. Keine dieser elf wußte, wohin sie sich wenden sollte.

Die erste, die ernsthaft davon sprach, ins Kloster zurückzuwollen, war Basina. Da Porcarius nichts unterließ, um ihnen den Aufenthalt unter dem Dach des Heiligen so unangenehm wie möglich zu machen, hatte er auch den Mißbrauch der Sakristei nach und nach unterbunden. Zuerst war das Bett des Leudast herausgeschafft und zu Brennholz verarbeitet worden. Dann erhielt die Außentür ein neues Schloß, zu dem Basinas Schlüssel natürlich nicht paßte. Damit sie nicht aber durch ihren unermüdlichen Mesner einen neuen erhielt, wurde dieser seines Amtes enthoben und dazu noch in ein anderes Kloster geschickt. Einen grämlichen, pockennarbigen Alten, den Häßlichsten, den er außer sich selber in seiner Schar finden konnte, ließ der Abt nun den Meßdienst versehen. Basina verzehrte sich nach ihrem Geliebten, versuchte herauszubekommen, wo er sich aufhielt, stieß aber bei den Mönchen auf eine undurchdringliche Wand befohlenen Schweigens. Zwar hätte es ihr kaum etwas genützt, wenn sie es erfahren hätte, doch immerhin würde die Suche nach einem Weg, ihn wiederzusehen, ihre Sinne und ihren Geist beschäftigt haben. So saß sie nur mürrisch und maulend herum und fing schließlich an, die Vorteile einer Rückkehr ins Kloster zu entdecken: geheizte Räume, ausreichend Nahrung, ein Waschhaus, um die Kleider, ein Badehaus, um sich selber zu reinigen, kein schmutziges, starrendes, lästiges Volk in der Nähe. Mit der Äbtissin Leubovera habe sie sich stets gut verstanden, behauptete sie, Schwierigkeiten nur mit Justina gehabt, die deshalb eifersüchtig gewesen sei. Und dann habe sie auch das Bedürfnis, mal wieder zu beichten.

Und den Beichtvater zu verführen, wenn es der junge Pater Faustus sei, höhnte Chrodechilde, auf den sie schon immer ein Auge geworfen hatte. Basina gab im selben Tonfall zurück, sie habe nun mal den Erfolg bei den geistlichen Herren, den ihre Kusine vergebens suche. Auch Theuthar hätte sie schon verführt gehabt, als Chrodechilde eifersüchtig gestört habe. Hier in Poitiers hätte sie immer noch, wenn sie gewollt hätte, seine Geliebte werden können und wäre dann nicht, wie die andere, auf seine Versprechungen hereingefallen. Als ob einem Geistlichen, der sich immer mit Gott herausreden könne, zu trauen sei!

Chrodechilde, an der empfindlichsten Stelle getroffen, antwortete mit scharfen Worten, und bald war der heftigste Streit im Gange. Dieser flammte nun täglich auf, wurde boshafter und beleidigender. Die beiden Königstöchter warfen einander alle Laster ihrer Eltern und die eigenen Verfehlungen vor, Chrodechilde nannte Basina «lüstern und dumm», Basina schimpfte zurück auf ihre «machthungrige, dünkelhafte» Kusine, der man das ganze Elend verdanke. Einmal schlug Chrodechilde zu, Basina zurück und zum johlenden

Vergnügen der Strolche und Schufte wälzten sich die beiden Merowingerinnen auf dem Kirchenboden, zerkratzten einander die Gesichter, rissen sich ganze Büschel von Haaren aus. Die Gefährtinnen trennten sie zwar, doch gelang es nicht, sie zu versöhnen. Basina suchte nun unter den neun anderen Rückkehrwillige, die sie ins Kloster begleiten würden. Chrodechilde verlachte sie ihrer Feigheit wegen, weil sie es allein nicht wagte. Es fanden sich manchmal auch zwei oder drei, die sich Basina anschließen wollten. Doch jedesmal gelang es Chrodechilde, mit ihren Warnungen so viel Eindruck zu machen, daß sie dann doch vor dem Aufbruch zurückschreckten. So gab Basina es schließlich auf, schmollte und weinte viel.

Im Laufe des Winters kamen die beiden Schwangeren nieder, in der Kirche, hinter den zwischen die Pfeiler gespannten Teppichen, von ihren Gefährtinnen umgeben. Der Knabe, den die eine gebar, starb schon nach wenigen Stunden. Das Mädchen der anderen blieb am Leben und wurde nun von elf Müttern betreut, die ihm nicht von der Seite wichen. Zu Ehren des heiligen Herbergsvaters nannten sie es Hilaria.

Die Sonne des Vorfrühlings schien bereits kräftig, als Chrodechilde eines Nachmittags, Hilaria auf ihren Armen wiegend, vor dem Kirchenportal auf und ab schritt und einen Reiter über den Platz mit den Platanen und Eichen herankommen sah. Ihr Herz schlug bis zum Halse, als er am Tor hielt und nach ihr fragte. Sie übergab das Kind der Mutter, eilte zu ihm. Er entnahm der Tasche an seinem Gürtel ein versiegeltes Pergament und reichte es ihr.

Wie viele Briefe hatte sie während der langen Wintermonate geschrieben! An König Gunthram, an König Childebert, an die Königin Brunichilde, an Bischof Dodo in Bordeaux, an Bischof Gregor in Tours. Auch einmal an Theuthar, den sie, den frostigen Ton seines Briefes aufnehmend, mit Nachdruck mahnte, er möge endlich die ihr gegenüber eingegangene Verpflichtung erfüllen. Die anderen Briefe enthielten, abhängig von ihrer Stimmung (das heißt des jeweiligen Grades ihrer Erbitterung und ihres Zorns) Beschwerden, Anklagen, Drohungen, Hilferufe. Auf keinen einzigen erhielt sie Antwort. Befürchten mußte sie allerdings, daß kaum einer seinen Empfänger erreicht hatte. Siggo ließ sich nur noch selten blicken und konnte ihr auch nicht helfen, weil sein Vater im Winter die Übermittlung von Botschaften an den Hof für unnütz und zu beschwerlich hielt. So mußte sie sich auf Reisende verlassen, Pilger und Mönche zumeist, die die Kirche des Heiligen und die Abtei besuchten. Ob die aber in den Unbilden des Winters, in Schnee und Eis, auf kaum passierbaren Straßen an ihre Ziele gelangten, war ungewiß.

Der Brief kam von Theuthar. Er ließ nicht erkennen, ob der Verfasser den ihren erhalten hatte. In wenigen schwungvollen Sätzen teilte er mit, es sei ihm durch unermüdliches Wirken endlich gelungen, ihre Angelegenheit so weit voranzubringen, daß noch im Frühjahr mit einer Lösung zu rechnen sei. Nach mehrfachen Reisen von einer Hauptstadt zur anderen, die er trotz der Widrigkeiten des Winters und einer zeitweilig angegriffenen Gesundheit freudig für sie unternommen habe, sei er von beiden Königen übereinstimmend mit den nötigen Schritten beauftragt worden. Vorher habe ihn schon ein längerer Aufenthalt im Kloster der Benediktiner zu Trier, in dessen Verlauf er sich mit hervorragend frommen Männern beraten habe, instand gesetzt, das Richtige zu tun. Richtig sei aber, was Gott gefällig und der heiligen Kirche nützlich sei, auch wenn «Begierden, Wünsche und Neigungen, die uns von Zeit zu Zeit quälen und die wir bekämpfen und unterdrücken müssen», dabei hinderlich seien. So könne er ihr die frohe Botschaft verkünden, daß noch vor, spätestens aber kurz nach dem Osterfest ein Gericht bedeutender Kirchenfürsten des ganzen Frankenreiches, darunter die Metropoliten Gregor von Tours, Eberegisel von Köln, natürlich auch wieder Gundegisil von Bordeaux sowie weitere Bischöfe, in Poitiers zusammentreten, den Fall untersuchen und beraten und eine Entscheidung treffen werde. Dieses Mal sei er zuversichtlich, es werde mit Gottes gnädiger Hilfe ohne Aufruhr und Gewalt allen Gerechtigkeit widerfahren und endlich Frieden und Eintracht wiederhergestellt werden.

Chrodechilde saß auf den Stufen des Kirchenportals. Das Pergament entglitt ihrer Hand. Sie starrte zum Himmel. Plötzlich griff sie sich mit beiden Händen ins Haar und riß an den Strähnen, als wolle sie sich durch den Schmerz der Unversehrtheit ihrer Sinne versichern. Und sie schrie:

«Ein Gericht! Er bringt uns wieder ein Bischofsgericht! Oh, diese Knechtsseele! Dieser Feigling! Dieser Verräter! Ich Unglückliche, Verblendete! Wie konnte ich so einen lieben ...»

Sie grub sich die Nägel in die Fäuste, sie heulte, sie schluchzte, sie schlug sich die Brust, sie biß sich die Lippen blutig. Aber nur kurz war diese wilde, zornige, maßlose Klage. Im Grunde bestätigte der Brief ihre Ahnungen. Sie war schon darauf gefaßt gewesen, daß eine schlimme Wendung eintreten würde. In ihren langen, schlaflosen Nächten hatte sie sich darauf vorbereitet.

Noch am selben Tag schritt sie durch das Tor und begab sich hinüber in die Schenke. Seit dem Tode des Ursus waltete dort dessen Witwe, ein resolutes Weib, die den Teufel nicht fürchtete und die Pfaffen nicht leiden konnte, die ihr in ihrem früheren Dasein als Spielfrau und Dirne manche Unbill angetan hatten. Sie fühlte sich den gebannten Nonnen verbunden, half ihnen manchmal in der äußersten Not, hatte den beiden Gebärenden als geschickte Hebamme beigestanden. Auch dem Anliegen, das ihr nun Chrodechilde vortrug, war sie geneigt und sie versprach, sich dafür zu rühren. Ja, sie kannte den Alten, den mit dem Eselsgespann, sie traf ihn von Zeit zu Zeit auf dem Markt. Sie würde ihm etwas ausrichten können.

Sechs Tage später stand der Esel mit dem Karren am Tor. In seinen weiten, schäbigen Umhang gehüllt, gebeugt, etwas hinkend, betrat der Ankömmling die Kirche. Nur seine eingedrückte, schiefe Nase ragte aus der Kapuze mit dem Schulterkragen hervor.

Chrodechilde eilte sogleich auf ihn zu und zog ihn beiseite, hinter die Pfeiler, hinter die Teppiche.

«Rocco!»

«Vorsicht, Childe. Sprich leise. Mich kennen hier viele.»

«Mein einziger Freund! Daß du gekommen bist ...»

«Hast du gezweifelt, daß ich kommen würde?»

«Ich habe so sehr darauf gehofft.»

«Du hast zu befehlen. Ich bin dir zu Diensten.»

«Auch jetzt noch?»

«Immer. Ich wußte, daß du mich rufen würdest. Hielt mich bereit.»

«Meine Dankbarkeit ist dir sicher!»

«Später davon. Was gibt es zu tun?»

«Eine Verräterei ist zu rächen! Ein gemeiner Betrug! Eine unerhörte Beleidigung! Meine Gegner holen zum letzten Schlag aus!»

«Sei unbesorgt. Wir kommen ihnen zuvor.»

25

DER ANGRIFF AUF DAS HEILIG-KREUZ-Kloster begann in der Nacht zum Sonntag Palmarum, eine Woche vor dem Osterfest des Jahres 590.

In den Tagen davor waren Roccos Leute in kleinen Gruppen zum Stadttor hereingekommen, verkleidet als Bauern, Händler, Pilger, Gaukler. Einige, die niemand von Angesicht kannte, ließen sich in Herbergen nieder, die meisten jedoch, ungefähr zwanzig, erschienen als Schutzflehende in der Hilarius-Kirche. Sie erklärten, Verfolgte zu sein (womit sie ja nicht die Unwahrheit sagten) und mischten sich unter die anderen Gäste des Heiligen. Schnell entdeckten sie vertraute Gesichter und da sie zudem mit Wein wohlversehen und auch sehr spendabel waren, hatte jeder der Neuen nach kurzer Zeit einen kleinen Kreis von Kumpanen um sich, die mit ihm tranken und seiner Rede lauschten. Allmählich senkten sich die Stimmen, Verschwörerblicke wurden getauscht, die Schufte bekamen glänzende Augen vor Tatendurst und Beutegier. Roccos Männer hatten Messer, Dolche und Äxte in ihrem Gepäck und verteilten sie unauffällig. Chrodechilde ging von Gruppe zu Gruppe, lächelte geheimnisvoll und ermunternd, raunte Versprechungen, gab auch Hinweise und Beschreibungen, die im entscheidenden Augenblick nützlich sein konnten.

Am Vorabend des geplanten Handstreichs zechten ein paar Männer, die als Händler gekommen waren, mit Bürgern der Stadt in einer Schenke. Es wurde gewürfelt, und als es spät, schon nach Mitternacht, ans Bezahlen ging, begannen die Fremden Streit, weil einer der Bürger, so behaupteten sie, für seine Spielschuld nicht aufkommen wollte. Der Wirt warf alle hinaus und draußen drangen die angeblich Betrogenen auf ihren «Schuldner» ein und jagten ihn, als er auch jetzt nicht bezahlen wollte und fortlief, durch die menschenleeren Gassen. Am Ende stellten sie ihn, doch obwohl er sich nun in schlotternder Angst bereit fand, seinen Beutel zu öffnen, schlugen sie ihn und schleppten ihn weiter, bis auf den Vorplatz des Heilig-Kreuz-Klosters. Hier vollführten sie einen gewaltigen Lärm, schrien und schimpften und richteten dabei ihr Opfer so zu, daß es schließlich in seinem Blute liegenblieb, stöhnend und wimmernd, unmittelbar vor der Klosterpforte. Nun ließen die Männer von ihm ab und zogen schwankend, grölend und lachend davon.

Als es still wurde und nur noch die leisen Jammerlaute vernehmbar waren, wurde die Pforte geöffnet und zwei Nonnen mit einem Tragbett kamen heraus. Sie ergriffen den Verletzten vorsichtig an Armen und Beinen, schrien aber im selben Augenblick auf, weil auch sie gepackt wurden. Aus dem Schatten der Mauer lösten sich acht, zehn Gestalten und drangen unverzüglich durch die offene Pforte. Einer stieß einen gellenden Pfiff aus und schon kroch es hinter Büschen und Zäunen hervor und aus den Gassen ringsum nahten, Gespenstern ähnlich, die Angreifer. Einige trugen Fakkeln, in deren flackerndem Licht die rohen, bärtigen wüsten Kerle herbeihasteten.

Im Schlafsaal hörten die Nonnen die Schreie, den Pfiff und die Männerstimmen, fuhren erschrocken auf, sprangen aus ihren Betten. Einige stürzten im Hemd auf den Hof hinaus, wichen aber sogleich zurück, als sie die Eindringlinge kommen sahen. Es gab keine Vorrichtung, um die Tür zu verriegeln, dazu wäre es auch zu spät gewesen. Die ersten

Männer waren schon drin und nun suchten sich Dutzende verzweifelte Nonnen vor ihnen zu retten. Weil sie jedoch, durcheinanderflatternd, sich in dem dunklen Saal behinderten und dabei noch schrille Angstschreie ausstießen, waren die ersten bald gepackt und wahllos auf die Matratzen geworfen. Einige versuchten, unter die Betten zu kriechen, doch wurden sie von brutalen Fäusten hervorgezerrt. Diejenigen, die noch hinausschlüpfen konnten, in zerrissenen Hemden oder nackt, flüchteten irgendwohin, in das Badehaus, in die Spinnkammer, unter die Tische und Bänke des Refektoriums.

Die Mehrzahl der Einbrecher richtete allerdings ihre Sinne zunächst auf die Beute, die sich forttragen ließ, im Vertrauen darauf, daß die andere ja, von Hand zu Hand weitergereicht, nicht verlorenging. Da es stockfinster und der Himmel bewölkt war und es außer den wenigen Fackeln kein Licht gab, schleppten einige aus dem Vorratshaus ein riesiges Faß herbei, frisch verpicht, jedoch bereits trocken, und zündeten es an. Eine gewaltige Flamme schoß mitten im Klosterhof empor, verbreitete Tageshelle. Während die Strolche aus dem Asyl nun sämtliche Türen erbrachen, sich um den Hausrat des Klosters balgten und alles in Säcken verstauten, besetzten Roccos Leute die Türme. Es gab nirgendwo Widerstand. Die Knechte, die Wache halten sollten, hatten den Überfall verschlafen oder zu spät bemerkt, und aus Angst hatte keiner Alarm zu schlagen gewagt. Was hätten sie auch unternehmen sollen? Sie wurden zum Spaß an den Füßen gebunden und innen von den Türmen herabgelassen, so daß sie kurz über dem Boden hängenblieben.

Die Äbtissin Leubovera war, als sie in ihrer etwas abseits gelegenen Zelle den Lärm hörte, ebenfalls aus dem Bett gesprungen. Hastig warf sie sich ein Gewand über. Da sie im

Dunkeln weder ihren Schleier noch ihre Pantoffeln fand, lief sie mit aufgelöstem Haar und barfuß hinaus, um zu sehen, was es gebe. Da kam ihr Justina, die Pröpstin, bereits entgegen, nur im Hemd, doch mit einem Knüppel versehen, und zog sie mit sich fort in den Betsaal. Hierher hatten sich an die fünfundzwanzig, dreißig Nonnen gerettet. Alle drängten sich um den Altar und die Lade mit dem Splitter vom Kreuze Christi – hoffend, daß die Reliquie, nach der das Kloster benannt war, ein Geschenk Kaiser Justins an die heilige Radegunde, die Kraft zur Abwehr der heidnischen Angreifer haben werde. Leubovera, atemlos, wankend, wurde von der Pröpstin hereingeführt, fand keine anderen Worte als immer nur «Ach, Gott steh uns bei!» und «Herr Jesus, schütze uns!», fiel vor der Lade auf die Knie, warf sich über sie, greinend, jammernd.

Justina hingegen behielt den Kopf oben. Sie stand an der Tür zum Betsaal, straff und gespannt, in der Faust den Knüppel, den Blick durch den Türspalt auf das Gewimmel im Hof gerichtet. Zwei ihrer wehrhaften Helferinnen waren an ihrer Seite, mit einem Stuhlbein die eine, mit einem halb mannshohen Kandelaber die andere bewaffnet. Die ersten Eindringlinge wurden auch wuchtig zu Boden gestreckt. Doch deren Schreie riefen andere herbei, die gegen die drei ihre Schwerter zückten und sie zwangen, den Eingang freizugeben. Durch diesen trat nun, hochragend, schwarzbärtig, schnauzend und mit einer Gerte fuchtelnd, der Anführer der Banditen ein, ließ die Tür aus den Angeln heben, damit genug Licht hereinfiel, warf einen verächtlichen Blick auf den erbärmlichen Haufen halbnackter Weiber und schrie nach der Äbtissin, «dieser verfluchten Satanshure». Schon hatte er eine der Nonnen gepackt und schüttelte sie und sie zeigte in ihrer Angst auf die am Boden liegende, über die heilige Lade hingestreckte Leubovera.

Und wieder bewahrte Justina Geistesgegenwart. Noch ehe Roccos Blick der Richtung des zitternden Fingers folgen konnte, hatte sie das große, schwere, brokatene Tuch vom Altar gerissen und über Leubovera geworfen. Dann trat sie, die Fäuste in die Seiten gestemmt, auf Rocco zu und starrte ihn herausfordernd an. Er kannte die Äbtissin nicht, auch keiner seiner Spießgesellen hatte sie jemals gesehen. So glaubte er, die Gesuchte vor sich zu haben. Er befahl, sie auf der Stelle «zu ihrer neuen Herrin» zu bringen, damit die bestimme, was mit ihr geschehen solle.

Justina mochte zu spät bereuen, sich für ihre Vorsteherin und ungetreue Bettgespielin geopfert zu haben. Sie wurde an den Haaren gepackt und aus dem Betsaal gezerrt. Der Knüppel, ihren Händen entrissen, tanzte auf ihrem Rücken, als man sie unter Gejohl und Gelächter nach der Pforte trieb. Sie wehrte sich heftig, kratzte, trat nach den Männern, schlug einem die Nase blutig. Sie wurde gefesselt und geknebelt, wobei sie in einen Finger biß, der später abgeschnitten werden mußte. Nur noch Fetzen des Hemdes bedeckten ihren langen, knochigen, sich windenden und bäumenden Körper, als man sie durch die Straßen schleppte. Verschlafene, erschrockene Gesichter erschienen, durch den Lärm alarmiert, an Fenstern und hinter Mauern und Zäunen. Sie sahen im grauen Morgenlicht nur ein ungefüges Menschenknäuel, das sich mühsam vorwärts bewegte. Bei den Versuchen, sich loszureißen, stolperte die Ungebärdige mehrmals, fiel hin, riß die Männer mit. Einmal wälzten sich alle unter Geschrei und Gefluche im Straßendreck.

Chrodechilde, im weiten Mantel, mit Stirnbinde und Schleier, wartete vor der Hilarius-Kirche. Fünf Männer aus Roccos Gefolgschaft umgaben sie. Basina und ihre anderen Gefährtinnen hielten sich abseits, standen fröstelnd und blaß auf den Stufen des Kirchenportals. Der Trupp mit der Gefangenen näherte sich. Chrodechilde trat ihm entgegen und sah sofort, daß man nicht die Richtige brachte. Sie fuhr die Männer so heftig an, daß sie die Nonne erschrocken losließen. Justina nutzte dies und mit immer noch nicht erlahmter Kraft stieß sie zwei von ihnen beiseite und rannte davon. Sie einzuholen gelang nicht und so konnte sie kurz darauf mit den gefesselten Fäusten gegen die Tür des Bischofspalastes trommeln. Nachdem man sich drinnen versichert hatte, daß es sich weder um einen Nachtmahr noch um einen Dämon handelte, sondern tatsächlich um die vor Kälte zitternde, schmutzige und fast nackte Pröpstin, ließ man sie ein.

Unterdessen kehrten die Männer, die sie irrtümlich abgeführt hatten, ins Kloster zurück. Rocco fluchte erbärmlich, weil er befürchtete, daß die Äbtissin im nächtlichen Durcheinander ein sicheres Versteck gefunden hatte oder entkommen war und daß er Vorwürfe hören würde. Chrodechilde wollte das Kloster nicht betreten, ehe nicht Leubovera daraus entfernt und in sicherem Gewahrsam war.

Die Banditen begannen nun, die Äbtissin zu suchen. Ihre Zelle wurde verwüstet. Man trieb alle Nonnen, die man im Schlafsaal, im Betsaal, im Refektorium oder anderswo fand, in den Hof hinaus, wo die Reste des Fasses gerade verglühten. Die in der Morgenkälte Zitternden drängten sich aneinander, einige stützten sich gegenseitig. Als Rocco sie barsch nach der Äbtissin fragte, stimmte eine mit hoher, dünner Stimme ein Lied zum Lobe des Herrn an, in das nach und nach alle anderen einfielen. Der Schwarzbart brüllte dazwischen, gab es dann aber auf und jagte sie auseinander.

Noch einmal wurden alle Gebäude durchsucht, mit Stangen und Äxten auch die letzten möglichen Verstecke zertrümmert. Erst als zwei der Strolche im Dämmerlicht auf dem Boden des Betsaals das kostbare Tuch entdeckten, es aufhoben und zu streiten begannen, wem es gehören sollte, fanden sie darunter die Ohnmächtige. Doch stritten sie erst einmal weiter um die wertvolle Beute und drangen sogar aufeinander ein, bis einer der beiden blutend aufgab. Dies wurde in späteren Berichten zu einem Werk der göttlichen Vorsehung, weil einer der Schächer, so hieß es, sein Schwert gegen die Äbtissin hob, um sie auf der Stelle zu töten, der andere jedoch – auf Befehl von oben – plötzlich Edelmut zeigte und dazwischenging.

Leubovera war also gefunden, kam nach Schlägen und Wassergüssen wieder zu sich und mußte nun denselben Weg zurücklegen wie vorher Justina. Inzwischen war es hell geworden und in den Straßen von Poitiers regte sich morgendliche Betriebsamkeit. Der Lärm in der Nacht, der bis in den letzten Winkel der Stadt gedrungen war, hatte auch die Langschläfer aufgeschreckt, so daß bereits ungewöhnlich viele auf den Beinen waren. Die sahen nun die beleibte Vorsteherin des Heilig-Kreuz-Klosters, wie sie, von mehreren schwerbewaffneten Kerlen geführt, vorüberwankte. Ihr blondes Haar stand wie Stroh vom Kopf, ihr rundes Gesicht war vom Weinen gerötet, ihr Gewand war zerrissen und gab auf der Rückseite so viel preis, daß später die Männer von Poitiers ihren Frauen die Röcke aufhoben, um festzustellen, ob sie einem Vergleich mit der ehrwürdigen Mutter auch nur annähernd standhalten könnten. Noch lange schwärmte man von dem Prachtstück, das man gesehen hatte, entrüstete sich aber auch über seine Entweihung. Für manchen war das, als halb Poitiers kurz darauf zu den Waffen griff, ein Grund zu entschiedener Parteinahme.

Es ist nicht notwendig, die Schmähreden wiederzugeben, mit denen Chrodechilde die Gedemütigte vor der Hilarius-

Kirche empfing. Je reichlicher Leubovera die Tränen strömten, desto zorniger prasselten ihre Worte. Schließlich erklärte Chrodechilde die Gefangene ihres Amtes enthoben und ließ sie in eine Hütte sperren, wo die Mönche ihre Gartengeräte aufbewahrten. Zwei Bewaffnete hielten Wache. «Sollte jemand versuchen, sie mit Gewalt zu befreien, tötet sie gleich mit dem Schwert!» befahl sie.

Da die Bedingung erfüllt war, konnte Chrodechilde ins Kloster einziehen. Rocco schickte ihr den zweispännigen Reisewagen, der der Äbtissin zur Verfügung stand. Sie bestieg ihn mit dreien ihrer Gefährtinnen, während die anderen, darunter Basina, die nunmehr die Rückkehr ins Kloster entschieden verweigerte, in der Hilarius-Kirche zurückblieben. Von ihren Leibgardisten zu Pferde begleitet, ließ Chrodechilde sich durch die Straßen fahren. Das Volk begaffte sie stumm, keine Heil-Rufe und kein Beifall ertönten. Zu einer Unterbrechung der Fahrt kam es, als ein Geistlicher plötzlich dem Zug entgegentrat und versuchte, die Pferde aufzuhalten. Ein Schwerthieb mit flacher Klinge warf ihn zu Boden, worauf er mit schallender Stimme den Zorn des Herrn und aller Heiligen auf die Frevlerin und ihre Helfershelfer herabrief. Chrodechilde befahl, die Pferde in Trab zu setzen und erreichte das Kloster ohne weiteren Zwischenfall.

Hier nun empfing sie Heil-Gebrüll, allerdings aus den Mündern von Mördern, Räubern, Schurken und Strolchen, die inzwischen auch die nicht unbeträchtlichen Weinvorräte des Klosters entdeckt hatten. Sie befahl die Nonnen gleich in den verwüsteten Betsaal und hielt auch ihnen eine zornige Rede, die aus Anklagen gegen alle und Vorwürfen gegen einzelne bestand. Ursprünglich hatte sie vorgehabt, sich trotz des Bannfluchs zur Äbtissin wählen zu lassen. Die außergewöhnlichen Umstände sollten dies rechtfertigen. Sie wollte den Bischöfen gegenüber als Befreierin auftreten, die die geschundenen Nonnen von der Zwangsherrschaft der Leubovera und der Justina erlöst hatte. Der Zustand, in dem sich die frommen Schwestern befanden, ließ es indessen geraten sein, von diesem Vorhaben abzusehen. Als Chrodechilde schwieg, erhoben sich heftige Klagen. Fast alle waren geprügelt und gedemütigt worden, viele auch geschändet. Draußen zechten und lärmten die «Befreier», und einige der Betrunkenen steckten immer wieder die Köpfe durch die offene Tür und riefen den Nonnen dreiste Scherzworte zu. Chrodechilde entließ die Versammelten, indem sie versprach, den Unfug einzudämmen, die schlimmsten Übeltäter sofort, die übrigen später hinauszuwerfen, den Klosterbesitz zu sichern und weitere Belästigungen zu verhindern.

Doch keines dieser Versprechen konnte sie halten. Sie rief nach Rocco, machte ihm Vorwürfe. Wie konnte er zulassen, daß die Besetzung des Klosters derartig ausuferte! Er grinste bedauernd: Was hätte er machen sollen? Für seine Leute könne er ja notfalls noch einstehen, das übrige Pack zu zügeln sei aussichtlos. Sie habe aber darauf bestanden, dieses Gesindel mit aufzubieten. Chrodechilde rechtfertigte sich damit, nicht erwartet zu haben, daß alles so leicht sein würde, sie hätte mit starkem Widerstand der wehrhaften Nonnen und ihrer Knechte gerechnet. Rocco knetete seine verformte Nase und meinte augenzwinkernd, damit könne sie ihn nicht täuschen. Sie habe es denen im Kloster vergelten wollen, mit Schrecken und Grausen, Feuer und Lärm. Einen richtigen Höllenspuk habe sie ihnen bereiten wollen. Und sie freue sich, daß es passiert sei.

Da konnte sie ihm nicht widersprechen und beide brachen in ein tolles Gelächter aus und ließen sich Wein kommen.

26

DER NÄCHTLICHE ÜBERFALL AUF DAS HEIlig-Kreuz-Kloster versetzte die Bürger von Poitiers erneut in Aufregung, Sorge und Angst. Die schimpfliche Behandlung der Äbtissin und der Pröpstin erinnerte an die Ausschreitungen in der Hilarius-Kirche, und wieder erhoben die Warner vor einem göttlichen Strafgericht ihre Stimmen. Im Hause des Bischofs versammelte sich eine Anzahl geachteter Männer, um Justinas Bericht und ihren flammenden Aufruf zum Widerstand gegen die entfesselten Mächte des Bösen zu hören. Eine Abordnung, bestehend aus Geistlichen und Bürgern der Stadt, begab sich zum Comes Macco und forderte unverzüglich Maßnahmen. Der Comes sandte daraufhin ein paar Männer zum Heilig-Kreuz-Kloster, um die Lage zu erkunden. Diese wurden, als sie sich näherten, mit Steinwürfen und Pfeilgeschossen empfangen, worauf sie schleunigst umkehrten und berichteten, das Kloster sei fest in der Hand der Besetzer und derzeit nicht einnehmbar. Macco bedauerte, vorerst nichts tun zu können, versprach aber, in die benachbarten Grafschaften um Verstärkung zu schicken. Bischof Marovech schäumte, als die Abordnung unverrichteterdinge zurückkam. Am meisten marterte ihn der Gedanke, daß in wenigen Tagen seine Amtsbrüder aus dem gesamten Frankenreich eintreffen würden und Zeugen dieser Zustände werden sollten. Er forderte deshalb die Bürger auf, die Sache Gottes und der Kirche in ihre eigenen Hände zu nehmen, sich zu bewaffnen und dem Treiben Satans ein Ende zu machen, indem sie das Kloster zurückeroberten.

Tatsächlich sammelte sich gegen Abend ein stattlicher Haufen beherzter Männer, bewaffnet mit Schwertern, Spießen, Spaten, Hacken, Sicheln, Hämmern und Messern, auf dem Vorplatz des Klosters. Diesmal hagelte es von den Türmen nur Steine, weil die Besetzer die wenigen vorgefundenen Pfeile verschossen, selbst aber keine mitgebracht hatten. Die Aufforderung, sich zu ergeben, wurde mit Hohngelächter beantwortet. Nun liefen ein paar Männer, die Helme und Panzerhemden trugen, mit einem zugespitzten Baumstamm herbei, den sie als Rammsporn gegen die Pforte stießen. Zwar wurden zwei von ihnen trotz des schützenden Blechs durch Steinwürfe außer Gefecht gesetzt, die anderen aber durchbrachen die Pforte und legten sie nieder. Die Masse der Angreifer drängte heran, stieg über die Trümmer und schon krachten Holz und Eisen gegeneinander.

Im Klosterhof brannten in dieser Nacht gleich mehrere Fässer und beleuchteten ein Handgemenge, das sich alsbald in zahlreiche Zweikämpfe auflöste. Die Besetzer wichen zunächst vor dem wütenden Ansturm zurück, gewannen jedoch, schon gut vertraut mit der Örtlichkeit, die sie vorher beim Plündern gründlich erkundet hatten, allmählich die Oberhand. Sie lockten ihre Gegner in finstere Gänge und Nischen, stießen sie steile Treppen hinunter, öffneten Falltüren. Mit Ausnahme des Schlafsaals, wo die Nonnen eingesperrt waren, gab es im Kloster kein Gebäude und keinen Raum, wo nicht erbittert gekämpft wurde. Über die Lade mit dem heiligen Holz spritzte Blut, auf das Grabmal der Klostergründerin Radegunde sanken Arm in Arm zwei Männer nieder, nachdem sie sich gegenseitig umgebracht hatten. Kurz nach Mitternacht war der Angriff zurückgeschlagen. Die Streiter Gottes räumten die Walstatt, Verwundete und mehrere Tote zurücklassend.

«Wo Merowinger sind, ist der Sieg!» rief Chrodechilde begeistert, als Rocco zu ihr auf den Turm stieg, von wo aus sie das Getümmel verfolgt hatte.

«Ja», erwiderte er, «aber noch so ein Sieg und wir sind verloren. Das soll mal ein alter König gesagt haben.»

In der Tat, es war nur ein Pyrrhus-Sieg. Rocco selbst hatte einen Stich in die Schulter empfangen, auch mehrere seiner Leute waren verwundet. Unter den Strolchen aus dem Asyl gab es ein halbes Dutzend Tote. Die übrigen hatten jetzt nur noch eine Sorge: diesen gefährlichen Ort zu verlassen und ihre Beute in Sicherheit zu bringen. Bereits im Morgengrauen verschwanden die ersten, in kleinen Gruppen, mit Säcken und Körben beladen, einige sogar als Nonnen verkleidet. Sie wollten versuchen, auf Booten über den Fluß oder irgendwie unerkannt durch die Stadttore zu gelangen.

Zu einer weiteren Schwächung der Klosterbesetzer kam es, als sich die in der Hilarius-Kirche zurückgebliebene Gruppe offen von Chrodechilde lossagte. Basina, die von Anfang an abseits geblieben war, drängte die anderen, sich ihrer Führung zu unterstellen und die Äbtissin zu befreien. Es gelang ihr dann auch, deren Wächter fortzulocken, indem sie ihnen einredete, sie könnten beim Beutemachen im Kloster zu kurz kommen. Als die Männer abgerückt waren, übernahm sie nicht, wie versprochen, die Wache, sondern öffnete Leubovera die Tür. Die beiden umarmten sich unter Tränen. Für alles Unrecht, das sie einander zugefügt hatten, baten sie um Verzeihung und schworen sich für die Zukunft Liebe und Freundschaft zu. In einer bequemen Zelle, die Porcarius zur Verfügung stellte, saßen sie lange Hand in Hand, weinten, lachten und fanden schließlich kichernd, die Stimmen zum Flüstern senkend, daß sie einander auch «in einer gewissen Beziehung» sehr ähnlich waren. Nur richtete sich die Neigung der einen mehr auf die plebejischen, die der anderen mehr auf die geistlichen Elemente des Klosterpersonals.

Chrodechildes Heerscharen schrumpften also und das unvermeidliche Ende ihres «Höllenspuks» nahte, als die ersten Bischöfe in Poitiers eintrafen. Bis zu diesem Zeitpunkt hatte es an verschiedenen Ecken und Enden der Stadt immer wieder tätliche Auseinandersetzungen gegeben. Bald bekamen die Bürger mit, daß sich die Beutemacher davonstehlen wollten, lauerten ihnen auf, erschlugen einige und brachten andere in Gewahrsam, was für diese nur eine schlimmere Todesart, nämlich Folter und Galgen bedeutete. Allerdings hatten auch die Gerechten Verluste zu beklagen. Auf dem Markt und in den Schenken kam es zu blutigen Scharmützeln unter den Bürgern, weil es immer wieder Leute gab, welche, um Warner, Mahner und Überfromme zu reizen, als Verteidiger Chrodechildes auftraten. Gerade noch rechtzeitig vor dem völligen Zusammenbruch der öffentlichen Ordnung erschienen die Bischöfe. Die Herren Gregor und Eberegisel begaben sich gleich selber zum Comes. Und sie forderten ihn mit der ganzen Autorität, die sie als Metropoliten und Vertraute der Könige hatten, zum sofortigen energischen Eingreifen auf.

Macco, der bis zuletzt gehofft hatte, er könne sich und seinen Leuten auch diesmal Kämpfe und Verluste ersparen, sah sich so zum Handeln genötigt. Er hatte sich bisher darauf beschränkt, das Kloster beobachten zu lassen, und dafür gesorgt, daß seine Männer die von den Bürgern gefangenen Banditen unter gehörigem öffentlichen Aufsehen in sein Gefängnis brachten. Gab es irgendwo ein Handgemenge, schickte er zwei, drei Leute zu Pferde, die die Streithähne im Galopp auseinanderscheuchten oder auch mal einige niederritten. Nun mußte er notgedrungen seine Schar zum geschlossenen Angriff führen. Es stand ja auch Ostern bevor und die Bischöfe drohten, man werde das heilige Fest nicht feiern, solange im Kloster die Teufel hausten.

Unter denen war mittlerweile Hader ausgebrochen. Da Rocco seine Leute anwies, die Nonnen vor Belästigungen zu schützen, und auch weitere Plünderungen untersagte, wählten die übriggebliebenen Strolche aus dem Asyl einen eigenen Anführer. Im Refektorium zechten und grölten sie, schwangen martialische Reden und schworen, aus dem Kloster eine Festung der Freiheit zu machen, mit Güterteilung und Vielweiberei, die sie bis zum letzten Blutstropfen verteidigen würden. Für Rocco hingegen war alles getan, ein Verbleiben im Kloster, erst recht die Abwehr weiterer Angriffe ohne Sinn, weil dies am Ende ja doch nur zum völligen Untergang der Verteidiger führen konnte. Er sprach darüber mit Chrodechilde und schlug ihr vor, sich ihm und seinen Männern, die noch fast vollzählig waren, anzuschließen. Sie würden in der Nacht einen Ausfall wagen, die Wachen am Stadttor überwinden und in die Wälder entkommen.

Chrodechilde lachte ihn aus. Fragte ihn, ob er sie dann zur Burgherrin seiner Waldfestung machen wolle. Erwartete er, daß sie dann ihm und seiner Bande die Suppe koche, wenn sie vom Rauben und Morden heimkehrten?

Rocco war verstimmt, beleidigt. Knurrte, es sei ja nur ein Vorschlag gewesen. Jedenfalls sei nicht ausgemacht, daß sie nun alle an den Galgen kämen, nachdem sie dem launischen Königskind sein Vergnügen verschafft hatten.

Schon kurz darauf mußte er aber feststellen, daß es für einen Ausfall zu spät war. Ringsum hatten die Männer des Comes Stellungen bezogen. Der Sturm auf das Kloster stand bevor. Rocco, greulich brüllend und fluchend, postierte seine Leute, befahl, die Türme zu besetzen und vor dem einzigen Zugang, dem Haupttor mit der offenen Pforte, weitere Hindernisse aufzurichten.

Da war plötzlich Chrodechilde bei ihm und forderte ihn auf, ihr zu folgen. Er hatte keine Zeit, tat es widerwillig. Sie führte ihn hinter die Grabkapelle der Heiligen und durch den Klostergarten an die Mauer. Hier bog sie ein paar Sträucher beiseite.

«Siehst du das?»

«Was meinst du?»

«Hier war früher das Loch in der Mauer, durch das wir nach draußen gelangten.»

«Das könnte sein. Ja, in der Tat! Es ist nur notdürftig geschlossen. Die neuen Steine sind schlecht behauen und nicht verfugt.»

«Dahinter befindet sich gleich ein Hohlweg. Auch wenn die Mauer beobachtet wird, kann man dort nicht gesehen werden. Er führt zum Fluß hinunter. Dort liegen Boote.»

«Childe ...»

«Still! Auch da unten hast du mir manches Vergnügen verschafft. Und erinnere dich an mein Versprechen! Das launische Königskind kann auch dankbar sein.»

Im Morgengrauen des Karfreitags wurde das Kloster von Macco und seinen Leuten gestürmt.

Zur Überraschung der Männer flogen von der Mauer und von den Türmen keine Geschosse auf sie herab und es hinderte sie auch niemand, die Pforte freizuräumen. Ohne daß ihnen jemand entgegentrat, drangen sie bis zum Klosterhof vor. Hier sammelten sich an der Tür des Betsaals gerade zwölf, fünfzehn wüste Gestalten, mit Dolchen, Messern und Stangen bewehrt. Ihr Anführer suchte sie in eine Ordnung zu bringen. Einige wankten und stießen einander, vor Trunkenheit und vor Müdigkeit. Offenbar waren sie erst aus dem Schlaf aufgeschreckt, als sie die Leute des Comes an der Pforte hörten.

Sie wurden alle niedergemacht. Nur wenige leisteten ernsthafte Gegenwehr. Die Sonne war noch nicht aufgegangen, als sie bereits als blutiger Haufen vor der Tür des Oratoriums lagen. Kaum war der letzte niedergesunken, eilten aus dem Schlafsaal die Nonnen herbei. Vor Freude außer sich, schrien und lachten sie, umarmten und küßten ihre Retter, knieten sogar vor ihnen nieder.

«Wo ist Chrodechilde?» fragte der Comes.

Da trat sie schon aus der Tür des Betsaals. Auf ihren vorgestreckten Armen trug sie die Lade mit dem heiligen Holz, dem Splitter vom Kreuze des Herrn. Wachsbleich, groß, schmal, im langen dunklen Gewand schritt sie an dem Haufen blutender, röchelnder, zuckender, sterbender Männer vorbei, blieb vor dem Comes stehen und sagte mit feierlich fremder Stimme:

«Wage niemand, mir etwas anzutun! Eine Königin bin ich, stamme von Königen ab! Wer Hand an mich legt, wird es später bereuen! Die Zeit wird kommen, da ich die Macht haben werde! Niemals vergesse ich, mich zu rächen!»

Der Comes, von diesen pathetischen Worten wenig beeindruckt, strich seinen Schnurrbart und wollte etwas zu Chrodechildes Beruhigung sagen. Aber sie wandte sich bereits ab und schritt langsam über den Hof auf die Pforte zu. So rief er nur: «Laßt sie durch, macht ihr Platz! Es soll keiner sie aufhalten! Geht ihr aber nach, habt ein Auge auf sie! Und paßt auf den Kasten mit der Reliquie auf!»

Und murmelnd, für sich, fügte er hinzu: «Was spielt sie jetzt wieder für ein Spiel, diese verrückte Kronentaube?»

Die Sonne ging auf und auch an diesem frühen Morgen

war halb Poitiers auf den Beinen. Alles strömte zum Kloster, wollte sehen, wie man die Missetäter herausführte.

Doch Chrodechilde kam allein. Die Geistlichen unter den Gaffern erschraken gewaltig und bekreuzigten sich, als sie das teuflische Weib mit der heiligen Lade sahen.

Es getraute sich aber niemand, sie ihr zu entreißen, auch nicht, ihr entgegenzutreten, sie aufzuhalten.

Erhobenen Hauptes und düsteren Blickes schritt sie vorüber und wiederholte nur immer:

«Eine Königin bin ich, stamme von Königen ab! Wage niemand, mir etwas anzutun! Er wird es bereuen …»

27

«HIERAUF SASSEN DIE BISCHÖFE, DIE *zugegen waren, in der Hauptkirche von Poitiers zu Gericht»*, schreibt Gregor von Tours, der Chronist.

Er selbst war einer der geistlichen Richter, die eine Woche nach Ostern, als alle eingetroffen waren, mit der Anhörung der Parteien begannen. Unter heftigen Reden und Gegenreden, die nur durch die Anwesenheit des Comes und seiner Leute nicht wieder in Tätlichkeiten ausarteten, kamen alle Verfehlungen zur Sprache, deren sich die frommen Schwestern des Heilig-Kreuz-Klosters vermeintlich oder tatsächlich schuldig gemacht hatten. Chrodechilde und die zehn anderen blieben während dieser Zeit im Asyl des Heiligen, wurden von Maccos Leuten morgens zur Verhandlung geführt und abends zurückgebracht. Auch Basina, die trotz der Versöhnung mit der Äbtissin als zweite Rädelsführerin des Aufstands galt, löste sich vorsichtshalber nicht von der Gruppe.

Das Wort für die Sache der Rebellinnen führte jedoch Chrodechilde fast nur allein. Lediglich wenn sich die Bischöfe ihnen direkt zuwandten, äußerten sich auch die anderen. Bald stellte sich heraus, daß die Gegenpartei gut vorbereitet war. Indem sie Mißstände einräumte, gewann sie das Vertrauen der Richter, die ihr, wenn sie die schweren Regelverletzungen leugnete, ebenfalls zu glauben geneigt waren. Hier war es vor allem die Äbtissin, die in bekümmertem Ton, manchmal weinerlich, mit viel Geseufze und frommen Augenaufschlägen die Auskünfte gab.

Gewiß, es habe im Kloster Hunger und Mangel gegeben, die Klagen darüber seien berechtigt. Doch hätten alle darunter gelitten und man könne auch nicht von Entbehrungen sprechen, ziehe man in Betracht, daß die Zeiten schlecht seien und die Leute ringsum in Stadt und Land ja nicht besser lebten. Gewiß, auch unter Kälte hätten die Nonnen manchmal zu leiden. Das Mauerwerk speichere Feuchtigkeit, es sei kühl in den Räumen und manchmal fehle es im Winter an Kohle und Holz. Doch möge man einmal die Truhen der Klägerinnen durchsuchen, dann werde man feststellen, daß sie (obwohl einiges, was nur der Eitelkeit diente, entfernt worden sei) noch immer Kleidung, Pelze und Decken im Überfluß hätten. Gewalt und Mißhandlungen? Sicher komme es manchmal vor, daß Übertretungen der Regel zu hart und zu streng geahndet würden. Doch hätten ja die Klägerinnen auch die Arbeit im Webhaus und im Klostergarten als Mißhandlungen empfunden. Tue man aber jemand Gewalt an, den man nützliche Werke zum Wohl der Gemeinschaft verrichten lasse?

Das Brettspiel, ja, sie räume ein, sagte Leubovera, manchmal vertreibe sie sich damit die Zeit. Doch schon die heilige Radegunde habe ein Spielchen nicht verachtet und es sei ja auch durch die Klosterregel nicht ausdrücklich verboten. Wenn die Väter aber der Meinung seien, daß es sich für eine Nonne nicht zieme, wolle sie es in Zukunft lassen und willig die Buße leisten, die man ihr auferlege. Von Schmausereien und Gelagen im Kloster sei ihr hingegen nichts bekannt. Natürlich genieße sie gern einen Becher Wein, das sei ja erlaubt. Und wenn sie von Zeit zu Zeit guten Christen ein Stück geweihten Brotes reiche, sei das ja wirklich noch kein Festschmaus. Vielleicht habe sie aber den Fehler gemacht, ihren armen Verwandten gelegentlich

Gutes zu tun, sie wolle es abbüßen, wenn das schlecht war. Es sei aber eine Lüge, daß sie für ein Gewand ihrer Nichte die Altardecke zerschnitten habe. Sie selbst habe aus dem von einer edlen Dame gespendeten Seidenstoff die Decke gefertigt, sehr schön, mit Borten, Fransen und Goldblättchen, und nur von den Resten habe sie, mit Erlaubnis der Spenderin und weil sie geschickt darin sei, das Kleid für ihre Nichte zusammengestückelt. Wer könne ihr dafür einen Vorwurf machen?

Von den behaupteten Orgien im Badehaus, sagte die Äbtissin entschieden, habe sie nicht die geringste Ahnung. Allerdings sei manchmal vorgekommen, daß sich dort Männer aufgehalten hätten. Das Badehaus sei nämlich ein Neubau, die starke Kalkausdünstung für die zarte Gesundheit der Nonnen schädlich. So habe sie, damit die Gefahr um so schneller beseitigt würde, den Knechten des Klosters ein paar Monate lang, doch seit geraumer Zeit schon nicht mehr, die Benutzung erlaubt. Sei es denn nicht ihre Pflicht, sich um das Wohlbefinden der ihr Anvertrauten zu sorgen?

Endlich die Liebhaber, die man ihr andichte! Die Äbtissin brachte drei Zeugen mit: zwei junge Männer und einen Arzt. Die beiden Jünglinge hätten sie zwar im Kloster bedient, doch seien sie beide, wie sie sich ausdrückte, «zu den Werken der Männlichkeit vollkommen untauglich». Deshalb trügen sie auch – die beiden bestätigten dies – mit Vorliebe Weiberkleidung. Der Medicus, der sich Oberarzt Reoval nannte, erklärte in aller Ausführlichkeit, der eine hätte bereits als Knabe «einen Schaden an den Weichen» gehabt und so «habe ich selbst ihm, wie ich es bei den Ärzten in Konstantinopel gesehen hatte, die Hoden ausgeschnitten und ihn damit geheilt».

Dies alles wurde ins Protokoll aufgenommen und zur

Entlastung der Äbtissin herangezogen. In sämtlichen Punkten erhob Chrodechilde erbittert Widerspruch, doch ohne Beweiskraft und ohne Erfolg. Bischof Marovech selbst verbürgte sich für die Aufrichtigkeit und Glaubwürdigkeit Leuboveras.

«Da wir nun alles untersucht hatten», heißt es im Urteil der Bischöfe, *«und kein Verbrechen gefunden werden konnte, das die Absetzung der Äbtissin gerechtfertigt hätte, so sprachen wir ihr der leichteren Sachen wegen eine väterliche Ermahnung aus und die Erwartung, daß sie sich in der Folge von jedem Vorwurf freihalten werde.»*

Zu einem ganz anderen Ergebnis kamen die geistlichen Herren, nachdem sie die Sache der Gegenpartei untersucht hatten. Einige Richter traten als Zeugen auf: Marovech, Dodo, Nicasius, Saffarius. Gregor von Tours, der die Verhandlungen zeitweilig leitete, rückte das Urteil, aus dem schon zitiert wurde und das die Form eines ehrerbietigen Schreibens an *«die ruhmreichen Könige, durch Gottes Gnade fromme und rechtgläubige Fürsten»* hat, wortwörtlich in seine Frankengeschichte ein.

Von *«schweren Vergehen»* ist die Rede. Denn Chrodechilde und die anderen *«hatten die Weisung Bischof Marovechs, das Kloster nicht zu verlassen, mißachtet und statt dessen den Bischof mit Füßen getreten und mit dem größten Schimpf bedeckt. Sie hatten die Türen und Schlösser zerbrochen und ihm zum Hohne die Stadt verlassen»*. In diese zurückgekehrt, *«hatten sie dem Bischof Gundegisil und den Bischöfen seiner Kirchenprovinz nicht Folge geleistet, als jene sich nach der Kirche des heiligen Bekenners Hilarius begaben und sie zurechtwiesen, wie es sich für sorgliche Hirten gehörte, sondern einen Aufstand erregt, die Bischöfe und ihre Begleiter geschlagen und in der Kirche ihr Blut vergossen»*. Schließlich *«war man mit der größten Gewalttätigkeit in das Kloster eingebrochen, hatte die Fässer auf dem Hofe in Brand gesteckt, die Türen mit Stangen und Äxten erbrochen, Feuer angelegt, die Nonnen geschlagen und verwundet, das Kloster geplündert, der Äbtissin die Kleider abgerissen und ihr die Haare zerrauft, sie zum Gelächter schmählich mit Gewalt abgeführt und durch die Straßen geschleppt und in den Kerker geworfen»*. Dabei habe man *«gegen das königliche Gebot die Waffen erhoben und sich mit Pfeilen und Lanzen frevelhaft gegen den Comes und die Bürger der Stadt zur Wehr gesetzt»*.

«Da alle diese peinlichen Vergehen offen dalagen», heißt es dann im Urteil der Bischöfe, *«hielten wir es, nachdem wir die Kirchengesetze zu Rate gezogen hatten, für richtig, Chrodechilde, Basina und die anderen weiterhin aus der Kirchengemeinschaft auszuschließen, bis sie geziemende Buße geleistet hätten, die Äbtissin dagegen wieder auf Dauer in ihre Stelle einzusetzen.»*

«Möget ihr den Schuldigen niemals erlauben», riefen die geistlichen Richter den Königen zu, *«an jenen Ort zurückzukehren, den sie auf so ruchlose Weise zerstört und entweiht haben, und ihnen jede Hoffnung auf Rückkehr nehmen, damit nicht noch Schlimmeres sich ereigne! Möge alles mit Hilfe des Herrn in den alten Stand gebracht werden und die Kirche nichts einbüßen, was ihr gebührt! Gott erhalte und lenke euch, rechtgläubige Könige, gebe euch lange Herrschaft und schenke euch das ewige Leben!»*

«Wohin wollt ihr euch jetzt wenden?» fragte Bischof Gregor die Verurteilten, nachdem er dieses Votum verlesen hatte. «Wo ihr jetzt seid, könnt ihr nicht bleiben. Ich bin bereit, euch den Aufenthalt in einem anderen Kloster zu vermitteln. Dort könnt ihr die Bußen, die wir euch auferlegen, ableisten und ...»

«Zuviel Güte!» rief Chrodechilde. «Ich danke dir, Vater, doch bemühe dich nicht! Bußen ableisten? Wieder ins Kloster? Fällt mir nicht ein! Ehe die Könige, meine Verwandten, dieses Urteil erhalten, werde ich selber bei ihnen sein. Und dann werden sie aus meinem Munde die Wahrheit erfahren! Die Wahrheit, die ihr nicht hören wolltet! Und ich versichere euch, danach wird euer Urteil nicht einmal dieses Stück Kuhhaut wert sein, auf dem es geschrieben ist!»

«Ich bitte dich, mäßige dich ...»

«Lebt wohl, meine Herren! Und gnade euch Gott! Er hat euch zugehört, wie ihr Unrecht spracht! Irgendwann steht auch ihr vor Gericht, dem seinigen nämlich, und dann wird er sich daran erinnern!»

Sie drehte sich um, achtete nicht auf die empörten Ausrufe hinter sich und eilte zum Ausgang der Kirche. Die Menge der Zuschauer, die sich dort drängte und den Prozeß verfolgt hatte, wich vor ihr zurück, um eine Gasse zu bilden. Sie stieß einige, die noch im Wege standen, beiseite, schritt hindurch, stieg draußen die Stufen hinab.

«Chrodechilde!»

Er hatte hier auf sie gewartet. Trat auf sie zu, ein Paket in der Hand. War stattlich wie immer, hatte rosige Wangen, ein kerniges, doch auch sanftes Lächeln, gewelltes Blondhaar.

Sie blieb stehen und maß ihn von Kopf bis Fuß.

«Ach, du bist es?»

«Ja, Chrodechilde, ich bin's!»

«Hast dich verspätet, wie? Ich vermißte dich schmerzlich. Wie konntest du nur dieses Schauspiel versäumen, deinen großen Triumph!»

«Mir lag nichts daran, das zu erleben», erwiderte Theuthar. «Und von Triumph kann keine Rede sein. Doch ich bin froh, es noch gerade geschafft zu haben, bevor du ...»

«Bevor ich ...?»

«... vielleicht einen falschen Schritt tust.»

Sie lachte schrill auf.

«Ah, das ist dreist! Das ist unerhört! Du bietest mir wieder deine Hilfe an?»

«Ich habe dir ...»

«Laß mich durch!»

«Chrodechilde!»

Er vertrat ihr entschlossen den Weg. Sie starrte ihn wütend an und zischte:

«Fort, Verräter! Und wage nicht ...»

«Dir dieses Paket zu überreichen?»

«Was enthält es?»

«Das, was du begehrst.»

«Was ich ...»

«Die Schenkungsurkunde!»

«Wie? Von meinem Vetter?»

«Für den Fall, daß deine Sache schlecht ausgehen würde. Das schrieb er dir doch. Erinnerst du dich?»

«So hat mir Childebert tatsächlich ...?»

«Der König schenkt dir eines der Krongüter. Weil du ihn so amüsiert hast und weil er dich grenzenlos bewundert. Diese Schenkung ist eine mutige Tat, seine Mutter war heftig dagegen, er mußte sich durchsetzen. Und so gelang es uns mit Gottes Hilfe ...»

«Gott war immer auf meiner Seite! Ich wußte es!»

«Auch ich war immer auf deiner Seite. In aller Bescheidenheit, Childe. Ich habe für dich getan, was mir möglich war. Auch wenn du vielleicht daran gezweifelt hast.»

«So gib mir das und nimm meinen Dank.»

Sie riß das Paket aus seinen Händen und drückte es inbrünstig an sich.

Dann blickte sie auf, sah ihn lange an.

Er schielte nach den Gaffern am Kirchenportal und bog ein wenig den Kopf zurück, weil er glaubte, daß sie ihm gleich um den Hals fallen und ihn küssen würde.

Im nächsten Augenblick schrie er auf. Verzog vor Schmerz das Gesicht und strauchelte fast.

Sie hatte ihn mit ihrem harten Lederschuh wuchtig gegen das Bein getreten.

28

EIN JAHR VERGING, UND ES WAR WIEDER Frühling, als sich Theuthar, der Priester und Gesandte, zur Schlichtung eines Rechtsstreites, der die Interessen des austrasischen Hofes berührte, eine Zeitlang in der Stadt Poitiers und ihrer Umgebung aufhielt. Er löste die Aufgabe mit Sachkenntnis und Geschick und rüstete schon zur Rückkehr – da fiel ihm ein, daß er zuvor noch einen kleinen Ausflug machen könne. Der junge König Childebert sprach oft von Chrodechilde, seiner nur wenig älteren Kusine und es würde ihm Freude machen, Neues von ihr zu hören. Theuthar entschloß sich, die frühere Nonne auf ihrem nur sieben Meilen von Poitiers entfernt gelegenen Gut zu besuchen.

Zum letzten Mal hatte er sie im November auf einer Kirchenversammlung in Metz gesehen. Childebert selbst hatte dort für sie und Basina gesprochen und die Bischöfe aufgefordert, den Bann von ihnen zu nehmen. Basina war demütig auf die Knie gesunken und hatte tränenreich gelobt, die Regel nie wieder zu übertreten, wenn man sie in ihr Kloster zurückkehren ließe. Chrodechilde hatte nur kurz und trokken und ohne Kniefall ihr Bedauern über die Vorfälle und den daraus entstandenen Schaden geäußert. Der Bitte des Königs war natürlich entsprochen worden. Ob seine beiden Kusinen zuvor auch die Bußen abgeleistet hatten, die ihnen vom Bischofsgericht in Poitiers auferlegt worden waren, hatte niemand gefragt.

Chrodechilde war damals gleich wieder abgereist, sie hatte sich gerade eine Woche in der austrasischen Hauptstadt aufgehalten. Während dieser Zeit hatte Theuthar nur einmal mit ihr gesprochen, wenige Worte mit ihr gewechselt. Es war dabei um belanglose Dinge gegangen, doch immerhin hatte der blonde Priester den Eindruck gewonnen, daß Chrodechilde ihm nichts nachtrug. Sie hatte ihn weder verächtlich noch vorwurfsvoll, sondern wie einen alten Freund behandelt, sogar bedauert, ihn künftig wohl nur noch selten zu sehen. Die Erinnerung an jene kurze letzte Begegnung gab Theuthar die Zuversicht, daß sein Besuch willkommen sein würde.

Er täuschte sich nicht. Die Herrin des Gutes ließ ihn nicht warten, kam ihm, nachdem ihn ein Diener gemeldet hatte, selbst auf der Treppe entgegen. Er sah auf den ersten Blick, daß ihre Schönheit noch vollkommener geworden war, reifer und milder. Das bequeme, ruhige Landleben hatte erstaunlich schnell ihre Züge ummodelliert, die Linien waren weicher geworden, die Härten und Kanten abgeschliffen. Die schwarzen Augen blickten so lebhaft wie sonst, doch der Ausdruck von Zorn, Trotz und Gespanntheit, die sie früher so furchterregend gemacht hatten, schien für immer gewichen zu sein. Chrodechilde begrüßte den Gast mit der unbefangensten Herzlichkeit, führte ihn durch ihr prächtiges Haus, ließ den Willkommenstrunk und einen Imbiß bringen. Später bat sie ihn in den üppigen Peristylgarten, setzte sich neben ihn auf eine Marmorbank.

Sie plauderten in der heitersten Tonart. Chrodechilde erkundigte sich nach Neuigkeiten von den Höfen in Metz und Chalon, fragte ihn aus, interessierte sich für alles. Die neuesten Marotten ihres frömmelnden alten Onkels, des Königs Gunthram, amüsierten sie ebenso wie der ständige Kleinkrieg zwischen der Königsmutter Brunichilde und Childeberts Frau, deren Schwiegertochter, der eigentlichen Königin. Anfangs war Theuthar noch etwas steif und gab seine Auskünfte sachlich, respektvoll gegen die hochgestellten Personen. Doch bald ließ er sich von der Fröhlichkeit seiner schönen Gastgeberin anstecken. Er lachte mit und suchte alles hervor, was ihm an Hofklatsch, der ihn sonst wenig kümmerte, erinnerlich war.

Bald kamen sie auch auf die Nonnenrevolte zu sprechen. Chrodechilde brachte ganz unverhofft und wie selbstverständlich die Rede darauf. Der blonde Priester bemerkte erstaunt und froh, daß sie auch über diesen Gegenstand in leichtem Ton reden konnte, ohne Bitterkeit, ohne Groll. Vergnüglich war es, wie sie sich über die Bischöfe ausließ, ihre großen und kleinen Schwächen bespöttelte, mit treffender Mimik und Gestik Dodos und Marovechs große Auftritte nachahmte. Nicht besser kamen die Nonnen weg, zuvörderst die «neue Dreieinigkeit der Scheinheiligen», zu der sie neben Leubovera und Justina nun auch ihre Kusine Basina zählte, das «lüsterne Dummchen». Chrodechilde war bestens unterrichtet über Eifersüchteleien, Intrigen und Streite zwischen den dreien wie überhaupt alles, was sich hinter den Mauern des Klosters abspielte. So sei jetzt ein Dutzend der frommen Schwestern mit Säugen und Windelwaschen beschäftigt. Wollte da noch jemand behaupten, der Sturm in der Nacht zum Sonntag vor Ostern sei kein folgenreiches Unternehmen gewesen?

Auch von den anderen, die vor zwei Jahren mit ihr den Ausbruch riskiert hatten, wußte sie manches zu berichten. Maxentia sei jetzt Gräfin und habe ihr kürzlich mit ihrem Gemahl, dem Comes Olo, einen Besuch abgestattet. Die kleine Lucilla sei nur bis Marseille gekommen. Dort habe sie den Crispin geheiratet und beide betrieben mit großem Gewinn eine Fischbratküche. Constantina habe bereits ein zweites Kind und prügele sich mit ihrer Schwiegermutter, der alten Bigotten, die ihr, von Marovech aufgehetzt, den «Ehebruch» nicht verzeihen könne. Am besten habe es Prisca getroffen. Die sei als «Göttin der Gesundheit» eines Tages vom Marktplatz in Périgueux zum dortigen Bischof gerufen worden, der an verschiedenen Zipperlein litt. Dieser – kein anderer als Saffarius – habe sie hocherfreut als seine Retterin bei dem Krawall in der Kirche wiedererkannt. Nun lebe sie in seinem Palast, lege ihn täglich an ihren Busen, habe schon alle seine Gebrechen kuriert und werde von ihm mit Geschenken überschüttet. Auch sei sie durch ihn längst wieder ein ehrbares Mitglied der Kirchengemeinschaft.

Der blonde Priester hörte lächelnd zu und während ihm Chrodechilde so vertraulich, so heiter diese frivole Geschichte erzählte, kam ihm ein angenehmer Gedanke. Der schwelte zwar schon seit dem Aufbruch zu diesem Besuch, doch hatte er ihm keine Nahrung gegeben, wollte ihn auch rasch wieder ersticken, falls ihn die Umstände nicht ermutigten. Er hatte zuvor nur so viel herausbekommen, daß Chrodechilde nicht verheiratet war, und nun sah er sie ja auch wie eine Herrin, die keinem strengen Gemahl unterstand, ihren Gastgeberpflichten obliegen. Hatte sie ihn nicht damals am Brunnen, als sie noch Klostervorsteherin werden wollte, schon deutlich ermuntert? Und war nicht die Nacht in der Ruine des römischen Freudentempels ganz unvergeßlich, auch wenn sie aus Anstand bisher nicht darüber gesprochen hatten? Umgab Chrodechilde ihn hier nicht vielleicht mit so viel Aufmerksamkeit, weil sie ihn zum Verweilen, vielleicht sogar längerem, einladen wollte?

Die Nachmittagssonne stand bereits tief und so sagte er: «Es ist spät. Für mich wird es Zeit, edle Herrin, damit ich die Stadt erreiche, bevor sie die Tore schließen.»

«Wie? Du willst heute noch nach Poitiers zurück?»

«Ich muß wohl. Auch wenn ich gestehe, daß ich nur ungern die Gesellschaft einer so liebenswürdigen Hausfrau verlasse.»

«So bleibe doch hier!»

«Du schlägst mir vor ...»

«Nichts wäre mir lieber. Ich langweile mich hier manchmal ein bißchen. Doch mit einem Gast, der die Welt kennt, würde ich sicher noch vergnügliche Stunden verbringen.»

«Oh, Childe! Ja, das wäre wohl möglich! Auch ich stelle mir das wunderbar vor!»

Er ergriff ihre Hand und drückte sie.

Sie ließ sie ihm. Schweigend sah sie ihn an. Plötzlich wich alle Heiterkeit aus ihrer Miene und sie konnte nicht mehr verhindern, daß eine Träne aus dem Augenwinkel herabrollte. Rasch fuhr sie mit dem weiten Ärmel ihres Kleides über die Wange.

«Es wird wohl Zeit», sagte er, «daß ich Abbitte leiste ...»

«Nein!» Chrodechilde hatte schon ihre Fassung zurück, entzog ihm die Hand. «Es gehört nun einmal zu Gottes Weltordnung, daß ein Priester und eine Nonne nicht zueinanderfinden sollen. Und wir wollen diese Ordnung nicht stören.»

«Es hat sich inzwischen ja manches verändert.»

«Das ist ohne Bedeutung. Es gab eine Zeit, in der wir den Himmel herausfordern konnten. Doch dazu waren wir nicht imstande, unsere Liebe war sicher nicht stark genug. Sie hätte wohl auch göttliche Kraft haben müssen. Die Zeit war nur kurz und sie ist vorbei. Jetzt ist es zu spät.»

«Nenne mich nur einen Feigling!» sagte er heftig.

«Du warst besonnen», erwiderte sie. «Bei mir war es immer umgekehrt: zuviel Mut, zuwenig Vernunft. Doch inzwischen bin ich dabei, mich zu ändern. Ich glaube, daß ich von dir gelernt habe und schon auf gutem Wege bin. Willst du nun bleiben und unser Gast sein?»

«Childe, könnten wir nicht versuchen ...»

«Oh, ich sehe gerade, da kommt mein Verwalter! Er soll im Gästehaus alles vorbereiten.»

Sie erhob sich und gab Theuthar ein Zeichen. Er folgte ihr zögernd nach nebenan auf den Gutshof.

Dort war gerade ein Reitertrupp eingetroffen. Der Mann, auf den Chrodechilde zuschritt, stand abgewandt bei seinem schwitzenden Pferd, befreite es von der Satteldecke.

«Sieh nur, ein teurer Gast ist gekommen!» rief Chrodechilde ihm zu.

Der Mann sah sich um und Theuthar erstarrte.

Der schwarze Bart, die verformte Nase, das Grinsen.

«Wahrhaftig, ein überaus teurer Gast!» sagte Rocco gedehnt. «Und ein unerwartetes Wiedersehen!»

«Darauf konnte ich nicht gefaßt sein», murmelte Theuthar, mit Mühe seine Stimme beherrschend.

«Nun, die Umstände eurer Bekanntschaft waren ja nicht gerade die günstigsten», sagte Chrodechilde, wobei sie die Hand auf Roccos Schulter legte. «Vielleicht lernt ihr euch aber noch schätzen. Er ist der Tüchtigste weit und breit, es gibt keinen besseren Majordomus. Herr Theuthar bleibt bei uns über Nacht. Ich bitte dich, Lieber, bring ihn im Gästehaus unter!»

«Natürlich, wenn du es wünschst. Ich werde ihm ein Lager bereiten, wie es ihm zukommt. Es wird ihm sicher bei uns gefallen!»

«Wenn ich es mir recht überlege ...»

Der blonde Priester hob die Hände, gestikulierte, erfand Ausflüchte. Sein Auftrag ... es gebe da noch strittige Punkte, trotz der Einigung der Parteien. Mit dem Comes als Richter seien noch Einzelheiten zu klären. Und dann müsse er eiligst nach Metz zurück, man warte dort ungeduldig auf seinen Bericht. So leid es ihm also tue, er danke für die freundliche Einladung, aber …

Chrodechilde bedauerte lächelnd. Ein bißchen spöttisch, auch etwas erleichtert. Lud ihn zum Wiederkommen ein. Entließ ihn und trug Rocco auf, ihn ans Tor zu begleiten.

Der Abendwind strich durch ihr schwarzes Haar, als sie, auf der Freitreppe stehend, zum Abschied die Hand hob.

Am Tor schwang sich Theuthar in den Sattel.

«Diese Hast war nicht nötig, Pfaffe!» sagte Rocco, von unten heraufgrinsend. «Warum hast du noch Angst vor mir? Wir beide sind quitt. Jeder von uns bekam, was er wollte, und ist dem anderen nichts mehr schuldig.»

«Dich hat der Teufel gesandt!» rief der Priester. «Vielleicht bist du es aber auch selbst! Gott erbarme sich ihrer und sei ihr gnädig!»

Er riß am Zügel. Das Pferd stieg hoch und warf ihn fast aus dem Sattel.

Hinter sich hörte er Rocco auflachen.

Er entfernte sich im gestreckten Galopp, doch das Höllengelächter verfolgte ihn und blieb ihm noch lange im Ohr.

GLOSSAR

Anathema – Kirchenbann, Verfluchung
Archidiakon – höherer geistlicher Würdenträger, Gehilfe und Vertreter eines Bischofs
Atrium – offene Halle des altrömischen Hauses
Cellerar – Wirtschaftsverwalter eines Klosters
Comes – Graf in den ehemals galloromischen Gebieten des Frankenreichs, als Vertreter des Königs für Gericht, Heerwesen und Verwaltung verantwortlich
Episkopat – Amt und Würde deines Bischofs
Fratres – (lat. «Brüder») einfache Mönche ohne Priesterweihe
Kebse – Nebenfrau, meist Unfreie
Mesner – Kirchendiener
Metropolit – Bischof und Vorsteher einer Kirchenprovinz
Oratorium – Betsaal
Patres – Mönche mit Priesterweihe
Peristyl – Innenhof mit Säulenumgang
Prior – Klostervorsteher, meist Stellvertreter des Abtes
Psalterium – Gebetbuch mit einer Sammlung von Psalmen
Refektorium – Speisesaal eines Klosters
Responsorium – liturgischer Wechselgesang
Scriptorium – Schreibstube eines Klosters

Synode	– Versammlung hoher kirchlicher Würdenträger
Wergeld	– Bußgeld des Täters, an die Sippe des Opfers zu zahlen
Zenturio	– Offizier, Hundertschaftsführer
Zerberus	– «grimmiger Wächter», nach dem Bewacher der Unterwelt in der griechischen Sage